我的名字叫王村

WO DE MING ZI JIAO WANG CUN

范小青

长篇小说系列

FAN XIAO QING

人民文学出版社

图书在版编目（CIP）数据

我的名字叫王村/范小青著.—北京:人民文学出版社,2015
（范小青长篇小说系列）
ISBN 978-7-02-010989-0

Ⅰ.①我… Ⅱ.①范… Ⅲ.①长篇小说—中国—当代 Ⅳ.①I247.5

中国版本图书馆 CIP 数据核字（2015）第 120248 号

责任编辑 包兰英
装帧设计 陶 雷
责任校对 常 虹
责任印制 史 帅

出版发行 人民文学出版社
社 址 北京市朝内大街 166 号
邮政编码 100705
网 址 http://www.rw-cn.com

印 刷 北京季蜂印刷有限公司
经 销 全国新华书店等

字 数 252 千字
开 本 680 毫米×1000 毫米 1/16
印 张 19.25 插页 3
印 数 1—5000
版 次 2016 年 10 月北京第 1 版
印 次 2016 年 10 月第 1 次印刷

书 号 978-7-02-010989-0
定 价 36.00 元

如有印装质量问题,请与本社图书销售中心调换。电话:010-65233595

上　部

一

我弟弟是一只老鼠。当然,这是他妄想出来的,对一个精神分裂的病人来说,想象自己是一只老鼠,应该不算太过分吧。

其实弟弟很小的时候就得了病,可是谁会相信一个小孩子说的话呢,就算他说自己是老虎,也不会有人理会他的。何况我们家,子女多,钱少,人傻,爹娘要靠劳动养活我们一群兄弟姐妹,哪有多余的精力去在意一个满嘴胡说八道的小东西。

作为一只老鼠的弟弟渐渐长大了,长大了的老鼠比小老鼠聪明多了,这主要表现在他把自己的妄想和现实愈来愈紧密地联系在一起了。比如弟弟听到一声猫叫,立刻吓得抱头鼠窜;比如弟弟看到油瓶,就会脱下裤子,调转屁股,对着油瓶做一些奇怪的动作。开始我们都不知道他是什么意思,后来才想通了,那是老鼠偷油。我们谁都没有看见过老鼠是怎么偷油的,只是小时候曾经听老人说过,老鼠很聪明,如果油瓶没有盖住,老鼠会用尾巴伸到油瓶里偷油,弟弟学会了运用这一招式。弟弟还会把鸡蛋抱在怀里,仰面躺下,双手双脚蜷起,如果我们不能假装是另一只老鼠把他拖走,他就会一直躺在那里。

当然,话要说回来,弟弟也不是一天二十四个小时都以为自己是一只老鼠,也有的时候,他是糊涂的,他认为自己是一个人,他会说几句人话。但是你千万别以为这时候他就一切正常了,这时候如果有人好心跟他说,弟弟,这才是你自己啊,你不是老鼠,你是人啊。弟弟完全不能接受这样的观点,他会生气。弟弟生气的方式和一般人不一样。这一点你们完全不必惊讶,他本来也不能算个一般人。弟弟一生气,立刻就会想起自己是一只老鼠,立刻将自己的双手蜷起来,做成尖利的爪子的形状,搁到下巴那儿,然后再从下巴那儿快速地伸出去攻击他人,又抓又挠,嘴里还发出"吱吱"的叫声。

大家哄笑着四散躲开。有人说:"不像,不像。"

另一个说:"像只猴子。"

其实大家并不怕他,毕竟弟弟只是一只扮演得不太像的老鼠。

我这样说,看起来是在为弟弟开脱,其实才不呢。我心里恨透了弟弟,即使一天只有一个小时甚至更少的时间认为自己是一只老鼠,也减少不了我们对于弟弟的深恶痛绝。

因为弟弟其实比一只真正的老鼠更烦人,一只老鼠除了做老鼠能做的恶事之外,它做不了别的事情,而弟弟比真正的老鼠要高明许多,因为他除了有老鼠的一面,还有别的很多面,比如,他有人的一面,特别是有人的坏的一面,至于人的好的一面,在弟弟身上,我还没见识过呢。

你别看他平时懒懒散散,对任何人都很冷淡,连斜眼看一下我们都不愿意,他基本上不跟我们说话,似乎一点儿也瞧不上我们,可是一到吃饭的时候,就一点儿也不冷淡了,他会吃很多的饭,如果我们干活晚一点儿到家,他甚至会吃光锅里所有的饭,让我们活活饿一顿。老鼠晚上不睡觉,弟弟晚上也不睡觉,害得我们常常要在半夜里出去找他。那时候他在村子里到处蹿走,在地上到处看,好像在找什么东西,但是谁知道他在找什么呢,因为谁也不知道他在到处寻找的时候,他到底是一个人还是一只老鼠。

到这时候大家才意识到弟弟病了,我爹让我带弟弟到城里的医院去看病。我们到了医院,挂号的时候我傻了眼,我虽然认得字,但是我不理解这些字的意思呀,精神科,神经科,神经内科和神经外科,普通精神科,老年病专科,儿童心理专科,妇女心理专科等等等等——我正对着它们发愣,就听小窗口里那挂号的问:"喂,你看什么病?"我赶紧说:"不是我看病,是我弟弟。"我把弟弟拉到窗口让她看了一眼。那挂号的却说:"我不管你们谁看病,我是问你挂什么科?"她看我呆呆地回答不出来,又启发我说:"你看病总要挂号的吧?"我为难地说:"我还、我还不知道我弟弟是什么病呢。"那挂号的笑了笑,说:"到我们医院来看病的还能看什么病呢?"不过她还算热心,见我为难,主动说:"我看你们是头一次来吧? 你弟弟是怎么个情况?"我说:"我弟弟是一只老鼠。"那挂号的并不觉得好笑,也没觉得我是在作弄她,她大概见得多了,所以只是"哦"了一声,就告诉我应该挂精神科。

我递了钱进去,并且报上名字和年龄,她动作十分利索地扔出一个病历本给我,还嘱咐了一句:"在二楼。"我带着弟弟到二楼,坐到走廊的长椅上等候。坐下来时没有什么感觉,过了一会儿,觉得浑身有些不自在,抬头一看,吓了一跳,周边有一些神情异常的人都在盯着我们看,我看了看弟弟的表情,他倒是若无其事。那是当然,他找到同类了罢。但是我怕弟弟被他们影响得更严重,想拉着弟弟离远一点,就听到护士叫到弟弟的名字了。

我赶紧说:"弟弟,轮到你了,我们进去看病吧。"弟弟一动不动,护士又喊了一声,弟弟还是不动。我着急了,但还是尽量和蔼地对弟弟说:"弟弟,你答应过我要听话的,我们就是来看病的,现在号也挂了,队也排了好半天,总算轮到你了,你不能——"弟弟打断了我,他忽然说话了,他口齿不清地说:"老鼠跳到钢琴上。"

护士没听懂,不明白弟弟是什么意思,只顾朝我看。她是精神病院的护士,见识肯定不少,但对于一只老鼠,恐怕也是无可奈何的。好在有我,她朝我看是对的,因为只有我知道弟弟的语言,我一直以来就是弟弟的翻译,弟弟所说的"老鼠跳到钢琴上"是一个谜面歇后语,谜底就是乱弹(谈)。一翻译过来,我立刻就恍悟了,直拍脑袋骂自己笨,也顾不上让护士释疑,赶紧对她说:"对不起,对不起,刚才挂号的时候,把名字写错了。"护士说:"没事的,我先帮你改一下,你进去让医生在电脑上也改一下。"她把改过的病历本交给我,弟弟果然不再反对,我顺利地带着弟弟进了门诊室。

这里的门诊室和其他医院不一样,病人只能一个一个地进,家属也只能进一个,不像其他医院,医生给一个病人看病的时候,许多病人和许多家属都盯在边上,赶也赶不走,门诊室里常常围得水泄不通,医生就在大家的紧张的盯注下,在此起彼伏的咳嗽声中,在焦虑烦躁压抑的气氛里给人看病。

好在精神病院的情况不一样,这里是讲规矩的,又干净又安静,给弟弟看病的这个医生年纪不大,但神色淡定,胸有成竹的样子。我心里一下子踏实了许多,好像弟弟的病一旦交到这个医生手里,弟弟就会从老鼠变回人来了。

听说有本事的医生是不用病人自己说话的,但是我从前没有见过有本事的医生,更何况弟弟这个病人和一般的病人也不一样,不可能指望他会把自己的病情告诉医生。所以,到了这儿,无论这位医生有没有本事,都得由我向医生倾诉弟弟的病情,我把不言不语的弟弟拱到前面,我站在弟弟身后说:"医生医生,你快帮他看看,他是一只老鼠。"医生的目光掠过弟弟的脸面,投到我的脸上,看了看我,问道:"你看病还是他看病?"我没有听出医生是在讽刺我,赶紧回答说:"医生,他看病,他是我弟弟。"医生抢白我说:"你刚才说他是一只老鼠,现在又说他是你弟弟,他到底是谁?"说实在话,那时候我见的世面太少,听不懂人话,仍然不知趣,继续向医生提供弟弟的情况。我说:"医生,医生,你不了解我弟弟,这会儿你看他人模人样的,一会儿他就会变成老鼠的样子,很骇人的,手,会这么样,嘴,会这么样——"因为我做不像老鼠的样子,我怕医生看不懂,赶紧催弟弟说:"弟弟,你做个老鼠的样子给医生看看,你快做呀。"

可弟弟是个病人，病人哪有那么听话的，你希望他是个人，他就偏做个老鼠给你看，让你烦死。等到你要让他做老鼠了，他又偏不做，人模人样地杵在你面前，又让你急死。

弟弟不肯扮演老鼠，我可真急了，我怕医生会以为弟弟不是老鼠，我怕医生会误诊，急中生智又想了一个绝招，"喵喵"地叫了几声。

弟弟还没有来得及逃窜，医生一伸手就捏住了我的胳膊，朝门外喊："护士，护士——"我以前见过的护士都是眉清目秀的姑娘，这会儿正心存歹念，不料进来两个腰圆膀粗的男人，他们一进来，就冲着我来了，我赶紧喊道："不是我，不是我，是我弟弟，他才是老鼠——"可是从他们的眼神中我看到了离奇的疑惑，我敏感地一回头，顿时魂飞魄散，哪里有弟弟，刚才还在我身边的弟弟，忽然间就不见了。

男护士并不知道之前这屋子里还有个弟弟，他们朝我看了看，一个先说："医生，我早就在门口准备着了。"另一个更是配合说："一看他眼神就知道有问题。"医生被他们说得也有点疑惑了，问我："你有病，你弟弟也有病，你们家族有精神疾病遗传吗？"那两个男护士未等医生的话音落下来，就上前准备掐我了，我吓坏了，紧紧闭上嘴巴，咬紧牙关，防止他们硬往我嘴里塞药，但是我还有话要说，我有许多话要说，我不得不说，我只能在喉咙里发出声音："我不吃药，我弟弟是老鼠。"

没有人听到我喉咙里的声音，看这阵势，就算他们听见我的话，他们也不会相信我，只有一眨眼的工夫，那两个男护士已经掐住了我的脖子，反转了我的胳膊，我被冤枉了，我冤死了，我比窦娥还冤，我比什么什么还冤。

我继续掀紧嘴巴，在喉咙里狂喊："我不是老鼠。"但是我有预感，我马上就会被他们打成老鼠了。果然，那个医生受了护士的蛊惑,准备开检查的单子了,他说:"先做个 CT,看看脑部有没有病变情况。"

不过医生在开单子的时候,又疑惑起来,问我:"你刚才是和你弟弟一起进来的?这个病历上,到底是你的名字还是你弟弟的名字?"

他已经错得不能再错,我再也不能只在喉咙里说话了,我必须得张开嘴巴了,我张开了嘴巴放声说:"我弟弟的名字就是我的名字,我的名字就是我弟弟的名字。"医生朝那两个架住我的男护士丢了个眼色,虽然他没有说话,但是我看得出他的意思,他已经再一次地认定我是病人,我急得辩解说:"不是的,不是的,医生,你听我解释,我弟弟不知道自己的名字,喊他的名字他是不会理睬的,喊他的名字等于没有喊,他只认我的名字,所以只能用我的名字代表我弟弟的名字。"

医生又看了我一眼,不再和我计较,开好了检查单子,对那两个男护士说:"陪他来的那个家属不见了,你们带他去 CT 室,小心一点儿,这个病人虽然看起来没有暴力倾向,但他的伪装性很强。"

天哪!我好好儿的,竟然要我去做 CT,CT 是什么,我还没见过,只是听人说过,是一种很昂贵的检查,一般都是得了重病才用的,我才不需要做 CT,我也不能再被他们纠缠下去了,我不得不像疯子一样地拼命挣扎并且大喊大叫,我喊道:"你们什么医院,你们什么医生,你们什么护士,我明明没有病,你们要叫我做 C——"一个"T"字被他们用手捂住了,其中一个对另一个说:"再喊的话,用胶布封嘴。"

天哪,要是再用胶布封住我的嘴,我还有活路吗?

万幸万幸,我还有活路,那是老天有眼,叫我命不该绝,关键时候有人救我了。

你们猜得没错,正是我弟弟。

我弟弟真是我的救命星,关键时刻他在桌子底下"吱吱"地叫了起来。

那两个男护士更觉离奇了,一个屋子里怎么会有两个病人,这医院没有这样的规矩,向来只允许病人一个一个地进来。两个男护士疑惑地互看了一眼,接着又看我,又看我弟弟,还看医生,我感觉出来,他们的怀疑不仅在我和弟弟身上,甚至到了医生身上。

但医生毕竟是医生,他火眼金睛,他已经在最短的时间内,纠正了自己的错误,他看出来谁是病人了。医生弓身到桌子下面,把手伸向蜷缩在地上的弟弟,弟弟竟然乖乖地被医生牵了出来。

我看见了弟弟,一阵激动,又要上前说话,但是医生已经吸取了前面的教训,朝我摆了摆手说:"你别说话了,你再说话,一切又要搞乱了。"停一下,又补充一句,"对不起,刚才差点儿误会了,主要是你话太多,我这儿有许多病人的特点就是话多,所以我做出了错误的判断,对不起。"我听了医生这话,没有马上回答,认真地想了想,我心里承认,我的话是多了一点,不过以前并没有人这么说我,家里也好,村里也好,学校也好,从来没有人嫌我话多,因为他们都不怎么说话,我多说点儿话,好让他们知道自己还活着,至少知道自己的耳朵还没有聋。

现在医生提醒了我,我细细回想一下,才对自己和自己周边的环境渐渐有了一点儿新的认识和知觉。

其实我也知道,医生虽然用了两遍"对不起",听起来很客气,但其实他很不耐烦我,想让我闭嘴。可是为了说清弟弟的情况,我还是不能根据医生的意图及时改正我的犯嫌,我依然强调说:"可是我如果不说,我弟弟是说不出来的,他平时就不肯说话,他是一个沉默寡言的人。或者应该说,他是一只沉默寡言的老鼠。"医生皱了皱眉头,但依然保持着风度,说:"好啊,沉默是金啊。"我没听懂医生这是什么意思,想了想,我得继续说,我说:"所以医生,就算我弟弟不沉默,就算他肯说话,他也说不清楚,他根本就不知道该说什么,他根本就不知道自己是什么,他什么什么什么。"医生终于被我惹恼了,再次改变了平和的神态,用尖利的目光剜了我一下,说:"你要是再说话,就请你出去。"

这一招把我吓着了。我不能出去,我不能把弟弟一个人扔在这里,虽然这里有医生有护士,但弟弟毕竟可能是一只老鼠,老鼠是无法和人沟通的,即使他们不是一般的人,他们是医生,但医生也无法和老鼠对话呀。所以我不能有片刻让弟弟离开我的视线,我赶紧向医生保证:"医生,我不说话了,保证一言不发。"医生说:"本来这就不是你说话的地方,我来提问题,让他自己回答。"

那两个怎么看怎么不舒服的男护士这才退了出去,医生让弟弟坐下,亲切地拍了拍弟弟的手背,开始向弟弟提问,医生说:"你觉得自己是一只老鼠吗?"弟弟不理睬,我只能代他回答:"是,是老鼠——我弟弟是老鼠。"医生根本不把我放在眼里,继续问弟弟:"你的这种感觉,是从什么时候开始的呢?"弟弟仍然不回答,仍然由我回答:"从他是一只小老鼠的时候开始的。"

医生回头看了我一眼,我又被他的目光吓了一下,以为他嫌我话多,要赶我走,不料医生只是叹了一口气,不仅没赶我走,还对我说:"病被你们耽误了。"我赶紧辩解说:"医生,不能怪我们,不是我们有意耽误的,开始我们也不知道,我们都以为他在跟我们闹着玩呢。医生,你仔细看看我弟弟的样子,他完全就是人的样子呀,谁会想到他会是一只老鼠呢,一直到后来,后来一直到——"这医生和我天生犯冲,不知冲的是生辰八字还是星座什么的,反正我看出来他特别不爱听我说话,刚才且容忍了我一下,一会儿他又犯毛躁了,严厉地说:"话多也是一种病,你知道吗?"我怕他又说我有病,赶紧闭嘴。

医生见我闭了嘴,还不甘心,又吓唬我说:"下面我还要提一些问题,让你弟弟回答,你要是插嘴,就是破坏我诊断,后果你自负。"

我不想自负,赶紧闭上嘴听医生向弟弟提问题。

医生问:"现在是哪一年?"

这算什么问题,医生也太小瞧弟弟、太不把弟弟当回事了,弟弟虽然以为自己是老鼠,但他毕竟不是真的老鼠,我差点提出疑义,但是看到医生一脸的严肃,我也只能严肃地等待弟弟的回答。

可惜我这个弟弟实在是不争气,连今年是哪一年他都懒得回答,这样下去,医生岂不是要误认为弟弟的病非常严重吗?岂不是要误诊吗?我心里一急,对答如流地说:"今年是某某某某年。"我不仅回答正确,还加以说明:"今年为什么是某某某某年呢,因为去年是某某某某年,因为明年是某某某某年,所以,今年就是某某某某年。"

我说了过后,有点儿兴奋,折胳膊握拳,对着弟弟做了个鼓励加油的手势。可是弟弟麻木不仁,眼中根本就没有我,更没有我的鼓励的手势,他把我当个屁。不对,屁还有点儿臭味呢,他没闻到臭味,他把我当空气。唉,弟弟啊,你真是麻木不仁,你哪怕认为我是错的,你哪怕朝我翻个白眼,哪怕朝我吐一口唾沫也好呀。

这医生也真是个知错不改的医生,他居然又问弟弟:"现在是几月份?"

我忍不住抗议说:"医生,问这么简单的问题就能查病吗?"

医生说:"我让你插嘴了吗?"他虽然批评了我,却还是接受了我的意见,下一个问题,他没有再问今天是哪一天,而是改变了一个方向,问:"你是什么地方人?"

我抢答说:"小王村。"

医生对我的回答充耳不闻,又随手把钢笔套子旋下来,放到弟弟面前:"这是什么?"

弟弟真是个睁眼瞎子,连面前的钢笔也看不见,还是我替他回答,但是我已经厌倦了医生的无聊,我回答说:"这是钥匙圈。"

我原以为医生会问一些稀奇古怪的问题来为难弟弟,这样才能查出弟弟和我们不一样，哪知这医生如此没有水平，我得刺激他一下，让他提一些有难度的问题，所以我有意将钢笔套说成钥匙圈。

可医生不吃我这一套，他和弟弟一样，完全不把我放在眼里，只当我不存在，不过我并没有计较他，因为他对弟弟的态度很好，和对我的态度完全不一样，我会原谅他的。

医生把我和我的回答撇在一边，十分和蔼地对弟弟说："既然你不肯回答我的问题，我们就换个方式，你不愿意说话，你就不说话，你闭着嘴都行，我提问题，我自己给答案，如果你认为是对的，你就点头，如果你认为是错的，你就摇头，好不好？"

不等弟弟表态，医生就自说自话地开始了，他从口袋里摸出一个一元的硬币，举到弟弟眼前，问说："这是一个硬币，是几块钱？"然后他自答说："是两块钱。"

我忍不住"嘻"一下笑出声来，看到医生眼睛朝我瞪着，我赶紧收回笑声，去提醒弟弟说："弟弟，这明明是一块钱，他说两块钱，你摇头呀，你快摇头呀。"见弟弟不理睬我，我又赶紧告诉医生："医生，他是有意的，他有意不告诉你，让你无法了解他的真相，其实他认得钱，就算他什么也不认得，他也认得钱，有一次，我让他到小店里去买——"

医生真生气了，我看得出来，他的脸涨成了紫红色，龇着牙说："脑残啊？听不懂人话啊？"

我再次被吓到了，我以为医生误诊了，我赶紧解释说："医生，医生，我弟弟可能是脑残，但是脑残不等于他很笨，你千万不能被他的表面现象所迷惑，你不知道我弟弟有多聪明呢，我弟弟还会、还会——"

医生冷冷地打断了我，他替我说道："还会掘壁洞呢吧。"

我和医生这里，已经闹翻了天，弟弟呢，真是泰山崩于前而色不变。在这么专业的医院里，弟弟竟然如此这般的木呆，太丢人了,他简直、简直连一只老鼠都不如了,一只老鼠,你要是踢它一脚,它一定会逃跑,可我这个弟弟,这会儿,在医生面前,简直丢死人了,别说踢他一脚,就是拿把刀架在他脖子上,他恐怕也是岿然不动的。

我也生气了,我气得推了弟弟一下,说:"弟弟,你平时不是这样的,你明明会说人话的,今天到了这里,你连一个字也不肯说,你是存心跟我过不去呢,还是存心跟医生过不去?你是觉得车票钱、挂号看病的钱都不是钱呢,还是觉得应该让我白白地陪你跑一趟?你是觉得这个医院配不上你这样的病人呢,还是觉得——"我说着说着,话又多了,又扯开去了,医生是不会让我再继续下去的,他朝我摆摆手,让我住嘴,可是我不能住嘴,我说:"医生,你听我说,他平时确实不是这样的,他平时不扮老鼠的时候,和人是一样的。"医生说:"你以为我现在在干什么呢,我是在玩吗?"我说:"你不是在玩,你是在给我弟弟查病呢。"医生抢白我说:"原来你知道啊,你知道还不闭嘴。"我说:"医生,我得给我弟弟当代理人,否则——"医生说:"你怎么老是要代表病人?要不,干脆,你来当病人算了。"我又赶紧解释:"医生医生,我是怕、怕你不了解我弟弟。"医生又冷笑说:"我不了解,你了解?那我这医生让给你当算了。"

我再一次败下阵来,但说实在的,我仍然不死心。求医生不成,我转而求弟弟了,我说:"弟弟,弟弟,你看在我的面子上,开口说说话吧,哪怕说一句话,哪怕说一个字,哪怕骂我一声,要不然,要不然,医生会以为你是哑巴,而不会把你当成老鼠。弟弟,你自己拿个镜子照照看,你这样子,怎么看也不像是一只老鼠呀,你要是想让大家知道你是一只老鼠,你好歹也扮点老鼠的样子出来呀。"

我已口干舌燥,像一条错翻上岸的鱼,弟弟却依然稳坐钓鱼船,我看着弟弟淡定的姿态,又想想我自己上蹿下跳的样子,一时间,竟疑惑起来,到底是我带弟弟来看病,还是弟弟带我来看病?

我这么想着，简直就昏了头脑，我觉得我的思想像一匹脱缰的野马，狂奔乱闯，就要失控了。

思想失控，那是什么，那可不得了，那就是疯子啊，难不成我带出来一个精神病，要带回去两个精神病吗？

我可不能疯啊，我家里有一个弟弟是个疯子，就已经够全家人受的，我要是再疯了，让我们家的人怎么活呀。可是我怎么才能保持冷静，不让自己疯呢？我心里很清楚，只要医生能够给弟弟诊断，然后治疗，我就不会疯。那么，怎么才能让医生给弟弟诊断和治疗呢，现在医生面对一个哑巴精神病，束手无策了。那么，首先，至少，我得让弟弟开口说话。

我换一招以情动人，我对弟弟说："弟弟，我知道你最喜欢我喊你弟弟，你也知道咱们家就咱哥儿俩最亲，这样好不好，我喊你一声弟弟，你就说一句话，好不好，弟弟，弟弟，弟弟——"可弟弟喊得再亲，仍然不奏效，我急火攻心，忽然心里就被这火照亮了，我脱口说："弟弟，我不叫你弟弟了，我叫你、叫你一声王全！"

我这完全是死马当作活马医，哪知一匹死马还真被医活了，这"王全"两字一出来，弟弟竟然开口了，弟弟欢快地说："老鼠老鼠，爬进香炉——"

听到弟弟说话了，那垂头丧气的医生顿时来了精神，赶紧凑到弟弟跟前说："你现在肯说话了，我们重新开始，我问问题，你回答——"

弟弟说："老鼠老鼠，爬进香炉——"

医生对精神病人有研究，但是对老鼠没有研究，他不知道老鼠爬进香炉会是什么，我只得替弟弟做翻译说："这是一个谜面歇后语，老鼠爬香炉，谜底就是碰一鼻子灰。"我一边解释，一边观察医生的脸色，看了医生的脸色，我的心顿时一冷，才知道，最后是我碰了一鼻子灰，完蛋了。

医生果然不再发一言，拿过一张空白的方子，低头就填写起来,我急得问道:"医生,你这是干什么?"医生说:"开药呀,你到药房配了药,回去按说明给他吃药。"

说罢医生就把病历本和药方交到我手里,朝我挥了挥手,说:"好了。"又朝门外喊:"下一个,35 号。"我捏着弟弟的病历本,觉得这结果来得太快了,前面我和医生两个人,忙了大半天,铺垫了那么多,不就是为了让弟弟配合诊断吗,可是弟弟还没开始配合呢,结果就已经出来了,这算什么呢,这算雷声大雨点小,还是算虎头蛇尾?或者,这就是精神病院的医生和别的医生的不同之处?我十分不理解,向医生提出疑问:"医生,这就好了?"医生说:"好了呀,走吧。"我没有理由不走,但是我努力地想了想,终于想出理由来了,我说:"医生,为什么我明明没有病,你刚才却让我去做CT,我弟弟明明有病,你却不让他去做 CT?"医生说:"这就是你和他的不一样嘛。"我没听出医生是在嘲笑我,我放心不下弟弟的病情,又说:"医生,不做 CT 你就能看到我弟弟的脑子吗?"医生指了指自己的眼睛说:"我这是人眼,不是 X 光。"他这样一说,我更加不安了,我试探着说:"医生,你的意思,是不是说,不给我弟弟做CT,你也能治我弟弟的病?"医生没精打采地看了我一眼,心灰意懒地对我说:"我说过我能治他的病吗?"

医生这话我又听不懂了,这时候,35 号病人和家属已经在门口探望了,医生见我仍然傻站着,忍耐住自己的不耐烦,又跟我说:"我的眼睛虽然不及 X 光和 CT,但是我有我的经验和我的检查方法。"我犹豫地说:"那,那就是说,你刚才问我弟弟的那些问题,就算是检查了?"医生说:"你没见过吧?"我心想,我不仅没见过,我还真不敢相信,这样就算是诊断过了?江湖郎中看病还比这要复杂一点儿呢,至少还要看个舌苔把个脉吧。但我不敢直接这么说出来,我仍然以疑问的方式和探讨的口气说道:"医生,你刚才的检查方式,不像医生,倒像是老师。"医生没听懂,说:"你什么意思?"我说:"老师上课的时候经常提问,而且,问题比你提得还多。"医生说:"怎么,你还嫌我问少了,你有钱吗?"他突然从提问说到了钱,让我猝不及防,我愣了一下,没有能够马上回答。

关于钱的事情,我得交代一下,我不能绝对地说我有钱,也不能绝对地说我没钱。其实钱我家是积攒了一点的,但这个钱是不能动的,那是要派大用场的。所谓的大用场,你们一定能够想到,那是我准备娶老婆用的。所以,从这个角度来说,我不能说我有钱,因为如果我娶老婆,我的钱就全部用掉了,我就没有钱了。

更何况,这么多年积攒下来的钱,并不在我手里,始终由我爹紧紧捏着,我做梦都别想把那钱从我爹手里夺过来给弟弟看病。

再坦白一点儿说,我也不想把对弟弟的恶劣态度推到我爹一个人头上,即使这钱捏在我手里,我会拿出来给弟弟治病吗?

所以,我和我爹是一样的货色,我弟弟不能指望我们。

当然,我应该还有别的办法,比如说,我先把娶老婆的钱拿出来给弟弟治病,等弟弟病好了,我再重新攒钱娶老婆。但这个办法是无法实施的,因为我不知道我对象能不能等得及我再一次的攒钱,我也不能去征求她的意见,因为一征求意见,我就得把事情和盘托出,她就会知道我弟弟的真实情况。她一旦知道我弟弟的真实情况,她就会——她就会怎么样,我现在似乎是无法预测的。但我在娶老婆的问题上,我是个彻头彻尾的悲观主义者,我必定是朝不好的方面去想事情的。所以我不能冒这个险,所以我其实是没有任何办法的。

我的思想走得远了一点儿,一时没有收回来,医生看我一下子没有反应过来,又给我补充说明:"你要是有钱,去交住院费,让你弟弟住院治疗,我就会向他提更多的问题,我会天天向他提问题,我会比老师还老师,到时候,你就不会嫌我问得少了。"我结婚用的钱是不能给弟弟治病用的,所以我赶紧说:"我没有钱,我家也没有钱。"

这一下,医生乘机把话说到底了,医生说:"没有钱,你就把他带回去吧,他爱怎么弄就怎么弄吧,好在他只是一只老鼠。"

医生的话并不完全正确,"好在他只是一只老鼠",这叫什么话? 真是饱汉不知饿汉饥。他还说"好在"? 他难道不知道,一只老鼠也会祸害人,会给人带来晦气的。

果然的,我们还没出医院的大门,晦气就来了。我们迎面看到一个人,算是熟人,但又不太熟,他和我们村上的王图是亲戚,他常到王图家来做客,在小王村我们碰见过。更重要的是,他不仅是王图的亲戚,他还和我对象赖月是同一个村的,我到赖月家去的时候,也见过他几次。这样等于是两个小半熟,加起来可以算大半个熟人了。这会儿我理应热情地上前打招呼,可是,可是,这是什么时候,这是什么地方啊,在这个时间,在这个地方,我能让他看见我吗?

我假装不认得他,一脸漠然两眼发直地拉着弟弟从他身边走过,他好像也没有注意到我们,他的目光只是在我脸上打了半个圈,就滑过去了,我心中暗喜,不料还没喜出来,就听到身后"哎哟"一声尖叫,我一回头,他冲我笑着说:"都说我眼尖,我的眼就是尖哎,你没有认出我,我倒一下子就把你认出来了。"他一边说,一边高兴地上前和我握手,我可以抵赖,我有的是办法,比如我可以说:"你认错人了。"或者我可以说:"以后再聊吧,我们赶时间坐车呢。"很明显后面这一招比前面这一招更智慧,既不承认认得,又不说不认得,让他没个准儿。可是,还没等我把办法使出来,他已经抢在我前面和我攀亲了:"哎,你是,你是那个谁,是王图那儿的吧?"他也太抬举王图了,王图虽然是小王村人,但不等于小王村就是王图的,他这么说,显得王图很牛,好像小王村就是王图的,比村长还牛,比我爹还牛。我加强语气纠正他说:"我是小王村的。"他听不出我的意思,高兴地说:"我说的吧,我记性好吧,你就是王图那儿的。"然后他又想到了更重要的事情,兴奋地说:"对了,你同我们村的赖月是谈对象的吧? 你带谁来看病啊?"

我顿时魂飞魄散,关于弟弟的病,我从来没敢告诉我对象。我不敢告诉我对象,并不证明我对象有多么的不好,也不能证明我对象知道我有个精神病的弟弟就会和我分手。但是,反过来说,我也同样不能保证她不会那么做。我可不敢下这个赌,冒这个险,这个赌注太大了,这个风险太强了,一想起来我的心肝尖儿都发颤。

现在麻烦大了,险已经逼到我面前了,险把我抵到了墙角,我无处可退了,但我即使无处可退,我也不能告诉他我带弟弟来看病呀。

可是,此时此刻,我们身边,除了弟弟就剩我了,我无路可走,只能挺身而出,把事情扛起来,我说:"是我,是我来看病。"

话一出口,我才知道我犯了更大的错误。你们替我想想,我弟弟有病我都不敢说,我对象要是知道我有病,我对象不立马就成了我前对象了吗?我顿时惊吓得浑身直冒冷汗,正着急着怎么跟他解释,怎么把谎言重新圆过来,不料那人却哈哈大笑起来,说:"你果真爱开玩笑,我倒是听赖月说过,你是个幽默的人,以前不怎么了解,今天才知道哈。"我犯了蒙,傻傻地问道:"你知道什么呀?"他说:"你自己瞧瞧自己,你像有病的样子吗?"

我惊心动魄地逃过一关,赶紧把话题从我和弟弟身上扯开,扯到他那儿去,我反问说:"你呢,你带谁来看病呢?"他又奇怪地反问我:"咦,你不知道吗?你自己村里的事情你不知道吗?"我真不知道,我们小王村除了我弟弟是老鼠,难道还有别人是老鼠吗?他见我真的犯糊涂,也不再难为我、不再让我猜谜了,说:"就是我表哥王图呀,王图得了病你真不知道啊?"又说,"他在这里住院,我是特意来看他的。"

这事情真是太出人意料了。

王图竟然会和弟弟一样,打死我也不敢相信。这王图可是我们小王村数风流的人物,除了前村长能够和他 PK 一下,别的人,根本不是他的对手。虽然许多年来,我并不关心村上的事情,但是我爹关心呀，王图的事情，我就是从我爹那里听来的。

几年前王图承包了村里一排废弃的厂房，他拿来养鸡，鸡生蛋，蛋又生鸡，没完没了，正数钱数到手抽筋呢，村长又想重新办厂了，要收回。王图哪是这么好说话的，乘机敲竹杠，狮子大开口，怎么谈也谈不拢，双方的底线离得太远太远，像隔着太平洋那么远呢。村长急了，翻找出当年的协议，仔细一看，发现有机可乘，那协议漏洞百出，根本就是胡乱一写，完全不合法，不受法律保护，可村长懂法呀，他太懂法了，赶紧告上法庭，结果果然判了王图败诉，厂房被无偿收回。

王图如此人物，照样被迫害成精神病人，他比我弟弟冤多了，我弟弟反正天生就这样，可王图本来好好的一个人，不仅是好好的一个人，还是一个人物，一个人才，一个人精。

真是太冤了。

我们还没聊完王图的事情，忽然就看到王图从住院部那边出来了，神清气爽，哪里像有病的样子，他那亲戚愣了一愣，先是奇怪，后又紧张起来，说："表哥，你怎么逃出来了？"王图嬉着脸上前就冲我过来，一下将我搂抱住，嘴上说："抱抱，抱抱——"我吓得直往后躲，一边尖叫起来："逃出来了，逃出来了！"王图说："王全，我不是逃出来的，我出院了。"那表弟更是奇道："你不是昨天才住院的吗？"王图说："那只是一个程序而已，经过这些程序，我的目的达到了，我就可以出院了。"

他说话时，我在一边注意观察他，我一点儿也看不出他有什么病，但我又想，有病的人也不一定个个都会表现出来，即使是我弟弟，病得这么重，不犯病的时候，也是一个英俊青年呢。

王图又和我套近乎说："你们看过病了啊？"他没有明确说出是我带我弟弟来看病，还是我弟弟带我来看病，他只是说"你们"，比较含糊，我心里蛮感激他的，至少他的那个亲戚，听了"你们"，不能一下子就判断我和我弟弟的情况，他总不可能以为我和我弟弟都有病。

我得回报他，拍他马屁说："王图，你肯定是误诊吧，你不可能得精神病的。"王图笑道："还真不是误诊，我真得病了，是被气出来的，精神抑郁症，村里得赔偿我的精神损失。"

我仔细辨别了他的神态，又重新想了想，既然这个王图和村长有仇，他会不会为了对付村长，假装生病了，以病来要挟村长。

但再转而一想，似乎也不大符合，如果是这样，他看到我，必定会装出有病的样子，而不会这么笑逐颜开。我疑惑着说："王图，你是装的吧？"话一出口，我还担心王图会不会生我的气，不料他仍然笑呵呵地说："你看出来了啊，我就是装的呀，我本来是想装其他病的，但是其他病都有仪器可以检查，查得出真假，只有精神上的病，才查不出真假。"我还没反对，那表弟倒不服了，说："表哥，你说得不对，精神病也一样能够查出来的，到精神病院看病，就是查病治病的嘛。"王图笑道："你以为啊。"那表弟十分疑惑地说："表哥，莫不是你真的病了？没听说有人愿意自己给自己戴一顶精神病的帽子呀。"王图说："我就愿意。"他见我们都不能理解他的胸怀，又强调说："他给我苦头吃，我也要回敬他一下，让他吃苦头。"

他谈笑风生地说自己有病，又谈笑风生地说装病是为报复别人，他的话该不该相信呢？我肯定丢不开对他的怀疑，我说："王图，既然你没有疯，你'抱抱'干什么？像个花痴似的。"王图笑道："拿你练练兵罢，等到了村长面前，我得抱抱他呀，男人抱男人，多恶心呀，我得先试着适应啊。"

我不想和王图谈论恶心的问题，我想得更深更远，我试探他说："王图，你把你的险恶用心直接向我坦白了，你不怕我去告诉村长？"王图才不怕，他从口袋里摸出了病历本和医生证明，朝我扬了扬，说："我有医生的证明，证明我是病人，有医院的公章，这就是铁证，这就是法，到哪里他都不能否认的。不像王长官个狗日的，当初和我签的承包协议，居然是没有法律效应的。"

我算了算日子,王图承包土地那时,王长官已经不当村长了,并不是发生在他任上的事情。我说:“那时候王长官似乎已经是前村长,怎么可能代表村里跟你签承包合同呢?”王图说:“前村长?那个狗日的从来就没有‘前’过,也不会有‘后’,他当村长也是他,他不当村长也是他,小王村什么事情不是他一锤定音,只不过有时候在当面,有时候在背后而已。”

我觉得王图这话颇有道理,我们的前村长就是这样一个灵魂人物,无论他当什么或不当什么,他都是我们的村长。

王图和前村长王长官,两个人都是人物。现在这两个人物就要发生事情了,跟我无关,我看戏而已。

我甚至连戏都不想看,我只想让弟弟从一只老鼠变回一个人。

二

那时候弟弟的名气还不像后来那么大,大嫂嫁过来的时候,还不知道我弟弟有病。弟弟不犯病的时候,看起来和正常的人是一样的,他在看一本书,那时候大嫂还特想讨好小叔子,问弟弟说:“弟弟,这本书好看吗?”弟弟算是给新来的大嫂一个面子,开腔回答说:“书店里的老鼠。”大嫂肯定是听不懂的,我一边把弟弟拖开一边翻译给大嫂说:“他说的是咬文嚼字。”大嫂以为弟弟在跟她开玩笑,就顺着他说:“老鼠呀,老鼠不光会咬文嚼字,老鼠还会掘壁洞呢。”弟弟一听,立刻变成了老鼠的样子,双手尖尖地蜷在下巴前,嘴巴噘起来,“吱吱”叫了几声,一头扎到墙角根用手和嘴去拱墙角。大嫂还没有反应过来,等到弟弟用爪子和嘴拱下一大片纸金和石灰,回过脸来冲着大嫂龇牙,大嫂看到弟弟灰白的狰狞的面目,惊叫一声逃走,动作比老鼠还快。

从此以后,但凡大嫂和大哥有了争执,大嫂就说大哥欺骗了他。可大哥很无辜也很无奈呀,大哥说:"虽然我事先隐瞒了我弟弟的病,可你嫁的是我,又不是我弟弟。"大嫂说:"可是你让我和这么大的老鼠在一个屋檐下过日子,这日子怎么过呀?"大哥说:"我弟弟不是老鼠,只是他自己以为是一只老鼠。"大嫂不服,说:"他这种样子,他做的这种事情,跟老鼠一模一样的,他还不是老鼠?"大嫂又说,"这想想都后怕,如果他以为自己是一只老虎,那还得了。"

所庆幸的是,大嫂这人特爱虚荣,她虽然很生气自己有这么个小叔子,但她没有把这事情说出去,以至于她娘家的人,在后来很长时间里都不知道我弟弟的真实情况。当然纸是包不住火的,我弟弟的事早晚会被别人知道的,好在有我爹我娘我大哥他们拼命干活攒钱,等到我大嫂娘家人终于听到了风声,气势汹汹来替我大嫂讨公道的时候,我大哥已经另造了新房子,搬出去住了,才算稳住了那些比老鼠凶一百倍的如狼似虎的亲戚。

现在轮到我了。

我还没有结婚,但是我已经有对象了。我现在面临的最重要的事情,就是为把我对象变成我老婆做准备。

所谓的准备,你们都知道,那就是想办法对付我弟弟。

一只老鼠虽然狡猾,但是我们总觉得人会比老鼠更聪明一点,比如弟弟讨厌的时候,我们就学猫叫,一叫,弟弟就溜得没影子了,屡试不爽。弟弟从来没有上当受骗的感觉,你要是欺骗过老鼠,老鼠下回就会小心了,弟弟似乎比老鼠还笨。只是我们远远没有料到,即便是一只很笨的老鼠,也一样会让全家人不得安生。更麻烦的是,还不只是让我们家不得安生。

事实就是这样的,一只老鼠也许会把窝安在你家里,但是它决不会老老实实地就待在你一家作恶。弟弟也是这样,从这一点上讲,弟弟真像一只老鼠。

本来我们是一直隐瞒弟弟的病情的,家丑不可外扬,可弟弟他自己跑出去扬,他扮成一只老鼠,到处丢人现眼。

如果弟弟光是出去丢人现眼,那也就算了,家家有本难念的经,自认倒霉了吧。问题是弟弟不仅出去丢人现眼,弟弟出去,最主要的目的是祸害别人。一只老鼠是怎么祸害人类的,弟弟就是怎么干的。他跑进隔壁人家的灶屋,看到煮了一锅白米粥,弟弟朝里边擤一摊鼻涕,然后说:"一颗老鼠屎,坏了一锅粥。"这是弟弟人生不多的言语中最常用的一句。

弟弟又跑到另一家,躲在人家的床底下,撕咬人家的床单。其实弟弟完全有能力一下子就把床单彻底毁掉,但是他很狡猾,他从不会一次性把东西彻底弄坏,他分了好多次,一点一点地弄,一天一天地弄,最后你才发现床单坏了,而且看起来,就像是一只老鼠搞的破坏。

弟弟这么做,你们千万别以为他是想掩盖自己的破坏行为,好让别人不追究他而去追究老鼠,恰恰相反,弟弟的意思,就是要让人家知道,事情是老鼠干的,而他,就是那只干事情的老鼠,他喜欢听到别人破口大骂:"老鼠,老鼠,天杀的老鼠!"

弟弟在自己家里这么做,我们没办法阻止他,也无法和他计较。可外人就不这么想了,凭什么呀,凭什么你要来搞我们呀,凭什么我们要被你搞呀。他们是毫不客气的,立刻找上门来,要赔钱,要赔脸。当然,如果赔了钱不赔脸也好商量,但是如果反过来,光赔脸不赔钱,那是绝对通不过的。

再退一步说,如果光是赔钱赔脸,赔也就赔了,穷也就穷了,脸丢在地再捡起来嘛。可事情还不止这样,越来越多的人知道了这件离奇的事情,我们家竟然有一只人扮成的老鼠,或者,我们家有一个老鼠变成的人。这怪异的消息一传十,十传百,终于传到我对象耳朵去了。

我对象就来找我了。

其实我对象以前也来过我家,也见过弟弟几面,但是每次我们都掌握好节奏，只让他们打一个照面，就设法把弟弟引走了，而这几次弟弟也很配合，我不知道是不是因为他对我感情特别深，他在大嫂面前犯的错误，在我对象面前，从来不犯。所以，我对象并不知道我弟弟的情况，也所以，当她后来听说我弟弟这样的情况，她是不相信的，正因为不相信，她才要来看个究竟。

她来就来吧，我们仍然可以采取以前的办法，把弟弟引开，如果更慎重一点，我们可以让弟弟服用一点安眠药睡觉，如果担心大白天睡觉会引起怀疑，我们就让弟弟服用医生开的另一种稳定精神的药，我们有的是办法。

可是智者千虑必有一失，谁也没想到，我对象虚晃一枪，假报了来时，没等我们准备好，她就提前来了，这简直就是突然袭击。

我对象到我家的时候，我不在家，我爹也不在家，只有两个不应该在家的人在家，那就是我弟弟和我娘。

如果我弟弟真是一只老鼠的话，他绝对是一只好色的老鼠。一只老鼠好色，它会是怎么样的表现，它是很简单地处理还是很复杂的姿态，我不知道，但我弟弟好色我是知道的，但凡看到外来的女性，他会特别兴奋，兴奋的表现，就是发出与平时不同的"吱吱"声。

平时我弟弟"吱吱"的声音，简洁短促，十分清晰，但是面对新鲜的女性的时候，他的"吱吱"声明显变化，变得又长又慢，最后的尾音还会出现转折，变成"吱——啊，吱——啊"。

那天我对象一进我家院门，我娘虽然老眼昏花，却一眼就看清楚了她的面目，吓得魂飞魄散，屁滚尿流，因为那时我弟弟正四脚着地在院子里快速爬行。我娘赶紧拍了一下我弟弟的屁股，可我弟弟不仅没有停下来，反而爬得更欢，一下子就蹿到了我对象的跟前。我娘束手无策，但她有脚，她一脚踩住我弟弟，我弟弟"吱吱"地叫了起来，一抬头，看到了我对象。

我弟弟兴奋地"吱——啊，吱——啊"，我对象当时脸上是什么表情,我没看到,但是我能猜想得到,事后很久,我还想出了一身冷汗。

那时候我正在地里干活,那天眼皮子老是跳,我拍打了几下也没有用,说:"怎么回事,要出什么事?"我爹恨恨地"呸"了我一声,气呛呛地说:"有这么个弟弟,你还嫌家里事不够多,还巴望出个什么事?"

你看,这就是我爹。也不知道我爹的脑子到底是怎么长的,他的想法到底是怎么生出来的,我明明是担心出事,他非说我巴望出事。

可许多事情并不是我巴望或者不巴望的问题,无论我巴望不巴望,事情它已经来了,有个乡邻站在田埂上喊我爹:"王长贵,你家好像来客人了。"

我爹还没反应过来,我立刻有了一个不好的预感,心猛地一跳,赶紧问:"是什么人?"那乡邻说:"是个女的。"我说:"多大年纪?长什么样?"那乡邻笑了起来,说:"你别装蒜了,你明明知道是你对象来了。"

我的心"咯噔"一下就掉了下去,一直掉到摸不着捞不着的地方,我怀揣着一颗摸不着捞不着的心直奔回去。

你们知道的,一切已经晚了。

我奔进院子的时候,他们三个人正在捉迷藏呢,我娘要把我弟弟藏进灶屋,我弟弟偏要把自己暴露出来,我对象冰雪聪明,对着我娘冷笑说:"你别藏了,藏到哪里他都是这样子。"

正好我走了进来,我赶紧跟我对象解释说:"误会了,我弟弟不是你想象的那样子。"我到得正好,我对象正要找我说话呢,她责问我说:"我跟你对上象,也不是一天两天了,你以前为什么不告诉我你弟弟是什么?"我等于被她抓了现行,完全没有退路,只好坦白说:"我弟弟是一只老鼠。"

我以为我说了实话,我对象就会原谅我,不料她十分鄙视地看了我一眼，我知道她的意思，她不相信我，她以为我在说谎，我赶紧说："我没有骗你，我弟弟是一只老鼠，不过不要紧的，我们已经带他看过医生了，医生说能够治好我弟弟的病。"我对象"哼哼"说："既然你弟弟是一只老鼠，那你是找兽医给他看病的喽。"我说："不是兽医，是人医，是治人病的医生。"我对象又"哼哼"说："那你的意思，这个医生能够把老鼠变成人喽？"她真把我问住了。她见我无言以对，更是乘胜追击说："如果真有这样的医生，请他把我们村、我们家的那许多讨厌的老鼠都变成人吧。"我一向是以话多著称的，但是在我对象面前我笨嘴拙舌，倒是我那一向笨嘴拙舌的老娘，不惧怕我的对象，上前伶牙俐齿地说："他弟弟不是一只老鼠。"不等我对象回击我娘，我的堵塞的思路已经被我娘调动出来了，我立刻说："我弟弟只是想象自己是一只老鼠，他不是一只真正的老鼠。"

我对象大概无法体会想象自己是一只老鼠是怎么回事，她皱着眉头看了看我弟弟，又看了看我，我知道她的怀疑，就做了个老鼠的样子给她看，我学着弟弟，蜷起双手，放到下巴前，又噘起嘴巴，发出"吱吱"的叫声，我还怕自己学得不像，回头看看弟弟，弟弟并没有表示出对我的不满，我估计我学得还是蛮像的，心里有些得意。

哪知我这一学，彻底惹恼了我对象，她生气地说："我看不仅你弟弟有病，你也有病吧？你比你弟弟更像一只老鼠。"我吓了一跳，这可不能随便乱说，我知道我对象对我感情很深，但是再深的感情也架不住一只老鼠的打击，她怎么可能爱上一只老鼠，哪怕是想象出来的老鼠。我赶紧说："不可能，不可能，生病的是我弟弟，不是我。"我对象的思维很活跃，她立刻说："即使真是你弟弟有病，也不能证明你没有病啊。我听人说过，这种病会遗传的。"我大喊冤枉说："遗传也应该是长辈传给下辈，他是我弟弟，又不是我爹，怎么会遗传给我？"我对象比我更能掰，又说："就算不遗传,也可能会传染。还有,基因什么的。"不等我再叫屈,她又说:"你想想,就算你从前是一个正常的人,你天天和你弟弟,也就是和一只老鼠在一起,天长日久,你能保证你不受他的影响,不受诱惑?"我张口结舌,她本来已经结束了演讲,忽然又加了一句说:"难说的,现在什么事情都难说,传染病到处都有。"

她越说越离谱了,我得赶紧告诉她,我没有被我弟弟传染,我是个正常的人、健康的人,但是我怎么说她才能听得进去呢,我看得出来,她现在对我是一百个不放心,一千个不相信,我想了想,唯一的办法,就是把弟弟的情况彻底向她坦白,一定会打动她的心,让她知道我弟弟是老鼠而我不是。

于是,我把弟弟的几乎所有的恶劣行径全部说了出来。我本来是想向她隐瞒弟弟病情的,但是为了证明自己的清白,我只能出卖弟弟,竹筒倒豆子,抖了个干净。

我又回头看看弟弟,好在弟弟并不生我的气,并不怪我出卖他。当然,很可能他根本就听不懂我在说什么,一只老鼠,他应该是听不懂人话的。

我对象听我说完,没有如我希望的那样,立刻冰释前嫌,对我投怀送抱,而是拔腿扭头,绝尘而去。

就这样轻而易举的,我的对象就成了我的前对象。

我容易吗,就我这样的,还有个女的愿意和我处对象,我能不珍惜吗?我能不像抓救命稻草似的抓住她吗?只可惜任凭我使尽浑身解数,抵不上我弟弟"吱吱"地叫上两声。

我那个气啊,我不说我对我对象的感情有多深,希望有多大,我只想说,我弟弟罄竹难书,我们这个家,真让我弟弟害惨了。

其实还有人比我更生气的,那就是我爹和我娘,还有我大哥、我二姐、我四妹以及他们各自的配偶以及配偶的各自的家庭,他们这许多人,早已经对我弟弟忍无可忍了。

我们实在忍无可忍了,终于做出了一个决定:把弟弟丢掉。

这个念头是谁先产生出来的,我不想坦白地说出来,不管怎么说,我肯定是摆脱不了干系的。

现在这个念头已经成为全家人最强烈的愿望,我们就要付诸行动了,但是我们还不太清楚弟弟到底清楚不清楚我们的念头。为了试探弟弟的深浅,我们打算故意当着他的面商量这件事情。

商量这件事情,涉及家里所有的人,可我二姐想要赖,说她有事来不了,让我们自行商量。那可不行,商量丢掉弟弟的事,是全家的大事,谁也不能不到场,我们对二姐说:"你今天不来,我们就等你明天,你明天不来,我们就等你后天,总之是要等你到了才商量的。"二姐知道推托不了,而且她也知道赶早不赶晚,第二天她就回来了。

人到齐了,我们开始试探弟弟,我们议论说:"让弟弟到社会上去吧,现在社会上什么人都有,政府会管的,他不会饿死的,也不会冻死的,说不定比在家里条件还好呢。"但是也有人担心,说:"弟弟会不会被政府又送回来?"我们又自己给自己鼓气说:"不会的,弟弟又说不出自己的名字和家在什么地方,政府不可能把他送回来。"

无论我们怎么说,弟弟都没有反应。对于弟弟来说,也许就应该是这样的表现,他如果是一只老鼠,他哪里知道我们要丢掉的那个人是他呢? 丢掉一只老鼠,难道还要我们坐下来开家庭会议吗? 反过来再说,如果他不是老鼠,而是一个人,那我们为什么要丢掉他呢?

总之,理是在我们这一边的。

我们再进一步试探弟弟,看他知不知道自己的家在哪里,弟弟果然不知道,我再说:"弟弟,你叫什么名字?"我并没有指望弟弟会理睬我,但偏偏今天弟弟心情好,还给我面子,回答说:"王全。"

大家这才真正放了心。弟弟果然说不清任何事情。

接下来,我们再商量把弟弟带到哪里丢掉比较保险。这事情又议了半天,说:"他是个病人,他又认不得回家的路,随便带到哪里丢掉就行了。"另一个却说:"恐怕不行,如果太近了,万一他找回来怎么办。"再一个赞同说:"不是没有这种可能,虽然他是个病人,但病人毕竟还是个人啊,就算一条狗,你丢掉它几十里,它都会自己找回来。"另一个补充说:"狗它会一路撒尿,在土里留下自己的气味,它就认得回家的路了。"

商量不下去了,再去问弟弟。我问道:"弟弟,你走了以后会找回家来吗?"

大家都认为我问也是白问,弟弟不会回答我的,他一直以来都不屑和我们对话,但是弟弟也经常乘人不备剑走偏锋,你不指望他说话吧,他偏说给你听,他跟着我的口音一字一句地说:"弟弟,你走了以后会找回家来吗?"

这是模仿,是典型的精神分裂症的症状。

为了让大家看清楚我弟弟是个什么东西,我不妨归纳一下弟弟平时的三类语言。第一是和老鼠有关。弟弟如果愿意说话,他几乎能够说出所有的带有鼠字的和老鼠有关的成语、俗语、歇后语。或者反过来说,他说出来的所有的话,几乎都和老鼠有关。对此我们始终百思不得其解,弟弟虽然上过小学,但那时候他就已经是一只小老鼠了,难道小老鼠会比人还聪明,能够记住如此之多的成语,还是老鼠本身有过人的语言和记忆天赋,只是我们不知道、不了解?

第二就是模仿。弟弟从来只模仿我一个人,别的任何人说话,他都爱理不理,充耳不闻,只在他愿意的时候,他会模仿我说话,无论我说出的句子有多么的长,内容有多么的复杂难懂,他都重复无误。这也是一奇。

第三就比较简单了,也是弟弟最少运用的,那得要在他情绪特别好的时候,他会回答我向他提出的问题,一般只有两个字,那就是我的名字"王全"。

不过,我归纳的只是弟弟的表面现象,我们虽然和一个精神分裂的人在一个家里一起待了许多年,其实我们并不了解这个病人,尤其是作为一个精神病人的本质特点,我们几乎完全无知。等以后吧,以后也许我们会慢慢地了解一些这方面的情况。

不过,我们就要将弟弟丢掉了,那就没有以后了。

说到现在,我们更清楚了,从弟弟那儿是得不到答案的,我们又换了一个相反的思路,认为应该把弟弟带远一点,丢远一点,越远越好。

但是又说:"太远了,得坐汽车,再坐火车,票钱太贵且不说,这家里谁也没有出过远门,不要搞到最后弟弟没有丢掉,倒把自己给弄丢了。"

大家商量来商量去,这期间我只说了很少的话,因为我一直在想,丢掉弟弟的任务,无疑是会交给我的。我虽然算不上个人物,也没见过什么大世面,但是家里头数我走得最远,我在县城的中学上过学,所以我把弟弟带走是义不容辞的,正因为如此,他们在商量远与近的问题时,我已经在考虑更确切更具体的地方了,很快我就有主意了,我建议说:"把弟弟丢到周县县城去吧。"

就这样由我一锤定音,大家再也没有什么好议论的了,再也没有什么好推敲的了,事情应该就这么决定了,但是我们忽然发现一个问题,在整个商量过程中,我四妹一直没有说话,这也是不行的,她一定得说话,哪怕说一句也是要说的,我们把这个意思告诉我四妹后,我四妹有些慌乱,说:"那我说什么呢,我不知道该说什么呀。"我们说:"我们说了这么多话,难道你一句也说不出来?"我四妹说:"可是话都叫你们说完了呀。"看起来她是准备坚持到底不发言了,但是我们由不得她,她必须参与进来,我们都在等她说话,她如果不说话,我们的家庭会议散不了。

四妹低下头想了半天,终于想到了一句话,这话是送给我的,她对我说:"三哥,你不要在人多的大街上丢掉弟弟。"我听了四妹的话,心里忽然一惊,虽然丢掉弟弟的事情已经最后决定了,虽然将弟弟丢到周县县城这个目的地也已经明确了,但我还没有来得及考虑更进一步的步骤,四妹替我考虑到了,周县县城是一个大的概念,我和弟弟到底在县城的什么地方落脚,然后我在什么地方丢掉弟弟,我用什么方式丢掉弟弟,这一切,我还没有做出周密的计划。

四妹是在提醒我,只是我一时没有想明白为什么不能在人多的大街上丢掉弟弟。我反对说:"四妹,人多的地方,不是更方便吗,一眨眼就不见了。"可我四妹坚持说:"三哥,还是不要吧。"我奇怪说:"为什么?"我四妹没有回答,倒是半天没有说话的我弟弟插话了,他说的仍然是一句关于老鼠的成语,虽然他口齿不清,但我听得很分明,他说:"过街老鼠,人人喊打。"

弟弟果然以为自己是一只老鼠,四妹也认为弟弟是一只老鼠,所以她才会提出这样的要求,以免我把弟弟一个人留在一个陌生而且人多的地方被人欺负。我接受了四妹的要求,但是我一时还没想好,除了人多的大街,到底在哪里丢掉弟弟最合适呢?

我把这个问题提了出来,但是家里所有的人,包括四妹,都不再帮我出主意了。我知道,因为这件事情发展到这一步,已经不是他们的事情了,以后的一切,都要靠我自己了。

会议应该结束了。在会议进行中虽然也有些小的争议,但大方向是完全一致的,小争议完全被大方向摆平了,所以一切都是风平浪静、委婉进行的。可是,就在会议结束前,忽然起了一点儿风,没头没脑的,我爹忽地举手"啪"地打了我娘一个耳光,骂道:"揍死你个贼婆娘!"我娘在我爹面前,一直都是逆来顺受的,挨了耳光她只会捂着脸,一言不发,可是今天我娘却一反常态,比我爹还凶,我爹一个耳光刚落下,我娘反手给了我爹两个耳光,"啪啪"两声,更响更脆,我娘还气哼哼地大声骂道:"王长贵,你个挨千刀的,我是把饭烧煳了,你难道从来没有干过错事?"

我们仔细闻了一下，果然，从灶屋那边，飘来一股焦煳味，随着这股焦煳味飘过来，我闻出我们这屋子里的气氛出问题了，气场乱掉了，我有一种不太好的预感，我很怕夜长梦多，赶紧要把事情扭过来。我说："饭煳了就煳了，好久没吃锅巴了。"

我们吃了一顿焦煳的散伙饭。饭后，二姐和四妹都回婆家去了。大哥虽然和我们在一个村上，但他也有自己的家。我呢，就要带着弟弟离家出走。我爹我娘，一如既往，下地劳动。

人散去了，屋里就静下来了，静得出奇，我看看弟弟，弟弟也看看我，虽然弟弟看我时，没有任何异常，但我自己做贼心虚，我怕弟弟从我的眼睛里看了什么去，我赶紧避开了眼神，对弟弟说："弟弟，我们要出门了。"

弟弟情绪很好，模仿我说："弟弟，我们要出门了。"他的口气，比平时要轻佻一点。

这应该是个好的迹象，我应该带上弟弟出发了，但是我的内心深处，隐隐地觉得哪里还不对劲，哪里还没有搞定。虽然我们已经一再地试探和考验过弟弟，弟弟都没有露馅儿，而且弟弟对"要出门"还表现出良好的意愿，但是我仍然担心事情不会那么顺利。我思来想去，觉得问题还是出在弟弟身上。虽然弟弟以为自己是一只老鼠，而且他也经常做出老鼠的行为，但是真实的情况到底如何呢？在弟弟的内心，他到底是个什么呢？

退一万步说，即便弟弟真的是一只老鼠，老鼠也是有记忆的呀，老鼠也是有家乡的呀，弟弟会不会记得关于自己家乡的许多事情呢？家乡的所有一切，都是有气味的，弟弟可能会沿着气味寻找回家。就像一只狗，无论它走得多远，它会一路撒尿，留下回家的线索。

所以在出发前，我还有工作要做，我要做的事情，就是抹掉弟弟对于家乡的所有记忆和印象，要去掉弟弟心中可能留有的家乡的气味和线索。尽管我并不知道弟弟到底有没有对家乡的记忆和印象，我也不知道家乡对弟弟来说，到底是有气味和有线索的，还是什么都没有的。

宁可信其有，不可信其无，无论有无，我都得抹掉它。

三

王村是我的家乡。

其实我家乡那儿，有许多叫王村的地方，甚至还有叫王乡王镇的。不知道史上是怎么回事，让这么多姓王的人和叫王的地方都集中在一块儿。

我们现在都知道，村和村、乡和乡都是一样的行政建制，如果都叫个王，那就搞不清了，王村和王村，王乡和王乡，到底哪个是哪个呢？

其实过去大家是能够搞清楚的，某个王村也好，某个王乡也好，都在大家心里头的某个位置上搁着呢，乱不了。但是后来渐渐地有些乱了，因此造成许多差错的事情，比如有一年，外乡的新郎到王村来娶媳妇，结果走到另一个王村，娶走了另一个媳妇，原本等着当新娘的那个，一等再等也没等到新郎来接，娘家人一气之下就把她送到了新郎家，那边正在拜堂呢，也没算太迟，她也挤了进去，结果那个外乡人洪福齐天，娶了两个来自王村的姓王的媳妇。

还有一次，邮递员把一封休书送错了人家，害得一个无辜的王氏跳了河，那个休妻的男人以为妻子被休走了，带着小妾回家，却意外地看到妻子仍然在家把持事务，吓得携上小妾掉头就跑，从此再也没有回来。

这种事情在我家乡简直是稀松平常。我的祖上王大毛，就曾经被误当作另一个王村的另一个王大毛逮到县衙，那个不是我的祖上的王大毛，犯的是杀头罪，要不是后来官老爷听到我老祖喊冤，细心核对了一下，我老祖的脑袋就落地了。如果是那样，后来就没有我曾祖、我爷爷、我爹,也没有我和我弟弟,也就省去了许多麻烦事。

除了叫王村和王乡,我家乡这地方,另外还有许多地名都带个王字,比如一个地方叫王井墩儿,一个地方叫王水塘儿,一个地方叫王槐树儿,你瞧瞧,连棵树都得让它姓了王。

因为太多的王什么王什么,最后大家终于受不了了,决定把它们一一分辨开来,这个主意是我们村的人先想出来的,就抢先给我们王村改名叫大王村。可是我们的上级王乡不干了,乡里跟大王村说:"你叫了大王村,那我叫什么呢。"大王村说:"你叫小王乡罢。"乡里说:"天下哪有这个道理呢,哪有老子叫个小的,儿子叫个大的呢,你叫我们乡上脸往哪儿搁。"最后胳膊扭不过大腿,大王村就改成了小王村,小王乡改成了大王乡。

至于其他的王村王什么,也好办,都在前面加一个字,成为南王村,北王村,上王村,下王村,左王村,右王村,实在没得叫了,就叫个畜生名,狗多的村叫就狗王村,猪多的村叫猪王村,也行。

我虽然住在王村,也姓王,但这些从前传下来的事情与我关系不大,在王村王乡这块儿,我只关心一个人、一件事,那就是我弟弟和我弟弟的病。

除了弟弟,我还有哥哥姐姐和妹妹,我不想多说他们的事,他们不缺胳膊不少腿,我只关心我弟弟。

我带着弟弟在小王村转悠,看到老槐树,我对弟弟说:"弟弟,这是我们小王村的老槐树,到了老槐树,就到了家乡了。"弟弟一脸茫然,他既不看我,也不看树,谁知道他懂不懂什么叫老槐树呢。

我叹息了一声,又启发他说:"弟弟啊弟弟,别的东西你不懂就算了,但老槐树你不能不记得啊,这老槐树也姓王,它可是我们小王村的神树噢。"

有一年,还不到三月,老槐树就发芽了,村里人说,今年肯定水多,果然那一年发了大水。再有一年,都到六月暑天了,老槐树还死气沉沉不发新芽，大家又说今年肯定干旱，果然那年就是大旱。当然这一年一年的事情我没有亲眼见过，没有亲身经历，可能大多数发生在古代吧，代代相传就到了今天；也或者，它真的就是最近发生的事，但就算它是昨天发生的、今天发生的，我也不会去关心。这一点你们早就知道，在小王村这片土地上，我除了关心我弟弟，别的事情一概与我无关。

可我不知道弟弟是否和我一样，不关心小王村的任何事情，所以我要带他走遍家乡的每一寸土地，以此来观察和揣摩他。

弟弟一直是懒洋洋的，走不走都行，由我带着，我们兄弟俩走近了老槐树，因为老槐树是小王村的神树，它给大家的印象太深了，我怕弟弟无法抹去，我得进一步试探弟弟的记忆，进一步掌控弟弟的思想。

本来十月份就应该落叶的老槐树，居然到了冬天还不落叶，风很大，但是它们只是随风晃动几下，生了根似的，决不离开。它们就像是一群早就长大了的孩子，早就应该离开家庭独立生活了，却死活地赖在家里不肯走。

我心里不免奇怪。老槐树又反常了，是否在暗示什么呢？它是否在告诉我，弟弟也像槐树叶子一样，不愿意离开家乡呢？

我回头看看弟弟，弟弟毫无表情的表情，让我在那一瞬间就醒悟过来，我这是痴人说梦，以己度人。弟弟毕竟是弟弟，不是我，他不可能有我这样的思维过程，他也不可能像我这样对自己的家乡有各种想法，他什么也不懂，树也好，家乡也好，都与他隔着一层永远也穿不透的篱笆。我只是不知道，弟弟在篱笆这边，还是在篱笆那边。

弟弟始终没有反应。这是正常的，如果弟弟对树不落叶的现象像我一样敏感，像我一样感到惊奇，弟弟就不正常了。

我们离开了老槐树，在村子的另一头，我又说到一口水井，我说："弟弟，这是我们小王村的老水井，看到水井，就到家乡了。"

弟弟"嗖"的一下就蹿到井边，朝井里吐口水，他那动作之神速，我哪里来得及阻挡，幸好周边没有人看见，也幸好我们家从来不用这口井的井水。但我忽然想到一个问题，弟弟既然能在这口井里吐口水，他难道就不会在我们家附近的井里吐吗？也就是说，我们小王村的人，包括我们家的人，这些年来，不知道吃了弟弟多少口水。我又联想，既然弟弟会吐口水，他难道就不会脱下裤子拉出屎尿吗？

我打了个干呕，继续带着弟弟走家乡，继续一路指点，似乎是想让弟弟记住家乡的一草一木、一砖一瓦，其实我是在观察弟弟到底知不知道自己的家乡小王村，到底记不记得小王村是什么。有个乡人看见了，跟我开玩笑说："王全啊，你是在给你弟弟上课吗？他是一只老鼠呀，你给他说人话，他听得懂吗？"

我听惯了他们这种幸灾乐祸的话，我才不会生气，但是这句话倒是提醒了我，惊醒了我，我这么做，真像是在给弟弟上课呢，我这是在抹去弟弟的记忆还是在加深他的印象呢？

我停下脚步想了又想，除此之外我没有其他办法，我只能背水一战。好在弟弟很配合我的险恶用心，我希望他是什么样子，他就做出什么样子让我满意，比如我问弟弟："弟弟啊，我们小王村的人都姓王，你用加法算一算，咱家和咱叔叔家，总共几个人姓王啊？"弟弟说："王全。"我有点不高兴，我说："弟弟，你回答不正确，不能加分，你再仔细算一算，需要掰一掰手指头你就掰一下。"弟弟又说："王全。"我认了输，只好后退一步说："我知道你算不出来，你掰手指头也算不出来，你从小算术就不及格，那就别算了——我们还是只说一个人吧，就说你自己，你到底是谁？"弟弟不假思索地说："古董店里逮老鼠。"这意思我知道，古董店里逮老鼠不好下手，弟弟已经清楚地表达了他的想法。他是老鼠，他在告诉我他是老鼠，让我放心，他不姓王，他不是人，他是老鼠。更进一步，他还告诉了我，要对老鼠下手是不容易的。

我出了一身冷汗，忽然怀疑起来，到底是我在考验弟弟，还是弟弟在玩弄我？

这简直不是人与人在对话。当然不是，因为弟弟是一只老鼠。这是人与老鼠在斗智斗勇。

后来我们走到了小王村的废旧厂房那儿，闻到一股陈年鸡屎臭，那是王图的鸡留下来的。看到前村长王长官和几个陌生人正在商谈什么事情，一会儿指手画脚，一会儿又郑重其事，显得异常，好像我们村的这一片大蒜地上有黄金万两似的。

对了，我还没有交代一下我们小王村的情况呢。简单说吧，我的家乡小王村，虽然不是富裕村，但也不算太落后，因为小王村紧靠大王乡，或者，说得更具体一点，不是我们小王村紧靠大王乡，而是大王乡实际上是在小王村的包围之中。也就是说，与其他乡村比起来，我们小王村的交通还算便利，凡大王乡使用上了什么交通工具，我们小王村很快也都能用上。只要大王乡来了什么新事物，我们小王村很快也能知道，也能新鲜起来。

看起来，是大王乡领导着我们小王村，实际上呢，大王乡的地盘都是小王村的，所以小王村才是大王乡的靠山和后台呢。

再说说我们的前村长王长官，王长官和我爹王长贵，名字中都有个长字，但是他们并不同辈，王长官要比王长贵小两辈，所以，我们前村长如果懂礼数，他应该喊我叔才对。可是一个前村长，他怎么会懂礼数呢，他才不会喊我叔呢，若是反过来，我愿意喊他一声爷，他倒是必应无疑的。

这会儿前村长王长官倒像个现村长似的，反背着两只手，牛哄哄地在地头上走来走去，傲视群雄的样子。他似乎并不知道他傲视的不是群雄，而是一片烂泥土地。从我的这个角度看起来，他不但像现村长，可能还更像现乡长、现县长等等。听说王长官正在为当选新一任村长做手脚呢，难怪他现在感觉又好起来了。不过，我虽然看他不顺眼，但他的事情不归我管，也不碍我事，我得为我弟弟的事殚精竭虑,死而后已,村上的事,谁当村长谁不当村长,我爱理不理。

我虽不爱理人,人家却爱理我。王长官眼尖,远远地看到我带弟弟走过来了,他满脸堆笑地迎上前来,递给我一支烟,我拒绝了,我说我不抽烟的。王长官笑道:"好,不抽烟的习惯好。"他的目光穿过我的肩膀,朝我身后的弟弟看了看,似乎有些疑惑,他半试探半揶揄地说我:"王全,你真有空闲,带着弟弟兜风啊。"我立刻心虚了,赶紧说:"没有没有,我们不是兜风,我们是随便走走,随便看看。"

话一出口,又知道该抽自己耳光了,兜风是什么,兜风不是就随便走走,随便看看吗。我知道前村长会生疑,赶紧又承认说:"就是兜风嘛。"前村长大概觉得我说话自相矛盾,又反复地看我和我弟弟,疑问说:"还真是兜风啊?这地方你们还兜风?这又不是风景区,又不是繁华都市,这不就是你自己的家乡吗,一个乡下地方,你兜的什么风,抽风吧。"

我并不相信前村长有多么好的眼力,他的眼睛又不是CT,他不可能看出我的心思,更不可能打探出我带弟弟在村里兜风的真实意图,我完全不用怕他,但我也不能任由他牵着我的鼻子,这样下去早晚会露馅儿的,我得反过来将他一军,牵上他的鼻子。

他的鼻子是什么呢?

他的鼻子多得很,我先牵出一条,那就是王图。

我说:"前村长,我在精神病院碰见王图了,是你把王图搞成精神病的吧?"前村长立刻耻笑我说:"王全啊,你不要因为自己的弟弟是病人,就希望别人都有病。"我说:"前村长,我没有希望别人都有病,我没那么歹毒。"前村长让步说:"没有希望?那就是怀疑,至少你怀疑别人都有病。"

看起来他是让步,其实他是步步紧逼,又说:"什么人最爱怀疑别人呢,那就是精神病人。精神病人的一个大特点,就是怀疑一切,怀疑所有的人都要害他。你说我害王图是假,其实你是怀疑我想害你,是不是?"他不怀好意地冲我笑了笑,又说:"不过,你如果真有病,我们也想得通,这种病,本来就有家族遗传的嘛。"

你们瞧瞧,这就是我们前村长,是个人物吧,他不仅把王图打成了假精神病,还想把我也打成精神病,我没牵上他的鼻子,他倒又捏住了我的七寸,好在我头脑清醒,意志坚定,我立刻反攻说:"前村长,你也欺人太甚了,你还不是村长,你就敢如此欺压百姓,鱼肉人民,你要是重新当上了村长,那还不知会怎么样呢!"

上一个鼻子不灵,牵不动他,他毕竟不是被吓唬大的,我另外找一个更重大的事情。这事情本来也与我无关,但我此时要拿来用一用了。

那就是新一轮的村长选举。

我一说"村长"两字,前村长眼睛立刻亮了,说:"王全,你都提前喊我村长了,你一定觉得我有胜出的把握喽,你一定会投我一票喽。"我端起架子说:"那不一定,我为什么要投你一票?"前村长稍一愣怔后,笑了起来,说:"你不投我的票,你怎么已经喊我村长了呢?"我说:"我是看你的样子,你现在就像是村长了,你都在跟人家谈判了吧?"前村长感动得眼泪汪汪,说:"你们能够理解我为小王村发展的一片苦心就好。"

我这人不厚道,人都说揭人不揭短,而我最擅长的就是揭人的短处,比如我们的前村长,他是有短处的,我为什么不揭他呢,不揭白不揭。当然,我肯定不是见人就揭短、打人就打脸的猥琐习性,那是因为前村长说的话我不爱听,他太爱胡扯,常把牛逼吹豁了也不知耻,我肯定要喷他两句。我先反讽说:"村长,过去多少年,你为小王村呕心沥血,最后被大家赶下了台,你受了这么大的委屈,还是坚韧不拔啊。"不料我这些话不仅没有讽得了前村长,还让他格外受用,他笑眯眯地说:"王全,有你这些话,我心里也平衡了,我不觉得委屈,只要我能重新当上村长,小王村的前景就辉煌灿烂。"这前村长,涵养疑似比以前强多了嘛。

前村长曾经连续当了好多年的村长,但是他水平不够,思想境界也不够,越当,反对他的人越多,他一气之下,辞职不干了,刚才我故意说他是被赶下台的,他也不生气,也不纠正我,更不反对我,真是宰相肚里能撑船。

其实我知道,并不是前村长改变了臭脾气,狗改不了吃屎,他那是为了重新当上村长,才对我们和颜悦色的,才暂且不和我们计较,等到他一旦复出,他那嘴脸,闭起眼睛我都能想得出来。

但奇怪的是,凭我的灵敏的嗅觉,我觉得前村长好像真的有胜出的希望,现在你到村子里走走,听到大家都在说现村长的坏话。他们说,这才叫走了豺狼,来了虎豹。其实这话并不是只骂现村长的,连带着前村长也骂了。但是前村长感觉良好,至少大家对他的印象要比对现村长好,毕竟狼和豹子老虎是有差别的,如果大家觉得他们一样坏,他们就会说,西边的老虎吃人,东边的老虎也吃人,或者说,天下的乌鸦一般黑。

说现村长坏话是什么意思呢,那意思再明白不过了,就是认为前村长好嘛。农民就是这样的,简单的逻辑,简单到不能再简单。

至于大家为什么又要抛弃现村长,又要再选前村长当村长了呢,这道理更是简单得不能再简单了,前村长贿选了嘛。

关于贿选这个话题,跟我没有关系,我也是道听途说的,我自己没有直接被贿,所以我没有发言权,我其实可以问一问别人,那些被贿的人,比如我爹,我娘,我大哥,他们都被贿了,我问他们谁都行。

我懒得去问。可他们都主动坦白出来了。他们那嘴,能闭得住吗?他们那嘴根本上就不能算是个嘴。那算个什么呢,算个洞,算个喇叭,算什么都行,就是不能算嘴。

只不过,我的思想跟一般的人必是有所不同的,虽然我很懒于思想,但是思想它老人家却经常来烦扰我,比如这个前村长贿选当村长的事情,大家可能更在乎贿选的力度,其中有一个问题别人似乎都没有想到,而我却认为值得怀疑。既然前村长从前是自己主动辞职的,怎么过了些时日他又挺身而出了呢,是他痛定思痛,要把丢失的权力重新捡回来,还是他感觉到了风吹草动的迹象。

疑惑的念头在我这里一闪而过。任何的念头都会在我这里一闪而过,唯有关于我弟弟的念头,它将会永远笼罩着我,我永远无法摆布,无处逃遁。

不过现在好了,我马上就要实施我们的计划,让我弟弟也从我的思想里彻底地消失掉。

我没有必要和前村长纠缠,我得带上弟弟,继续我们的消除家乡印象之行,可是前村长偏偏还想和我再切磋一下,他不仅喊住了我,还把我从弟弟身边拉开一点儿,好像他要跟我说的话,不能让我弟弟听见似的,他也太把我弟弟当个人物了。

我们站到一边,远离了我弟弟和其他人,前村长显得有些神秘,有些鬼祟,他的手伸进自己的上衣,从里边的口袋里掏出一个皱巴巴的信封,塞到我手里,一脸诡异地说:"王全,你回去再打开来看吧。"我看了一眼,信封竟还是用胶水封住的,我不知道里边封的是什么,难道前村长会给我写一封信,他为什么要写信呢?难道有什么话不能当面说吗?搞得像知识分子似的。

前村长又喊来一个人,手里托着一个纸盒子过来,由前村长接了,再转交给我,我感觉盒子沉沉的,像是有什么好货在里边。前村长说:"王全,这盒子和那信封一样,你回去再打开来看。"不仅有信,还有盒子,我更好奇了,为了尽快看到信封里和盒子里的内容,我赶紧糊弄一声说:"好的好的,我回去再看。"

我一手拉着弟弟,一手夹着前村长给我的盒子和信封,我才等不到回去再看呢,刚一避开了前村长的视线,我就迫不及待地先打开盒子,一看,里边装的是皮鞋,油光闪亮,肉眼看起来,皮质相当不错。可奇怪的是皮鞋只有一只,我十分吃不透,前村长欲行贿,这是司马昭之心,路人皆知,我岂能不识,但是用一只皮鞋贿选,这可是闻所未闻的。这才想起还有一个信封呢,虽然有胶水封了口,但撕开来也是不费吹灰之力的事,我撕掉封口,朝信封里一张望,原本根本不相信会是一封信,以为应该是红通通的百元大钞,至少也是绿汪汪的半百,不料它却真的是一封信,也不是专门写给我的,因为信是打印或者复印出来的,信上的意思是说,赠送给村民的皮鞋分三六九等,给我的皮鞋是头等,另外一只鞋改天会通知到村里去领取。

改天是哪天呢,当然就是前村长顺利当选村长的那一天喽。

其实关于前村长贿选的事,我在家早已经听我爹说过,不过我爹得到的可不是皮鞋,而是现金,是一百块。

我娘次之,五十块。

这也没什么不对,男尊女卑嘛,有五十块甚至都不能算卑了。

我掂量了一下那只皮鞋的重量,感觉是货真价实的,如果不是一只,是一双,肯定不止一百元,至少得二百,甚至二百五。看起来前村长对我还是刮目相看、区别对待的。

我本来嘴不饶人,说了王图的事情,还直截了当点了他即将贿选的事情,他倒不计我仇,还送我真牛皮鞋,真是个有风度的人。

可是凭什么我要比我爹他们多占便宜呢?为什么我就应该有特殊待遇呢?我认真地想了一下,很快就想出结果来了,前村长是按照知识水平和学历行贿的,这让我多少寻回了一点儿自我感觉。我们村里虽然出过一两个大学生,但是他们上了大学,户口迁走了,就不再算我们村的人了,我这样的高中生,就是高级知识分子了。

他给我一只皮鞋,我也不计较他的花招,对待我这样的大脑既发达,小脑筋又乱转的知识分子,不能像对待头脑简单的农民,他是得玩点儿花招,否则万一我这个人心底歹毒,拿着一双高档皮鞋去举报他,他就壮志未酬身先翘了。但是如果我举着一只皮鞋去

举报,恐怕不仅不会有人受理我,他们说不定还会把我当成我
弟弟。

当然,无论是一只皮鞋还是一双皮鞋,我都懒得去举报前
村长,我早说过了,村里的一切,与我无关,只不过,此时此刻,因为
皮鞋的刺激,我还是想多了一点儿,我的思想又出奇了,我知道前
村长并不富裕,他从哪里搞来这么多的钱买皮鞋、发现金呢?

这个问题其实更不关我事。

现在我得带着弟弟继续往前走,我还有一个重要的任务,我得
让弟弟忘记我们小王村的一个重大特色:大蒜。

忘记大蒜,恐怕要比忘记别的东西更难一点,大蒜那味,你一
想起来,就觉得那么的浓重,那么的亲切熟悉,难道不是吗?你再
想一想,大蒜的作用,在我们的生活中,到哪里能够离得了大蒜?
即使在城市里,也一样离不开大蒜。所不同的是,我们捏个大蒜头
就咬,城里人则是把大蒜瓣切成碎花,不管什么菜都往上面撒一
把,搞得跟鸡精似的。

别的小王村怎么样我管不着,我们这个小王村,一向以种大蒜
著称,在后来的日子里,有一阵大蒜简直逆了天,被尊称为"蒜你
狠",蒜你狠确实够狠,涨出了天价,一个跟斗翻了几十几百几千
倍,赶超猪肉鸡蛋鲜虾活鱼,蒜你狠和豆你玩、姜你军、糖高宗、
苹神马、煤超风等等齐名,赫然排列在网络世界和现实社会头几
名,广受关注。

可惜的是,虽然小王村是大蒜村,再狠的大蒜也是从我们的地
里长起来的,但是在大蒜的那一次疯狂或每一次的旅程中,我们村
却没有搭上车。

车子在哪里呢? 车子是什么时候开走的呢?

我们都是鼠目寸光的人,哪里看得见什么车子。唯有前村长
不肯承认这一点,他打算要开一辆开创大蒜新纪元的车子了。可
是我们这些人,无论是现村长还是普通的农民,谁会有那个眼光

呢。谁有那个眼光,他就不会窝在小王村,早就搭上别的车走远了。

前村长对选举是稳操胜券了,他既有贿赂金,又有竞选方案,别说是现村长,即便是现乡长、现县长,恐怕也不是他的对手哦。

关于前村长的竞选方案,我爹早就在我家替前村长发了公告。其实有很长一段时间,我爹跟前村长关系并不好,有私仇。从这个比我爹小两个辈分的村长成为前村长后,我爹就十分瞧不起他,用前村长的话说,那是狗眼看人低。我爹也不反驳,还承认说,我就是一条狗,谁给我骨头我就高看谁。

我爹向来说到做到,自从前村长开始准备竞选新一任村长而且被普遍看好以后,我爹立刻转变了立场,重新成为前村长的一条狗,前村长干什么,或者前村长准备干什么,在我爹心目中,都是了不起的大事业,都值得我爹极尽阿谀奉承之能事。

我爹就是这样一个无耻的走狗,你能拿他怎么样呢。

"村长要办一个全新的厂,高科技的,连厂名都想好了,"我爹骄傲地说,"就叫个大蒜250。"我忍不住扑哧一笑,我虽然是头一次听说这个奇怪的名字,并且不知道它是什么意思,但我还是觉得好笑。我嘲笑了它。

难得我爹没有生气,他因为大蒜250心情倍儿好,懒得跟我计较。不仅不跟我计较,还及时地向我普及科学。我爹说:"村长说了,大蒜有250多种有利健康的物质,他们能够把这250多种有益物质提炼出来,制成食品、药品、保健品等等,生产大蒜精,大蒜油,大蒜素,大蒜什么什么等等等等。"

我发现我爹的水平和口才都大有提高,这是他跟上前村长当狗腿子的收获和进步,我家人都有点崇拜我爹,甚至连我,几乎也要对我爹重新认识一下了。

不过我大嫂并没有表现特别崇拜我爹的意思,她可以只崇拜她自己,因为她对大蒜250的热情和了解,一点儿也不亚于我爹。

我大嫂觉得该轮到她发言了,我大嫂做了个手势,比画了一下,说:"大蒜精可不得了,这么一小瓶大蒜精,就能卖几百块钱呢。"

我"啧啧"一声,表示赞赏,我大嫂受到鼓励,兴奋地说:"村长说了,建了大蒜250,大家都可以当工人,这可不是一般的工人,是技术工,要穿着白大褂,套上鞋套进车间的。而且,更重要的是,从此以后,村里就不会再有这么浓的大蒜味了,味道都被厂里的机器吸走,人家来我们村做客走亲戚,也不会再被大蒜味熏跑了。"她总是把小王村说成"我们村我们村",真把自己当自己人。

我娘对我大嫂的话十分不以为然,小王村向来是牛逼的,牛就牛在个大蒜味,这大蒜味要多香有多香,没了大蒜味,小王村还算什么小王村。我爹其实也是这样想来的,只是因为对前村长的盲目崇拜,导致他连弥漫升腾了几千年的大蒜味都可以忽视掉。

我娘的不满不便当面使出来,她希望我大哥能够向我大嫂提出不同意见,可她这是做梦,我大哥向来对我大嫂言听计从,无屁可放,就算我大嫂说大蒜是臭的,我大哥也不准备有其他的想法。

我却觉得我大嫂的话十分中听,因为对我来说,这可是个天大的好消息,如果小王村没了大蒜味,我丢掉弟弟以后,就算弟弟再找回来,他也不会以为这是他的家乡小王村。他再也闻不到大蒜味道,就再也找不回来了。

一阵喜悦涌上心头,我大功告成了,我不仅抹去了弟弟对家乡的记忆和印象,甚至还灭掉了弟弟对家乡的嗅觉,我当即把一只皮鞋从盒子里拿出来,摆到我爹面前,说:"爹,我把皮鞋抵押给你。"我爹才不会上我的当。我又想抵给我娘,我娘和我爹一样的货,贼精,说:"这是男式的,我穿不了。"我在网上看到有人说"爹妈罩我去战斗",可你瞧我爹妈这德行,我这辈子还有指望吗?我凭什么去战斗啊?

我真的忍不住要爆粗口说脏话。

还是我大哥好,他看了看那只鞋,说:"这鞋你穿太大了,我穿正好。"我提醒我大哥说:"记得去领另一只的时候,要带上这一只哦,否则领回来不是一对就不好办了。"我大嫂拿过那只皮鞋看了看,她也是识货的,知道皮鞋不错,估计价格不菲,才勉强同意我大哥的意见,但看到我大哥数钱给我的时候,她又心疼了,却又不好反悔,所以她说:"只此一次噢,我又不是当铺。"我赶紧说:"就一次,不可能有第二次,因为我们家只有一只老鼠。"

瞧瞧我们家这些人,都是些什么人啊,丢掉弟弟又不是我一个人的事,但是丢掉弟弟的费用竟然要我一个人承担,害得我连一只皮鞋也不能拥有。

不说他们了,我还是关心我弟弟,我把大哥给我的钱朝弟弟扬了扬,说:"弟弟,我们去周县的车票钱解决了。"

我们真的可以出发了。

我们出发的那一天,正是新一届村委会选举的日子,前村长在去往选举现场的路上,碰见了我和我弟弟。他以为我是去给他捧场的,结果发现我和弟弟走的路与他背道而驰,前村长立刻说:"你既然不参加选举,你该把盒子还给我。"我才不会听他的呢,我说:"前村长,我可不是任凭你宰割的羔羊,我不举报你,你就是万幸了,你应该把另一只皮鞋提前给我。"前村长心态很好,既不怕我吓唬他,也没有和我计较,当然另一只皮鞋也不会提前给我。他跟我说:"不着急,那只皮鞋很忙,等它忙过了,自然会给你的。"一边说,还掏出一包烟扔给了我,这回我没说不抽烟,我收下了烟,我要出门了,一个人出门在外,烟就是打交道的工具,前村长给我的烟,也许就派得上用场。

我心情倍儿好,主动和前村长说:"前村长,听说你要搞个大蒜250。"前村长矜持地微微一笑,说:"快了。"他真有信心,真把自己当个人物。他还吹牛说:"命中该你的,你就有。"我说:"你还会算命啊,那你替我弟弟看看?"他竟然说我只会看人,不会看老鼠。他竟然当着我的面说我弟弟是一只老鼠,这是典型的指着和尚骂贼秃,我一生气,说:"你是前村长,前村长也应该讲文明礼貌,你不能随便就说哪个人不是人,你这是骂人。"前村长和蔼地说:"其实你弟弟是老鼠这话,是你自己最先说出来的,我们只是投你所好,才顺着你的口气说的,你要是不喜欢,我们就不说你弟弟是老鼠,你看你弟弟,哪里有一点儿长得像老鼠呢?"

这话被他这么一说,我又觉得不对劲了,如果我弟弟不是老鼠,我为什么要费尽心机地把他丢掉,让他永远不得回家乡?

我赶紧把话题从我弟弟身上扯到前村长身上,我说:"前村长,早知今日,何必当初,既然你现在又要当现村长,为什么当初要辞掉村长呢让自己成为前村长?"前村长说:"我要把损失的时间补回来,我从前做得太少,做得太慢,那是因为没有条件让我做事。现在有条件了,眼看着好日子就要来了,我就得重新出山了,否则功劳就归了别人,我以往许多年的辛苦就都白费了。"我茫然地四处张望,没看出哪里有了条件,我尖嘴利舌地说:"有条件了? 难道小王村变成大王村了?"前村长说:"小王村变没变,目光短浅的人是看不见的。"我说:"你是说,我们都是鼠目寸光的人?"前村长说:"这个鼠字,可是你自己说的,我没有说啊。"他抬起手腕看了看表,觉得没时间再理会我了,他得去让大伙儿选他当村长了。他对我说:"王全,废话别那么多,带着你弟弟走吧。"

前村长这话,看似随意,但是我一听,心里立刻慌张起来,好像前村长已经看穿了我的想法,他知道我今天要带弟弟出去,而且不打算再带他回来了,我紧张地思忖着怎么才能消去他的猜疑,他却给了我一个台阶下。他说:"我听说了,这个礼拜,乡卫生院从市医院请了两位精神科专家,你赶紧带弟弟去看医生吧,听说医生只待两天。"

我如获大释,拉上弟弟扭头就跑,心里充满了对前村长的感激。平心而论,怎么不应该感激他呢,我怀揣的可是前村长的一只皮鞋换来的钱,还有前村长的烟。等到我把弟弟丢掉了,顺利回家,这里边应该有他一份儿功劳。

我把前村长和他的选民们彻底扔到脑后,看起来我这个人心狠手辣,毫无人情,但其实我有我的苦衷,因为不管谁当村长,都不可能把我弟弟从老鼠变成人,我弟弟的事情,得靠我自己解决。

后来我听说了,前村长果然当选了,而且还是高票当选。不说别人,就是当时的现村长竟然也投了他一票。于是,这个叫王长官的人,就从前村长再次成为现村长。据说那个现在成为前村长的原村长,后来又后悔投他的票了,他到乡政府去反映情况,举报王长官贿选。

贿选这可是天大的事,乡里也很重视,派了专人到小王村来调查。可是他们问来问去,谁也说不清到底是谁贿选了谁,因为小王村的人都姓王,两个村长也都姓王,大家都管他们叫王村长,有很多人根本搞不清哪个是哪个王村长。比如那专人问道:"是谁给你们发钱贿选的?"农民回答说:"王村长。"专人说:"哪个王村长?"回答说:"搞不清哪个王村长。"专人觉得可疑,觉得他们是有意隐瞒,生气地责问说:"难道你们不长眼睛?你们可以说自己不认得字,难道你们连人都不认得?谁给你们送钱的,你都认不出他的脸来?"农民都笑了起来,因为专人这话是很不专业的,无论是哪个王村长,他都不会自己直接给人送钱贿选的,他们是差派别人去送贿赂金和贿赂鞋的。送钱的人,也只会说,这是王村长给你们的慰问金,你们要投他一票哦。当然也可能会有例外。那唯一的一个例外,就是我,我是亲自从前村长王长官手里拿到贿赂鞋的,但是这些事情发生的时候,我并不在村里,所以也没有人来问我,这事情就这么被蒙混过去了。据说有些村民还以为是拿了下台的那个王村长的钱和鞋,结果没选上他,心里觉得挺对不住的,但嘴上是不肯讨饶的。还跟他说:"不关我事,我是投了你票的,你怎么会票不够呢?"那个下了台的王村长听好多人跟他这么说,最后他算了算票数,说:"不对呀,你也投了我,他也投了我,我怎么只有这几票呢?"也有人劝他说:"一笔写不出两个王字,算啦算啦,别生气啦。"

那个成为前村长的人也就偃旗息鼓了。

不过后来村长还是让他当了小王村的会计。有人说村长真是大人大量,大人不计小人过。但也有人说,他们本来就是穿连裆裤,什么选举,什么举报,都是事先商量好了演的一出戏。

我宁可相信后一种说法。

前村长如愿以偿地成为了现村长,这和他当初带着几个人站在地头上指手画脚多少也是有点关系的。这事情后来我也听说了,那天和前村长一起站在地头上的,是他雇来的几个小混混,他是有意让大家看到,他已经在干村长的工作了,村长是非他莫属了。

无论大家是被他蒙蔽还是收买,反正他是成功了。可能大部分村民觉得谁成功,谁不成功,都无所谓的,反正今后的小王村,村长仍然姓王。

其实他们才是真正的鼠目寸光呢,此王非那王哦,小王村已经开始发生变化了。

可惜的是,我一点儿也不知情。

四

现在还是回到当天吧。

那一天,终于,我带着弟弟,离开了家乡,走出小王村,坐上了开往周县的长途班车。

周县是我们的邻县。把弟弟丢到邻县是我的主意,因为我既心怀鬼胎,又有一定的思想水平,才出得了这么坏的主意。周县的县城,既不算太远,但因为它是邻县,和我们小王村大王乡这块没有什么行政连带关系,如果周县的人看到大街有一个说不出家乡在哪里的人在流浪,他们如果想帮他找到自己的家,一般只会往自己县的各个乡镇各个村去打听,他们那地方姓周,跟我们姓王的八竿子打不着。

我让弟弟坐在靠窗的位子,我守在他的外面,免得被别人看出什么来。可是弟弟坐得并不安定,他好奇地东张西望,我无法阻止他的张望,就尽量让他看窗外,把他的注意力吸引到车外去。我故作激动地说:"哎哎,弟弟你看,那是烟囱。"我又故作惊讶地说:"哎哎,弟弟你看,那是高压线。"

虽然我不敢大声说话,但是坐在我们前排的人还是听出点儿意思来了,他回头看了看我和弟弟,好像一时判断不出刚才是谁在和谁说话,因为我和弟弟长得很像,从前人家还以为我们是双胞胎呢。只是因为我和弟弟命运不一样,我没有病,所以我要劳动劳作,遭受风吹日晒,弟弟因为有病,好吃懒做,细皮嫩肉的,两个人的相貌才有了点差别。

前面那个人虽然没有判断出什么来,但他不甘心地嘀咕了一声,我没听清他说的话,但是被他看了一眼后,我不敢再多说什么了,我只是希望弟弟能够继续多关注窗外的景色。可弟弟是个病人,他是没有耐性的,他看了一会儿窗外的景色后,就没了兴趣,把注意力转到车内来了,他身子扭来扭去,脑袋甩来甩去。

我不想让人看出来弟弟有病,我嫌丢脸,我哄着弟弟说:"弟弟,在车上你不要吱声,这些人都是捉老鼠的人,你一吱声,他们就会捉你。"我也不知道弟弟有没有听懂,反正弟弟还没表态,前边那个人耳太尖,又听到了,他生起气来,对我说:"你说什么呢,你说我是干什么的?"我抵赖说:"我没有说你,我什么也没有说。"那个人却不依,非要大声说出来:"我明明听见了,你说我们这一车的人,都是捉老鼠的,你什么意思?"

我心一慌,信口开河说:"我没有说你,我说的老鼠,是我和我弟弟之间的暗语。"我这话一说,坏了事,车上立刻就开了锅,说:

"暗语？现在什么人还有暗语？"

说："过去的特务才会用暗语。"

有人反对说："你看电视剧看多了吧，现在哪里来的特务。"

又有一个说："那就是帮会，帮会才用暗语，你们是帮会的吗？"

说："看他那噘样，什么什么什么——"

我怕弟弟受刺激，紧紧拉着弟弟的手，弟弟的手很温热，我的心被他暖了一下，坦然了许多，我想通了，就算他们知道我弟弟是个病人，也没有什么了不起，他们又不是我对象，他们跟我只是萍水相逢，很快车到了站，我和他们就分道扬镳，从此天各一方，八辈子也见不着的，怕他个鸟，心里这么想着，不怕了，嘴上就老老实实跟他们解释说："对不起，对不起，我弟弟是个病人，精神病，我怕他犯病影响大家，所以正在劝他不要犯病呢。"

不料一个人想说老实话让人相信也是不容易的，坐我前面的那个人立刻反对我说："不对，你弟弟有病，跟老鼠有什么关系呢？跟捉老鼠的人又有什么关系呢？"

我被逼到墙角，只能出卖弟弟了，我说："我弟弟是一只老鼠。"

大伙"哄"的一声，开始我还不知道他们"哄"什么，但很快我就知道我又错了，因为他们根本不相信我的话，纷纷指责我，那个生气啊，那个愤怒啊，好像我们家八辈子以来都欠了他们似的，我原本倒是伶牙俐齿、毒嘴毒舌的，但是我一张嘴一条舌，哪里应付得了他们这许多人这许多张嘴，所以我干脆抱着脑袋，随他们说去。

他们一看我抱着脑袋低了头，才住了口，其实他们并没有甘心，所以，只是稍稍停息了一会儿，他们又换了角度看问题了，一个说："他还说他弟弟有病，我看他弟弟比他正常。"

前排的那个人又回头盯着我看了又看，我后排座位上的人还凑过来拍了拍我肩说："喂,是你自己有病吧。"

我被冤枉了,冤枉就冤枉吧,为了达到我的目的,丢掉弟弟,我总得忍受一点。可是我的忍受并没有换来车厢内的和谐,他们得寸进尺,竟然跑到司机那里去,跟司机说："这个人是神经病,你怎么能让他上车,要是发起病来,会伤人的。"

司机见多识广,见怪不怪,不以为然地说："我怎么知道他是神经病。"

"上车时你不知道,现在你知道了。"

司机仍然不以为然,说："知道了又怎么样呢?"

"把他赶下去。"

司机说："没有这一说的,只规定动物不能带上车,没有规定病人不能上车。"

"你一个司机竟然说出这种话来,你难道不知道,这种病人,比动物危险多了。"

司机也被他们说得动摇起来,他一边开车,一边动了动脑筋,我心里一紧,难道他真的要听他们的话把我赶下车?

真的,这竟是真的,司机刹车了,将车慢慢地停到路边,回头朝我看着,虽然没有说话,但是我知道,他要赶我走了。

我大急,喊道："你们搞错了,我没有病,你们不能赶我走。"

大家几乎异口同声说："有病的人,都说自己没有病。"

司机见我不动,他就要起身了,他起身肯定是冲着我来的,我看了看司机的身材,和我差不多,如果我和他单打独斗,也许不分上下。可是,怎么会是单打独斗呢,车上那么多人等着赶我下车呢,虽然现在他们没有行动,他们希望司机把我赶下去,如果司机占了下风,他们一定会助司机一臂之力的。

难道我只能眼睁睁地看着自己被人冤枉成神经病赶下车去,这世界不能这么无理吧。

是的,世界不能这么无理,自然会有人来主持正义的,这个人在我最危险的时候挺身而出了,你们猜出来了吧,他就是我弟弟。

就在司机走到我们座位跟前的时候,我弟弟及时地一蹿,蹿到座位上,他的习惯动作就出来了,先是双手一蜷,举在下巴前,然后嘴一噘,尖出去老远,嘴里发出“吱吱”的声音。

我见弟弟暴露无遗了,也不再掩饰了,我说:“你们现在看到了吧,我弟弟,他就是一个病人,病得很严重。”

车厢里顿时鸦雀无声,没有一个人接我的茬儿,我觉得挺无趣,伸手推了推前排的那个人,我说:“你现在知道我没有骗人了吧。”

我前排的人身子立刻矮了下去,矮到我都看不见他的头了。司机已经无声地回到自己的岗位,车子重新开了起来,车上所有人都闭了嘴,连一直在哭闹的一个婴儿都不哭了。我前排的那个人,再也没敢回头看我一眼,我偶尔一回头,我后排的人吓得脸色都变了,再也没有人敢来指责我,更没有人敢说弟弟一个字。

唉,你们看看这事情弄得,多无趣,大家下不来台,我明明不是病人,他们一定要冤枉我是,还要赶我下车,我弟弟明明是个病人,他们却不敢说他有病,更不敢赶他走,弟弟,你真牛,给你哥长脸了,上车的时候,我还怕弟弟给我丢脸,现在反而是弟弟给我撑了场面,收拾了残局。

你说这些人,这算什么呢,他们那脑子,是有病呢,还是没有病呢。

一个多小时以后,我就和这些人拜拜了,现在,我和弟弟已经站在周县县城的大街上了。

别说是弟弟,我也是头一次到周县来。站在大街上,开始我有些茫然四顾,但很快我就想通了,我又不是来这里找工作,也不是来找人的,我是来丢人的,我要在这里把弟弟丢掉,我没有必要去打量和认识这个地方。

弟弟不知道我将在这个地方丢掉他,他倒是用好奇的眼光在打量这个新鲜的地方,我怕他认出这个地方来,赶紧欺骗他说:"弟弟,我带你出来,不是要丢掉你。"

弟弟按惯例没有反应,没有表态。

虽然知道弟弟听不懂,但我心里还是很不踏实,我又骗他说:"弟弟,其实,我是想瞒过他们,想个办法,说你的病治好了。"

弟弟依然按惯例行事。

我拿弟弟没办法。他不发病的时候,我拿他没办法,他发病的时候,我也拿他没有办法。我只好说:"弟弟,这是县城,你看县城的楼高吧。"

弟弟又改按另一个惯例,模仿说:"弟弟,这是县城,你看县城的楼高吧。"

弟弟要模仿,我也没办法。但有一点我是知道的,这是我积累了多年的经验,凡是弟弟模仿的时候,都是弟弟比较开心的时候。但是你们别以为弟弟开心的时候会笑,弟弟从来不笑,因为他是老鼠,老鼠怎么会笑呢,你见过老鼠笑吗?

无论弟弟情绪好还是不好,我还是想让弟弟明白我的心意,所以我又说:"弟弟,其实我带你出来,是让你开开眼界的,我还是会带你回去的,但是你回去的时候,要和出来的时候不一样。"

弟弟说:"什么什么什么……要和出来的时候不一样。"这么长的句子,弟弟模仿起来,简直倒背如流。

我觉得弟弟有了一点进步,赶紧进一步向弟弟解释,我说:"什么不一样呢,你出来的时候,是个病人,你回去的时候,如果没有病了,正常了,他们就不会再把你丢掉了。"

弟弟一边乖乖地点着头,一边就发病了。弟弟发起病来,很骇人的。为了不让弟弟揪头发,我一直剃一个板寸头,弟弟抓了两下,抓不住我的头发,就扯我的衣服,我穿着厚布褂子,弟弟扯了两下胸襟,没有扯破,再改攻我的下部,我赶紧护住下面,失望地说:"弟弟,我以为你进步了,可是你没有进步,你还是有病,叫我拿你怎么办呢？”

路过的人都看着我和弟弟，说：“两个乡下人打架呢。”

又说：“咦，一个只管打，另一个只管不回手。”

又说：“咦，打就打了，尖起嘴巴来干什么呢，没见过。”

又说：“看不懂。现在这世道，连打架都看不懂了。”

我无法化解弟弟要打人的愿望，只能把屁股调过来对着弟弟，让弟弟尖着爪子攻了我几屁股，又吐了几口唾沫，弟弟才安静下来。

我捂着自己的屁股，想了想我的计划。

我的这个计划，是受到四妹提醒以后，才逐渐完善起来的。四妹希望我不要在人多的大街上丢掉弟弟，后来我酝酿再三，反复考虑，做出了一个十分周全的计划。

现在我就要开始实施这个计划了，我对弟弟说：“弟弟，不管怎么说，不管你认为我们是来干什么的，我们不能老站在大街上呀，得先找个地方住下。”我这么说，显得我是没有计划的，好像我是经过刚才在大街上被人围观以后才忽然想出来的主意，如果弟弟能够听懂我的意思，那么他会知道，我并没有事先设计陷害他，而是被他攻击以后，生气了，临时起的主意。

我带着弟弟踏进一家小旅馆，旅馆没什么生意，老板正趴在柜台上打瞌睡，听到我们的脚步声，他抬起脸来看看我们，对我们没什么兴趣，懒懒地问了一声：“住宿？”我应答说：“住宿。”老板说：“身份证。”我掏身份证递上去，老板先不急着登记我的身份证，而是拿我的身份证左看右看，还举起来对着光线亮的地方照了照，可是二代身份证那么厚实，照不出什么来的，他似乎有点不甘心，我赶紧向他说明：“老板，这是真的。”老板并不相信我的说明，但他也无法反过来证明什么，他开始登记我的身份证，不知为什么，我看他记录下我的名字，心里竟有点紧张，老板写了几个字，抬头看了我一眼，又看了我弟弟一眼，说：“王县的？王县的到我们周县来干什么？"我觉得老板的目光已经看穿了我的心思，顿时心慌起来，无言以对。老板就更加起疑了，说："我们周县，和你们王县，虽是邻居，但向来老死不相往来的，生意也做不起来，姻缘也结不起来，连王县的老鼠都不到周县来。"他一说到老鼠，我马上看看弟弟，还好，弟弟若无其事，只是我十分尴尬，因为我回答不出老板的问题。老板见我不说话，偏要哪壶不开提哪壶，又说："王县的人都不到周县来，你们来干什么？"

事先我自以为已经将丢掉弟弟的所有细节都想周全了，但是没有想到遭到如此盘问，我后悔将弟弟带来住宿了，住什么宿呢，反正就要丢掉他了，在哪里丢还不是一样呢。我现在才意识到我的计划有多荒唐，有多无聊，有多少漏洞。但是计划已经进行到这一步，如果我要走回头路，拉着弟弟离开旅馆，那多疑的老板肯定会更加多疑，他说不定要到派出所去报案，万一警察又相信了他的猜疑，追来找我问话，我就惨了。我只能硬着头皮装得若无其事地按原计划进行。

但是，要想将原计划进行下去，我现在必须回答旅馆老板的问题，我们到周县来干什么。

我回答不了。我确实编不出令人信服的故事，这个周县的县城，既不是什么历史名镇，没有任何名胜古迹，也不是经济发达的新兴城市，我和弟弟从王县赶到周县，实在是没有任何理由。

所幸的是，那老板也只是因为无聊才来盘问我的，我回答不出来，也没有影响他让我们住宿，他登记完了我的身份证后，又向我弟弟说："你的呢？"我赶紧上前一点说："我们两个人住一间，有我的身份证还不够吗？"老板说："不行的，每个人都必须有一个身份证，你见过有两个人合用一个身份证的吗？"我为了掩饰真情，试着对弟弟说："弟弟，你把身份证拿出来。"我的天，弟弟居然听懂了我的话，竟然愿意执行我的指示，他到口袋里去掏身份证，虽然他掏不出身份证来，但至少在旅馆老板面前证明了一点，弟弟是有身份证的。

其实,弟弟没有身份证,许多年来,弟弟一直是个病人,一个病人是用不着证明身份的,所以弟弟的身份证早就丢失了,也没人会去帮弟弟补办身份证,一个自己都不知道自己是谁的人,你帮他办了身份证又有什么意思?

弟弟没有身份证,老板朝着弟弟说:"这怎么行,你没有身份证怎么行,你难道不知道身份证的重要?"我又赶紧代替弟弟说:"知道,知道,可是,可是我弟弟忘性大,出门时忘了带身份证。"老板说:"身份证能忘吗,你忘什么也不能忘了身份证啊。没有身份证,你寸步难行啊。没有身份证,你一事无成啊。"老板把我的身份证还给我,说:"没有身份证不能入住,你自己看着办,房间要不要开了,是你一个人住,还是不住了?"我想求老板高抬贵手,可是老板一脸拒人于千里之外的表情,对着这张脸我开不了口,老板把身份证说得那么重要,我心里来气,又不服,我说:"身份证虽然很重要,但是好多人用的都是假身份证呢,人家一样做成了事情。"老板见我这么说,也改了态度,说:"你这话我听得进,假的总比没的强,要不,你帮你弟弟搞一张假身份证来,你们就能入住了。"我以为老板调戏我,我生气地说:"我到哪里去搞假身份证?"老板竟认真起来,指了指门外说:"大门外电线杆上就有,你去看看。"

我拉着弟弟出来一看,果然,有不少办证的广告,上面有联系电话,有地址,我想了想,觉得这事情不能做,我又拉着弟弟回进来,对老板说:"买假身份证是违法的。"老板朝我笑了一下说:"这会儿你知道违法了? 你连到周县来干什么都不敢说,你敢说你没有违法? 你敢说你不是来违法的?"我心里"怦"的一跳,不敢直视老板的眼睛,再这么纠缠下去,我怕自己要露馅儿了,就算我不露馅,弟弟恐怕也坚持不了多久,要暴露了。我准备拉上弟弟离开这个倒霉的旅馆,离开这个无事生非的老板,老板却喊住了我,说:

"你等等，我猜猜你啊，不是人贩子，你带的这个人，有二十岁了吧，如果他是个孩子，我肯定以为你是拐卖人口的。"他见我要开口，赶紧朝我摆了摆手，让他继续说："看你的样子吧，搞假币的？搞传销的？都不大像，搞电话诈骗的？也不是，你没有通讯工具，难说了，你到底是干什么的呢？来我这里住宿的人，我还从来没有看走过眼，到你了，我还真吃不透了。"他侧着脸对我看了又看，对我弟弟也是看了又看，最后他说："就让你们住了吧。"我虽然生他的气，但是既然最后他同意我们住宿了，我也不计较了，赶紧说："谢谢，谢谢。"哪知老板又说："不要谢的，你要多出住宿费，多收三十块。"他好黑，一个房间一晚上才五十块，少一张身份证他要多收三十块。我喊了起来："你这把刀太快了。"老板笑了笑说："你不想想，多一个人呢，没有身份证，责任我要承担的，万一派出所晚上来查房，我要吃不了兜着走的。"我说："他不是别人，他是我弟弟。"老板说："你说他是你弟弟，他就是你弟弟了？你没有证明来证明他是你弟弟。"我心里一急，对弟弟说："弟弟，你喊我哥，我是你哥，你喊哥呀。"可弟弟才不会喊我呢。老板又笑了起来，说："算了算了，我看你们长得还蛮像的，就当你们是亲兄弟了，住吧住吧。"我还在心疼那多出来的三十块钱，老板批评我说："你以为三十块钱多吗，没有身份证你能干什么？你还心疼三十块钱买个安身之处？"他收到我交付的八十元房费，一边把房间钥匙递给我，一边说："但愿今晚没有查房的。"

我和弟弟终于一波三折地住进了旅馆的房间，我把弟弟安顿在小床上躺下，弟弟眼神蒙眬，好像要睡觉了，我问弟弟："弟弟，你要睡觉了吗？"弟弟不理我，闭上了眼睛，大概是表示他要睡觉了。

我在弟弟床边呆坐了一会儿，弟弟一直不出声，我不知道弟弟是否真的睡觉了，但是我不想放弃这个机会，无论弟弟睡不睡，我都该出发了。我试着轻声说："弟弟，我出去买点吃的回来吃。"

弟弟一动不动。我又说:"弟弟,你放心,我不会不回来的。"

我再说:"弟弟,你放心,我不会丢掉你的。"

弟弟仍然没有动静,我怀疑弟弟怎么会这么快就睡着了,我推了推他,他果然睁开眼睛了,我吓了一跳,说:"你果然没有睡着,你果然是假装的,刚才我说的话,你听到了吗?"

弟弟一直不说话,也一直没有玩他的拿手好戏——模仿,我有些奇怪,有些捉摸不透弟弟,想了想,我又说:"弟弟,你要是不放心,你跟我一起出去吃东西。"

弟弟又一次迎合了我的心意,他终于模仿了,说:"弟弟,你要是不放心,你跟我一起出去吃东西。"

我这才放心地笑了。

我出去买吃的,经过服务台的时候,老板不在了,换了个年轻的女服务员,我说:"咦,老板走了?"女服务员没劲地说:"待着干什么,又没有生意,冷清死人了。"我见她既然闲着,就指了指我的房间,跟她商量说:"麻烦你了,帮我看着点他行吗?"她立刻警惕地看了看我,说:"看住他?为什么要看住他?他是谁,他是逃犯吗?"我故作轻松地笑了起来,说:"怎么可能是逃犯。"服务员到底不如老板眼凶,她也笑着说:"看你也不像警察。再说了,他如果是逃犯,你是警察,你也不会让我帮你看着他。"

我想了想,在这个人生地不熟的地方,还是不要玩花招了,还是说实话比较稳妥,因为万一最后被追查起来,谎言是最容易被戳穿的,只要一句谎言被戳穿,你说的任何一句话,就再也没人相信了。我这么想了,觉得心里也轻松了,也才体会到,一个人若是要靠谎言生活,那有多累啊,我坦然地对服务员说:"他是我弟弟。"

我说了实话,却轮到服务员又想不通了,她皱了皱眉,还是没想通,问说:"他又不是小孩子,为什么要看住他?"我顺手指了指自己的脑门,说:"他有点,这个有点——"这一下服务员明白了,她抢先尖叫起来:"是神经病!是神经病!"我赶紧做了个手势,说:"嘘,是精神分裂。"服务员气不过地说:"精神分裂不就是神经病吗?你叫我帮你看一个神经病?你不要吓我。"我的实话实在说不下去,只好又开始骗人,我骗她说:"其实也还好啦,他只是有一点点病,你看他,安安静静的,又不打人,又不骂人,何况我已经给他吃了安眠药,现在他在房间里睡着了,不会有事的。"服务员毕竟年轻,没有经验,被我几句合情合理的话一说,也就认同了。她松了一口气,勉强地说:"好吧,只要他在房间里不出来,我就不管。"

我谢过服务员,就出去买吃的了。

结果呢,不知你们是否已经猜到了,等我买了吃的回来,推开房门一看,弟弟不在了。

这正是我要的结果。

但是为了减轻自己的罪责,我继续演戏,我一边喊弟弟,一边往外跑,跑到服务台那儿,急切地问服务员:"我弟弟呢?我弟弟怎么不在房间里了?"服务员说:"你弟弟是谁?"我很生气,说:"刚才我明明让你看住他的,你怎么让他跑了?"服务员说:"我没有让他跑,我根本没有看见他出来,我怎么让他跑。"

我四处一走,看了看旅馆的地形,回头说:"不对,不对,你肯定能够看见,你们旅馆只有这一个出口,出旅馆的人都得从你面前走过,你怎么会没看见?"服务员也生气了,说:"你不是说他有病吗,一个神经病,我管得了吗?"我赶紧瞎说:"谁说他有病的,他根本没有病。"服务员抓住了我的自相矛盾,翻个白眼攻击我说:"没有病?没有病那更不关我事。"我见她不讲理,我也不讲理,我说:"怎么不关你事呢,他是住在你旅馆里的。"服务员说:"你知道我是旅馆就好,旅馆是住人的,不是关人的,又不是派出所,又不是神经病医院。"

我终于无言以对了。

平心而论,她虽然态度不好,但她比我更在理一些,明明是我无理,我无法让自己变得更有理,我只好又回到房间,看看弟弟走的时候,有没有带走什么,或留下什么。找了一遍,什么也没有,弟弟既没有带走什么,也没有留下什么。

没等我再次从房间里出来,服务员已经通知了老板,两个人在房门口守住了我,老板狡诈的目光上上下下地打量着我,我心虚,想避开他的注视,又怕他看出什么来,赶紧坦白说:"我弟弟有病,是精神分裂,他逃走了。"

老板回头对服务员说:"我早就看出来他不正常。"服务员立刻朝我看了一眼,后退了一步,离我远一点,我才知道,原来老板说的不是我弟弟,而是我。他们认为我不正常,认为我有精神病,我也不想跟他们解释了,我的目的已经达到,我可以抽身离开了。

但我离开之前是心有不甘的,我付了一天的房租,只住了一个多小时,他至少得还我半天的房费。我刚想开口讨要,那老板问我说:"你弟弟不见了,你不急着去找他吗?要不要帮你报警啊?"

我心里一惊,也不想要那半天的房费了,拔腿就跑,听见身后那个女服务员在问老板:"他会不会是拐卖人口?那个人是不是被他卖掉了?"老板说:"精神病拐人?没见过。"

我一出旅馆就有很强很明确的方向感,我一直往前奔跑,最后我奔到了长途汽车站。在车站外的广场上,我到处看人,每看到一个疑似弟弟背影的人,我就上前扒拉,后来我又进入到候车室里边,后来我又从候车室出来,到售票处,又到出口处,每个处我都去过了,我一路问人,有没有看见一个什么什么样的人,因为我说不清我弟弟的样子,别人也就马马虎虎地应付说没看见,只有一个人比较有人情味,可能他看我的样子是真急了,提醒我说:"你要找人,你得说清楚一点,你弟弟他到底长什么样子。"我觉得他的提醒有道理,就尽量说清楚一点:"我弟弟、我弟弟有时候长得像我一样,有时候呢,他像一只老鼠。"这人一听,顿时"哈哈"大笑起来,可是笑到一半,他戛然而止,用惊异的目光看了我一眼,一言不发地走开了。

我不知他这是为什么，下意识地摸了摸我自己的脸，难道他觉得我的脸像老鼠吗？

最后我看见广场旁边的一座房子门口挂着车站派出所的牌子，我一头扎进去，看到一个警察我就说："我要找人。"警察请我坐下，拿出一个记录本，问我说："你找的什么人，他是谁，你找他干什么？"

警察的问话让我如梦初醒，我惊出了一身冷汗，我竟然让警察帮我找弟弟？我竟然忘记了我来周县的目的？

我就是来丢掉弟弟的，现在弟弟丢掉了，我怎么还会在车站到处找他呢？

我真是昏了头，昏大了，我赶紧从派出所里出来，回头看看，还好，警察没有追出来，说明他们没有怀疑我，或者他们懒得怀疑像我这样出尔反尔的人。我重新回到车站广场，坐下来，我想整理一下自己的情绪，但是一时间整理不出来，我的心无处可安放，我的手也无处可安放，就下意识地塞进口袋，触摸到口袋里的什么东西，掏出来一看，是王村长给我的那包烟，我忽然想起来，以前听人说，抽烟能够镇定神经，我想着试试吧，向一个路人借了个火，点着一根烟，抽了起来。

果然的，这是真理，我渐渐镇定下来了，我的思路也渐渐地清晰起来了。

看着这里人来人往的情形，我忽然想通了。我奔到车站找弟弟，那是错上加错。本来我就不应该再找弟弟，退一万步说，即便我要找弟弟，也不应该跑到车站来，很明显我没有把弟弟当弟弟，我把他当成我自己了。假如是我，要回家，当然是到车站来坐车。可是弟弟怎么知道要坐车回家呢，他要是知道，他就不是病人了。弟弟要不是病人，我就不会把弟弟带到这里来了。

弟弟走了，走得无影无踪。

所以，事实上，并不是我丢掉了弟弟，而是弟弟丢掉了我。

不管怎么说，我总算是完成了心愿，我弟弟——无论他是弟弟还是老鼠，他再也祸害不到我了。

五

我打算一回家就去找我对象，我要把好消息告诉她，我弟弟已经走了，他再也不会扮成老鼠百般作恶了，就算他还是一只老鼠，就算他还在到处作恶，他也作不到我家来了。

可是我万万没料到，我对象却不想再见我，我跟她联系了几次都没联系上，第一次手机通了，没有接，第二次再打过去，她手机就关机了，我只好打到她们村上的代销店，请店里的人去喊她听电话，结果店里的人告诉我，她不在家，我着了急，请他再去喊她家里人接电话，那店里的人又告诉我，她家里门锁上了，没有人。

我一下子就蒙了，我才出去了几天，她和她的一家人，难道都消失了？我当然不会笨到那个地步，我知道她在躲着我，她的家人也在嫌弃我，我的脸皮不够厚，不好意思直接跑到她家去堵她，我只敢守在她家村外的路上。

还好，守了不多久，我就守住她了，我兴奋地对她说："赖月赖月，终于找到你了。"她见我找着了她，倒也不意外，只是淡淡地说："王全，你以后不用来找我了，下个星期，我就订婚了。"她这么说了，还觉不够，又意犹未尽地补充了一句："当然，不是和你。"

我一气之下，斗胆挖苦她说："你动作真快啊，这么短时间，你已经从我对象变成我前对象，又从我前对象变成别人的对象了。"我前对象立刻反问说："我快吗，我再快也快不过你，你丢个弟弟就是一眨眼的事情，你才快呢。"乡下就是这样，没有秘密而言，不要说人的嘴里，连风里都夹带着谣言，何况，我这事情可不是谣言，那是事实。

但是我不能承认这个事实，我赶紧说："赖月，你搞错了，我没有丢掉弟弟，是我弟弟自己走失的，我去买吃的东西，回来的时候，他已经走了。"我前对象冷笑一声说："反正也没有人看见。"我说："真的，别人不信我，你应该信我的。"她说："我能信你吗，我都没有想到你是这样的人，没有想到你们家的人都是这样的人，丢个亲人像倒个垃圾一样，幸好我没有嫁到你们家，我要是嫁去了，万一我生了病，你也会像丢掉你弟弟一样丢掉我吧。"

苍天啊，往深里说，或者坦白了说，我丢弟弟不就是为了她吗，现在她倒好，反过来这么说我，但是我还不能生她的气，也不敢生她的气，我赶紧解释说："这不一样的，我弟弟，他，他是一只老鼠。"

我前对象说："不想和你说了，没意思。"我急急问她："赖月，没意思是什么意思？难道我不把弟弟丢掉，你才肯做我的对象？"我前对象说："可是你已经丢掉了呀。"

我对象又一次走掉了。

我比三国那时的人还惨，人家只是赔了夫人又折兵，我是丢了对象，又丢了弟弟，丢了弟弟，又丢了对象，竟然反复了两个来回。

所以，照别人看起来，我丢掉了弟弟，一身轻松，自由自在了，但事实并不是这样的。即便我空甩着两只手，在村里到处游荡的时候，我仍然背着我的沉重的弟弟。

没有人看得见我弟弟趴在我身上，但是我怀疑至少有一个人他是看得见的，那就是我爹。因为我爹这一阵老是朝我身上打量，他如果不是看我背上的弟弟，他看什么呢，我的身材很正常，能有什么值得他看的呢。

果然，我爹打量过我以后，跟我说："王全，我知道你懒，不愿意下地干活儿，我替你找点轻松的活儿干。"我爹真是我亲爹，既了解我，又关心我，只可惜我不领他的情，我连轻松的活儿也不想干，我什么也不想干。

我想干什么呢？我想一直背着我弟弟。

所以我对我爹的关心不置可否。

我爹也不需要我置什么可否，他直接去求见了现村长。

村长刚刚从前村长转正成现村长，虽然他原先和我爹有点私仇，但是我爹早已经在选举前就倒戈转向了，现在我爹又放下架子去求他，他必定不会再端着架子了。何况在我的问题上，现村长一直是比较宽大的。最后我爹果然如愿以偿，现村长不仅答应给我活儿干，而且给我的活儿，不用下地晒太阳，既轻松省力，又有不薄的收入。

这符合我个人的特点，如果我想工作的话，这也很符合我对工作的要求。现村长的想法和我不谋而合。

就这样我到村里的水塔上班了。小王村的这座水塔，供应方圆好几个村一两千人的饮水。自从建了水塔，村里就一直派人看守。只是现在我来了，原先的那个人就下岗了，他对我心怀不满，但现村长对他说，你也不撒泡尿照照自己，你是谁，人家王全是谁？那人老实，回答不出现村长的问题，就自动撤出了。

其实我并不觉得看守水塔有什么必要，我不相信会有人来破坏水塔，或者把电线剪断？或者把机器拆掉？或者往水里投毒？或者怎么怎么，我也想不出来。但幸亏现村长有这样的想法，才会让我得到一份不费力气的活儿。

事情确定下来后，现村长就退到了幕后，由前村长现会计来找我，拿出一份协议，要我签字，我都没朝那纸头看一眼，嘲笑他说："村长，你以为你这是天上人间大企业，这么正规，还签合同。你认得合同上的字吗？"现会计说："王全，你别喊我村长，我已经不是村长了，你喊我大名就是了。"我更要挖苦他，我说："不就是看个水塔吗，有那么郑重吗？"现会计低声下气地把协议又递一次给了我，说："王全，你先看一眼再说好吗。"

我这才接过了那张纸，见他点头哈腰地伺在我身边，也觉得自己拿捏得有些过了，人家是来给我安排工作的，我还左右刁难人家，我这个人真不厚道。但这也不能完全怪我，现村长说了，我是村里唯一留存下来的高级知识分子，既然是高级知识分子，总会有一点清高的嘛。这也是现村长宠出来的。

不过等我看过协议内容以后，我就不高兴了，有被玩弄的感觉。我原以为现村长派我看水塔，肯定是由村里给我支付报酬，如果签协议，我该关心的是报酬多少的问题。结果一看之下，我才知道，事情没那么简单哦。

首先，我的工作不应该叫看水塔，应该叫卖水塔，因为水塔里出来的水，可不是白白给村民用的，那是要花钱买的，所以，我的工作就是卖水，虽然水不是我生产的，但卖水人是我，我卖水收钱，收了水钱再往上交，而我的报酬呢，就在这个过程中产生。

说白了，我赚的就是水的差价。

我这才认真了一点儿，我说："村长，这不是分配工作，这是承包吧。"现会计说："我不叫村长，我叫王一松。这确实是承包，早就没有分配工作这一说了，别说一个乡下人，就连大学生毕业也就失业了，没有工作可分配了。"我抓住他的话说："可是现在有竞争上岗这一说，我怎么不用竞争就上岗呢。"现会计不想和我纠缠，就往现村长身上一推，说："村长说了，他决定的事情，不用竞争上岗的。"

我才不傻，我不想被什么协议合同束缚住手脚，我把协议还给了现会计，我说："村长，要不你们先把我拿来试用几天吧。"他显然没有听懂我的意思，愣愣地看着我。我再说得明白一点："就是白干，不拿报酬，白白替你们干，现在人家单位招人，不都有试用期吗？"现会计大概没有想到我会出这种高风亮节的主意，他措手不及，事先没来得及想好各种对策，即使他现场发挥，临时想出来对付我的对策，又不知道现村长同意不同意，不敢擅作主张，所以他站在那里有些尴尬。我善解人意地说："村长，你赶紧给村长打电话吧。"会计生气地说:"我明明告诉你,让你喊我王一松,你为什么这么别扭,你就不能喊我一声王一松吗?"我忍不住笑了一下,说:"对不起,我不能喊你王一松,因为我一想到你的名字,就会联想到一个日本人的名字。"现会计无知,问我:"日本人?叫什么名字?"我说:"叫松下裤带子。"现会计这才知道又着了我的道儿,不理我了,转身果然给现村长打起电话来。现村长在电话那头指挥了一番,现会计重新再回过头来对我说:"可以的,你先试几天。"他那张始终苦巴巴紧绷绷的脸皮底下,悄悄地露出一丝不易觉察的笑容,但是我觉察到了。

我知道他不怀好意,但我尚不知道他是希望我干呢,还是不希望我干。

且不管他了,我且干起来试试吧。

我上任伊始,先找村上有钱人家收钱,谁有钱呢,王图。

不过要找王图可不好找,他不是个安分守己的人,他可不会死等在家里让我去收钱,我前脚追到后脚,最后终在那片曾经属于他后来又被剥夺了的废弃的厂房那儿看到了他。

王图正背对着我来的方向站在那里,从他的后脑勺,我看得出他在思考,因为他思考得入神,竟然没有听到我的脚步声。我走近了他,听到他的喃喃自语:"他要动手了。"停顿一下后,又说,"他真想干点什么了。"再停顿一下,再说,"他到底想干什么呢?"

这算是什么思考嘛,说的都是废话、空话,毫无哲理,我再朝他的背和后脑仔细瞧,我有点担心,难道他的疯病是真的?只有疯了的人,才会这样自言自语反复地说一些无意义的话。我这么想着,顿时心中窃喜,村上本来只有我弟弟一个精神病人,害得我家受尽歧视,现在轮到王图尝尝我弟弟和我们全家一直在尝的滋味了。

可不知怎么的,稍一窃喜后,我的心就痛了起来,一时间我还不能确定痛点是从哪里出来的,再细想一下,我知道了,在这一瞬间我的内心只涉及两个人,王图和我弟弟,难道我心疼王图吗,那是不可能的。我肯定是因为我弟弟而心痛。

可我弟弟不是已经不存在了吗，我怎么还会为一个不存在的人心痛呢。

一直背对我的王图忽然回头对我说："你是不是从我身上看到你弟弟的影子了？"

原来他早就知道我站在他身后了。到底是人物，人物和人到底是不一样的，多沉得住气。

当然，你们也别以为我这就服了他，差远呢，我反击他说："只有精神病人才会像你这么敏感，我弟弟也以为他能看穿我的心思。"

王图假装痴呆地笑了笑，说："你知道的，你亲眼看见过，我有精神病院的证明，那就证明我是精神病人，你尽管认为我是病人就是。"我说："我才不认为你是精神病人，我是来找你收水费的。"

我一说钱的事情，王图假装的痴呆就消失了，他立刻正常了，正常得比正常人还正常。他朝我挥挥手，轻松地说："噢，水费呀，不急不急。"瞧他是个人物吧，他欠别人的钱，他说不急。我回他说："你不急我急，你这会儿身上带着钱呢吧，现在就交上吧，我带着收据呢。"王图却无耻地说："王全，你好好个人，什么事干不得，偏干这种缺德事。"我当即毫不客气地回击他说："用了水不交钱，那才缺德。"王图还是好声好气地跟我商量说："王全，水费肯定是要交的，不过今天我有要紧的事，改天我主动找你去交钱。"他有要紧的事想脱身，那我就更有办法了，我不急不忙地说："王图，交个钱，也就是眨眨眼皮的工夫，掏个钱包数几张钞票的时间，耽误不了你，你要是不交，反而耽误自己。"王图见我跟他如此较真，又换一招式，耍起了无赖，说："我不交你能扣压我啊？王全，我告诉你，你别惹我啊，我有精神病。"我说："你那是假的。"王图说："也不一定哦，要说它是真的就是真的哦。"我还在琢磨他这话的意思，他又加强说："你还是离我远一点儿，万一我控制不住自己，出了大事，不负法律责任的。"我又不是被吓大的，我说："出事？出什么大事？我只是收点水费而已，你能杀了我？"

王图见玩不了我，再换一招，手往口袋里一掏，掏出个瘪塌塌的钱包，翻开来送到我的眼前说："你看，你看，我身上没带钱。"我往钱包里一看，果然只有几张毛票，连一张红色的都没有，出师不利，我泄了泄气，随后又鼓了鼓气，说："你没带钱就不打算交水费了？"王图见我如此纠缠他，慢慢消磨他，他终于不耐烦了，一改刚才从容不迫的态度，赶紧说："谁说不交，要交的，必须交，你今天晚上，七点来我家，我给你。"我见他把时间说得这么确定，将信将疑说："你晚上在家吗？"王图说："定准在。"我这才侧过身子，让他走了。

我是不会客气的，一挨到下晚，我就去王图家，我才不怕他个假精神病，他就算是真精神病，他用了水，也得交钱哪，没有哪家法律规定，精神病人可以免费用水。

王图家里没有灯火，我知道上了他的当，气得拍了一下他家的门，胡乱骂了一声，没想到门却被我拍开了，王图老婆从门里探出头来，鬼鬼祟祟地看了看我，说："你干什么？"我理直气壮地说："收水费。"王图的老婆有些疑惑，说："怎么上门来收水费了，不是向来到水塔去缴的吗？"我反驳她说："到水塔缴，你们去缴了吗？"王图老婆立刻把头缩了进去，想关门，我不让她关门，说："你叫王图出来，是他让我晚上来收钱的。"王图老婆气哼哼地说："个狗日的，明明出门了，还让你晚上来收钱，安的什么心。"我哪里会相信她的话，他俩夫妻一搭一档，一吹一唱，装得蛮像，我说："我听见王图在里边呢。"王图老婆脸色顿时大变，开口骂道："王全你个狗日的，放你娘的臭狗屁。"我只是说了一句王图在里边，就算这是句谎话、瞎话、屁话，也不值她这么生气，连我娘也一起骂上了。她没来由地生气，我心气也不顺，我说："王图在不在，你让我进去看看不就是了。"王图老婆见我真想进去，二话再没说，转身进屋把门就关死了。

我碰了一鼻子灰，站在外面骂道："王图，我知道你在里边，你王图在小王村好歹也算是个人物，竟然躲个水费，赖个小账，你有脸没脸，别说你的脸，连我的脸也被你给丢尽了。"

王图家再也没有一点儿声息。

我站在王图家门口想了想，很无奈，倍觉前景暗淡，连王图的水费都收不到，还指望收别人家的水费吗？再想想，除了王图，村上还有谁家有希望收到钱呢？

我很快想到一家人家了。

那就是我家。我自己家和我大哥家。

我先回到自己家，跟我爹一说，我爹挖苦我说："王全，你有出息，有水平，知道吃里爬外。"我开导我爹说："爹，早交晚交都得交，既然你跟村长跟得紧，你还不如带个头，做个榜样。"我爹根本瞧不上我，撇着嘴说道："你以为村长在乎你收的那几个屁钱。"他太小瞧我了，我收的钱就是钱，怎么成了屁钱，哪怕是一毛钱，那也是人民币，不是屁。但是我不和我爹争执，因为我爹向来是不讲理的，我对我爹不宜正面强攻争，只能迂回曲折地阴损他，我说："爹，既然你觉得钱都是屁，你就把你的屁放出来给我吧。"我爹阴险地一笑，转身拿屁股对着我一撅，说："好了，我的屁已经放出来了，你收到了吧，可以走了。"

要论无赖，我哪里是我爹的对手，我只得换个地方去找我的可能应付的对手，那就是我大哥。

我在我大哥那儿同样没有收到水费，因为有我大嫂在，轮不到我大哥说话。整个过程我大哥只说了一句，那是在我节节败退，最后打算离开的时候，我大哥说："我送送你。"

我大哥和我一起出来，我抱怨大哥说："大哥，你还是个男人不是，你还是人不是？怎么有了大嫂以后，你就像一粒灰尘一样轻噢。"我大哥不吭声，我把收不到水费的气都撒到我大哥身上，我又说："我都不想再喊你大哥了,你有资格做我的大哥吗?"我大哥仍然不吭声。我再挑拨离间说:"你娶的那个是你老婆吗？我看像你的十八代老祖宗。"我大哥真是个软蛋,连我都怕,面对我的攻击,他始终保持沉默,一直到我们走出了一大段路,大哥才拉了拉我的手,我低头一看,原来大哥偷偷地塞了一点钱给我。我数了一下,很不满意,跟他计较:"这一点点,不够你家水费的一半呀。"大哥说:"少是少了一点,但好歹给你个开门红。"我想也是,还是我亲大哥好,我不仅应该喊他大哥,我还应该喊他爹,喊他爷爷也是应该的。

可惜的是,好运不久,说话间我大嫂已经追上来了,就在大嫂追上来的那一刻,我大哥眼明手快地抢走了我的开门红,交给了我大嫂。

我措手不及,好不容易做成的第一单生意又被毁了,我不能把我大嫂怎么样,我只是气我大哥,刚才我还喊他亲哥呢,他就手脚如此麻利地对付他的亲弟弟。我打心底里藐视他。

其实我不仅藐视我大哥,我还很怀疑他,既然他是背着我大嫂,偷偷溜出来交水费,他就应该瞒我大嫂瞒得彻底一点,怎么会让我大嫂这么快就知道了,这么快就追上来了,这么快就把钱又收回去了。可怜那几个小钱,在我手上还没有焐热呢。

我简直怀疑我大哥和我大嫂是串通好的,一个唱白脸,一个唱红脸,我大哥假扮好人,我大嫂充当泼妇。但是通常这种事情,一般只会倒过来做,应该是我大嫂假扮好人,我大哥充当刁民,但是他们商量的时候不知是吃错了什么药,把角色搞错了,颠倒了。

我这么怀疑我大哥,不知道罪过不罪过。

我大哥满脸通红,无法收场,好在他有我大嫂,我大嫂上前把我大哥挡到身后,对我说:"三弟,你上了村长的当了,你辞职吧,你收不到水费的。"我十分不解,说:"为什么？难道小王村没有王法吗？用水都不给钱吗?"我大嫂说:"真是没有王法,乡下用水居然比城里还贵,这是王法吗?天下有这道理吗?不光水贵,还有人在水表上做手脚,烧一锅水要走几个字,这是用的自来水吗?这是用的金水银水啊。"我问:"是村长干的吗?"

这个问题,我大哥大嫂拒不回答。

不回答我也得找现村长说话,小王村的事,无论大小,都归他管。

现村长也在王图去的那个地方,曾经是一片废弃厂房的那地方,现在真是热闹起来了,大家都往那儿去,他们不仅喜欢那儿曾经有过的鸡屎味,他们更喜欢即将生发出来的大蒜香。

现村长一见了我,像八辈子没见着的亲人似的,亲得不行,不嫌肉麻地搂了搂我,说:"王全,你看,机器都进来了,大蒜马上就成精了。"我见了他就气不打一处来,反唇相讥:"我只听说过白骨成精,狐狸成精,黄鼠狼成精,没听说过大蒜成精。"村长说:"事情就应该是这样的,听说过的事情,实现了也没什么了不起,没听说过的事情,实现了,那才叫创新创优!"

我无意接受他的创新思想,我只管我该收的水钱,我直截了当把我大嫂代表群众说出来的话告诉了现村长,现村长一听,沉不住气了,骂人说:"他们那狗嘴里,吐得出象牙吗?"我感觉自己像包青天包大人,我说:"村长,我要站在群众的立场责问你,水价这么高,都高过城里的水了,这不是事实吗?你怎么回答呢?"现村长一点儿也没被我责倒,反问我说:"当初建这个小王村安全饮水工程的钱,是三方共同出资的,企业、乡镇和村,该村里出这一块,从哪里搞来的,你知道吗?"我哪里知道,我从来不关心村里的事情,那时候我爹和村长也不对付,也没有听我爹回家提过。我说:"我现在跟你谈的是水价问题,你别扯开去。"现村长说:"哪能不扯到一块,我告诉你,你站稳了,别吓一个跟斗——我们是借高利贷借来的。"我立刻说:"借高利贷,村长你胆子也太大了,你不能银行贷款吗?"现村长喷我说:"若是你开的银行,你肯贷款给我们吗?"又说,"不做饮水工程吧,农民喝不上干净水;做了吧,村里欠了一屁股债,现在光利息一年就给拿去多少,本钱还不知猴年马月能还上呢。"我被他这一说,心情有些沉重起来,但我还是坚持自己的想法,我说:"我不管你借贷还是什么,水价定得这么高,农民用得起吗?"现村长说:"水价贵不贵,又不是我说了算的,是县物价局核定批准的,现在是法治社会,不是村长的社会。"我心里又退了一步,但面子上仍然有必要再拼一下,我挣扎着说:"但是,但是,你给大家的水表做了手脚,有没有? 有没有?"现村长这下子气得笑了起来,说:"真是猪八戒倒打一耙,水表上做手脚,确实是有,那不是村里做的,不是我做的,那是村民自己做的,你高级知识分子,你高高在上,你不了解农村实际情况,你去深入调查研究一番,你就知道,家家户户在水表上做手脚,别说水费收不上来,即使收上来,即使收全了,总出水量和总收入也是对不上的。"这下子我更着急了,我说:"这样岂不是轧不准账了,有差额缺口了。"村长说:"一直就有的呀,从一开始就有差额的那一块。"又问我,"差额的那一块,怎么解决呢?"我才不知怎么解决。但我至少知道村里的事情还是挺多的,当个现村长也挺麻烦的,责任重大。

不过我不明白的是,这个现村长明明已经成了前村长,明明已经除却了烦恼,省却了心思,卸下肩膀了,怎么忽然又想方设法甚至用违法乱纪的手段去重新挑担子呢?

现村长说:"除了村里补贴,还能有什么办法呢。所以村级经济要加大加快发展呀,村里要用钱的地方太多了。"我觉得我终于哑口无言了。现村长却还喋喋不休地说:"我们先不说大道理,不说让农民富裕什么的,即便是补贴这种偷鸡摸狗的行为,村里也要有实力呀。"

他这说法还真是个说法。

但是我的工作该怎么办呢,我茫然了,问现村长:"这么说起来，我连试用期都过不了的啦。"现村长嘲笑我说："看起来你吊儿郎当的，没想到你还是这么认真的一个人。"我说："认真难道也值得你嘲笑吗？"现村长见我认死理，干脆跟我明说："让你做这个工作，给你限定时间了吗？要你必须什么时间内收齐吗——"

这下子我总算明白了，如果到这时候我还不明白，我恐怕连我弟弟都不如了。

一想到我弟弟，我的心里又痛起来了。我不知道从今往后，我弟弟会不会永远成为我心里的一块痛。因为我不可能不联想到我弟弟，一有什么事情，我头一个会联想的，必定就是我弟弟，我联想最多的，也是我弟弟，所以，我得有准备，我得准备着时时心痛，处处心痛，永远心痛。

我虽然明白了现村长的意思，他并没有要求我好好地干这个工作，但是我的明白又有什么用，你们可别忘了，村里跟我定的可是承包的方式，我收不到钱，村里吃亏，我个人也吃亏，我会分文不赚，颗粒无收的。

现村长虽然跟我叹了一堆苦经，但他一点儿也不气馁，像打了鸡血似的激动不已地跟我说："王全，你就等着吧，好日子就要来了，只待大蒜成精，什么都有了，到那时，小王村的村民用水，不收钱。"现村长的情绪感染了我，让我第一次对小王村的前途有了向往，有了信心，连用水都不要钱，说不定吃饭也不要钱了，钱多得没处花了。

我立刻又联想到我弟弟了，我有钱了，我弟弟的病就能治好了。我责怪我自己，太性急，急急忙忙把弟弟丢掉了。我懊悔不迭，沮丧不已，我恨不得打自己的耳光，不，打耳光有什么用，我恨不得时间倒流，我没有将弟弟丢掉。

现在我听从现村长的指使，收不到钱就不收，只要到水塔那儿坐着就行，防止上面突然有人来检查农村饮水安全问题。

我心情复杂地往水塔那儿去，走着走着，就拐上了另一条路，我才发现自己舍近而求远,在村里绕起圈子来。大白天的,你们可别以为是鬼打墙,那不是鬼,那是我弟弟,是我弟弟的灵魂,带着我在走呢,因为我走的这条路,正是当初我丢掉弟弟之前,带着弟弟走过的路。我试图通过走路,抹去弟弟记忆里的家乡,抹去家乡的一切。

我在那条路上走,有人看到我,又奇怪又警觉,生怕有什么好事给我转着了,追问我说:"王全,你在这里瞎转什么呢,这里有什么呢?"我知道我在寻找弟弟的印记,但我不能告诉他,我如果如实说了,他们会以为我有病,和我弟弟一样。他们甚至会说:"你看看王长贵家,出了一个精神病,又出了一个精神病,不知还会不会出第三个哦。"

我不管他们的想法,自顾沿着弟弟的足迹走路,我看到了老槐树,看到了水井,看到了村里的一草一木、一砖一瓦,最后我又转回到曾经废弃了的、现在已经起死回生的厂房这里来了。

我看到起死回生的工厂确实是起死回生了,甚至已经有了欣欣向荣的样子,我立刻又联想到我弟弟了。既然一个厂子废弃之后还可以生还,那我弟弟被丢弃之后,难道就不能再回来吗?

我被自己的想法吓了一跳,心里立刻又疼痛起来。

现村长再次看到我的时候,多少有些不耐烦了,跟我说:"王全,你怎么又来了,你还是到水塔那儿去坐着打瞌睡吧,那样更适合你。"我反对说:"看水塔这活儿,谁不能干?为什么就我最适合?"现村长说:"我本来不想说,但你既然要我说,我就不客气了,因为你好吃懒做嘛。"见我有些不高兴,他又补充说:"当然,懒的是你的身体,你是知识分子,知识分子的身体向来都是懒的,但你们的脑子是不懒的,你们的念头很多,如果劳动太辛苦,会影响你们动脑筋的。"我说:"村长,你这是埋汰我吧,我都回到村里当农民了,你的高科技大蒜厂都不要我,我还有什么脑筋可动的。"村长阴险地笑了一下,反问我说:"难道你脑子里,真的没什么可想的,一片空白吗?"

我不知道村长说这话是有意还是无意，但他的话却提醒了我，我一直朦朦胧胧的想法终于清晰起来，终于明确下来。

我的脑子怎么会是空白呢，我脑子里怎么没什么可想的呢。

我一直在想着呢，我始终在想着呢，一分钟也没有停止，你们早已经猜到了吧，那就是我弟弟。

一想到弟弟，我立刻又记起来了，当初我怀着险恶的用心，带着弟弟走遍全村，企图抹去弟弟对家乡的所有记忆，但是智者千虑，必有一失，有一个地方，也是唯一的一个地方，我们没有走到。

那就是水塔，就是我现在上班的地方。因为水塔离村子较远，而且它不仅是供应小王村一村的水，周围还有其他村子的人都用这个水塔的水，我怕邻村来打水的人看到我弟弟是一只老鼠，从而传到我对象耳朵里去，所以没敢带弟弟到这里来。

我猛然惊醒，我没有抹去弟弟关于家乡的水塔的印象，弟弟就一定记得家乡的水塔，他会不会沿着寻找水塔的路回家乡来呢。

我急急地往水塔去，越走越快，越走越快，最后我奔跑起来了。

路上又有人看到我奔跑了，一个人问我："王全，你跑什么跑，前面有什么？"

我不回答。

另一个人忽然尖叫了起来："老鼠，老鼠，前面有一只老鼠。"

一只老鼠正在往水塔跑去，我顿时魂飞魄散，追着老鼠失声大喊："弟弟，弟弟——"

路上的人冲我哈哈大笑，说："王全，这只老鼠不是你弟弟，你弟弟那只老鼠，已经被你丢掉了，不认得回来了。"

我不能同意他们的说法，我激动地反驳他们说："就是我弟弟，就是我弟弟，他回来了，他认得自己的家——"因为和他们掰扯，转眼间老鼠就钻进水塔了，我松了一口气，对着水塔那儿说："弟弟，只要你在那里，我就能找到你。"

村里人却很生气，批评我说："王全，你不负责，村长让你看水塔,是要保护好水塔的水质,你把一只老鼠赶进水塔,万一它掉进水里,岂不是我们都要喝老鼠汤了。"

我不理睬他们,进了水塔四处搜寻,我还想了,就算弟弟真的掉进水里,那也不要紧,老鼠会游泳,我弟弟也会游泳,我把他捞上来,弟弟就回来了。

可是我到水塔那儿一直找到天黑,根本就没有弟弟的踪影。

我一屁股坐在地上,失声痛哭起来。

六

我心情郁闷,晚上做梦了。日有所思,夜有所梦,我梦见弟弟了,梦中的弟弟果然是一只老鼠。老鼠两眼可怜巴巴地看着我,流眼泪了,我大声说:"不对不对,这不可能,老鼠是不会哭的。"可是老鼠确实在哭,一直在哭。

早晨起来后,我就跟我娘说:"娘,你见过老鼠哭吗?"我娘正在灶上煮粥,灶膛里柴火呼呼地响,她没有听清我的问题,只是漠然地朝我看了一眼,继续往灶膛里添柴。我又问她一遍:"娘,你见过老鼠哭吗?"这回我娘听见了,她手里正有一根稍长的柴火,举起来劈头盖脸就抽了我几下,骂道:"死你个�,你看见老鼠哭,你还看见老鼠上吊吧!"

我娘向来温和,我不知道她怎么会变得如此不可理喻,我只得退到灶屋外面,站在院子里发了一会儿呆,我爹从屋里出来,我赶紧又问我爹:"爹,老鼠和人,有什么不同?"我爹也气得骂我:"王全,你个王八蛋。"他虽然骂了我,但也捎带骂了他自己。

后来我大哥和大嫂居然也特意过来批评我,我更来气了,不客气地说:"你们真沉得住气,你们难道没有发现家里丢了一个人吗?你们眼睛瞎了?耳朵聋了?脑子进水了?"

他们四个人高度一致，异口同声地说："王全你中邪了！"我大声抗议说："不是我中邪，是你们中邪了，家里丢了人，你们都不知道？你们明明知道，却不闻不问？"他们又互相挤眉弄眼一番，挤弄出主意后，试图改变态度和方针，先是我娘和颜悦色地说："老三，别再烦人了，不就是丢了一只老鼠吗？"我更大声地说："你胡说，那是我弟弟，不是老鼠，他是一个人。"我爹真沉不住气，立刻又骂我说："你出尔反尔，现在又说他不是老鼠，当初就是你头一个说出来他是老鼠的。"我大嫂也参加进来了，说："就是你这么说了，才害得我们家被人瞧不起。"

我承认，他们说的是事实。"弟弟是老鼠"这个说法，确实是我第一个说出来的，其实，大家都看得见弟弟的样子，大家心里都知道弟弟是什么，但是他们谁也不说，我人贱嘴快，说了出来。

似乎我一说了，弟弟从此就变成一只老鼠了。

但我冤枉啊，其实弟弟这只老鼠不是我说了才是老鼠的，他本来就是一只老鼠。可这么想也不对，弟弟本来并不是老鼠，他明明是个人。大家的意思就是，如果我不说，弟弟就不会变成老鼠。

我后悔莫及，但是说出口的话，泼出去的水，收也收不回来了，后悔也没有药吃。我只知道，作为一只老鼠的弟弟丢了，不再回来了，这是我和我们全家人的心愿。可我却没想到，这个心愿现在成了我的心病，我以为它也会成为我家人的心病，可在我看起来，我家人才没有病，别说心病，什么病也没有。他们现在的心思，早已经到了大蒜250上去了。

这大蒜250，还真的让村长给捣鼓起来了，机器一响，黄金万两，不仅黄金万两，小王村的农民，每两个人中，就有一个人可以当工人了。在我家，我弟弟不算人，我也不算人，我爹我娘两个，我爹当仁不让，在我大哥大嫂那里，毫无悬念，那是我大嫂。

更让我惊奇和疑惑不解的是王图，他也到大蒜250上班了，他不仅去上班，还被封官许愿，当了项目经理。为此我爹十分吃醋，项目经理本来应该是他的,结果被王图抢了去,因此恨上了王图。我爹真是没道理,他应该怪怨的人分明不是王图,而是现村长。因为让谁干什么不干什么,都是现村长说了算。现村长先前曾允诺了我爹项目经理,我爹在他重选村长的事情上,是出了大力的,不说别的,就凭我爹一张臭嘴帮他胡吹大蒜250,竟让现村长多得了许多票呢。可惜我爹素质太差,如果不和王图比,可能也还显现不出来;可和王图一比,我爹真是什么也不懂,什么也不是。

说出来也不怕你们笑话,我爹原来就是个唱丧的。

现村长还是有原则的,所以我爹不怨现村长,却和王图结了仇。此是后话。

我得知王图不仅没有如愿地整倒现村长,还抢了我爹的职位,我有些瞧不上他,在村里碰见他的时候,我挖苦他说:"王图,你当项目经理有什么意思,干脆当厂长得了。"王图说:"那不行,厂长是村长兼的。"

口气神态竟和我爹一样,即使现村长不在场,看不见他,他也是一副奴颜。

我说:"王图,我承认村长向来会收买人,但是要想收买你,也不是易事,何况你还掌握了他将你整成精神病的铁证,怎么反过来你倒变成了他的一条——"我原来想说"一条狗",后来一想,王图毕竟不是我爹,我不能随随便便就喊他一条狗,不是我怕他,我跟他没那么亲,于是改口说成"怎么反过来你倒变成了他的一条胳膊?"王图却揭穿我说:"你不是想说胳膊,你是想说我是村长的一条狗吧。"既然被他识破了,我也没什么好抵赖的,反问他说:"你认为呢?"王图说:"从前有一条狗,被人打折了腿,后来人家给一根骨头啃——"我说:"王图,你说谁呢?"王图说:"咦,除了我,还有谁呢。"我佩服说:"王图,你自己承认自己是狗。"王图说:"无所谓啦,反正村长对我宽宏大量,他戳穿了我的假证明,我的铁证成了他的铁证。"我说:"那是道高一尺魔高一丈啊。"王图不高兴了,说:"王全,你说清楚了,谁是道,谁是魔?"我觉得王图跟我生气是生错了对象,我说:"王图,你应该生村长的气才对。"王图说:"我为什么要生他的气,他戳穿了我的假证,也没有整我,还让我当项目经理。"我说:"听你的口气,你真感恩戴德啊。"王图说:"他都能够以德报怨,我为什么不能感恩戴德呢。"

他还真会用成语。

我总觉得这事情有些蹊跷,王图的冲天怒火和惊天阴谋,就这么轻而易举地被现村长摆平了,现村长真够阴险的,我把我对现村长的想法说了出来,王图立刻反对我说:"王全,你误会了,村长不是你想的那样,他用心良苦,也都是为了小王村的事情呀。"

你们听听,你们看看,完全是一副叛徒的嘴脸,真没出息。

不过后来我到大蒜250去转了转,我才有些理解他们的叛徒嘴脸了,他们这样的工人可不是一般的工人,过去我们乡下的工厂,那才叫一个脏乱差,比农民强不到哪里去,还比农民更有危险。现在这大蒜250可大不一样,和城里的大夫、科学家之类差不多,正如我大嫂先前说过的,进厂就穿白大褂,鞋子上要套蓝色的塑料袋,嘴上还要套口罩,时间不长,我大嫂下班回家,就已经像个城里女人了,她进家门就要换上睡衣和拖鞋,不仅她自己换,她还要求大哥也换,有一回我去他家,进门看到我大哥穿一件灰色条纹的长袍子,一直拖到脚后跟,我以为我看到了本·拉登呢。

自从我丢了弟弟回家以后,我家人就不待见我,我知道他们嫌我拖泥带水,他们不想再听我提到弟弟,好像我们家,从来就没有出现过弟弟这个人。可是我总想,就算弟弟真是一只老鼠吧,一只老鼠在一个家里待了这么多年,也应该是有点感情的呀,何况现在,有许多城里人把老鼠也当作宠物养呢。

我满腹的心思,无法向人诉说。可以听我说的人,不爱听,爱听的人我又不能说,村上其实也有几个好事的人,专门跑来找我,向我打听我弟弟的情况,我怎么能说呢,我只能咬紧牙关,闭紧嘴巴。

时间长了,我都不会说话了。一个人不会说话,一般有两种情况,要不就是个哑巴,要不就是沉默,我显然不是哑巴。

我沉默了。

你们都知道,我原是个嘴皮子不肯停的人,从前我大哥没结婚时,我和大哥睡一床,大哥说我睡着了还说个不停,可是现在我彻底变了一个人,我沉默得我自己都认不得自己了。

开始几天,我家人倍觉庆幸,觉得他们终于联手治好了我的犯嫌的病,可是等我沉默了几天以后,他们不再庆幸,不仅不再庆幸,他们又开始担心了。

于是他们就挨着个儿来劝我,说:"丢就丢了。"

又说:"弟弟这样子,早晚是要丢的。"

再说:"人死了不能活过来,人丢了他也回不来了。"

我都不开口。

后来我娘换了个想法,劝我说:"你不要难过,弟弟虽然是你去丢的,但并不是你想丢的,是我们叫你去丢的。"听了这句话,我终于开口了,我说:"我没有丢掉弟弟,是弟弟自己走掉的。"

我又说:"我让弟弟在旅馆里等我,我出去买吃的,等我买了吃的回来,弟弟已经走掉了。"

家里人其实完全不相信我的话。我带弟弟出去,就是为了丢掉弟弟,怎么可能是弟弟自己走掉的呢。但是为了安慰我,他们都顺着我说:"是的是的,是弟弟自己走丢的。"

尽管大家都这么说了,尽管我也不再沉默了,但我还是梦见老鼠,我无法摆脱老鼠。我只好到南王村去找王师傅,告诉王师傅,我天天梦见老鼠。王师傅替我把了把脉,我奇怪地说:"王师傅,你改当中医了吗?"王师傅说:"你没有知识,梦由心生,梦和人的心境有关的,所以要看看你的心。"我吓了一跳,问:"王师傅,你看到我的心了吗?"王师傅没有正面回答我,却意味深长地说:"知人知面不知心。"我不大满意地提醒王师傅说："王师傅,我是来求你解梦的。"王师傅说："你梦见老鼠,老鼠咬你了吗?"我说："没有,他是我弟弟,他不会咬我的。"王师傅可惜地说："要是梦见老鼠咬你,倒是好事了,你可以避免灾祸了。"我说："我梦见老鼠哭了,一直在哭。"

这下子难倒王师傅了,他想了半天,还翻了几本书,奇怪地说："我帮人解过无数的梦,也帮人解过关于老鼠的梦,有老鼠咬人衣服的,有老鼠上树的,有猫捉老鼠的,有老鼠和其他动物打架的,从来没有人做过看见老鼠哭的梦,别说做梦,就是醒着的时候,有人见过老鼠哭吗,老鼠怎么会哭呢,你是不是看错了?"我说："我没有看错,他是哭了,但他不是老鼠,他是我弟弟。"王师傅生气了,对我说："你说的到底是老鼠还是你弟弟? 你连你弟弟和老鼠都分不清,你是不是头脑有病?"

连王师傅都对付不了我的梦,我自己就更没有办法了,我又重新陷入了沉思之中,我日日坐在门口沉思,人家都以为我在发呆,其实我不是发呆,我是在思想,我思想的事情,都是和弟弟有关的事情,我回想着弟弟的一举一动,想着他扮成老鼠的样子,我忍不住笑了起来,我学着弟弟双手蜷起放在下巴前,嘴巴噘起来"吱吱"地叫,我忽然发现,扮演一只老鼠其实是一件很开心的事,我正尝试着进一步学老鼠动作的时候,听到身后"扑通"一声响。

我回头一看,我爹跪在我身后,对我说："王全,你走吧,去把弟弟找回来吧。"

一个又凶狠又无赖的爹,竟然给我跪下了,我不去找弟弟也不行了。

我爹真是我亲爹,他比王师傅厉害多了。

我说："爹,那我就去找弟弟了。"

我爹朝我挥了挥手,看他那样子,好像只要我一出马,立刻就能把弟弟找回来。

其实，哪里可能呢。要寻找被我丢掉的弟弟，我一点点方向感也没有，我不知道应该到哪里去找弟弟，到周县的县城去吗？到那个小旅馆去吗？弟弟难道会在那里等我吗？

这个问题家里肯定没有人能够回答我，我只好去找村长。他是个人物，比我家里所有人加起来，见识还要更长一点。不过我的判断错了，现村长并不在厂里，我倒是又看到了王图，他是项目经理，不用在车间干活儿，他可以四处走动。我看到他的时候，他正在指挥一辆刚刚到达的三轮小货车，我也不知道车上装的什么货，这不关我的事，我只是看见货车开到离厂门大约几百米的地方停下来，因为前边的路还没有修好，车就停在那里了。

王图挥着手气势磅礴地说："你怎么停下了，厂里等着用呢。"司机说："王经理，你看这路能开吗？"王图说："你长的猪脑子吗，路断了，你没看见这边还有一条路啊？"

王图的话让司机摸不着头脑，我也摸不着头脑，王图说的另外一条路，那可不是路，那是村民王厚根家的自留地。司机犹犹豫豫的，嘀咕说："这是人家的田地呀。"王图大包大揽说："你尽管开过来，出什么问题，我负责。"司机又探头朝那地看了看，担心地说："这车的分量重，不会沉下去吧。"王图说："你真没眼色，你不见这块田已经是一条路了吗？"

司机就从王厚根家的田里开过去了，果然那块田地早已经被踩踏得和大路一般硬了，更别说原先在田里长着的庄稼了。

我看不过去，批评王图说："王图，你们可以办厂，但不能不允许人家种庄稼呀。"王图嘲笑我说："都办了大蒜厂了，还种什么庄稼呀。"我不能同意他的话，我说："王图，你不仅是村长的跟屁虫，你还是村长的传声筒，村长说什么，你就说什么。"王图承认说："他是个人物，我崇拜他。"

我不再指望从王图这儿得到现村长的消息了，我打算走了，临走之前我失望地说："王图，你真是村长的铁杆儿粉丝啊！"

不料这时候铁杆儿粉丝却动摇了一下，他朝我招招手，把我唤近一点，压低声音诡秘地告诉我说："你可别说是我说的啊，村长在躲债呢。"我赶紧问："躲在哪里呢？"王图奇怪地看了我一眼，说："你倒不关心他欠了多少债。"我说："又不是我欠他，也不是他欠我的，我为什么要关心。"王图叹息了一声，摇头说："你是垮掉的一代。"不知他从哪里听来的这句话，这我也不管，我只是在分析，现村长不可能躲在厂里，也不可能躲在村委会，因为这两个地方最容易找到，但除此之外，村里还有什么地方可躲的呢。我跟王图晓之以理说："王图，我知道你要保护村长，但我又不是讨债人，你干什么要向我隐瞒村长的去向呢。"王图这才恍然大悟，摸着脑袋说："哎哟，我是太替村长紧张了。"他醒悟过来之后，就把现村长的去向告诉了我。

我到村里的小学去找现村长，一进办公室，就看到村长和几个人坐在那里谈事情，一看到我出现，村长立刻骂起人来："他妈的，怎么人人知道我在小学里。"又问我："王全，谁告诉你我在这里的。"我正想出卖王图，可那几个和现村长谈事的人不让我说话，他们说："王长官，你不要把话题扯开，我们还是谈钱的事情。"村长说："谈钱就谈钱，你别以为我怕钱。"那几个人说："你这可不是一般的钱，你这是欠的高利贷，你再拖下去，别说我们老大饶不了你，你自己也不能放过自己了。"现村长想了想，说："这话怎么听起来别扭？"那些人说："你不还债，利上滚利，你等于自己在给自己搓上吊的绳。"现村长说："谁说不还，马上就还。"那些追债的人跟他一字一句地计较说："马上，马上是几天，马上什么时候，是哪年哪月哪日？"现村长毫不犹豫地表态说："马上就是马上，马上就是等这一批大蒜精生产出来，就是马上。"即从随身携带的公文包里，取出大蒜精的订单，让他们看，那几个人都比较粗糙，估计也看不太懂，但既然有这订单，而且现村长的口气又是如此肯定，那些人失了方针，最后互相商量一番，决定先回去禀报老大。

虽然经过一番惊心动魄的斗智斗勇,现村长看起来也是赌咒发誓,上蹿下跳,无所不用其极,可是等人家一走,村长立刻神闲气定,好像刚才根本就没有人来打扰过他,他重新和我打过招呼,说:"王全,听说你去找王师傅解梦,你梦见老鼠了。"我做贼心虚,觉得不妙,他既然连我的梦都知道,就一定知道我的其他的更多的事情。我赶紧试探说:"村长,我弟弟丢了以后,我总是做梦。"现村长宽慰我说:"王全啊,弟弟丢了,心里总会有一点儿难过的,做几个梦也是正常的。"我心虚地说:"村长,我弟弟是自己走掉的,不是我丢掉的。"现村长说:"那是那是,怎么会是你丢掉的呢。丢掉人叫什么你知道吗?叫遗弃。遗弃是什么你知道吗?是犯法。"我说:"我没有犯法,真是我弟弟自己走掉的。"然后又补充说:"我让弟弟在旅馆里等我,我出去买吃的,等我买了吃的回来,弟弟已经走掉了。"现村长说:"那是那是,你弟弟本来是个病人,他怎么知道什么时候该走,什么时候不该走。"我说:"我想把弟弟找回来。"

现村长有些奇怪,停下来,看了看我,才说:"你这是干什么呢?你这不是多此一举吗?既然要找他回来,当初干吗把他带出去。"我说:"我就知道,你们根本不信我说的话。"不等现村长解释什么,我又说:"别人不相信我,是因为他们不懂道理,村长我相信你是懂道理的,所以我才来找你,可没想到你也和他们一样,你们都不相信我的话,我冤枉死了,我心里像压了块巨大的石头。"现村长道:"那是亚力山大。"他居然还会玩些时髦的词,不过我没有心思跟他掰词,我得继续向他求助,我说:"村长,在我们小王村,就你算个人物,你不帮助我还有谁能帮助我?"可是现村长说:"我帮助你,谁帮助我呢?"我起先想不通他这样的人物也有需要别人帮助的事情,后来仔细一想,又想通了,他不是背了人家的债吗,我说:"村长,建水塔你借了高利贷,开大蒜厂你又借高利贷,你到底欠了人家多少钱啊?"现村长说:"我不能说,我说出来,会把你吓死。"我不想被吓死,所以我也不想听了。

你们瞧见了,我就是这德行。

现村长知道我的德行,却不埋怨我,他真是大人大量,他不仅不埋怨我,还相信了我,他跟我说:"王全,看起来你是真心要找你弟弟啊,不过我倒想问问你,你找到弟弟以后,打算怎么办?"他真是乐观主义,我这里还没有动身呢,他倒已经考虑弟弟回来以后的事情了,幸好我脑子够机灵,能够马上回答出来,我说:"找到弟弟,我就带他去看病,让他住院,一直等治好了病,再带他回来。"现村长有些怀疑,说:"你带弟弟住院,你不是没有钱吗?"我说:"我现在有钱了,我对象跟别人订婚了,我准备结婚的钱,就拿出来给弟弟治病。"现村长似乎被我感动了,或者他是假装相信了我的谎言,总之,他对我以上的回答感到满意,他掏出一支笔和一个小本子,从本子上撕下一页纸,在上面写了些什么,递给我,我还没来得及看,现村长就说:"你要找弟弟,找我是没有用的,不是我没本事,主要是这事情不在我的管辖范围之内,你到乡民政去试试吧,看看他们有没有办法。"

我看了看现村长的纸条,那上面写着:"兹介绍我村村民王全前往乡民政办求助寻找其弟弟(二十岁)。"另外还写着一个陌生的名字王小晓,我估计这是乡民政干部的名字,喜滋滋地揣进口袋,谢过村长,就走了。

现村长连大名都没有落,我知道我们村长名气够大的,所以不用落名,就像真正的大人物不用名片一样。

第二天,我即往大王乡去找乡民政,不过我暂时还无法知道,这算不算是我寻找弟弟踏出的第一步。

到了乡政府,进了一楼的大厅,看到排着长长的队伍,我问排在队伍最后的那个人这条队伍是干什么的,那个人说是申请搞墓地的,我一听,觉得晦气。赶紧上二楼去打听乡民政是哪个办公室,那女的告诉我说:"乡民政助理员目前还没有办公室。"我奇怪说："那他们怎么办公呢？"那女的也奇怪地看了我一眼，说："他们？还他们，你以为乡民政助理员有好多啥？"我不服说："就算没有好多啥，但总得有人给大家办事嘛。"那女的说："谁说不得办事啦，你从楼下走过没见到排队的吗？"我更奇怪说："那儿在搞墓地，那不是管死人的吗，我来办的可是活人的事呀。"那女的说："你以为活的和死的还要分开办啊，现在都一条龙服务，所以楼下就叫红白喜事大厅。"

我思忖了一下，既然是红白喜事，那我就得认其中一头，可我要找我弟弟到底算是红事还是白事呢，仔细想想，哪头都对不上，既不是红喜，也不是白喜，人都丢了，哪来的喜啥。

看到我对乡民政一无所知的样子，那女的态度反而好了些，语气也不怎么冲人了，说："你呢，先别急，因为乡民政涉及的工作很多，你先到一楼大厅那儿去看看墙上贴的东西，如果看懂了，最好，如果看不懂，再找人问话，好不好？"

我怎么能说不好呢，我下了楼，想按照那女的吩咐，先找墙上的东西看看，可我还没找到墙呢，先看到了一个人，我又惊讶了，他就是王图。

我想不通我怎么处处都会碰见王图，我也不知道他是我的灾星还是我的福星，不过我现在学乖了，我没有打搅他，我暗中观察了一下，他没有去排那个长长的队伍，他向工作人员问法律咨询在哪里，得到回答是在二楼，他就朝我走过来了，说："王全，你跟踪我呀。"我脸皮厚，我才不会脸红呢，我神态自若地说："你要咨询什么法律呢，不如请教我，我自学过法律。"王图攻击我说："你要是懂法，你弟弟会丢吗？"他攻击我，我也不会对他客气，我说："你是要咨询土地承包的事情吧，你表面上和村长和解了，自称是村长的狗，其实你不是走狗，你是疯狗，你还是想咬村长呢。"

我希望我击中了他的要害，让他慌张，让他抵赖，最后他会央求我不要告诉现村长。可王图毕竟也是经得起风浪的人，他没有被我吓住,反而说:"你以为村长会相信你的话,一个连自己亲弟弟都能扔掉的人,谁会相信他?"我虽然被他掐住了七寸,但我不会服输的,我一针见血地说:"王图,你还想找法律呢,你真是不识时务,法律在哪里,法律都在村长口袋里呢。"

王图不再和我争论了,他还关心地指了指排着的队伍说:"王全,你看看队伍都这么长了,你还不快去排队。"我赶紧站到队伍最后,看着王图从容不迫地上二楼去了。他的从容的神态,更加反衬出我的焦虑,我伸头朝前面望望,心想这样的长队,也不知什么时候才能轮到我,何况我还没有找到墙上的东西,我还不能确定我找弟弟这件事情该不该排这条队伍呢。在排长队之前,我得先到前面问一下,是不是该在这里排队,就像到医院看病,认得字还行,如果不认得字,那就得先打听到挂号付钱配药都是哪队和哪队,如果两眼一抹黑,闭着眼睛就跟着排,排了半天,等排到了,告诉你,你排错了,那就白排了。

我刚刚往前走了两步,还没看到民政助理员的脸面,立刻有人反对我,说:"排队。"

又一个说:"往后面去。"

再一个说:"我们都排了大半天了,你休想不劳而获。"

正在忙着的民政助理员听到大家说话,倒是从人缝里探出个头来,看了我一眼,不认得,说了声"排队",头又缩了回去。

我只得往队伍后边去,排在最后一个。原来排最后的那个人,现在上升了一位,成了最后第二,脸上喜喜的,回头看看我说:"你也会升上来的。"

果不出所料,一会儿我身后就多出一个人,这个人熟门熟路,进来就妥妥地跟在我背后,估计不是头一次来,不像我这样的,人虽站在队伍里,心却很不踏实,始终都不知道队排得对不对。

这么想着,前面就出事情了,先是声音大起来,接着就骂人了,骂民政助理员是狗腿子,又骂是官老爷,后来骂到畜生了,不过那助理的嗓门始终没有大起来,他一直是用低沉的含混不清的语气在说话,大概也就自认是个畜生了。

我侧耳听了听,也听不明白是什么事,倒是我身后的这个人知道,说:"那个人排错队了,排了半天白排了,不过这也不能怪人家助理,是他自己没搞清楚就乱排队。"

我赶紧请教他:"我是找弟弟的,我排错了没有?"那人说:"当然错了,找人应该到派出所呀。"我说:"可是我的村长写了条子让我来找乡民政的。"我把条子拿出来请他看。他看了看,说:"你们村长文化不高,写的句子都不通的。"我又赶紧说:"反正意思就是请人帮我找弟弟。"那人想了想,说:"既然村长让你来排队,可能他知道些什么吧,你就排吧。"

这下我安心了些,听到前面的骂声仍不绝于耳,那助理仍不回嘴,我想不到助理居然这么好说话,不仅骂不还口,看起来,打他也不会还手的。

那个人嫌助理不和他对骂,又继续骂说:"死样活气。"

然后又骂:"割卵不出血。"

经过队伍中的人们的转述,我才知道,现在这个骂人的,已经不是刚才那个因为排错队骂人的人了,是另一个人在骂人,他们家失窃了,钱丢了,身份证丢了,结婚证丢了,找县民政局补办结婚证,说补办结婚证先要看身份证,要先到派出所去补办身份证,到了派出所,派出所说,要补办身份证,又要先到乡民政证明你们的身份,结果推来推去就把人家推火冒了。

骂了人,也没能解决,他们就说了实话,说:"其实我们也不想办,办那东西有什么用,现在正好,你们不办,我们也不要了。"这话说得有点奇怪,大家听不懂。所以他们又说:"我们没有结婚证,就证明我们不是夫妻。"再又说:"我们不是夫妻,我们是住在一个屋子里的两家人。"

管这事的助理还没有怎么着急呢,别的人倒先急了,说:"那怎么能算,那不能算的,你们明明是一家人,怎么能算成两家人?"他们两手一摊,说:"既然不能算两家人,那还是得给我们办。"

但助理还是不能给他们办,他真的不是有意刁难他们,这是有规定的,他不能违反规定,他违反了规定,他就犯错误,他犯了错误,他就不能干这个工作,要下岗了。

最后想补办结婚证的那两个人朝大家说:"你们大家都是证人,是他们不给我们办,不是我们不办,以后有什么事情,不怪我们。"就走了。

那助理继续接待群众,但是排队的人心里不踏实了。

说:"他们这是有意的呀。"

说:"没听说最近有谁家遭贼呀。"

说:"可能结婚证根本没有丢,却说丢了。"

说:"为什么丢了身份证不着急,倒着急补办结婚证呢。"

说:"他们为什么要把一家人变成两家人。"

这就说入了渠了,大家愈发地着急起来。

又说:"这样还了得,这不是乱套了,这还有王法吗?"

又说:"如果这样乱搞,我们也都乱搞。"

更着急的人就责怪起民政助理来,说:"喂,民政的,你们算什么为人民服务,人家明明是两口子一家人,你们偏偏要刁难人家。"

又说:"助理助理,你助的是什么理?你是不是和他们穿了连裆裤,一起搞阴谋。"

那助理早已经习惯了,他一直就是那样的状态,既不凶,也不不凶,既不和蔼,也不不和蔼。

我才知道当个民政助理员原来也这么难,忽然又想,这么难当,假如让我当,我当不当呢。想了之后,又骂了自己一句:"蠢货,怎么可能让你当。"

现在风波终于过去了,我也终于排到了队伍的头上,我挺体谅民政助理员的辛苦,尽量减少啰嗦,直接就说:"助理,请你帮我找弟弟。"他大概没接待过我这么直爽干脆的,倒是一愣,先问:"你哪个村的?"我说:"小王村。"助理还口气轻佻地调侃我一下,说:"噢,就是那个想叫大王村的小王村哦。"我听他这么一说,才想起口袋里还有法宝呢,赶紧掏了出来,交给他,那助理望着字条发了一会儿呆,问道:"你什么意思?"我充满希望地说:"助理,你就是这字条上写的王小晓吧。"他摇摇头说:"我不是王小晓。"我愣住了,停了片刻,赶紧让自己回过神来问:"那,那你叫什么?"助理朝我笑了笑说:"我叫什么无所谓的,无论我叫什么,我都得为你们办事。"他说得有道理,我赶紧说:"我求你帮我找弟弟。"他仍然不接我的问题,指了指字条问:"这是谁写给你的?"我赶紧报出我们小王村村长的大名。

一听王长官的名字,那助理"嘻"地一笑,说:"个狗日的,弄你呢。"我没听明白"弄你"是什么意思,愣愣地看着他,他才告诉我,村长写的那个王小晓早就离职了。我说:"啊,可能我们村长还不知道吧。"那助理说:"哄鬼呢,上个礼拜还来找我谈敬老院的事情呢,怎么不知道是我。"我就气得满脸通红,个狗日的村长,报复我受了他的贿,不投他的票呢吧。

助理看我生气了,赶紧又把话说回来:"一样的,一样的,找谁都会给你办事的,你说说吧,什么事?"我心想,记恨村长有的是时间,眼下还是找弟弟要紧,遂再次向他正式汇报说:"请你帮我找我弟弟。"那助理也很干脆,说:"说说情况。"我说:"我叫王全,我是小王村的,我今年二——"那助理员打断我说:"不是说你自己,说你弟弟的情况——"他又朝字条看了一眼,知道了,说:"不用说了,你弟弟二十岁?"我说:"是二十岁。"助理"咦"了一声说:"二十岁?二十岁又不是二岁,怎么会走丢的?"我如实说:"我弟弟有病。"

那助理替我叹息了一声,说:"可惜了,你排错队了,找人你到派出所去报案吧。"他见我发愣,抬手指了指墙上的条例,说:"你认真再看一看,乡民政办的办公范围是哪些。"

我过去看条例的时候,身后的人就挤上前去办事了,我被挤到一边,看着贴在墙上的工作条例:

办理残疾证,办理程序:当事人携带县人民医院或县以上人民医院出具的……

办理老年优待证,办理程序:当事人携带户口本,身份证原件,一寸红底照片两张……

申请扶贫帮困救助,办理程序:由本人到乡人民政府或村委会递交书面申请……

等等等等。

确实没有帮助寻人这一条,我又朝墙上望了望,望到残疾两个字,我有了办法,掏出弟弟的残疾证递过去,说:"我弟弟是精神残疾,证是你们发的,应该求助你们的。"那助理也没看那证他就知道,说:"证不是我们发的。"我说:"明明是我们村长带我弟弟到你们这里来办的。"那助理说:"我们是代办,我们不是发证机关,证是县残联发的。"我很失望,被排队的人挤在一边,泄气地说:"那,你不能帮我找弟弟了?"

现村长的那张字条还在他桌上搁着,他朝字条努了努嘴,说:"这字条先留下吧,我替你留心着点,不过,你还是再到派出所去报一下。"

我最终被迫退出了排了很长时间的队伍,瞧着依然很长的队伍,我有点依依不舍,也有点不甘心,自语道:"助理,助理到底就只有助理的水平。"旁边一人赞同我说:"乡政府只让助理来给我们办事,是应付我们。"另一人却反对说:"你们不知道,王助理水平很高的,也很耐心的。"

我这才知道这助理也姓王,只是不知道叫王什么。正如他自己说的,叫什么也无所谓,反正他也不能帮我找到弟弟。

　　我只好又到乡派出所,也是如此这般很简单的一番手脚,所不同的是,因为我只带了一张寻人的字条,留给了王助理,派出所这里就没有了,这也不难,他们记录下了我说的话,就让我回去等。

　　我回去以后,充满希望地一等再等,可是你们知道的,不可能有我弟弟的消息。

　　我忍不住又到乡上去了,到了乡镇的街上,我站在岔路口,一边是往乡民政去,一边是往派出所去,我想了一下,并没有想清楚应该往哪边去,但是我的脚带着我往乡民政去了。

　　那王助理已经记不得我了,又问我是哪个村的,我说是小王村的,王助理一听小王村的名字,忽然"哎呀"了一声,说:"你等等,你等等。"他丢开手里正在弄的那个簿子,开始翻旁边的某个记录簿,翻了这本不对,丢开,又去翻另一本,还是丢开,再翻一本,又丢开。

　　我觉得挺过意不去,但是除了来麻烦他,我没有别的办法可以找到弟弟。好在王助理倒没有嫌我麻烦的意思,他只是为自己找不到那本应该找到的记录簿而责怪自己,一会儿拍脑袋,一会儿又骂自己是猪脑子,最后他忽然想起来了,原来就是原先在他手里的那一本,王助理往前翻了两页,立刻笑了起来,说:"果然的,在这里。"

　　我赶紧上前扒那个簿子,好像弟弟就在那个簿子里。

　　王助理指了指说:"喏,就是这个电话记录,江城救助站来的电话,问我们大王乡有没有叫王全的。"

　　我立刻激动地叫喊起来:"有,有,就是我,我就是王全。"

　　王助理立刻说:"你瞎说,他们问的那个王全,正在江城救助站呢,你明明站在我面前,怎么会是你?"

　　我蒙了一会儿,很快想明白了,说:"王全就是我弟弟。"

　　王助理朝我多看了几眼,怀疑说:"你一会儿说你就是王全,一会儿又说王全就是你弟弟,难道你和你弟弟同名?"

我说:"我弟弟有病,他不知道自己叫什么名字,他只知道我的名字,所以他就报了我的名字。"

王助理这才松了一口气,随手写了一个条子递给我,说:"那就好,那就好,你赶紧按这个地址,去把他接回来吧,他在人家站里待了很长时间,只说自己叫王全,可全国这么大,你叫人家到哪里去找王全啊?"

我是又惊又喜又奇怪,问说:"那后来他们怎么会打电话打到大王乡来呢?"

王助理说:"所以呀,你得好好谢谢人家,你弟弟什么也说不清,人家救助站是很负责任的,为了帮助你弟弟找家,还专门请了专家分析他的口音,分析出来是咱们这块的,又一个乡一个乡地挨着打电话问,总算问到了。"

又说:"当然,也幸亏你那天过来留了个字条给我,我才记得有小王村寻人一事。"

七

江城是我们的省会,但即便是同一个省份的,一个省会城市和一个默默无闻的小村子,它们之间的距离,恐怕也不是仅用公里数就能计算出来的。

如果不是因为弟弟,恐怕我这一辈子都不会和江城有什么来往。只是因为它是省会,平时我可能偶尔也会听到一两件与江城有关的事情。但是与江城有关,与我却完全无关。我对江城的了解和认识,就像我对其他许多从来没有听说过的地方一样,基本上是零。

所以,江城是存在的,但是对于我来说,它又是不存在的。

但是现在不一样了,因为我弟弟在江城,江城就和我有了密切的联系,有了不可割离的缘分。

在乡政府我看到王助理写了"江城救助站"那几个字,顿时觉得好亲切,好温暖,说心里话,我接过他的字条时,真是欣喜若狂,好像那不是一张纸,那是我弟弟的手,好像我已经拉着了弟弟的手了,我感觉到那字条的温度,弟弟的手是热的。

等我捏着字条走出乡政府,被冷风一次,我的手也冷了,字条也没有温度了,我朝字条看了看,江城,一个我完全不知道的地名,它竟是那么的陌生和遥远。

我不由自主地哆嗦了一下,好像我感觉到弟弟在江城受了凉,我得赶紧去带他回来。

我知道,我未来的日子充满未知数,也充满挑战,为了把弟弟找回来,我将要面对所有挑战并且战胜它们。

我的工作思路还是很清晰、很有逻辑性的,我稍作整理,计划就排出来。我先到街上的网吧去了一下,上网查一下江城。

事情就是这么简单,原先和我八辈子、八竿子都打不着的江城,就这么迅雷不及掩耳地出现在我面前了,我看着那些许多关于江城的文字介绍和图片,我一下子明白过来,人们说得不错,世界真的变小了。

其实,我不知道我又犯了盲目乐观的错误了,在网络上,世界确实是变小了,但是在现实生活中,江城并没有忽然就出现在我面前,它一直就在十分遥远的某个我不知道的地方待着,我得千里迢迢去寻找它。

出了网吧,我又去了移动营业厅,我咬咬牙买了一部手机。其实原来我也是有手机的,只是后来我的日子被我弟弟搞得灰头土脸,毫无精彩可言,我觉得像我这样的人生,没有手机也罢,我把那个手机的号码停掉,手机也贱卖掉了。

现在我又得重新配上手机了。虽然弟弟就在江城救助站等我,说得更乐观一点,弟弟已经在我手心里捏着了。但是我毕竟是个要出远门的人。在家千日好,出门一时难,配个手机,或许能够帮我排忧解难，或者能够助我一臂之力。

如果我如愿以偿地找到弟弟，把弟弟带回家，意味着我又要重新把我的日子过得灰头土脸、毫无精彩了，我岂不是自己给自己设个套子往里钻吗？

正是这样的，我作茧自缚，我周而复始。

我拿着新手机，开始给一些常有来往的关系人物发短信，告诉他们我又有手机了，起先我以为我会发出很多短信的，可发了没几个我就发不下去了，我没想到和我常有来往的人、值得我发信的人，那么少。

我在回家的路上，才想到了赖月，我前对象，她和我中断联系已经有一段时间了。她怕我去纠缠她，当时就告诉我，叫我别给她打电话，她的手机马上就更换新号码了，而且她是不会把新号码告诉我的。可我的记忆中还存着她的过期作废的老号码，那完全是我头脑中的一个摆设，或者说，是残存的一点点念想。我下意识地给她的旧号码发了一个短信，我没有说什么实质性的话，只是写道："赖月你好，这是我的新手机号码。"我朝一个过了期的老号码上发信，明明就是痴人说梦，骗骗自己而已，我没想到的是，片刻之后，我的新手机就接收到了第一封回信，我一看，这不就是赖月从前的电话号码吗，原来她没有换号码。我心里顿觉一阵温暖，虽然她的回信只有"收到"两个字，也虽然我和赖月的关系已经成为过去时，但是好歹我们也相恋过一回，虽然最后我们没有成为亲人，但毕竟我们也没有做成一对仇人嘛。

我赶紧给赖月拨过去，赖月倒是肯接电话了，但仍然是得理不饶人的口气，抢我说："发过信了，还打什么电话，烧钱啊？"我赶紧说："赖月，我买了个新手机，其实我本来不想去打扰你的，我以为你已经换了号码，我没想到你还能收到我的信。"说了几句，我觉得我没有说出个子丑寅卯来，我觉得我想说也说不出个子丑寅卯来，我只好稍停一下，想试试她的态度，不料她却没有态度，一直等着我的态度呢，我只好再说："我真的以为你有了新号码，而我却不知道你的新号码，如果两个人都换了号码，而双方都不知道，那就彻底失去联系了。"我这么说，明显让人觉得我不想失去和她的联系，还好，赖月似乎并没有计较我的暗藏的心思，只是继续用嘲讽的口气说："不是下决心不要手机了吗，怎么忽然又用手机了呢？"我抓住机会赶紧告诉她我要到江城去。赖月问我说："江城，哪里的江城？"我告诉她那是很远很远的和我们本来没有关系的江城。她终于有了些疑惑，用可疑的口气又重复了一遍："江城？"

我很想直接告诉她，我是去江城找弟弟的，但是我不敢说。因为到现在我也不知道赖月对于我弟弟的事情是怎么想的，先前我已经吃了不明真相的大亏，我告诉她我弟弟是老鼠，她走了，分明是嫌弃我家有一只老鼠；后来我再告诉她老鼠丢掉了，她又走了，又好像她对我丢掉弟弟有很大的不满，所以，我根本吃不透她的想法，我一直都不知道她的想法，如果现在再贸贸然地告诉她，我又要去把老鼠找回来了，她肯定还是不满，还是得走。

但是我也不敢保证，如果赖月坚持问我到江城去干什么，我会不会向她吐露真情，可惜的是，赖月根本就没有继续追问的意思，很没意思地说："你去江城就去江城嘛，告诉我干什么，没必要。"我习惯了她的口气，忍不住又多事，问她："赖月，你真的不想知道我到江城去干什么吗？"她抢白我说："我管得着吗？"显然对我的去向和我的生活十分不感兴趣。我吃了一闷棍。但我并没有吃闷棍的沮丧感，因为我吃惯了闷棍，更因为她给我吃闷棍是对的，我心里很清楚，事情就应该是这样的，事实就是这样的，我的事情也好，我弟弟的事情也好，和她都没有什么关系了，虽然我们互相又联系上了，但是我们早已经失去互相联系的动因和必要，所以，她这一挂电话，很可能就是一次永远的告别了呢。

所以，说到底，我用新手机给她发信，完全是我自作多情，多此一举。

我和赖月就这样算是告了别,回头我还要和家乡也告别一下。我回家的时候,我娘没在家,我又到大哥那儿,大哥也不在家,我打算往大蒜250去找我爹,刚走到路口,就听一个人连哭带喊地从我面前跑过去,好像根本就没有看见我似的。我听出来他喊的是"出事了,出大事了"。我急忙喊住了他,问道:"王七分,出什么事啦?"王七分被我一叫,停了下来,回头看看我,似乎这才想起了我,一想起了我,他立刻又大喊起来:"王全,王全,不好啦,打死人啦!"我说:"你别着急,你说清楚,谁打死谁了?"王七分说:"是你爹,是你爹——"我吓了一大跳:"王七分,你说清楚,是我爹打死别人了,还是我爹被人打死——"王七分说:"是你爹,是你爹被人——"我的心往下一沉,拔腿就跑,只觉得两条腿又软又酸,王七分本来是到村里去报信的,现在却反过来跟着我跑起来。

我们两个跑到大蒜250,我远远地就看见我爹正站在大蒜厂隔壁王厚根的地头上跟人说话,我气得回头拍了王七分一头皮:"你说我爹被人打死了,你咒我爹死啊?"王七分捂着头皮委屈地说:"我没有说你爹被打死,我是说你爹被人打了,是你自己没听清楚。"我懒得和他计较,上前看我爹,果然见我爹满头满脸是血,还往下淌着呢,我气愤地说:"爹,谁打的?谁打的?"我爹很瞧不上我,只是瞟了我一下,说:"你问谁打的有屁用,难道你还能替我打回来?"这时候王厚根挺身而出,气壮如牛地冲我说:"我打的!你想怎么样?"王厚根人高马大,我还真被我爹说中了,我无法替我爹打回来,但是我会讲理讲法,我说:"王厚根,有理不在声高,有法不许动手,你凭什么打我爹?"王厚根说:"是你爹自己送上门来让我打的,你看看,我打你爹的地点在什么地方,不是在大蒜厂里,是在我自家的地皮上。"我觉得这事情奇了怪,先将自己镇静下来,理一理思路,可理了思路之后,我更觉不可理喻,王厚根怎么跟换了个人似的,他在村里可是最老实巴交的,屁大的事情他都不敢言声的,他竟敢举了棒子打我爹,虽然我爹也不算什么了不起的人物,但毕竟我爹是村长的一条狗,打狗也要看主人哪,王厚根怎么敢如此猖狂,难道背后有人指使,有人撑腰,或者,难道王厚根也成了另一条狗,所以才狗胆包天了,这是其一。其二呢,我奇怪这时间对不上,应该正是大蒜厂上班的时候,我爹怎么不上班,跑到王厚根的地头上来了,难道真如王厚根所说,是我爹自愿过来让王厚根打的吗?我惊讶地看看我爹,我爹说:"你不用看我,他说得没错,我自愿的。"我更惊奇了,就我爹那精明劲,放屁都要夹下半个的人,人喊绰号"鬼烧香",意思是鬼见了他都要给他烧高香进贡他,你让我爹主动伸出脑袋让人打?没这一出。

我琢磨着里边肯定有什么问题,低声问我爹:"爹,什么情况?"我爹才不像我这样鬼鬼祟祟,大声说:"领导说了,冲在前面的,表现好的,被打了的,奖励二百五,被打伤了的,奖励两个二百五。"我说:"爹啊爹啊,你真是我的亲爹,你要钱不要命?"我爹说:"钱都没有,要命干什么?"我更急了,我爹这是被打晕了吧,人家都说,命都没有了,要钱干什么,我爹他怎么倒过来了呢。

我们爷儿俩正扯皮,那边王厚根"哎呀"了一声,急得说:"上当了,上当了,我上了狗日的大当了。"话音未落,就听一阵吵嚷声,抬头一看,是王图带着派出所的警察来了,指着王厚根说:"凶手,就是他,杀人凶手!"王厚根噘了,急得说:"我没有杀人,我没有杀人。"他话一说完,我爹就轰然倒地了。我正要扑过去哭我爹,却发现我爹眯着一只眼朝我使眼色,我才知道我爹没有死,可我一点儿都不知道我爹什么时候变得如此狡猾和聪明,看起来,进厂当工人确实和在地里种庄稼不一样,真令人进步。

我爹倒下后,王图立刻在旁边煽风点火说:"这是后发性,这是后发性,后发性比先发性更危险。"他见大家似乎都没听懂什么叫后发性,又补充说:"挨了打马上倒下来,那是先发性。挨了打过一阵才倒下来,那是后发性,说明脑子里的血块很大。"王厚根不服,问警察说:"有这种说法吗?"警察说:"这要问医生。"我爹躺在地上"哼哼",王厚根一紧张,反应也变快了,立刻嚷嚷说:"没有血块,没有血块,有血块他还能哼哼吗?"我爹知道自己画蛇添足了,赶紧闭嘴。

警察一边把我爹抬到警车上,一边对王厚根说:"王厚根,这就是你不懂法,平时让你们学法你们又不肯学,现在自食其果了吧。"王厚根说:"我以为和法没有关系的。"警察说:"怎么和法没有关系呢,现在到处都是和法有关系的事情,你看看你,本来呢,他们大蒜精把你的地当了路,踩了你的地,毁了你的庄稼,是他们不对,你们双方应该坐下来谈判,那是他大蒜精被动。要不呢,立刻停止侵害、赔你损失,要不呢,你可以告他们,还是让他们赔偿,左右都是你赢。但现在呢,你打了人,还不知道是打死还是打伤,打伤的话,还不知道是重伤还是轻伤,反正,你是有理变成了无理。"王图在旁边添油加醋说:"杀人偿命,打人犯法,反正你是吃定官司了。"王厚根被吓得快要哭了,还是警察比较人性化,也没有偏袒哪一方,又劝慰王厚根说:"不过,事情一码归一码,你负打人的责任,他大蒜精负踩占你土地的责任,有法在,谁都逃不了。"王厚根哭丧着脸说:"我亏大了,我这一棒子,打得太贵了。"王图说:"要不这样吧,我们不要一码归一码,我们一码抵一码,这事就两清了,王长贵的医药费我来出。"王厚根还没表态,警察呵斥了王图一声,说:"说人家不懂法,你懂法吗?法律是你家开的吗?"连我都听出来了,王图不仅不懂法,他还想钻法律的空子,想占法律的小便宜。

王图不服,说:"法律不是我家开的,但也不是你们警察家开的。"他完全不把警察放在眼里,说话屌里屌气的,果然惹恼了警察,警察瞪着他说:"你怎么说话呢,你是厂长吧?"王图没想认,所以他不吭声,我赶紧说:"他不是厂长,他是项目经理。"警察嘲笑了一下,说:"项目经理就这么牛,你们厂长还不知道怎么牛逼冲天呢。"明明是王图对警察不恭,这话怎么就赶着说到厂长身上去了呢。

王图又火上浇油说:"你们这是没见到我们厂长,你们见到了我们厂长,才知道我们厂长是什么人物。"警察哈哈大笑起来,一个说:"什么人物,不就是个王长官嘛。"另一个说:"真是什么人物带出什么人物,只有王长官这不懂法的屌人,才会带出你们这些屌货。"王图说:"我们厂长吩咐过,怕谁也不用怕警察,警察屁股上也有屎。"

王图处处拿厂长出来说话,拿厂长的话去刺激警察,看起来是崇拜厂长,其实我心里早起了疑惑,不过我没有往深里再想,我才不会为了他们的破事多费心。这不关我事。

我们一起坐了警车来到乡里,然后兵分两路,我爹被送到卫生院,王厚根被带到派出所问话,王厚根分明是害怕了,他赖着不肯走,说:"我先等等王长贵,看看他的情况。"警察说:"他的情况你做不来主,由医生做主,你跟我们走吧。"王厚根说:"警察,我冤枉,是他们设的计。"王图说:"谁设计了?谁设计了?你说话要有证据。"王厚根怕警察被他们蒙蔽,赶紧说:"警察同志,我举报,我举报是谁设的计。"警察却说:"无论是谁设的什么计,但打人的那一棍子,是你打的。"王厚根见逃脱不了,心一横,冲王图说:"你以为你们设了计让我上当,我就认了?你弄我,我就不弄你?你等着,我告你个大蒜250。"

王图大概怕有些话被王厚根抢了先,也想先跟去派出所占个先,警察批评他说:"你有点人性好不好,人家老汉为了你挨打,是死是活你都不管不顾了?"王图这才留了下来。

我爹在推进手术室之前,把我唤到身边,没说话,只是在白被单下伸出一只手,张开五个手指,我先是一愣,随即想过来了,这是我爹在吩咐我不要忘了向王图要五百元挨打费。

我爹进去以后,我看了看王图,实在开不出这个口,王图也若无其事，我心里骂他几句，也就算了。

过一会儿我大哥也赶来了，他乍一看到我，似乎一愣，说："你怎么在这里？你回来了？弟弟呢，找到了吗？"我说："大哥，你这日子怎么过的，我还没出发呢。"大哥说："哦，那你赶紧出发吧，爹这儿有我呢。"我说："爹还在里边做手术呢。"大家正不放心呢，那边手术室的门已经开了，我爹自己走了出来，那还是我爹，只是头上多了块纱布而已。

我爹一出来，两眼就盯着王图，王图当然知道我爹是什么意思，可他只管摇头，我爹说："你说话不算数？"王图说："不是我说话不算数，是你把事情搞砸了，你让王厚根看穿了我们的计谋，他要告大蒜250，要是被他告着了，麻烦就大了，到时候就得找你算账，找你赔偿损失，你还想要奖励呢？"

我爹气得一拍屁股转身就走，我大哥怕他摔倒，赶紧去搀扶他，我和王图站在后边，忽然王图拉了拉我的手，我低头一看，王图把五百块钱塞到我手里了，说："拿着吧，你找弟弟要用钱的。"我奇怪说："刚才我爹向你要，你怎么说不给，还吓唬我爹？"王图说："就你爹那张嘴，别说五百块，五分钱我也不能给他啊。"

我怎么也没想到，这场纠纷最后得益的竟然是我。

虽然我得了益，但这一点儿也不能减轻或者消除我对王图的怀疑。我隐隐约约地感觉到大蒜250这边可能会出事情，这事情肯定不仅涉及我爹，不仅涉及王图，背后还有人，这个人今天不在现场，但不在现场不等于事情就没他的份儿，也不能说明这事情的幕后策划和指挥者不是他。

但我立刻就知道我这个思路是错误的，我所说的背后的这个人，你们也知道他是谁，以他的水平，无论他在不在现场，对于让我爹送脑袋去给王厚根打之类的下三烂的做法，不可能是他策划的。他更不可能指挥这样一次愚蠢的行动，这行动有失水准，大失水准，太失水准，完全不像是他亲自操刀的。

那就得回头看看王图的嘴脸了,村长兼厂长都不在现场,他这么积极干什么,他这么大包大揽干什么,搞得他像个大人物似的,难道你们觉得这很正常吗? 难道你们不觉得他有什么险恶的用心吗?

不过,这些都不关我的事,即便我爹被打破了头,即便大蒜250真的被人弄了,即便是怎么怎么了,这些都不能阻挡我寻找弟弟的脚步。

我离开家乡小王村的时候,也没有人送我,很冷清,很孤单,但是我知道,只要我把弟弟找回来,我就不会冷清也不会孤单了。

走在路上的时候,我一直在想,在我出门前,忽然发生了这么个事情,忽然间我爹的脑袋就开花了,这是不是某种预兆呢,如果是的话,它预示着什么呢,它是好兆头还是坏兆头呢。

我没有这方面的知识,脑袋开花,算是个什么事情呢?

中　部

一

为了尽早和弟弟的事情联系上，我不能再细说我孤身一人奔赴江城的经历了。这些经历都在我的记忆中，想说的话，早晚会有时间说出来的。

我捏着找回弟弟的绝对把握和对于未来的疑惑不定，直接到达了江城火车站。

到达江城已经是后半夜了，原以为这么晚了火车站会很冷清，却不料这里灯火辉煌，人声鼎沸，我被夹在拥挤的人流中朝出口处移动，人还没有出站，就看到出站口围着许多人，有的蹲着，有的站着，都瞪大眼睛，抻长脖子朝出站的旅客张望，还有人用手指着旅客，嘴里嚷嚷："一个，穿夹克的。""三个，背双肩包的。""后面一对，野的。"

我大致能听出来他们说的是方言普通话，却听不太懂他们的意思，他们的手指来指去的，开始我以为他们是来接人的，看他们的阵势，很像是接大人物的，后来我看了他们手里的牌子，才知道他们在拉旅客住店消费。还有江城一日游，江城某某景区二日游之类。他们似乎能够从旅客的长相、穿着以及他们身背的行李上看出来他是本市的，还是外来的，看出来他们是有人安排了住处的，还是需要自己寻找住处的，看出来他们能够付多少住宿费的。

他们的眼光真的很准吗？我表示怀疑，因为我就是其中的一个,我一下火车就需要找住处,他们怎么看不见我呢?他们看走眼了吧。

正这么想着,有个人指我这方向喊了起来:"那个,藏青的。"我正是穿着这种颜色的衣服,我心头一喜,终于也有人注意到我了,我嘻着脸迎上去,不料那人却从我身边擦肩而过,我回头一看,我身后的一个旅客,也穿着藏青的衣服,为什么同样是藏青色,他们拉走了他而不来管我的事呢。

我用心一想,立刻想明白了,不是他们看走眼了,是他们的眼睛太凶了,他们知道我是个乡下人,兜里没什么钱,包里没什么货,他们根本不稀罕理睬我。

接下来就是卖货的蜂拥而上,他们倒不嫌弃我,一个妇女干脆拉住我的手臂,让我买她的纪念品,她的纪念品是玻璃球,球里有风景,我估计这应该是江城的风景,所以才能叫纪念品嘛。妇女说:"一看就知道你是头一回来江城,买个纪念品带回去留个纪念吧。"我心动了一下,如果我找到弟弟,我倒是很想感谢江城,如果找弟弟的过程中,我没有把带的钱全花光,我是该买个纪念品回去纪念,可是现在我还没有找到弟弟,我先不能乱花钱。我赶紧说:"我不买。"见她脸色不好,我又补充一句:"谢谢你!"她却不接受我的谢意,扯住我不放,纠缠说:"买一个吧,买一个吧,一包香烟钱。"我说:"我不抽烟。"她的脸色越来越难看,竟然说:"你什么话?你调戏我?"我见她越来越麻烦了,就威胁她说:"你再拉住我,我要喊警察了。"她却又"咯咯"地笑了起来,说:"警察在哪里噢?"手只管仍然拉着我不放,旁边有个男的立刻凑过来说:"喂,你要喊警察,警察离得太远,听不见你喊,你买我的扩音器喊警察,才十块钱。"一边硬往我手里塞一个什么东西,估计就是他说的扩音器。我不知道如果我买纪念品,买扩音器,后面还有什么东西要我买的,我要想挣脱他们,看起来总得买一样东西,幸亏我眼尖,看到前边有人在卖江城的地图,我赶紧说:"我要买地图。"这卖纪念品和卖扩音器的,果然放开了我。看起来他们虽然各卖各的东西,东西与东西之间,完全不搭边,但他们之间是有默契的,不抢生意。

等我过去看清楚了江城地图,我才知道,其实我不仅是为了摆脱他们才去买地图的,一方面我在江城确实可能用得着地图,更重要的是,我一看到江城地图,顿时就有一种亲切感弥漫在心间。我忽然想,这肯定是好的预感,我弟弟一定在江城。

我一买地图,不仅摆脱了卖其他东西的人,而且引来了原先撇开我的那些人,他们重新围了上来,拉我去住宿,他们都说自己的旅馆便宜、干净、方便,什么什么,我一问价钱,最低的也在八十块上下,我心算了一下,觉得自己所带的钱,无法撑多长时间,所以我只能拒绝了他们的好意,直到最后有个妇女说:"你跟我走吧,十块钱。"我动了心,脱口说:"这么便宜?"那妇女没笑我傻,只是说:"本来就便宜嘛。"我不知道"本来就便宜"是什么意思,但因为是十块钱的价格,我决定跟她走了。

一走出火车站,就来了一辆机动三轮车,那妇女示意我上车,我说:"旅馆很远吗?"她说:"不远。"我说:"不远为什么要坐车?"她不说话了,换那个开车的老汉说:"时间太晚了,让你早点到店里休息。"妇女向我伸手说:"十块钱。"我一边掏钱一边奇怪说:"这就付房费了?"妇女接了钱,没有再说话,转身就消失在黑夜中了。

三轮车老汉把我拖到一家小旅馆门口,我下车时,他也向我伸手说:"十块钱。"我说:"刚才给过了。"他说:"你是给她的,你没有给我呀。"我说:"她跟我说好十块钱的。"老汉说:"她是十块钱,我也是十块钱,你给了她,还没有给我呢。"我一听,头皮一麻,才知道上了那妇女的当,我气得说:"怎么可以这样骗人? 你们城里人都这样做生意的吗?"老汉也不生气,朝我笑笑说:"你说谁是城里人呢?"我再朝他瞧一眼,猜想他也是从乡下出来的,还有刚才那个妇女,也是一样的腔调,但是乡下出来也不能就是骗人的理由呀,我说:"我不给了,我已经付过了。"老汉脾气倒挺好,说:"小伙子,看你的样子,不像是来打工的,像是来办事的,办事的人,哪能不带够钱呢。不带够钱,你能办得了事吗?"我说:"我是带了钱出来的,但正如你说,那是办事需要用的钱呀。"那老汉继续开导我说:"没有我载你来住宿,今天晚上你不能睡觉,明天你办得了事吗?"他倒是步步为营,稳扎稳打,分析得有条有理,十分讲究战略战术。一个乡下老汉,在城里混着,竟能混出这样的水平来,我也不得不服,如果换了是我爹,碰到我这样坐车不付钱的主,恐怕早已经几个巴掌挥上来了。我正想着我爹,那老汉似乎能听到我的思想,也就顺着竿子爬上来了,说:"你看看我这把年纪了,比你爹都老了,别说你坐了我的车,就算你不坐我的车,你赏我口饭吃,又有什么不应该呢。"我服了他,赶紧又掏出十块,这边他接了钱去,那边旅馆里已经有人迎出来了,这些人,虽然死要钱,但服务还是很配套的,衔接得很好,迎出来的那个人,是个年轻的女孩,对我说:"先生,请进吧。"这还是有生以来头一次有人称我为先生,先生我不免心中先生了一下,脸上一热,就进了门厅,那女孩问我:"先生,你住什么标准的?"我说:"那个妇女告诉我,十块钱。"女孩"嘻"地一笑,说:"先生你从哪里来噢?"我起先没有听明白,后来一想,知道了,她在挖苦我不懂行情呢,我也不用她嘲笑,自我嘲笑说:"我从乡下来。"她又嬉笑说:"我还以为你是从火星上来的呢。"我反击她说:"火星上东西便宜吗?"

她问我住几天,我算了一下时间,不用住几天的,明天一早我就去救助站接上弟弟,当晚就可以坐火车回家了,我说:"一天。"经过讨价还价,她收了我六十五元,把钥匙交给我,又问说:"还要其他服务吗?"我没问什么服务,只问:"另外收钱吗?"她终于知道我是个真正的穷鬼,彻底放弃了对我的任何打算,不提供任何其他服务,不再理我的茬儿了。

我到开水间洗了把热水澡,回到房间就睡着了,城里的床到底松软、舒服,结果让我睡着的时候,美梦连连,我梦见我找到弟弟了,弟弟不再是一只老鼠,而是一个英俊帅气的小伙子,我上前抱住弟弟大喊:"弟弟,弟弟,我终于找到你了。"

我醒了,和我同房的那个人正坐在他自己的床上盯着我看,问我说:"你梦见谁了,大喊大叫的,吵死人了。"我兴奋不已地说:"我找到我弟弟了!"那个人不以为然地说:"反梦,梦都是反的。"我气得"呸"了他一口,说:"你才反梦。"他一付与己无关、甚至幸灾乐祸的样子,说:"我又不要找弟弟,我反梦正梦都无所谓的。"

真扫兴,我不想让他影响我的情绪,赶紧带上自己的包出来,到服务台交钥匙的时候,我问了一下值班的服务员:"你知道江城救助站在哪里吗?"服务员打了个哈欠说:"你找救助站干什么,你又不像是痴呆。"我听了她这话,觉得她对救助站是有些了解的,我一激动,赶紧追问:"你知道救助站,你一定知道救助站,是不是?"她却即刻否认说:"我才不知道,凭什么我应该知道救助站。"她虽然不肯告诉我救助站的情况,却似乎对我要找救助站有兴趣,问说:"你到救助站干什么去呀?"我说:"我弟弟在救助站,我去接我弟弟。"她立刻说:"你傻呀,人家进了救助站的,都是站里派人送回去的,你这算什么,学雷锋啊。"我说:"我是接我自己的弟弟,不算学雷锋。"她又说:"是他们让你来接的吗?别的人他们都可以送到家,为什么偏偏让你来接你弟弟?"她口气中对救助站似乎有所不满,但是我的心里对救助站充满感激之情,我急着站在救助站一边,我说:"你误会了,不是他们不送,是我弟弟说不清自己的家在哪里。"她撇了撇嘴,明显是不喜欢我说的话,但她也算是个好人了,最后还给我指了条路说:"你打114问一下地址不就行了。"

我拨打了江城的114,114果然报了个地址给我,我记下了地址,就出发去救助站了。

你们一定觉得,我不可能这么顺利就找到我弟弟。你们的预感是准确的,我没有找到救助站,114给我的那个地址,是个旧的地址,我找到那儿的时候,那个门牌号已经没有了,别说门牌号没了,连房子都没了,连地方都没了,一眼望过去,就是一片废墟,也许过不了多久,废墟会变成一个工地,再过一些时候,工地就变成了高楼,变成了广场,或者变成其他什么,但无论它变成什么或者不变成什么,它都不再是江城救助站了。

当然我也不会觉得自己碰上了什么恐怖荒唐的事情,一想就能明白,江城救助站搬迁了,可能才刚刚搬了不久,还没来得及到114去重新登记。也或者,他们暂时忘了要到114去更改地址和电话。

无论是哪一种情况,我都没有办法对付,即使是第三种情况,我可以再打一次114,但事情仍不会如我所愿,114还是会报那个地址。如果我跟她说错了,搬家了,那也没用,那边并没有人听我说话,她是录音电话,不会应答我错了还是对了,只是又再报一遍旧的地址而已。

出师不利,我傻了眼,漫无目的地往前走,走出一大段路,才碰到一个路人,我向他打听救助站,他手一指说:"噢,就在前面,不远,走五分钟就到了。"他还以为救助站没搬呢。我不好意思地说:"他们搬家了,不在那里了。"这个人看了我一眼,说:"奇怪,你知道他们搬家了,还来问我?"气呼呼地走开了。

我又问了另一个路人,他倒是知道救助站搬了,但不知道搬到哪里去了,等他也走开了的时候,我只觉得头皮一阵发麻,我忽然感觉自己像一头饿狼,这个念头一出来,把我自己吓了一跳,我可不敢乱想,我弟弟从前就是这么任随自己乱想,最后把自己想成了一只老鼠。

我不是饿狼,但是我确实饿了,我才想起来,我有两顿没吃饭了,我往前走了走,看到路边有个卖面饼的,刚走到面饼摊那儿,听到手机响了,但是我并没有意识是我自己的手机响了,对于这个新手机,对于这个不熟悉的手机铃声,我还没有认同感呢,倒是那个做面饼的师傅提醒我说:"是你的手机吧?"我这才接了手机,一看是个陌生的号码,我说:"哪个?"那边的人说:"应该说哪位。"我都不知道他是谁,他倒像个自己人似的不见外,我只好学着他说:"哪位?"那边说:"先别问我哪位,你先告诉我,你在哪里?"我觉得他肯定是打错电话搞错人了,本来应该拒绝回答他的,但不知道为什么,我被他的热情打动了,在一个举目无亲的异乡异地,我一时还舍不得搁下这个错误的电话呢,我赶紧说:"你等一等,我看看自己在哪里。"

可是等我茫然四顾了一下,我才发现,我并不知道我在哪里。我只好抱歉地说:"喂,我不知道我在哪里。"对方"哈哈"一笑说:"我就知道你不知道,你现在知道城里不比乡下了吧。"我这才说:"我不认得你,你打错电话了吧?"做面饼的师傅见我和对方在纠缠,提醒我说:"小心骗子啊。"我说:"怎么会,他想骗我什么?"师傅说:"那谁知道,反正骗子的骗术现在是层出不穷。"那对方耳尖,在手机那边竟然听到了师傅的话,笑着说:"不仅层出不穷,而且闻所未闻。"我要挂电话了,他却在那边抢着说:"你不用说了,我知道你在哪里,你等着我,别走开,我马上过来。"我奇怪说:"他怎么知道我在这里? 他又看不见我,我又不是可视电话?"有个买面饼的师傅在一边脱口说:"手机定位吧。"他一边这么说,一边引起了他自己的怀疑,朝我看了看,疑惑地问:"你是干什么的? 你们是干什么的? 他怎么还有手机定位功能?"我哪里知道手机定位是干什么的,我说:"我是来找弟弟的。"旁边几个人同时抢着说:"碰上人贩子了?"

我买了个面饼,没有走开,就在路边吃了起来,这说明我内心深处是想等那个莫名其妙的陌生人来找我,果然的,一个面饼还没吃完,那个人就来了。

从天而降似的出现在我的面前,把我吓得失了忆。

他抬起双手朝我两个肩死命地拍下去,拍得我手里剩下的一坨面饼掉地上了,他也不管,又抬起手来继续拍,一边拍一边说:"王全,你个傻逼,你真不认得我了?"

他是王大包,我怎么会不认得,我只是想不到他会突然出现在我面前。

这货和我同乡,又是我高中同学,我们从前就听说王大包家有亲戚在一个叫江城的大城市,是他很小的时候认下的干爹。至于王大包认干爹怎么会认到这么远的城市里,那时候我们是不知道的,当然我们也不想知道、也不用知道。这事情跟我们没有关系。

高中毕业后,同学们各奔前程,像我这样奔回家乡务农的,着实不多,说起来我又得记恨我弟弟了,都怪弟弟牵绊住了我的手脚。

其实按理说,我家人口也不少,并非没有人可以照管弟弟,何况弟弟既然是一只老鼠,照管不照管也都无所谓的。更何况,我弟弟也从来没有表示过非要赖在我身上不可。可是不知为什么,我对我弟弟就是这样子,又恨又恼又丢不开,明明我已经把他丢掉了,已经一了百了了,可我现在又开始折腾了,我还非得把我弟弟折腾回来,然后呢,然后再把他丢掉?

王大包毕业不久就去江城投靠了干爹,可惜这个信息在我将要去江城找弟弟的时候,我怎么搜索枯肠也没有想起来,我还以为我和江城没有一丁点儿的联系呢,现在看起来,因为王大包的原因,我也不能说自己和江城完全无关了。

身在江城的王大包,突然出现在我面前,简直就是我茫茫大海中的一盏灯塔,简直就是我浑浑迷途上的一颗指南针。

王大包的扮相,我也不知道像个什么,反正头发根根竖起,我不知道他的头发是怎么竖起来的,他注意到我在看他的头发,告诉我说:"这是用强劲摩丝和定型啫喱加以固定的。"我说:"看起来很重,有四五斤吧?"他说:"哪有那么重,最多有两斤。"我又问他:

"早就听说你投靠了干爹,你干爹好吧?"王大包说:"好啊,现在这社会,除了靠干爹,还能靠谁呢。"我叹了口气说:"有个干爹多好啊。"王大包说:"你羡慕我吧,你没有干爹,要不,你也认一个。"我气馁地说:"我去认谁呀,谁会认我呀。"王大包说:"就我吧,我认你做干儿子,我就是你干爹,你现在就喊一声吧。"我"呸"了他一口,说:"我没有时间跟你磨嘴皮子,我是来——"王大包已经打断了我,不满地说:"王全,你真不够意思,到江城来找弟弟,也不事先通知我一下。"稍稍停顿一下,又说:"不过,我对你的行为还是有点想法的,你弟弟不就是你丢掉的吗?你还特意带到周县去丢掉他。"

我想不到这事情竟然都传到王大包耳朵里了。王大包又说:"你和你们一家人,好不容易把你弟弟做掉了,你这会儿又出来找他,你这话,骗你弟弟他都不会相信。"我生气地说:"既然这样,你不要理我就是了,我又没有让你来找我,我都不知道你是怎么找到我的,是谁告诉你我来江城的,是谁给了你我的电话,是谁——"王大包开始是撩拨我,一旦我开问了,他又怕了我的问题,赶紧打住说:"好了好了,我只是说有点想法,我又没有怀疑你。"他不怀疑我,我倒怀疑起他来,他连我来江城干什么都知道,我得警觉一点,我得了解清楚,我又重复问他:"你怎么知道我来江城了?你怎么会有我的手机号码?谁给你的?你怎么知道我是来找弟弟的?还有,刚才你明明不知道我在哪里,怎么一会儿就找到我了?你怎么会知道我在这个地方?还有——"他打断我说:"你怎么那么多的'还有还有''怎么怎么',难道你不认得我,难道你以为我是个骗子吗?"我说:"我好多年都没见过你了。"王大包道:"难道你以为一个骗子被你这么一问,就显出原形了吗?"

我被他问得无话可说了,因为他确实就是王大包,也不像是别人整容整出来的假王大包,尤其是王大包那习性,完全还是当年的德行,我虽然怀疑了他,他却一点也不生气,拉着我到了一家有档次的宾馆，给我开了个房间。我说不用，我接上弟弟就回去。他反问我："你接上弟弟？你以为你很容易就能找到弟弟？"我气得说："呸你个乌鸦嘴，怎么不容易，我弟弟就在江城救助站等着我。"他怀疑说："你找到江城救助站了？你看到你弟弟了？"我抢白他说："我要是找到了，我也不用接你电话，也不用等你来废话，我已经离开江城了。"他还是坚持自己的观点，说："耳听为虚，眼见为实。你没有亲眼看见，你就不能说事情已经有百分之多少的把握了。"我真生了他的气，没好气地说："听你的意思，好像希望我找不到弟弟，好像希望我弟弟不在救助站等着。"他也不计较我的态度和口气，倒是很认真地对我说："王全，其实我已经替你打听过了，江城救助站搬家了。"我说："我已经去过原来的地方了，那个地方已经没有了。"王大包说："我马上帮你打听救助站的新地——"正说着正题，他的手机响了，他接起来，也没容对方说话，就训人家说："你不知道我有重要事情吗，你不能等一会儿打给我吗？"就掐掉了手机。我说："王大包，你现在财大气粗吧。"王大包假装低调说："马马虎虎吧，在老同学面前，我摆什么谱呢。"他明明就是在摆谱，还说不摆谱，只是因为我指望他帮我找弟弟，所以我也不一句顶一句地抵着他的话头了。我说："这新的救助站怎么不登记114？"王大包说："估计是刚搬的吧。"这想法跟我的一样，也没有出什么新意。王大包知我心急，又劝慰我说："王全，你都到了江城了，就算你很快就找到你弟弟，你也得在江城待上几天，我陪你到处看看，到时候说不定你就不想回去了呢。"听他的意思，他还希望我留在江城呢。可是江城离我的家乡那么远，我又没有干爹，要不我就真拜王大包为干爹也罢。

王大包不由我分说，先把我的包扔进了宾馆的房间，我还没来得及看一眼这个房间和昨天晚上我住的小旅馆的房间有多大区别，王大包已经拉着我出来了，说要请我去吃大餐。

从我见到王大包起，他的手指上一直套着一串钥匙，一边走一边转,钥匙一直在哗啦哗啦响。我有些奇怪,问他为什么要把钥匙老是拿在手上,王大包朝我笑了笑,说:"习惯了,习惯动作。"见我不明白,又说:"这是我的车钥匙。"因为有钥匙而没有车,他必定知道我仍然听不懂,所以又主动说:"我车给朋友借去用了,等还回来,我带你兜风去。"我仍然表示听不懂,他又说:"一般汽车都有两把钥匙,那一把借人用,这一把还在我手上。"

他都说得这么细致了,我再也没有疑问。我们已经到了饭店,王大包还真不吹牛,果然吃个大餐,两个人,他竟点了十多个菜,还一个劲地叫我多吃、多吃。当然他不仅让我多吃,他自己吃得也不少,我想他在江城天天能这么吃,倒也不见胖,到底是城里人,又会营养,又会保养。

我们一边大吃大喝,王大包一边向我了解小王村大蒜厂的情况,问得挺细致的,我不免又有些奇怪,他在这么远的江城,就算他知道家乡建了大蒜厂,就算现村长真能让大蒜成了精,又关他什么事,他早已经远离了大蒜,怎么又关心起大蒜来?

王大包见我处处生疑,终于有些不满了,说:"王全,你好像不是小王村的人,村里什么事情你都不关心,你心里只有你弟弟。"我承认说:"王大包,还是你了解我,除了我弟弟,其他事情都与我无关。"王大包说:"你活该,就是因为你太投入了,又不得法,所以你出尔反尔,所以你颠三倒四,所以你总是走回头路,绕来绕去你都绕不出来,所以你永远都在重复无用功。"他说的话也不是全无道理,但是太夸张了,我也不至于如他说的那样不济,我现在已经很接近我弟弟了,明天我到救助站,接上弟弟,回家去,就再也不用走回头路了。

我计划周全,万无一失,所以我也懒得去和王大包辩论我到底是不是永远都在使无用功,我很快就能用事实驳斥他的想法。

王大包却不依不饶跟我说:"王全,读书时你就这样,你总是自以为聪明,却抓不住事物的关键,你根本就不知道事物的关键在哪里。"我怎么会不知道,我太知道了,我说:"我没有钱,没能治好我弟弟的病,这是关键吧。"王大包稍觉满意地点点头,又说:"既然你是知道的,你就不应该只关心你弟弟,你得先关心钱。"我说:"王大包,你以为我不想钱?我做梦都在数人民币。"王大包说:"梦想是不能成真的,只有大蒜成精,你才有钱治你弟弟的病,你就不会再犯周而复始的错误了。"我奇怪说:"王大包,你怎么和村长同一个腔调,口气、用词,都一样,难道村长上了你的身?"王大包说:"呸,村长又没死,怎么上我身。"又说,"其实村长待你也不薄的,你巴望他死啊?"我说:"我没巴望他死,不过我也没巴望他别的什么。王大包,我实话告诉你,我不是不信钱,我是不信王长官,虽然他从前村长变成了现村长,又兼了厂长,但我还是不信他——你想想,他从前当了那么多年的村长,搞了什么?"王大包忽然矜持地一笑,说:"现在情况不一样了。"

我忽然灵感闪现,从他的笑容中,我敏感到王大包和现村长之间似乎有什么猫腻儿,我直接就戳穿他说:"王大包,村上的大蒜厂,你也有份儿吧?"王大包倒不抵赖,说:"那是股份制的,我当然有份儿。"我不服说:"你凭什么拿股份,你早就离开小王村了,我们在村里的人都拿不到股份。"王大包说:"王全,你还跟我计较,你为大蒜厂做了什么贡献,我又为大蒜厂做了什么贡献?"

我确实不知道,我也不想知道,我仍然我行我素,他急吼吼地等着我问他的贡献呢,我偏不问。

王大包见我不问,果然耐不住了,说:"王全,你就算问我,我也不肯告诉你,或者我暂时不能告诉你。"见我仍然不好奇,他又说:"我说出来,吓掉你半条命。"

我才不想吓掉半条命,我得找我弟弟。如果我只有半条命,我找弟弟就必定得付出多一半的代价,所以我得保住我的半条命。我赶紧朝王大包摆手说:"你千万别说出来,你千万饶过我这半条命。"

王大包气得"哼哼"一声,说:"少见,少见——"停顿下来想了一想,又说:"看起来,你对王长官的看法太偏执、太固执,一点儿也没有改变,你简直孤陋寡闻,不知道王长官已经不是你印象中的王长官了。"他以为我会细问现在的王长官是什么样的王长官了,眼巴巴地等着我,可我又不问,王长官不关我事,除非等我找到弟弟。

当然,即便我找到了弟弟,也要看我的心情好不好,愿不愿意搭理他。

我如此不解人意,我吃人家的,住人家的,还指望人家帮我找弟弟,却偏不搭理人家的话头,王大包虽然有些沮丧,但他也同样固执,看起来他还非得让我把兴趣转移过去。

他这才是做梦。

毕竟场面有些尴尬,一个要说,一个不要听,两下僵持。恰好这时,王大包的手机又响了起来,之前我们边吃边聊的时候,他的手机已经响过好几次,他接都没接就掐掉了,以表示对我的态度,把我当成人物对待。这一回再响,他坚持不下去了,接了电话,但他自己没说话,只是听对方说话,我听到电话那头"哇啦哇啦"声音很响,但毕竟隔了一张桌子,我听不出那边说的什么。从王大包平静的脸上,一点儿也看不出意思来。王大包不动声色地听完电话,又吃了几口菜,喝了一杯酒,喷了喷嘴,对我说:"王全,不好意思,我有点事情出去处理一下,你先慢慢吃,我马上回来结账。"一边急急地往外去,一边还回头朝我做了多吃点的手势。

我就留在店里慢慢吃,等把点的菜都吃得差不多了,王大包还没有回来,我起先倒没怎么在意,也没怎么着急,后来因为服务员几次有意无意地过来问我还要不要点些什么,我说不要了,他朝我桌上的空盘子看了看,我才明白过来,吃完了,该买单了,我才想起王大包走了有些时候了。我似乎有什么预感,赶紧拨王大包的电话,怎么回事,王大包居然关机了。

我心里骂着王大包，心疼着带出来的那几个钱，其中还有我爹用开花的脑袋换来的。但是面子上我不能叫饭店服务员小瞧了我，我让他拿账单来看，心里就预感一看必定傻眼，结果服务员到账台去了一下，回来说："不用看了，已经有人买过了。"原来王大包走的时候，丢下了一些钱，结果一结账，还多出来几十块，这饭店倒也规矩，多的就退给我了。

我揣着王大包多付的饭钱，心里不甚明白，但有一点是清楚的，王大包不缺钱，又打了几遍手机，始终处于关机状态。我不相信王大包跟我玩什么失踪，他跟我玩失踪一点儿意思也没有，本来又不是我来找他麻烦的，是他主动找上我的。而且他也知道我是来干什么的，他找上了我，又把我丢掉，这完全说不通，我只需回宾馆安心等他就是。

这一回进了房间，才得以细细地打量一番，知道了与我昨晚住的那个旅馆房间的差别，心想，靠王大包，好歹也尝过住宾馆的滋味。到卫生间放了水，热乎乎的，泡到浴缸里，一暖和，就迷迷糊糊的，因为昨晚上尽做梦了，没有睡稳，这会儿要补觉了。迷迷糊糊地想，如果梦真是反的，这回就做个找不到弟弟的梦吧。想过之后，又赶紧呸自己，无论是醒着还是梦着，都应该是找到弟弟，带弟弟回家，皆大欢喜。

还没做起梦来，电话已经来了，我心头一喜，以为必是王大包不可，可拿起手机一看，不是王大包的手机号码，是个座机电话，一听，人倒是王大包本人，我急着要问他许多我不明白的事情，他却不让我有说话的机会，告诉我说："王全，江城救助站的地址，我打听到了。"我更是又惊又喜，也顾不得琢磨对王大包的所有疑虑了，赶紧问在哪里。王大包顺口说了个地址，可城里的地名那么复杂，我哪里记得住，我让他等一等，看到床头柜上有现成的笔和纸，一边想着住宾馆到底是方便，真是处处与人方便，一边跟王大包说："王大包你再说一遍，我有纸有笔，我得记下来。"王大包却说：

"记什么记呀,我明天一早开车来送你去。"我说:"原来你真有车啊?"王大包说:"咦,你还是不相信我,告诉你今天别人借去了,我正找他要回来明天用呢。"我还是疑虑,又问说:"那你手机怎么也不用,也被别人借去了?"本来是我挖苦他的,结果反过来被他挖苦说:"手机怎么能借用,你以为是乡下啊。"我败下阵去。这是应该的,我哪里是他的对手,他有干爹,我连亲爹都不尿我。

第二天我早早地起来了,一想到马上就能见到弟弟,心情激动,可是一等再等王大包一直没到,我等不及了打他手机,手机还是关机。我又往昨天他用过的那个座机打过去,一直空响,没有人接。我放下电话,稍等一会儿,又打,如此打了几次,终于有人来接了,我喊了一声"王大包",对方说:"谁是王大包?"我一听口音不对,问他:"你这是哪里的电话?"那人说:"街上的电话。"我才知道原来就是站在马路边上的那种公用电话。但又奇怪说:"街上的电话你怎么会接呢?"那人说:"我也奇怪呀,我正要用这个电话,电话忽然响了,吓我一跳,我还从来没有见过街边的电话会响的,我就接听了嘛——"稍一停顿,又继续说:"你是哪里,你是干什么的? 怎么会有人往街边的电话上打电话呢?"我懒得再理会他了,挂了电话,感觉自己两眼发黑。

说好今天早上接我去救助站的王大包,忽然就像断了线的风筝,没了影。我回想了一下从昨天接到他第一个电话还不知道他是谁开始,到他从天而降似的出现在我面前,又到他带我住宾馆、请我吃饭,再到今天他忽然又没了,我简直像是做梦,这个出没不定的王大包,究竟是我梦中的虚幻人物还是现实中的真实人物啊?

我抱着脑袋,从担心王大包改成了担心自己,我不会失去理智了吧。人家都说,精神病是有遗传的,我弟弟有精神病,我会不会也得精神病? 但是我弟弟的病不应该倒过来遗传给我呀,他还比我小呢,他应该遗传给他的儿子。可是他有病,他这一辈子,恐怕也不会有儿子了。想着我就心酸起来,心里酸了,就更着急。我努力回想这一天中和王大包相处时王大包所说的话以及王大包打的那些电话的内容，终于让我想起一点实质性的东西了。

王大包和别人通电话时，说过一个名叫四联的集团公司的什么事情，因为跟我完全无关，我也没有注意听，但四联这个名字，我无意中记住了，也是天在助我。

我对四联集团一无所知，仍然求助于114，这四联集团到底比救助站要牛逼，114迅速给了我最准确的讯息，我立刻出发去四联集团找王大包。结果呢，你们一定预料得到，四联集团没有王大包。

虽然这也是我预料之中的，但我毕竟又失去了一次希望，我沮丧不已走出去的时候，忽然后面有几个人追了上来，拦住了我，我一阵惊喜，还以为失而复得，王大包又出现了呢，不料他们跟我说，他们确实知道王大包，但王大包不是他们公司的员工，而是他们公司的债务人，欠了他们钱。我又觉得有了希望，问他们说："那你们知道王大包在哪里啦。"他们生气地说："我们要是找得到王大包，我们还揪住你干什么？"我这才知道他们追上来是来揪我的，他们的意思，既然我认识王大包，就要把我扣下来。

我觉得好笑了，我说："你们想拿我做人质，我又不是王大包什么人，我从千里之外的乡下，来江城找我弟弟，我只是想求王大包帮帮我，现在王大包不见了，你们又不让我走，其实我走不走都无所谓，只要你们肯帮我找弟弟，我留下来也不要紧。"他们一听，几个闹起了不同意见。一个说："看上去像是刚从乡下出来，乡音那么重。"另一个赞同说："看起来也不像王大包一伙的。"再一个表示反对说："不要听他瞎扯，不能上他们当，这些人，要不就是可怜巴巴的样子，要不就是愚蠢的样子，靠这一套迷惑人，骗起人来才狠呢，杀人不见血。"

他们议论了一阵，最后也商量不出个结果，面面相觑了一会儿，反而来问我："你有什么话要说的？"我说："我希望你们能帮我找到我弟弟,我弟弟在江城救助站等我,你们能告诉我江城救助站在哪里吗?"他们一听,意见也不分歧了,一致同意让我走了。

我这下子真没地方去了,宾馆已经退了,就算没退,我也没钱去住宾馆,救助站还是不知道在哪里,我出了四联集团的门,就不知道该朝哪个方向去,似乎是山穷水尽的时候了,王大包又及时地出现了。他又用另一个座机打给我,说:"王全,等急了吧,你放心,我答应你的事情,会兑现的。"我怕他有事,我还指望他帮我找到弟弟呢,担心说:"王大包,你是不是出大事了?"王大包说:"那是当然,只有干大事的人,才会出大事嘛。鸡毛蒜皮的人,想出大事也出不了啊。"我说:"你欠了人家多少钱?"他说:"你就知道钱。"我说:"我怎么不知道钱,一般逃走的人,总是和钱有关系吧,要不就是抢,要不就是偷。不过偷啦、抢啦什么的,我看你也没这个胆量,肯定就是欠了钱嘛。"他倒也默认了,但又不服,说:"王全,你懂什么,哪个做大事的不欠别人钱,欠得越多,说明他生意越大。"

我真服了他,不和他争了,那些都不关我事,我只管我弟弟,我抓紧说:"我不管你生意有多大,你能帮我找到弟弟,我就服你。"王大包还在跟我扯说:"你现在知道服了我吧,你现在知道王大包有多能耐了吧。"我真急了,跟他说:"算了,我挂电话了。"王大包说:"好了好了,我马上把救助站的地址发给你。"

我将信将疑,他挂了电话,稍等片刻,果然有短信来了,是用王大包自己的手机发的,我马上打他手机,又关机了,看起来果然是在躲债。

以后我想起来也会有些后怕的,很可能王大包的一切都是假的,他的干爹,他的工作,他身上的钱,他说过的所有的话。还有,包括他这个人,很可能都是假的。但我知道,只有一样是真的,他用短信发给我的救助站地址和电话,因为我已经迫不及待地打电话核对过了,准确无误。所以,我也就懒得去管王大包的真假了,哪怕他真是整过容的假王大包我也不管,我只要找弟弟的地址是真的,就行。

我原以为我会和王大包一起找到我弟弟,现在看起来,还是我单枪匹马、孤军奋战。好在已经不需要太多的周折了。

二

就这样,在一个莫名其妙的人的莫名其妙的帮助下,我已经站到江城救助站的大门口了。

弟弟已经在我看得见的地方等着我了。但他还不知道我今天将要去接他了,他不是先知先觉,就算他真是一只老鼠,他可能对地震和洪水之类的自然灾害有预感,但对人类的一切似乎都无法理解,更无法预知,所以他绝对不会预感到我已经到达了。

我弟弟虽然不会预感,但是你们会,我知道其实你们心里早已经预感到了,你们预感到我的行动不会那么顺利,你们预感到我不可能轻而易举地接到我弟弟。

你们的预感可能是对的。

大门旁的墙上写着几个大字:进站请按铃。字旁边就有一个红色的按钮,城市这地方就是好,处处予人方便。我伸手按了一下,铃就响了起来,铃一响,传达室里就有个人走出来,不说话,也不看我,先朝我身后打量,我身后明明没什么东西,他看的什么,我不由有些惊觉。还好,片刻过后,他就收回目光问我:"送你来的人呢?"我说:"没有人送我来,我一个人来的。"他"哦"了一声,说:"我知道了,你是走错地方了,你不认得字吗?这里是救助站哦。"我连连说:"救助站,救助站,我找的就是救助站。"

他听得出我的回答十分肯定,毫无拖泥带水,不由又面呈奇怪之色,重新又看了看我,口气严重地说:"不对呀,不对!来救助站的人,基本上都是别人送进来的。"我就知道他误解我了,赶紧解释说:"我是来找人的,我弟弟就在你们救助站。"看他半信半疑的样子,我掏出王助理员写的条子递给他,他看了看,又审查说:"你是哪里的?"我说:"我是小王村的。"说过之后一想,不对,他哪里知道小王村呢,赶紧又说:"我是大王乡的。"其实大王乡他也不会知道的,别说大王乡,就算是我们鼎鼎大名的王县,他恐怕也不会知道。我指着字条上的"大王乡民政办"几个红字说:"你看,这是公家的信笺。"他又看了看,说:"没盖公章啊?"他真没完没了,我再说清楚一点:"是江城救助站打电话给我们乡里,让我来接人的。"他这才微微点头,似乎承认了我的话,回传达室抓起电话打给了一个人,说:"关科长,有个人拿着乡政府的介绍信,是来找人的。"我听他这么说,挺感谢他,他分明是在帮我,因为我拿的其实不能算是介绍信,也不能算乡政府,充其量就是乡民政助理员随手写的一个便条,他帮我把身份抬高了许多。

果然,电话那头就爽快地应允了。他放下电话对我说:"你进去吧,到后院的二楼,东头头一间,找管理科关科长。"

我心存感激谢过他,进了救助站的院子。这是救助站的前院,有一排长长的水槽立在那里,我看到有个人在水龙头下洗手,但是水龙头并没有开,他反复做着洗手的动作,有板有眼,有招有式,还有从旁边抓肥皂的动作,用肥皂涂抹了手,又搓又洗,洗干净后,在身上擦干,然后,又换一种洗法,看得出他在用洗手液,先是按压的动作,然后又轻轻地搓揉,也仍然是活灵活现,再又冲洗,再又反复,我看了半天,没看懂,又好笑,忍不住跟他开个玩笑说:"水很凉吧。"本来很专心地洗手的他,猛地停止了动作,瞪了我一眼,骂道:"你他妈神经病啊,你没有看见水龙头没打开吗?"我吓了一跳,赶紧离远一点,又看到另一个人,捧着自己的两只手,递到嘴边,伸出舌头舔上唾沫,再往脸上抹来抹去,我看不出这是什么意思,那个洗手的人告诉我说:"他以为他是一只猫。"我一听,忽然心里一酸,说:"原来他和我弟弟是一样的病,我弟弟一直以为自己是一只老鼠。"那个洗手的人瞪了我一眼，不理我了，继续洗手。那个猫人有些胆怯地问我："那你弟弟是什么样子呢？"我蜷起两只手，放到下巴前，再噘起嘴巴"吱吱"地叫了两声。那猫人紧张起来，疑问说："是不是你搞错了，你弟弟不是老鼠，是兔子吧。"我口气强硬地强调说："不是，我弟弟确实是老鼠，只是我模仿得不像而已。"那猫人顿时脸色煞白，逃走了。

我很奇怪，望着他仓皇的背影，我不知道他害怕什么，那个洗手的人又来跟我说："这有什么奇怪，猫听到老鼠，就害怕嘛。"我说："你搞错了，从来只有老鼠怕猫的，我弟弟听到猫叫就会发病的。"那人奇怪地看看我，问："你是从哪里来的？"我不明白他的意思，正在发愣，旁边有个人又说了："他是从从前穿越过来的，从前是老鼠怕猫，猫捉老鼠，天经地义，狗拿耗子，多管闲事。现在反过来了，猫看见老鼠就逃。"

我只觉胆战心惊，赶紧避开这些人，往后院去，到了后院，看到有几个人围坐在一张小矮桌边剥毛豆，遭遇了前院的那几个人之后，我不免顾虑起来，因为我不知道他们到底是些什么人，是救助站的工作人员，还是接受救助的人，或者是临时来帮忙的。我稍稍观察了一下，感觉他们干活、说话都很正常，我上前问他们关科长在哪里，果然，其中一个告诉我："关科长在二楼。"另一个补充说："东头第一间。"这和前面看门的门卫说的一样，我不会再怀疑。

我眼尖，已经看到了楼梯，我径直往楼梯过去，刚踏上一层，就有人在背后拍我的肩，我回头一看，好像就是刚才在那边择菜中的一个人，他朝我使了个我看不懂的眼色，说："你留步，我有话跟你说。"这个人看起来年纪好像很大了，但是两只眼睛却骨碌骨碌地很有神、很亮，让人觉得他又是很年轻的。他一脸的诚恳，我看不出他有什么歹意，但我吸取了在前院的教训，问他："你是救助站的工作人员吗？"他眼色又往四下一看，说："你先别管我是谁，这里说话不方便。"神神秘秘地拉着我，走到楼梯的另一面，避开那边剥毛豆的人,他又指了指楼梯下面的一间小屋,鬼鬼祟祟地说:"我们到那里去说话。"我伸头朝那个小屋看了一下,里边黑乎乎的,是个杂物间,堆了乱七八糟的许多东西。我十分不解,也有点紧张,说:"干什么?"他很了解我的担心,让步说:"你不想进去,我们就不进去,在外面说,不过要轻声一点哦。"我很不想和他说话,但我又无法摆脱他对我的控制,这恐怕就是我在寻找弟弟的艰苦过程中必须要经历的事情吧,就像唐僧到西天取经,要经历九九八十一难,就算有孙悟空帮忙,他也得承受啊。

他又拉着我走开,先往左几步,再往右几步,最后才满意了现在的位置,站定下来,和我说话:"我知道你是干什么的。"他怎么知道我是干什么的,我根本不认得他,他也不可能会认得我,我疑惑他怎么会有孙悟空一样的火眼金睛呢。他又说:"刚才你一进来,我一眼就看出来了,连我都能看出来,你还能瞒过关科长?"我说:"那你说我是干什么的,看你猜得对不对。"他立刻说:"我可不是猜的。"我说:"不是猜的,难道你有特异功能?"他淡定地说:"也可以算是特异功能吧。那是凭经验判断的,等于就是特异功能。"我嘲笑他说:"那你判断判断看,我是什么人?"他没有直接回答,嘴角往下一挂,笑了一下,一副"别以为瞒得过我"的意思。我才不相信他,他上前就来掏我的口袋,我猝不及防,让他掏到了我的手机,他拿了我的手机看来看去,脸色疑惑,不满地嘀咕说:"居然没有录音。"我听不懂,问他:"你拿我手机干什么?"他伸出手指"嘘"了一下,说:"请轻声说话——干你们这一行的,现在都靠这个,过去还用照相机,那个太显眼,让人一看就看出来了,现在都用这个,神不知鬼不觉的,就弄下来了。"我起先并不知道什么东西给弄下来了,后来想了想,我知道了,他是在说拍照呢。我也不想在他面前表现得太老土,什么也不懂似的,我虽然从乡下来,但是现在乡下也进步了,我赶紧表现自己说:"我知道,现在拍照都不用照相机了。"我这一说,他又疑惑了,说:"可是你的手机这么烂,像素这么低,能干什么呀,干你们这一行,竟然使用山寨手机拍照,少见。"越往下说,我越无法和他对话了,因为我实在不知道他认为我是个什么人,难道他认为我是个摄影师?

他倒好,手脚麻利,"嚓"地一下,就替我以救助站的院子为背景拍了一张照片,我一急说:"你干什么?"他"嘻"地一笑,说:"我帮你工作罢。"他把我的手机递给我,让我看了看我自己在手机里的形象,但很快他又拿过去,看了看,说:"不像,不太像。"

可我不服,我觉得用我的手机拍下的我的照片挺像我的,我说:"怎么不像呢,你再看看,跟我的脸不是一模一样的嘛。"他终于再次把手机还给了我,说:"你搞错了,我不是说你不像你,我是说你不像个记者。"

我这才知道,原来他怀疑我是个记者。但我还是不明白,记者就记者,有什么可怀疑的呢,如果是记者采访,说一下身份、看一下记者证不就行了吗,为什么还要这么神秘地猜测啦、判断啦,还拉家常迷惑我呢。我问他:"你们是不是不欢迎记者?"他立刻神情严肃地说:"没有的事,我们十分欢迎记者,我对你的怀疑,是因为你假装记者。"我真冤枉,我说:"我没有假装记者,是你自己自以为是。"他倒也不和我争,承认说:"就算是我自以为是吧,智者千虑,必有一失,对不对,我虽然经验丰富,但也有马失前蹄的时候嘛。"我琢磨他的年龄和经验,问他说:"你是救助站的科长吗?"他笑着摇头说:"不是,你继续猜。"我想了想,觉得他可能比科长水平要高一些,我又说:"你是负责人、是站长吗?"他高兴得笑了起来,我以为我猜对了,不料他说:"错,彻底错,我和你一样,是来接受救助的。"

我彻底不服。我疑问说:"你接受救助?凭什么呢,你又不瘸不残,不聋不哑,除了自以为是,精神也看不出有什么异常。"他听我这么说,不高兴了,反驳说:"你凭什么说我的精神不异常?"我算是服了他,头一回知道有人会强调自己是精神病,即便是我弟弟,病得那么重,他通常也不肯承认自己是精神病人,至多就是扮个老鼠的样子来告诉我们他有病。看起来这个人比我弟弟的病重得多了,我顿时紧张起来,想到我弟弟如果跟他们混在一起,病情有可能被诱发或被加重,我得赶紧去找关科长,救出我弟弟。

我撇下他就往楼上走,他在我背后说:"你自己不也来了吗?你不也有病吗?"我忍不住停了下来,严正地纠正他说:"我跟你不一样,我是来找人的。"

他一听,顿时兴奋起来,诡秘地压低声音问我:"你找谁?"我说:"我找我弟弟。"他一听,竟然双臂一展,上前就抱住了我。我说:"你抱我干什么?"他紧紧搂住我说:"哥,哥,就是我,我就是你弟弟!"我觉得实在太可笑,他竟然冒充我弟弟,他看上去比我爹还老。我挖苦他说:"你从来没有照过镜子看看自己吗?"他摸了摸自己的脸,怀疑说:"难道你觉得我和你长得不像吗?一点儿也不像吗?你再仔细看看,总有一点儿像的地方吧。"我实在不知怎么对付他了,幸好有个女的过来了,看到他紧紧抱着我,上前拉开他的手,问说:"你怎么不剥毛豆了?"他脱口就说:"我家里来人了。"指了指我说:"这是我哥。"我赶紧说:"不是,不是,我根本就不认得他。"那女的笑了起来,说:"是不像,不仅长得不像,口音也不对呀。"我以为他会无言以对了,哪知他仍然对答如流地说:"那是因为我离家时间太长了,一切都变了,长相,口音,什么什么都变了。"那女的做了个手势,我看不懂,但是他看懂了,他点了点头,对我说:"我剥毛豆去了。"走了几步,又停下来,回头看着我,我从他的眼神里,看出了一种渴望,可惜我并不认得他,更不了解他,我不知道他渴望什么东西。他似乎还要再一次跟我证实,又问我:"你真的是来找弟弟的?"我说是。他再一次说:"哥,我真的就是你弟弟,你带我回家吧。"我以为他又要来抱我了,往后退了一步,做了防范,但是他却没有再过来,说完这句话他就走开了。我看着他的背影,心里竟有点难过,我问那个女的:"他想回家?他家在哪里？"那女的指了指自己的脑门子，说："在这里。"

正说着，他又回过来了，堆着笑脸对我说："刚才我是骗你的，我不是你弟弟。"我不明白说："你为什么要骗我，骗我对你有什么好处？"他说："我看你好像有病的样子，如果你有病，你就分不清我是不是你弟弟，你会以为我真的是你弟弟，你就会带我回家，我就能回家了。"我奇怪说："你这么想回家，为什么不想办法找家呢？"他没有回答我，再次走了，一直站在我身边的那女的说："他只知道有家乡，但是他记不得自己的家乡在哪里。"我心里酸酸的，问她："那他怎么才能回家呢？"那女的叹了一口气说："难呢，说不定一辈子都不可能回家了。"

我心里抽搐了一下，我想到了我弟弟。幸好有我，幸好我来了，否则弟弟也会和他一样，一辈子都不知道家在哪里，一辈子都不能回家了。

和我说话的这个女的，胖胖的，十分温和，因为她过来是喊那个人去剥毛豆的，按照我的一贯有条理有逻辑的思路，我分析她是救助站的食堂师傅，心里这么想着，她已经满面笑容地向我伸出了手，我开始不知道她要干什么，后来才发现她是和我握手呢。我赶紧递上手去，她的手软软的、温热的，就像她的笑容一样。她问我："听说你在找我？"我愣了一下，没反应过来。她又跟我说明了："刚才传达室打电话到我办公室，说你找我，我姓关。"

原来她就是关科长。真是人不可貌相，刚才碰到的几个人，一个个人模人样，却又个个稀奇古怪。这个关科长，像个食堂师傅，却是个关科长。

这真是对我自以为是的最好的教训和打击。

我跟着关科长上楼，进了她的办公室，这里另外还有一男一女两个人在里边办公，他们和关科长一样，对我笑脸相迎，请我坐下，还倒了杯水。我顾不得喝水，先向他们说明，我不是记者，我说刚才那个人是瞎猜的。关科长笑道："我们不会听他的。再说了，看你也不像个记者。"我这才放了点心，又赶紧掏出王助理的条子交给关科长。关科长看了看，我怕她顶真，赶紧不打自招地说："关科长，这个看起来不是介绍信，我们大王乡乡政府的人，水平比较低，他们就是这样开介绍信的，他们这样就算是介绍信了。"关科长倒没怎么在意我携带的字条是不是介绍信、算不算介绍信，她很爽快，直截了当就切入主题，一口气问了我三个问题："你是来找人的？找你弟弟？你弟弟在我们这里吗？"我说："是你们打电话到我们乡，就是大王乡，让我来领弟弟回去的。"关科长和另两个人互相看了看，似乎觉得哪里不对。关科长又问："你弟弟叫什么？"我犹豫了一下，说："应该、应该叫王全吧。"

我这话一出口，他们三个的脸色立刻起了些变化，虽然他们想将这种变化尽量地隐藏起来，但是我的眼力可不差，早已觉察到了，我心里顿时紧张起来，想必是我弟弟的问题，一定是弟弟出了什么事，我提心吊胆可怜巴巴地看着关科长，等着她把弟弟的坏消息告诉我，可关科长却没有对我说话，回头对着那两个同事说："你们觉得呢？"我没听懂这是什么意思，那两个人也没有直接回答她，女的摇了摇头，男的点了点头。我仍然没看懂，还是关科长提醒我说："你怎么会用这样的语言说话呢，自己弟弟叫什么，那肯定是张嘴就会出来的，可你呢，不仅犹豫了一会儿，还用了'应该'两个字，你这'应该'两个字用得实在是不应该。"我仍然听不懂，问道："为什么？"关科长又朝另两个人使过眼色，然后才对我说："你想想，就好像你问某个人吃过饭没有，他是否应该马上就能告诉你吃过没有，如果他回答说，我应该是吃过了，你不会觉得奇怪吗？"我想了想说："是有些奇怪，可能得了老年痴呆症，听说老年痴呆症就是刚刚做过的事情立刻就忘记了。"关科长说："如果他还不老呢？"我说："那他可能是精神有问题了。"关科长说："既然你都明白，我们再回过来说你吧。你说你弟弟应该叫什么，这说明对你弟弟的名字还有疑义？还吃不准？还不能确定？那说明什么呢？"我这才知道她误会了，赶紧说："噢，你们可能想岔了，我没有精神方面的问题。"关科长见我不服，又说："一般的人都知道，名字就是名字，从来没有听说'应该'叫什么名字。"我见关科长这么认真，我也认真起来，我认真地想了想，慎重地说："我弟弟会说他叫王全，这是我的判断。"关科长身子往椅子靠背上一靠，冲那两个人说："你们看看，更明显了吧，对于自己弟弟的名字，需要用'判断'。"

那两个人笑了笑，仍然由关科长说话。关科长又问我："既然你对你弟弟的名字吃不准，那么你的名字呢？"这回我吸取了教训，不再犹豫，立刻就说："我叫王全。"他们又立刻笑起来，关科长说："你看看，你看看，你和你弟弟同一个名字？"那女的说："好像有一首歌，叫什么来着？"一边说一边就哼着曲调出来："我们拥有同一个名字？"那男的纠正她说："不是拥有同一个名字，是拥有同一个家，名字叫中国。"

我听不出他们这算不算是在挖苦我，他们对我的态度很和气，不像是刁钻之人，不过我看得出来，他们虽然和气，但他们心里并不相信我叫王全。我觉得有些委屈，我确实是叫王全呀，不能因为他们不相信，我就改名不叫王全呀，所以我坚持说："我确实叫王全，我有身份证。"我一边说，一边往口袋里掏身份证，可掏到一半，我的动作停止了，我忽然想起来了，昨天在宾馆登记住房的时候，王大包把我的身份证拿去代我登记的，登了以后没有还给我，现在我的身份证就随着王大包一起失踪了。

他们几个人看我的手伸在口袋里出不来了，知道我拿不出身份证了，那男的抢着说："没事，别着急。其实现在，身份证有时也不能证明什么了。"关科长也劝我说："你没有身份证，你就说说你的家乡，到底是哪里的小王村大王乡，连你们的县也叫王县，你把我们都搞头晕了，你们那里都是王吗？"我说："是呀，我们确实就是王县大王乡小王村。"

别说听的人，连我自己都不敢相信自己了，我一旦发现连自己都值得怀疑，我的心就直往下掉，本来我已经看见我弟弟就在我面前了，可我的心一往下掉，我弟弟就被掉得不见踪影了。我赶紧把自己一直塞在口袋里的手拿了出来，跟着我的手一起出来的是我临走前村长给我的那包烟。我举了举烟，说："我没有骗人，虽然我现在没有身份证，但我这个人，站在你们面前，是真的。"

关科长其实一点儿也没有觉得我是在骗人，她亲切地拍了拍我的肩，安慰了我，然后过去坐到电脑桌前，一边跟我说："也可能我们记性不好，忘记了你弟弟，忘记了曾经有个叫王全的人来过我们站，我帮你查一查。"一边在电脑上点来点去，一边耐心地对我解释说："现在救助站的情况，都是电脑管理，每收进一个人，都会登记在电脑里，决不会出差错的。"

我紧张地看着她的电脑，期盼着我的弟弟一会儿就从那里出来了。

你们一定又知道了。你们天生就是先知先觉的，不像我。

是的，正如你们知道的那样，当我充满希望地希望弟弟从那台电脑里出来的时候，电脑里却根本没有我弟弟的名字，没有王全。

关科长特意让我过去亲眼看一看，我看了又看，在一长排又一长排的名单中，在一页又一页的名单中，确实没有我弟弟，没有王全。

我束手无策，还是关科长劝慰我说："你别急，你再想想，你弟弟会不会用其他名字登记？"我说："不会的，我弟弟从来就不知道任何的名字，他只知道王全。而且，你们打电话到我们大王乡，也是说王全在你们站里，没有说别的名字。"

关科长的思路也不比我差，赶得上警察破案，她先了解了一下我们王县大王乡的电话区号，又请了什么人协助，调出近期救助站的电话通讯记录，然后两下进行核对，仍然没有着落。也就是说，江城救助站根本就没有往我的家乡打过电话。

关于我弟弟的消息，是从哪里来的呢？

事情发展到这一步，我又一次山穷水尽了。其实也不只是我泄气，连经验丰富的关科长他们，也都一筹莫展了。

正在这时候，听到楼梯上有人"蹬蹬蹬"地跑过来，没到办公室门口就喊"关科长关科长——"声音很紧急，关科长和那男的就赶紧出去了，那女的仍然留在办公室，我觉得她是想继续帮助我，我感谢她说："你们要是有重要事情，你们先去忙，等你们忙完了，再帮我找弟弟，我有耐心等。"她看了我几眼，似乎有些不放心，但分明又牵挂着外面的事情。我又催她说："真的，你要是不相信我，我不在你们办公室等，你出去的时候，把门锁起来就是了，我就在走廊上等。"她一边起身一边说："你等？你等得及吗？下边可能又来了病人，我们得处理一下。"我说："你尽管去，我等得及，在找到我弟弟之前，我都等得及。"她这才采纳了我的意见，和我一起出来，将门反锁上了，我站在走廊里，看着她下了楼。

只过了片刻，她又急急地上来了，看我好好地站着，放了点心，跟我说："是社区的群众送来的，在菜场边躺了两天了。"我好奇地问："为什么在那里躺两天？"她说："不知道，可能有病吧，不说话，问什么也不开口，身子蜷起来——"她蜷起双手双臂，做了个动作，我看着这熟悉的动作，顿时像触了电似的大喊起来："是弟弟，是弟弟——"

奔下楼去一看，哪里是我弟弟，是个十三四岁的孩子，浑身肮脏，大家围着他问话，怎么问他也不说话，也看不出他是听懂了别人的话，还是根本听不懂，最后关科长说："可能是智障加聋哑，先不问了，身上这么脏，都臭了，先洗个澡吧。"

就有人应声带他到浴房里洗澡去了，外面的人还没散去，那些送他来的群众还热心地问这问那，问洗过澡后再怎么样啊，我都觉得他们问得多余，洗过澡后肯定是吃饭吧，但吃过饭后又怎样呢，最后他们会把他怎样呢，我把自己也问倒了。正瞎琢磨呢，那孩子却从浴房里跑了出来,带他进去洗澡的那个工作人员在后边追着,一边向关科长报告说:"他不肯脱衣服,我要帮他脱,他就跑了。"

那孩子一直紧紧地捂住自己的上衣口袋,工作人员掰他的手也掰不开,说:"你们看,捏得很紧,手指像老虎钳一样。"孩子见大家围着看他的口袋,神色愈发地不对劲,还是关科长有经验,把大家驱散开,慢慢走到他身边,轻声地说:"我知道,你的家乡,你的亲人,就在你的口袋里。"我听了这话,差一点喷笑出来,虽然他们认为这个孩子又智障又聋哑,但也不能这么唬他呀,可奇怪的是,关科长这话一说,那孩子的脸色和手都渐渐地放松了。关科长又继续说:"我知道,你很想念你的家乡和亲人,但是你要让我们帮助你呀,我们能够帮助你回家,回到亲人身边。"她说到这儿,那孩子的手,已经慢慢地离开了口袋。关科长走上前,从他的口袋里掏出一张皱巴巴的字条。

这才知道,这个孩子是被家人丢掉的,字条上写着他的名字、年龄和身体情况,正是一个有智障的聋哑人,他的家人在扔掉他的时候,担心他一个人流落到社会上会吃苦,所以在他身上留了个字条,希望有好心人帮助他。

一切全如关科长所料,她的经验太老到了,她的水平太令人敬佩了。但是现场更多的人想法并不和我一致,他们并没有感觉关科长有多么的了不起,他们更觉得这孩子的家人有多么的可恶,有一个人带头骂了一句,接着就一个跟着一个地骂起来。

那个孩子听不懂他们骂人的话,他从关科长手里拿回了那张字条,小心翼翼地抚摸了一下,又重新塞进口袋,还在口袋外面用力地按了又按。我想我能够明白他的心思,正如关科长所说,那是他的家乡,那是他的亲人啊。

这一明白,我的心顿时揪痛起来,我痛恨自己的恶劣行径,我连这个孩子的家人都不如,我扔掉弟弟的时候,什么东西也没留下,这个孩子想家的时候,他还有东西可以抚摸,若是我弟弟想家了,他有什么,家乡对他来说,亲人对他来说,就是什么也没有。

那个带孩子洗澡的工作人员泄气说:"又来这一套,这种字条完全不能派上用场,既没有地址,也没有联系方式。"

我心虚地说:"他的家人是希望救助站能够收留他吧。"关科长摇头说:"救助站只是临时性地救助他们,不可能长期住在这里,更不可能永远住在这里的。"我听关科长这么说,赶紧问:"不能在这里住,那到哪里住呢?"关科长说:"我们替他寻找家人,实在找不到,就到社会福利院。"旁边一个看热闹的人插嘴说:"不要到福利院,要到天堂去。"我正琢磨他说的"天堂"是什么意思,就有两个人把这个说话的人拉开了,我估计这又是个病人。我心里念叨,弟弟啊弟弟,幸亏我来了,幸亏我来接你回家了,否则你在救助站待得时间长了,没病也会被他们传染上的。

那个又痴呆又聋哑的小孩被接到里边去了,我仍然站在院子里,我没有找到弟弟,但我还是得找弟弟,我出来的目的就是找到弟弟,带他回家,我不相信我弟弟不在江城救助站,一定是哪里搞错了,一定是哪里没有衔接好,才使得我和弟弟暂时地擦肩而过了。

我不甘心,我也不会就此作罢的,我必须留下来继续寻找弟弟。但是救助站是有规定的,像我这样有身份的人,在这里倒算是最没有身份的,是不能留下的,那个不会表达的聋哑孩子被他们热情地接进去了,我却不行。

开始我有点愤愤不平,但后来我又想到,我弟弟如果在这儿,他的待遇也不会差,有热水澡洗,有热饭热菜吃,我才渐渐地安下心来,情绪也平静了些。

我镇定下来,先扫一扫因为进入救助站不顺利而产生的失落情绪,然后细细地回想一下失败的行动,总结出一些经验教训,且在心里先藏着,理清了思路以后,我第一件要做的事情就是要搞到我的身份证明。我要想找到弟弟,我自己得先有身份,否则别人凭什么相信我是来找弟弟的,他们甚至可以不相信我有弟弟,他们甚至有理由不相信我就是我。

所以我还是要先找王大包,只有找到王大包,拿回我的身份证,才能证明我就是我,他们才能相信我是来找弟弟的。

可是王大包像鬼魂似的出没无常,我站在救助站的高墙外,在黑夜里茫然四顾,鬼魂一般都在黑夜里出现,如果王大包真是鬼魂,这时候他应该来了。

我的手机响了起来,我猜不出这么晚谁会打我的手机,知道我手机的人本来就不多,难道王大包这个鬼魂出现了?可一听那声音,却大大地出乎我的意料,竟是我亲大哥。

正当我流落街头、无处可去的时候,我亲大哥打电话来了。可我大哥的声音很遥远,我听不太真切,我急得说:"大哥,你声音大一点儿,你嘴巴离话筒近一点儿。"我大哥听我的,把嘴巴靠近了话筒,声音才清楚了一点儿,我大哥在电话里把王大包的地址告诉了我。我倍觉奇怪,问大哥:"大哥,你怎么有王大包的地址,你怎么知道我要找王大包?"大哥向来不多话,即使我在千里之外的异乡,他也不跟我多话,只是说:"就这个地址,你去试试吧。"

电话就挂断了。

我捏着手机好一会儿才回过神来,先把对于大哥来电的疑惑丢开,看来在江城我还真离不开王大包,他明明已经失踪了,偏偏我大哥又拿来一个地址,重新把我和王大包联系上。哪怕王大包自顾不暇,帮不到我,但我至少得把我的身份证要回来,虽然他们说,现在身份证也证明不了什么,但是没有身份证更加寸步难行啊。

你们可能已经猜了个八九不离十了,王大包没他所说的那么牛,我大哥提供给我的王大包的地址,是一个建筑工地,这是一个很大的工程,建筑总公司下面还有七个工程队,总公司的名单里果然有王大包。我大哥真是我亲大哥,他的消息太准确了。

我摸黑找到了第七工程队的工棚,时间已经很晚了,建筑工人大多已经睡下了,有的在睡梦中被我们吵醒了,十分不乐意。我先往这里边扫了一眼,工棚很大,人很多,大约有几十人,而且大多是躺着的,而且床还都有上下铺,别说我扫一眼,扫几眼、几十眼,我也看不清王大包在哪里。

我虽然知道他们不乐意,但是我找王大包要紧,找弟弟要紧,只得硬着头皮在工棚里喊起王大包来。

我喊了几个来回,也没有人应我,只有人骂了几句粗话,连我爹和我娘也跟着挨了骂。但我没跟他们计较,也不敢再大声喊王大包了,我一床一床上上下下地看过去,仍然没有看到王大包,倒是发现有一张下铺空着,我估摸着就是王大包的了,不过还没说出我的想法,引领我来找人的那个热心人已经抢先说了:"咦,这张床空着,可能就是王大包的吧。"

他的话刚落下来,就有个人参与进来了,他从上铺探下脑袋来,指了指空着的下铺,怀疑说:"你们是说这张铺上的姓王吗?"我一听感觉不对,着急问他:"他不姓王吗?他不叫王大包吗?"上铺的人看我真急,又安慰我说:"我也不是太清楚,我是新来的,他也可能是姓王,也有说包什么的,我还以为他姓包呢。"我心情刚一轻松,隔壁铺上的一个人又来扫我的兴了,说:"他确实姓包,我问过他,他说他姓包。"我争辩说:"也可能他不想说出自己的姓,才说姓包的。"隔壁铺上的人"哧"了一声,缩回去,不理我了。

王大包上铺的那人,可能因为是新来的,看起来挺同情我,对我说:"你要找的人,不管姓王姓包,反正今天晚上不在这里。"我奇怪说:"你们怎么连自己的工友都不知道?"那人说:"我怎么会知道呢,我是刚来的。我一老乡在这里干活儿,说有人走了,缺人了,我就来了。"我说:"那你们这工程队的管理也太差了。"我这么一说,引我来的那个人不高兴了,说:"你找王大包就找王大包,管工程队的管理干什么,这是你管的事吗?"我知道自己嘴贱,又犯事了,赶紧道歉说:"对不起对不起,我心里一急,嘴就不是那嘴了,话也就不是那话了。"那个人才消了点气,说:"工程队流动性大,没什么好奇怪的,今天来了明天就走的也多得是。"口气里显得很无奈。我才不在乎他的无奈呢,我只在乎王大包在哪里,追问道:"那王大包会不会也已经流动走了呢?"那个人说:"难说的,虽然总队的名单上还有他,但如果他是不告而别,那名单就对不上了。"我又急了,明明已经看到王大包的名字在名单上了,等于已经找到王大包了,让他这么一说,王大包等于又滑掉了。我赶紧自我安慰说:"不会的,不会的,工程队的名单不可能那么随便的,名单上有王大包,这里就一定有王大包。"那个人说:"但是王大包明明不在,而且别人也不怎么了解他。要不你明天再到工地上看看,说不定他睡觉的时候不在,干活的时候又来了,毕竟干活是可以拿到工钱的嘛。"

看来我将又一次遭遇流落街头过夜的可能。从救助站出来,已经很伤我的自尊心了,现在又从工棚中被赶走,我不知道我还能在这样的环境中坚持多久。疑似王大包上铺的那个人又说了:"反正王大包也不在,不如你在他床上睡觉。"隔壁那铺上的人听到了,对他说:"你太没有警惕性了。"我知道他不相信我,我也想得通,他凭什么相信我呀。

又说:"你留他住,出了事情你负责。"

引我来的那个人笑了起来,指着我说:"就这个人,能有什么事吗?"隔壁的那个人也是随口一说,看起来也不想认真和我作对,将头缩了回去,自顾睡了。

躺在这张假设的王大包的床上,我闻了闻气息,想闻出点家乡的气味,虽然王大包出来时间很长了,但一个人身上的家乡气味是会跟随他一辈子的。可惜我没有闻出来,但我也没有泄气,至少把疲惫的身体放平以后,心情和情绪也好多了。我想,虽然暂时没有找到王大包,但至少我戳穿了王大包的谎言,王大包根本就没有什么干爹，或者他是有干爹的，但是他的干爹肯定不是什么人物，他还是那打肿脸充胖子的习性，恐怕一辈子也改不了了。

睡到半夜的时候，我又做梦了，梦见工棚里闹了起来，有个人想起来上厕所，迷糊之中，忘记自己是睡在上铺的，一脚就跨了出来，结果摔断了骨头，躺在地上大喊大叫，别人问他怎么会直接从上铺就跨下来，他哭着说："我以为，我以为我在家里睡觉，家里没有上铺的。"不一会儿，救护车的声音响起来了，把那个人送到医院去了。

天亮我醒过来，还惊魂未定，跟我的上铺说："哎，我做了个梦，可怕的梦，梦见一个人从上铺摔下来，骨头断了，送到医院去了。"我上铺一听我这么说，脸色顿时变了，不像昨天晚上那样呵护照顾我了，他疑惑地看着我，过了好一会儿才说："你真以为是你做的梦？"我不理解他这话是什么意思，愣愣地等着他再跟我说什么，可他什么也不再说，直接爬下床来走了。

我琢磨了半天，他说的"你真以为是你做的梦"到底是什么意思，难道不是我做的梦，那就是晚上真的发生了这件事情，真的有人摔伤了，而我误以为是我做的梦？

我想再找个别人问问，可是大家都急急忙忙准备上工了，没有人有时间有心情关心我的梦与非梦，好不容易拉住一个面善的，我吸取教训反过来问他："昨天晚上真的有人从床上摔下来摔伤了吗？"这面善的立刻变得不面善了，盯着我似是而非地说："我们这里，晚上什么事情都会有，不光有人摔伤，还有人一夜之间就发了神经病。"说罢头也不回地走了。

转眼间，工棚里已经空无一人了，我坐在疑似王大包的床铺上，将昨晚的梦再回想了一遍，又将两个人的话想了想，但始终搞不清到底是梦是醒。最后我也不想去搞清楚了，我心里倒是隐隐地希望这个梦或者这件事有些什么含义，会不会预示着什么。

事情哪有那么如愿，没有预示，什么也没有，王大包始终没有出现,我知道没戏了。虽然从昨晚到今天我在心里尊了我亲大哥多少遍,可我亲大哥的消息却是无效的消息,或者可能是个过时的消息,也许王大包以前是在这个工地上干活的,可我来的时候,他因为被人追债,已经逃离了。

当然,也许还有另一个也许,也许王大包根本就没有在这里出现过。那张疑似王大包的床铺上,没有王大包的气味。

王大包不出现,我拿不回我的身份证,无法证明我是我自己,我肯定失望,但是我的信心不会受到影响,不会动摇,我一定得重回救助站,我坚信我弟弟一直在那里等我。

急中生智,我回想起往事了,我在周县准备丢掉弟弟的时候,旅店老板让我到电线杆上去看广告做假证,当时我觉得他这是对我的人格的侮辱,没理他。没想到这会儿这事情即刻从脑海里跳了出来,它分明是在指点我去这么做。

我出了那个工棚,走到街上,看见的第一根电线杆上就有办证广告,我照着广告上留的电话打过去,小心翼翼地问道:"能做身份证吗?"对方十分干脆地说:"不叫做,叫办。"我立刻改口说:"办个证要多少时间,我要快。"对方又干脆地说:"立等可取。"我十分惊讶,脱口道:"还真有这事啊?"对方更干脆了:"你办是不办,办的话,到某某地来,不办的话,少废话。"说话这么直率,也不怕我是警察?

我应声到了某处,果然如他们所说,我立等可取拿到了一张身份证。揣着身份证走出来的时候,我想,我揣的这张证,是一张真的假身份证,或者倒过来说,是一张假的真身份证,身份证上的名字、地址、号码都是正确的,但是证却是假的。

不管是真的假,还是假的真,有了它,我就有了底气,我要靠着它,找到弟弟,带弟弟回家。

三

身份证果然管用，我第二次进入江城救助站，先给他们看了我的身份证，身份证上清清楚楚写着我的家乡和我的名字，所以他们不再盘问我，靠着一张假的真身份证，他们不仅相信了我就是我，他们甚至还相信了我是来找弟弟的，所以，他们关心起我弟弟来。

关科长请我坐下，耐心地跟我聊起天来，她不急不忙地问我："王全，你给我们仔细说说，你弟弟到底是个什么情况，是痴呆还是分裂？"我不是医生，不敢对弟弟的病情妄下结论，我想了想说："我弟弟认为自己是一只老鼠。"关科长关切地注视着我的眼睛，说："那你呢，你觉得怎么样？"我觉得她有点误会，赶紧提醒她说："关科长，我不认为我也是老鼠。"关科长小结说："那就是说，你也认为你弟弟是老鼠？"

我不能马上回答。我觉得这个问题有点深度，比较复杂，我无法直接回答我弟弟到底是不是老鼠。如果我弟弟不是老鼠，那我弟弟就不会失踪，我就不会一而再再而三地跑到救助站来找弟弟，如果我承认我弟弟是老鼠，那么我作为一只老鼠的哥哥，人家会怎么看我呢，这个问题难倒我了，我先不回答，我得先把自己撇清楚，所以我告诉关科长："这种病不会传染的。"关科长朝我点了点头，又朝另外两个人点了点头，说："好的，我们知道情况了。"

接下来的事情是我完全没有想到的，他们同意我先在站里住下，还让我享受了流浪汉和残疾人的待遇，洗了热水澡，吃了热乎乎的面条，面条上还盖了一个荷包蛋。唯一没有做的就是让我换衣服，我虽然出来几天了，但我还是比较注意自己的形象和卫生的，身上没有异味，何况我出门时也做好了充分的准备，带了换洗衣服，在王大包给我开的房间里，我就换过一次了，现在我又可以换一次衣服,并将换下来的衣服洗干净了晾到院子里,干完这一切,我神清气爽,一点儿也没有睡意,但我还是到床上准备假寐一会儿。

我还没闭上眼睛,又睁开了眼睛,房间里有两个人的谈话吸引了我,他们紧挨着坐在其中一个人的床沿上,十分亲密,其中一个人,小心翼翼地从枕头底下拿出一个本子,交给另一个,那个接过本子,这个就说:"你看看,我的小说写的怎么样?"我一听,心下顿觉惊奇,住在救助站接受救助的,居然还有会写小说的,我立刻朝他投去崇拜的眼神,他接受到了,也受用下去了,朝我点了点头,很有把握地等着另一个人的评价。

那一个接了本子认真仔细地看了一会儿,点头表扬说:"不错,不错,写得真不错,是部好小说。"这个写小说的人得意地朝我一笑。那一个接着又说:"不过,也有一点不足之处,我提出来,供你参考啊。"这个也挺谦虚地说:"你说,你说。"那个说:"不足之处,就是人物多了一点,还有人物之间的关系不够清晰。"那个本来谦虚听取意见的,忽然就不谦虚了,伸手夺回本子说:"你不懂小说,你没有资格评论我的小说。"他走到我身边,把本子给我,说:"我来检查检查你的水平,你替我看看,写得怎么样?"我接过来一看,差一点喷出面条来,原来是个电话号码本,上面密密麻麻列满人名和电话号码,我的反应够快、够机灵,顾不得笑话他们,因为我已经在判断这个电话号码本子是谁的,他们是从哪里搞来的,如果它是救助站的,说不定对我找弟弟会有帮助。

至于怎么样才能确定这个电话本是怎么回事,我压根儿就没想从这两个傻逼那儿得到准确的信息,我都懒得去问他们。他们见我看到本子后却不向他们提问,反而来跟我纠缠了,一个说:"哦,原来你和我们一样。"另一个说:"其实刚才我们就应该提高警惕性的,我们大意了,我们看走眼了。"我说:"你们凭什么说我和你们一样?"他们同声说:"一般的人,他们看到本子,马上就会笑话我们,并且否认这是小说,硬说这是电话号码本,而你却没有这样说,你一定也认为这是一部优秀的小说吧。"另一个说:"你如果和他们一样,你应该立刻问我们,这是谁的电话本,是从哪里弄来的,可是你却不问我们,所以,我们认为,你和我们看法一致。"

我忍不住嘲笑他们说:"你们的逻辑思维很强嘛。"他们一个说:"逻辑思维不强能写小说吗?"另一个说:"写散文都不行,散文要形散神不散,一样需要好的逻辑思维。"我真服了他们,但小脑筋一动,赶紧又使一招死马当作活马医,我说:"那我就问你们一下,这是谁的本子,你们是从哪里弄来的?"两个顿时哈哈大笑,指着我说:"啊哈哈,啊哈哈,上当了,上当了。"我并不泄气,我也没心思和他们玩精神游戏,我有的是办法。

我掏出手机,直接照着本子上第一个电话号码拨打过去,只要对方一接电话,我一问是谁,事情立刻就真相大白了。

但是所有的事情都没到真相大白的时候呢,我在寻找弟弟的艰难路途上的九九八十一难,不知道还有多少关没过呢。

电话是空号,我再拨一个,还是空号。

我想我应该明白了,这不是他们从哪里偷来的电话本,而是他们自己写出来的,我翻了一下本子的页数,心里倍觉震动,真是不容易,要想写出这么多像真人一样的假名,排出这么多貌似真电话的假电话,冰冻三尺,非一日之寒,他们有耐心,有毅力,他们是我学习的榜样,他们的执着精神,鼓舞着我,继续寻找弟弟。

到中午时分,我观察到大家都午休了,我重新又回到关科长的办公室。

我之所以要挨到中午时分再来,这个你们知道的,我怀揣歹意。我怕关科长他们不让我查找存在于救助站电脑里的弟弟,所以我要悄悄地进行,在不为人知的情形之下,弟弟已经呼之欲出了。

使用电脑?这个你们不用担心,我在县城上高中的时候,就是学校的超强学霸,那时候我还梦想以后成为一个 IT 精英呢,可惜了,我没有考上大学。

都怪我弟弟。

我弟弟真是害惨了我,他害得我一无所有,于是我把我弟弟丢掉了。我本来虽然一无所有,可我还有个弟弟,我把弟弟丢掉以后,我真的什么也没有了。所以现在我又折腾着要把他找回来,你们看看,让我摊上这么一个弟弟,我有什么办法?

我唯一要抓紧做的,就是找到他,带他回家。

现在正是我要抓住的机会,昨天我就知道了,救助站的电脑里,除了接受救助者的名单,每个人还有一张详细的表格,我其实昨天就想看那些表格,但是关科长他们认为我不应该看,既然总名单里没有王全的名字,我看表格、看照片也是白搭,我也就没有勉强他们,但我当时就很自信,只要我今天仍然能进来,我就一定能看到这些表格,并且从中找到我弟弟的那一张。

我片刻间就查到他们的表格了,表格上除了有填写本人的各种情况,最关键的是每张表格上都有该接受救助者的照片,我心中一喜,弟弟啊弟弟,无论你怎么狡猾,无论你报的是哪个假名、假地址、假身份,只要看到你的照片,你就逃不出我的眼睛了。

我开始将这些表格一页一页地看下去,当然我的主要任务是辨认照片,而不是看具体内容,因为对一些精神方面有障碍的人来说,他自己说出来的内容十有八九是假的,是编出来的,是幻想出来的,或者是颠三倒四的,但唯有相貌是改变不了的。我盯着那一张又一张的脸看,起先我还能一眼辨别出他是不是我弟弟,但看多了以后,我痛苦地发现一个问题,我的辨识能力降低了,这些照片看起来是那么的相像,呆滞的表情,一个个都活像我弟弟。但当我再仔细辨认的时候,又觉得他们一个也不像我弟弟。

我最终也无法确认到底哪一个的长相和我弟弟最相似,眼看着下午上班的时间就要到了,关科长他们随时会进来发现我。关科长对我很友好,但我却偷看她的电脑,我这么做是不仁不义,会让他们善良的内心受到伤害,我得抓紧了,我情急之中,从中挑出三个高度疑似人员,将他们的名字和大致的情况记了一下,我就神不知鬼不觉地离开了关科长的办公室。

接下去的事情比较好办了,我只要将这三个人打听出来,找到他们,我就知道其中有没有我弟弟了。

我很快很顺利地了解到,我选中的这三个人,其中两个还留在站里,我过去仔细辨认了他们,都不是我弟弟,另外的一个,因为病情发作,已经送到江城精神病院去了。

我心里一凛,想必那就是我弟弟了。

我拔腿就朝外跑,不料门卫把我挡住了。我急得说:"我弟弟在医院等我。"那门卫说:"你出门得有关科长签过字的书面通知。"我奇了怪,挖苦他说:"你是不是以为我也是精神病人哪?"他朝我一笑,说:"没有什么以为不以为的,反正你既然进来了,出去就得办手续,这是很严格的程序,一步也不能少的。"我说:"我进来,和别人进来不一样的。"他不同意,反问我说:"哪里不一样,你洗过澡了吧?"他这算什么意思,难道进了救助站洗过澡的人,就不能随便出去了,我觉得他特无理,跟他生气说:"你这是救助站还是集中营?"他说:"集中营?集中营是什么?"我见他装傻,只得又转为哀求的口气说:"你通融通融吧,我急着办事,来不及找关科长签字批准,我回来再补批条吧。"他笑道:"你当我傻子,还是当我三岁小孩,你走了万一不再回来怎么办,我岂不是失职,我岂不要下岗,我不想下岗,这个地方我待了许多年,你休想把我从这里赶出去。"他的话越说越离谱,我知道他软硬不吃,唯一的办法就是回去找关科长签字放行。

我赶紧转身往后院去,门卫这才良心发现了一点,告诉我:"关科长不在办公室,在监控室。"在他的指点下,我找到了监控室,我站在门口朝里一望,吓我一大跳,里边整整一面墙,都是电视,似乎救助站里的每一个地方,每一个角落,坐在监控室里都能看见，不光能看见，还都看得清清楚楚，我顿时就预感到了什么，脱口而出："都能看得见？"关科长回头看了看我，笑眯眯地说："是呀，我们这里，做到监控无死角。"又说，"包括我们工作人员的办公室，也都装有摄像头。"我不解，说："为什么你们也要装，难道你们自己信不过自己吗？"关科长说："对谁都一样，这才是真正的透明、公开、阳光操作。"她调了一下电脑，对我说："你看，这是我的办公室，谁都能看清楚。"

关科长办公室的画面上，出现了中午的情形，我看见我自己贼头贼脑地进入，然后心虚地四处张望，一看就不像个好人，然后我坐下来偷看电脑，然后我揣着写了三个人名字的字条溜了出去。

原来这一切的一切，我以为天衣无缝呢，人家早就牢牢掌握了。

我满脸通红，憋了半天，检讨说："关科长，对不起，你们对我这么好，我却做这种偷偷摸摸的事情，我辜负了您的好意。"关科长说："其实，你既然到了救站助，我们都会尽心尽力的，有什么事，尽管和我们说。"我只得坦白自己的想法，我说："我怕你们不让我看表格上的照片，才偷偷地进去。"关科长一点儿也没生气，和蔼地说："你发现你弟弟了吗？或者发现比较像你弟弟的人？"我赶紧说："有三个。"

关科长接过我抄的三个名字，认真地看了看。我解释说："关科长，有两个我已经认过，不是我弟弟，还有一个——"关科长说："我知道，这个病人前两天送到医院去了。"我说："就是就是，所以我急着要到医院去，他一定就是我弟弟！"关科长仍然不急不忙，耐心地跟我说："王全，你看啊，你这上面记下了他的情况，没有错误吧，他是某某省某某市某某县某某乡某某村，他叫某某某，甚至还有他父亲叫某某某，他母亲叫某某某，还有他家里其他几个人的名字，是不是？"我说："是的，是我从表格上抄下来的。"关科长又说："你没抄错吧？"我不会抄错的，这关系到我能不能找到我弟弟这天大的事，我怎么可能粗心抄错呢。我说："没抄错。"
关科长点了点头，说："但是根据你先前对你弟弟的描述，你弟弟
只会说两个字，就是王全，所以，你再想想，你真的认为你弟弟会报
出这么多的地名和人名吗？"

她一下子就把我问倒了，我弟弟是一只老鼠，除了"王全"这
个名字，他不会说出任何名字，至于家乡，更不用说了，我早就把他
对家乡的记忆抹去了，他连自己的家乡都不知道，怎么可能编出另
外一个家乡呢？

他应该不是我弟弟。

我应该彻底败下阵去。

可是我不甘心啊，我不服啊，明明我弟弟就在这里，就在我周
围，离我这么近，我甚至能够感受到他的气味，我甚至能够听到他
的心跳，可我偏偏找不到他，他一次一次地浮现出来，又一次一次
地离我远去。

关科长十分体贴，她知道我心情沮丧，在否定了我对这第三个
人的幻想之后，关科长又给了我一丝希望，她说："我们这只是在
分析，这都不是事实，我们都相信眼见为实。"我抓住最后一根救
命稻草，赶紧说："是呀是呀，我应该亲眼看一看他到底是不是。"
我的思维因为关科长的帮助顿时活跃起来，我举一反三地说："虽
然从前我弟弟只会说王全两个字，但他毕竟到了救助站，毕竟接受
了良好的救助，他一定是有了长进，除了会说王全，他也许会说更
多的地名和人名了。"关科长顺着我的思路说："所以，分析归分
析，我们还是决定明天陪你一起到医院去看一看。"

我以为我一激动，晚上又会做梦了，我会梦见找到弟弟或者找
不到弟弟，只不过现在我不再担心我的梦是什么样的了，无论是
正梦反梦，都无关紧要了，弟弟已经触手可及了。

第二天早晨，我听到了喜鹊叫，这让我顿时有了一种比梦更真
实更强烈的美好的预感。

我不知道你们是不是和我一样,有了什么预感。

果然我的预感灵验了,我刚在食堂吃过早饭,关科长就找我了,她高兴地对我说:"王全,你不用去精神病院找你弟弟了,你弟弟已经回家了。"这话简直让我猝不及防,一阵头晕目眩,努力了一下我才站稳了。我不敢相信,我说:"不可能,我还没找到他呢,他怎么可能自己先回到家了?"关科长又说了一遍:"你弟弟确实回家了,是你家乡的人向我们通报的消息。"我仍然头晕,还是不能相信,我说:"我还是觉得不可能。"关科长倒也不勉强我相信,只是说:"你如果一定不肯相信,那也没办法,也可能真不是你弟弟,他们只是说,有一个叫王全的人,回到了王县大王乡小王村,而且就是那个村的村长王长官报告的。"

全对上号了,我知道这是真的了。

只是我没想到我弟弟跟我开了这么大的一个玩笑,我使了这么大的劲,千辛万苦,事情才进行到一半,他那里却已经有了结果,我所使的劲也都白使了。

看着我似乎有点意犹未尽的样子,关科长说:"王全,你弟弟已经回家,你也快回去吧,早点和弟弟团聚,我们已经替你买好了车票。"见我还发愣,关科长继续替我安排说:"火车还有一个多小时,你收拾一下东西,就得走了。"

就这样,在关科长的指挥下,我收拾了自己简单的行李,又在关科长的带领下,往救助站外走,整个过程整个人都是晕晕乎乎的,到了门口,看到有一辆车,又听关科长说:"王全,我们专门派了两个人送你回家。"我心里特别感动,赶紧说:"关科长,你们不用这么客气的。"关科长说:"这不是客气,这就是我们的本职工作。"我还是推辞说:"真不好意思,千万别送我了。"关科长仍然苦口婆心地开导我说:"如果不送你,就是我们的失职。"我又坚持说:"我年轻力壮,我身体健康,我又不是我弟弟,我自己能来,自己就能回去。"

这一回，回答我的不是关科长了，而是另一个人，他在我身后说："那也不一定，自己出来，不一定就能自己回去哦。"我回头一看，这人年纪和我差不多大，但长一副牛哄哄的样子，好好的端端正正的一个脑袋，非要昂起来，将下巴翘起来，嘴和目光都往下撇，我一看他这模样，立刻想起我家乡的老黄牛，发起牛逼来，就这样，在那片刻间，我心里就送了他一绰号：牛脸。我不仅给他起绰号，我还有意捉弄他说："牛师傅，你好啊。"

我喊了他"牛师傅"后，他没有指出我的错误，他们几个互相使了使眼色，他们一定以为我认错了人，我也不屑让他们改变对我的这种误解，反正我都要回家了，临别前顺带着治一治这种目中无人的牛逼，是我的举手之劳，也没有什么不好。

我在车上又打了一次王大包的电话，还是关机，我给他发了一条短信说，我弟弟回家了，我也回家了，虽然你失踪了，但我还是要谢谢你。也始终没有得到他的回信。

到了火车站，我试图再一次劝说送我的两个人别上火车了，我的身体比他们都强，他们送我，根本就是白辛苦一趟。

我觉得自己再三推辞，已经算是很固执了，可是人家更固执，那牛脸说："你赶不走我们的，票在我们手上，你赶走了我们，你也上不了回家的车。"

我彻底无话可说了，只有随着他们一起检票、上车，找到车厢，落座。

这是一趟长途的慢车，可能是快过年了，人特别多，下车的少，上车的多，我们好不容易挤了上去，发现随我们一起从江城上车的人，除了我们三个，别人都是站票，他们上车后看到我们竟然在找座位，十分惊讶，也十分生气，有人竟当着面指责我们，反正说什么的都有。

送我的两个人都沉默，任随他们去说，我还是头一次碰到这样的不讲理的人，忍不住想回嘴，却感觉衣角被人拉了一拉，回头一看，是那个年纪稍大的吴师傅。

这是我头一次正面看吴师傅的脸。他的脸长得好长，虽然显得蛮温和，似乎还笑眯眯的，但可惜那脸实在太长，即使笑的时候，也不会缩短一点。我看到这张脸后，自然而然地联想到牛脸，一想到牛脸，即刻间，我又想到了马面，这两个人一个牛脸，一个马面，虽然那成语不叫牛脸马面，叫牛头马面，但是经我稍一改动，再拿来送给他们两个，真是太符合了。

我不由得"扑"的一声笑了出来，我为自己能够想出牛脸马面而备感得意和骄傲，我可真是个人才，而且是个急智型的人才。

当然，我还是听从了马面师傅的意思，出门在外，遇事还是忍着点好，反正票也不是我买的，他们骂人也不是骂的我。

其实，虽然别人羡慕嫉妒恨我们有座，但我们也有我们的不满意，我们三个人虽然有三张票，但有一张在另一个车厢，我想他们两个是同事，不如让他们坐一起，我去另一个车厢，我一提出这个方案，马面师傅没有说话，长马脸上，也看不出是同意还是反对，但那牛脸却立刻跳了起来，真是个躁性子，他反对说："那怎么行，绝对不行的。"我不明白为什么，难道他们两个关系不好，不想在一块坐，宁可跟我这么一个陌生人坐一起？那牛脸急话已出口，可能也感觉到自己躁了一点，重新放缓一点儿口气又说："我们就是来送你的，让你一个人坐到别的地方，等于我们没送你，是不是？"我十分不过意说："其实真的没有必要，我好好的，没病没痛，又不残疾，又不痴呆，我知道自己的家在哪里，你们尽管放心。"那牛脸执拗地说："我们还就是不能放心了。"

他先把我按到座位上。这是三个排座的靠窗口的一个位子，我真想感谢他服务周到，可是再一想，这也不算是服务呀，但不是服务又是什么呢，他们对我这么客气，害得我连感谢的话都不会说了。

我坐下后，这牛脸也在我身边坐下了，看起来那马面师傅要去别的车厢了。我们三个座位最外边靠走道上的那个人,看我们一直没有坐定,似乎有点嫌我们烦,先是皱眉,后又朝我和牛脸翻白眼,表示不友好、不满。马面师傅亲切地拍了拍他的肩,先递了一根烟给他,那人的脸色就好看多了,等点上烟,我就看见他跟着马面师傅一起往车厢的连接处走,我奇怪说:"他们认得吗?"牛脸其实并不知道,但他敷衍我说:"可能吧。"

过了一会儿,他们又一起回来了,那个座位靠走道的人,从行李架上拿下了自己的包,和马面师傅换了车票,他自愿坐到另一个车厢去,把他的位子让出来给我们了。

真是个好人。

路上处处有好人。

我心存感激地说:"谢谢你,让我们坐到一起。"他似乎有些紧张,又有些兴奋,还有些神秘,冲我笑了一下,却又立刻收敛起笑容,拿着包急匆匆地走了。

我们终于安定下来了。我勾过头看看马面师傅,他的脸色虽然始终很平稳,没有任何变化,看起来他也不喜欢多说话。我心里却很佩服他,我奉承他说:"马师傅,你真有本事哎,你跟他说什么了,一说他就能听你的?"马面师傅微微一笑,但没答我话。这也无所谓,本来就是我多事、多嘴。那牛脸却抢答说:"这和你没关系的。"既然他愿意搭我的碴儿,我也可以和他多交流一些。我又问:"你们出来送人回家,经常碰到这样的好人好事吗?"马面师傅仍然不作声,仍然是牛脸答,好像他是马面师傅的新闻发言人似的,说:"那当然,他们知道我们的情况。"

我略感奇怪的是,牛脸马面两个,对我改他们的姓,毫不在意,没有丝毫要纠正我的意思,他们好大度,连姓都可以任人乱喊。

火车开出一段,就有一两个人从前面和后面走到我们这一排来探头看看,目光在我们三个的脸上来回地打量几番。我不知我们这一排有什么好看的,我又朝马面师傅和牛脸看看,无论是脸色,还是着装,都很正常。我呢就更不用说了,就是普普通通的一个人,有什么可看的呢。

这一两个看的人走后,过了一会儿,又来了几个,又看了看,似乎想说什么话,牛脸朝他们挥挥手,他们就走开了。有一阵没动静,我以为事情就过去了,本来就没什么稀罕嘛。没想到过了一会儿,又来了一个,人高马大的,一看就是个粗鲁的人。果然,一开出口来,声如洪钟:"啊呀呀,你们带着一个有毛病的啊?"

这一大嗓门,把周边座位上的人都惊动起来了,起立的起立,转身的转身,踮脚的踮脚,都朝我们这边看。我一时还没反应过来,他这是说的什么呢,我竟然没听懂他的话。他说的是人话吗?

那粗人一边说话,一边拿眼睛在我们三个人身上轮番扫来扫去,又自言自语道:"咦,是哪一个呢?"另一个人在旁边说:"是最里边那个。"那粗人似乎还不认,说:"你怎么看出来是最里边那个?我怎么看不出来是他?"那个人说:"那你看出来是哪个?"大个子朝我们三人看了又看,挠着脑袋说:"嘿嘿,我还真没有经验,看看这个也像,看看那个也像。"大家哄笑起来,有一个说:"会不会三个都是?"另一个说:"那到底谁送谁啊?"

他们七嘴八舌说了一通,我仍然没听懂,但我认为马面师傅和牛脸应该是听得懂的,因为他们是这种地方的常客,应该经常会遇到一些莫名其妙的事情,只是那马面师傅就算听懂了,也等于没听懂,他的脸色是永远不会变的。那牛脸到底还嫩,沉不住气,对那粗人说:"你搞错了,我们这儿没有病人。"牛脸这么一说,我才听懂了,原来那粗人以为我们是一支护送病人的队伍,不知道他怎么会有这种离奇古怪的想法,难道是因为他自己有病吗?

我以前曾经看到过一个新闻,有个农民工过年回家,身上带着一年的工钱,怕人抢,心情紧张,坐了一天火车,坐出神经病来了,这粗人神经如此亢奋,该不会也是这种情况吧。我正想要关心他一下,他的眼睛却剜到我这里来了,指着我说:"是这个,是这个。"

我平白无故被冤枉了，我很生气，回击他说："你神经啊！你说谁神经谁就神经啊？"他说："不是我说的，是刚才那倒换后面一节车厢去的人说的。是你们自己人告诉他，请他帮忙，他才肯换座位的。"

不等我气得跳起来，牛脸已经先跳了起来，指着他们说："你们别乱说话，说话要负责任的。"他的气势一上来，那大个子粗人倒有点弱了，也有点犹豫起来，说："难道是那个狗日的骗我？"牛脸说："你就是上了人家的当，你仔细看看，我们三个人里，哪个像是有病的呢？"我失声笑了起来，跟着说："是呀，也不撒泡尿照照自己。"粗人听出了我的言外之意，有点恼，但还是忍住了，怀疑的目光最后在我们脸上扫了一个来回，无趣地走了。真是自找的无趣。

四周似乎也恢复了正常，可我很快发现这种正常是假象，我无意中朝对面座位上的人看了一眼，发现他正在琢磨我呢。一看到我看他，他立刻避开了眼睛，脸色竟发了白，我就奇怪了，虽然那个胡说八道的粗人走了，我心里却开始生疑，难道真如他们所怀疑的，牛脸和马面师傅两个是在护送我吗？

他们确实是在送我。其实本来是不需要送的，我又不是病人，我自己完全可以回家，但他们坚持要送，我怎么推辞也推不掉，他们真的太客气了，他们客气得让我觉得奇怪。

我的心思疑疑惑惑，绕来绕去，理不清头绪，我就开始一点一滴地回想我找到江城救助站以后的一幕又一幕的情形，怎么想也没觉得他们有什么问题，无论是这两个送我的人，还是关科长，还是关科长办公室里的同事，包括传达室的人，虽然他们个性各不相同，但总体上他们都是正常的。他们盘问我弟弟的情况，虽然盘问得多了一点，但那是他们的工作。他们也盘问了我，我看得出来，起先他们对我是有怀疑的，不太信任的，但是当我有了假真不分的身份证再进去的时候，他们立刻就打消了对我的怀疑，相信了我说的每一句话。

所以我思来想去，他们确实没有做什么不对的事情，他们也完全是按照我的思路在做事情。他们知道我是来找弟弟的，他们知道我弟弟有病。后来我的有病的弟弟回家了，他们认为我也应该回家了，我也认为我应该回家了。我们的想法是高度一致的。问题只有一个，他们坚持要送我回家，可我并不是他们救助的对象，我弟弟才是，除非他们把我当成了我弟弟，或者把我弟弟当成了我，才会这么做，哈哈。

我为自己的胡思乱想觉得好笑，忍不住笑出了声，正好这时候，牛脸的手机响了，他起身到车厢的连接处接手机去了，我仍然在清理我的思路，刚想了个开头，忽然听到我座位靠背后面的一个人嚷了起来："没错，没错，就是个神经病！"大家又"唰"的朝我看过来，那人嚷嚷说："我听到他打手机了，他对人家说，他在火车上，送一个神经病到王县！"牛脸打过电话回座位，发现他的电话内容被偷听了，急急制止那个多嘴的旅客："你多嘴多舌胡说八道！"那人却不服，说："还说我胡说八道，明明是你自己说的，你站在厕所外面打电话，你却不知道我就在里面，听得清清楚楚。"牛脸抵赖说："你听错了，我根本就没有说。"但是他的抵赖十分无力，那个偷听的人比他有力，又强调说："我听得清清楚楚，你还说了，是个文痴，不打人，两个送一个，任务不重。"这话我听得进去，这正是救助站的工作内容，确实像是牛脸说的话，很专业。但再转而一想，我怎么能听得进去，如果我听得进去，就证明我是个病人了。

我的脸一下子涨得通红，一看那牛脸的脸，因为电话被偷听，又被戳穿，面孔涨得比我还红，比猪血还红，本来尖嘴利舌的，这会儿一句话也说不出来了。

他不说话，自有人说话，马面师傅虽然平时不肯多说话，但这时候他得出场了。他们肯定是配合好的。我自从见到马面师傅，还从未正儿八经地听到过他说什么呢,这会儿他终于有事情可做了。他微微一笑,开口说话了。

我以为马面师傅会说出一番惊天动地的大道理,立刻征服了所有的人,我已经想象出马面师傅不鸣则已一鸣惊人的飞扬神采了。却不料,马面只是平静地说了一个事实,这个事实,也就是我遭遇的真实情况,只字不差。

"你们的怀疑也是有道理的,但你们怀疑的方向出了点差错。他确实与有精神病有点关系,但是患病的不是他,是他弟弟。他是到我们救助站来找他弟弟的,因为找弟弟不顺利,他有点着急上火,我们就留他在救助站住下。后来呢,他家里打电话来,说他弟弟已经回家了,我们就陪他一起回家。就是这样。"

我忽然明白了一个道理,什么惊天动地的大道理,都比不过事实,在事实面前,什么大道理都用不上,用不着。

可惜的是,别人没有我这样的觉悟,他们听了马面师傅所说,并没有服气,疑问说:"他既然没有病,你们为什么要护送他回家呢?"这话问得有水平,这也是我心里的一个死结。马面师傅完全没有被问倒,他仍然胸有成竹,不急不忙,细声细气地说:"不好意思,其实我们并不是送他回家的,我们只想到他家去看一看他弟弟的情况。因为他弟弟很可能是在我们站里待过的,但我们站的登记中却没有他弟弟的名字,很可能这是我们工作中的失误。"

不等大家想出问题来反问,马面师傅又接着说:"如果你们觉得精神分裂这种病会传染,弟弟可能传染给哥哥,你们可以怀疑他。"大家伙终于被他说服了,说:"不会传染的,这种病没有传染性的。"马面师傅再说:"如果一个人因为一些事情暂时的不顺利,就会得精神病,那你们也可以怀疑他。"

大家这才服了,异口同声说:"我们不怀疑了。"

马面师傅终于化解了大家的怀疑,我也化解了对我自己的怀疑,我才知道马面师傅如此有经验有水平,唯一略感失落的是,原来他们不是专门送我回家的,我自我感觉太好了,现在想想我自以为很警觉,却原来也那么好哄骗,我竟然相信了他们。

事实上也是如此,他们不可能专程送我的,他们送病人还排不过班来呢,怎么可能护送一个健康的正常的人呢。

但是说心里话,虽然我心里略有一点儿失落,其实我是更加的感激他们了。因为他们对工作的认真负责,我弟弟既然没有出现在他们的名册上,他们应该是没有责任的,但他们为了一个不存在过的病人,千里迢迢跑一趟,实属不易。

我想着,心里倍觉温暖,注意到车窗外天色越来越黑了,旅客们都开始打盹儿了,我也有些困了,休息前我得去上个厕所。

我进了厕所,刚要关门,厕所门被用力推开了,另一个人强行地挤了进来,我说:"哎,你别进来,我还没上呢。"那人说:"我不急。"我骗他说:"我是大便,何况我还便秘。"可那人已经不由分说地替我锁上了门,我急了,说:"你干什么,只有一个坑,两个人怎么上?"他神神秘秘地压低声音说:"嘘,我不是来大小便的,我先告诉你,我是有病的。"我看他很健康的样子,奇怪说:"你什么病?"他说:"精神分裂症。"我吓了一跳,他见我害怕,又赶紧说:"你别害怕,我现在很正常,不在发作期。我不发作的时候,和正常人一样的,和你也一样的。"我又吓了一跳,说:"你搞错了,我没有精神分裂症,刚才送我的人已经说得很清楚了,你没听见吗?"他撇着嘴笑道:"只有你会相信他们,别人谁会相信?"我说:"信不信由你,反正我信。"他更是笑得咧开嘴说:"你要是没有病,他们还派两个人送你,你是中央首长啊?"见我还想分辩,他不想让我说,抢在前面道:"要不就是你有病,要不就是他们有病。"如果让我二选一,我当然宁可相信他们有病,也不会相信我有病。但我觉得这种选择不存在,所以我选择第三种可能,就是这个人恐怕真的有病。我不想理他,也不上厕所了,就要往外走,他却把住了门,不让我走,又说:"我是为你好,你自己再仔细想一想,救助站救助哪几种人？"我对答如流："病人、流浪者、孩子。"他说："回答正确，可你是哪一种呢。"不等我再回答，他已经替我说了："如果你哪一种也不是，他们会这么千里迢迢送你回家吗？"

你们知道的，我这个人耳朵根子并不算太软，我有我的原则，我会坚持我的信念，可再怎么坚定，也架不住他的一再强调，渐渐的，我对他说的话真的产生了一些怀疑和思考，我正要将这些怀疑进一步加深的时候，听到牛脸在外面敲厕所的门，喊道："王全，王全，你还没完啊。"我一开门，他怀疑地盯着我看了看，说："你怎么这么长时间？"我说："我大便，而且我便秘。"他说："那你要多喝水。"没有产生怀疑，也没有注意小小的厕所里边还有一个人。牛脸是比较粗心的，如果换了是马面师傅，绝对不会这么马虎。

我跟着他到了座位那儿，他们仍然让我坐到里边的位子上，我一坐下，他们两个却一起起身走了开去。我还没有留心，在厕所里和我说话的那个人追过来了，提醒我说："你不去听听他们说什么，听听他们背着你说什么。"我犹豫了一下，偷听别人讲话不是好事情，我不想干这种偷鸡摸狗的事，但稍一犹豫后我还是干了。

因为我渐渐觉得，围绕我来江城找弟弟，形成了一个怪圈，这个怪圈肯定不是因我而生，我自己的情况我最清楚，但这个怪圈究竟是怎么回事，我一点儿也不清楚，我多少得了解一点儿。

我到了车厢连接处，看到他们正在点烟，趁他们不备，我又躲进了厕所，他们在外，我在里，听得一清二楚。

马面师傅说："还是老规矩，我睡上半夜，你睡下半夜。"

牛脸说："好。"

马面师傅又说："小心一点儿，文的比武的欺骗性伪装性更大，这个人和其他人情况还不大一样，比较特殊，你要多观察，多留心。"

牛脸说："师傅你放心。"

马面师傅再说："我一会儿睡着了，你千万不能睡，多盯着点。"

牛脸说："知道。"

这小子，在别人面前摆个牛逼，在马面师傅面前，像个龟孙子

他们又续上了一根烟，继续说话，这回的话题，是牛脸先挑起来的："他到底知道不知道自己是谁？他到底听不听得懂车上这些人说的话？他心里到底是怎样想的？"马面师傅说："我看他眼神不太对，不会在车上就犯病吧？"这屁一放，让我心里一惊，我赶紧在厕所里照了照镜子，看看自己的眼睛，真是放他娘的臭屁，我这两只眼睛，比他们四只眼睛加起来还正常。

那牛脸又说："他真的有个弟弟失踪吗？"

马面师傅奸笑了一声，说："你说呢？"

那徒弟毕竟是老狐狸的徒弟，也够狡猾的，说："嘿，我看是他自己想象出来的一个弟弟，他弟弟恐怕就是他自己吧。"

我差一点儿冲出去骂娘了，但是他们下面的话又让我停止了我的冲动。

但听那马面师傅说："如果觉得不对劲，如果老是不睡，就放药。"

牛脸说："知道。"

我早已经惊醒过来，这老东西，原来是个笑面虎，平常看不出来，一言不发，却是一肚子坏水，竟然要放药给我。那是放什么药呢？我琢磨了一下，估计不是要毒死我，我也不笨，既有知识，又有常识，我知道这是要给我下安眠药了。

如果不是我的意志超坚强，我的精神必定早就被他们搞垮了，我就成为我弟弟了。

从上火车到现在，所有的人，都合起伙来把我整成一个精神病人，先是坐车的旅客吃饱了撑的多管闲事；后是那个追进厕所的自称精神病人；两个送我的人开始还装模作样地维护我的名声，可不多久就暴露无遗了。

他们还在继续吸烟，继续议论我，我可不想再听这些瞎话，我

理应气得不行,上前和他们理论去,可我没有去,因为我的内心深处,还是不愿意相信他们对我的判断,我不相信他们这么多人都是有眼无珠的,我不相信他们这么多人都是冤假错案的制造者。

我悄悄地溜出厕所,没有回我的座位,而是走到车厢的另一头,我掏出手机给我大哥打电话,电话叫了半天,我大哥才接了电话,听出了我的声音,大哥着急说:"三弟,怎么样,情况怎么样?"我赶紧问:"大哥,弟弟回家了吗?"大哥说:"什么弟弟回家了,弟弟在哪里?你找到弟弟了?"我说:"我没有找到弟弟,可是他们说,弟弟已经自己回家了,现在我也在回家的路上。"大哥说:"谁说的,骗你的,弟弟根本就没有回家,弟弟要是回家了,我第一个就会打电话给你。"

真是我的亲大哥,他这话一说,我的心顿时就铁了下来,本来我心里一直疑疑惑惑,对谁的话都不知真假,但是现在的我,有了我亲大哥的这几句话,我一下子坚定了,我特坚定了,不再有丝毫疑惑了。大哥又告诉我说,村长王长官倒接到过一个江城打来的电话,问小王村有没有一个叫王全的人,王长官当然说有,又告诉他们王全现在到江城去了。

我才明白过来,事情原来就是这样对上的。这下子我彻底相信了,不再怀疑了。他们认为我是个病人,但是我弟弟呢,难道他们以为我就是我弟弟?他们问村长有没有叫王全的,当然有叫王全的,王全就是我,王全也是我弟弟,所以他们搞不清。

大哥的电话挂断后,我气愤至极,欲冲回座位跟他们大吵大闹一场,我完全可以不计后果。本来就没有后果,后果是什么,后果应该是我带上我的有病的弟弟回家。结果呢,我自己变成了我的有病的弟弟,被人押上了。

什么人啊,什么水平啊,我还一直在崇拜他们、感激他们呢。以他们的工作特点和工作经验,他们应该是这方面的专家。可是怎么在对待我和我弟弟的问题上,他们会犯如此低级的错误,会作出如此荒谬的判断呢?

我想通了,原因就是他们不信任我,他们从来就没有相信过我。试想,如果他们相信我的话,相信事实,怎么会摆出这么大的乌龙,让我成为我弟弟呢。

我怎么能够变成我弟弟呢,这太荒唐了,我得去和他们再纠缠,我得让他们把我再带回江城,我要回救助站,我要找弟弟。

可是我朝前冲了几步后,渐渐地冷静了下来,我也替他们想了一想,又觉得这事也不能完全怪罪他们,因为我和我弟弟确实有点分不清,我又是王全,我弟弟又是王全,他们怎么搞得明白。但是他们也有不可原谅的地方,他们明明是自己搞不明白,他们明明不能体会我对弟弟的感情,他们却不肯承认他们自己搞不明白,所以只能把一切推到我头上,因为一切的不明白,只要我是个病人,就都明白了。

所以我虽然体谅他们,但我还是气愤,他们明明把我当成病人,却又是跟我说假话,他们哄我,捉弄我,他们哪里是在送我回家,分明是押我回家。一旦回到我的家乡,他们一定会告诉我家乡的人我有病,所以他们很负责任地把我送回去了,不用担心我家乡的什么人不相信他们,他们自会有一套说辞,他们自会让所有的人都相信他们说的话。

不会吗?当然会。你们想想,我那家乡都是些什么人,那糊涂的王助理,还有我那糊涂的不明事理的爹,我的糊涂的担心怕事的大哥,他们绝对会相信别人而不相信我,那我就冤大了。

我被冤了,那可是桩大事了。但更大的事还在后面,想我那爹,原本有一个老鼠儿子,已经气得半死,再摊我这个儿子也是个疯子,他一条老命估计也差不多该送在我的手里了。就算我爹不被气死,他会像对我弟弟一样对待我,把我也不当人,把我也扔掉。

后来还有更大更大的事,我如果被扔掉了,我弟弟怎么办呢?谁去找我弟弟呢?

一想到我弟弟，我立刻有了精神，我的思路也越来越清晰，我要找到弟弟，我只要找到了有病的弟弟，让他们看到我弟弟那老鼠的样子，就是给他们一记响亮的耳光，就能向他们证明有病的是我弟弟，而不是我。

从目前我所处的形势来看，我要想找到我弟弟，只有一条路可走：我必须从他们手里逃走。

还好，我庆幸我还保留有足够的理智，我没有被愤怒搞昏了头脑，我开始思考怎么对付他们，他们是两个人，何况他们又是经常对付疯子的。我是一个人，又是一个正常人，哪里是他们的对手，所以我得沉住气，先观察他们，我不能对他们形成正面的强攻，我必须迂回曲折地和他们周旋，以智力取胜。

他们骗了我，但他们毕竟只是执行任务，事实上他们对我还是不错的，还在旅客面前为我做掩护，他们只是两个人在背后议论我而已，当面并没有让我难堪，我也不是心胸狭窄的人，我也不是要特别针对他们，我只是为了完成我自己的任务而已。

我的任务是先找回我的自由，再找回我的弟弟，所以我必须从他们手里把我的自由抢回来，然后继续寻找我弟弟。

我赶紧回到自己的座位上，坐定下来，静一静心，闭上眼睛，虽然眼皮子直跳，几乎合不上眼，但我还是用意志克制着自己。

过了一会儿他们也回来了，看我闭了眼，他们也没再说话，耐着性子等了一会儿，我还没睁开眼睛，就已经听到马面师傅坐在最外边的位子上打起呼噜来。

我又坚持了一会儿，屏息凝神地听着牛脸的动静，牛脸却一直静悄悄的，什么声息也没有，我判断他大概也安稳了，才偷偷地睁开眼睛一看，我的个妈，牛脸两眼瞪得跟牛眼似的，正盯着我呢，把我吓一大跳，为了掩饰自己，我赶紧说："我睡着了，被他打呼打醒了。"牛脸怀疑说："火车声音那么大，你会受他打呼影响？"那马面师傅也够警觉，我们一说话，他就醒了，睁眼看了看我们，大概觉得没事,又闭眼睡了,片刻之后,又开始打呼。

我重新又闭上眼睛,强迫自己假睡。可是说实话,我实在是闭不上眼睛,怎么强迫自己都不行,一闭上眼睛,我的脑门子太阳穴就"啪啪"地跳,连眼皮子都跟着跳。

一会儿马面师傅又醒了,见我没有动静,悄悄问牛脸说:"怎么样?"牛脸似乎说不准我的情况,小声道:"动倒是一直没动,但我看他的眼皮直跳,我怀疑他是假睡。"马面师傅轻声说:"他为什么要假睡,难道他发现我们了?"牛脸说:"我还真吃不透他,这小子蛮狡猾的。"我听他们说话,心里就来气,明明是他们狡猾,还说我狡猾,不过他们也没有说错,我正准备给他们下套呢。我突然就睁大了眼睛,果然把他们俩都吓一跳。牛脸说:"你一直都没睡?"我抱怨说:"我倒是想睡,困死了,可你们老是说话,我睡不着,这火车上太吵了。"那牛脸说:"你还蛮娇气的。"我说:"我不是娇气,我是不习惯,你们是经常坐火车的,你们习惯了,我还从来没有在火车上睡过觉,我不习惯。"我这话说得太在理,他们都无法怀疑我有什么险恶的用心,而且我看得出来,我这话让他们正中下怀,那牛脸立刻说:"想睡睡不着,很难受的,我们带了安眠药,你要不要吃一点儿。"这一样也正中我下怀,但我没有立刻表现出想吃安眠药的态度,我假装犹豫说:"不行吧,我从来没有吃过安眠药,听说吃安眠药对身体有影响。"果然牛脸上了我的当,赶紧解释说:"没事的,少量的安眠药完全不碍事的,我们也吃的。"看我不吭声,他又说:"你放心,我向你保证。"我这才做出放了心的样子,说:"好吧,我相信你们。"

本来他们是要偷偷给我下药的,那还得费一番心思,多一番手脚,怎么让我既不发现他们的诡计,又把药吃下去。现在他们解决了这个难题,面露喜色,且不知已经中了我的套子。

这就是我的聪明过人之处,与其让他们背后偷袭我,趁我不备就把药给我弄下去,还不如我主动出击,把药掌握在自己手里,然后见机行事。

本来这一切都在我的掌控之中了,不料又出现了一点儿不和谐的插曲。那是旁边的旅客多事,他们偷听到了我和牛脸的对话,知道牛脸要给我吃安眠药,他竟然觉得这种做法不人道,抗起议来,说:"不能这样的,你们不能给他吃安眠药。"他嗓门大,把周边本来都已经昏昏欲睡的人都吵醒了,议论纷纷。

有人反对给我吃安眠药,也有人认为可以吃,而且他好像很内行,理直气壮地说:"怎么不可以,吃安眠药算什么,精神病院的医生都给病人开安眠药的。"

另一个赞同说:"是呀,安眠药算什么,小菜一碟,严重的还打针呢。"

再一个说:"打针算什么,严重的还绑起来。"

他们说来说去,兴奋不已,越说越过分了,又说:"还有电击的。"

有个妇女惊恐说:"真的吗,好残忍哇。"

立刻有人反对她说:"这不是残忍,这是治病,没有办法的,是精神病人就得这样治,那是为他好。"

奇怪的是,本来第一个说话的人,是反对给我吃安眠药的,结果大家议论了一会儿,变成了赞同给我吃药。听他们的口气,如果我表现异常,他们还准备绑我,准备电击我呢。

第一个说话的那个人不依了,说:"你们太没有人性了,对待精神病人更应该讲人道,否则他的病会越来越重的。"

牛脸终于着急了,他苦心经营的计划和方案,怕被这个多事的人搅了,万一我听了他的意见,不肯吃药了,那他们岂不是一夜无眠了。牛脸起身对那个人说:"这位先生,你说话注意一点儿,第一,我们不是精神病院的医生。第二,我们给他吃药,不是欺骗他,也不是勉强他,是他自己愿意吃的。"那个人才不信,回头看着我,希望我站在他一边。这是当然的,他是为我好,我当然应该站在他一边。

可是他错了。他错就错在不了解人心，不了解我心。本来嘛，我的心思这么缜密，这么复杂，他能了解得清吗！

我赶紧站出来背叛他说："药是我自愿吃的，与救助站的同志无关，我困得要命，却睡不着，不用点药安定一下，我会疯的。"

"我会疯的"这话是我随口而出的，并没有什么深刻的含义，但是所有听的人，都觉得此话内容丰富，含义深刻，他们被这句话吓倒了，纷纷回到自己的座位上去了，那个反对给我吃药的人，也不敢再多嘴多舌了，但他的好意遭到了攻击，多少有些沮丧，他不敢对付我，把不爽归到牛脸身上说："你们救助别人，却影响到我们了。"

牛脸想和他再争执几句，还是马面师傅有涵养，把牛脸劝住了，那个自找没趣的好心人，悻悻然回去睡觉了。

还好，有惊无险，多亏我反应快，随机应变。

虽然一波三折，但最后我成功了。我先是假装吃了药，过一会儿就呼呼地假睡起来，马面师傅和那牛脸恐怕做梦也想不到我有这一招，他们不再盯着我的眼皮看了，我的眼皮也就自然地放松了，真像睡死过去的样子了。等到后半夜他们换班，马面师傅去上厕所时，我把药丢进了他的茶杯里，等马面师傅从厕所里出来，换下班来的牛脸已经睡熟了，马面师傅喝了几大口水，想振作精神的，可不一会儿，他也睡熟了。

我虽然很少出门坐车，但我天生聪明伶俐，我从牛脸的上衣口袋里，掏出一张车票揣好。这件事情我做得还算厚道，我没有拿走三张车票，也算是给他们面子了。

我就这样失踪了。

等到他们睡醒过来，他们才会知道他们犯下大错了，一个被他们押送的精神病患者逃走了。

我想象着他们惊慌失措的样子，那牛脸再也不敢老卯，那马面师傅再老奸巨猾也猾不过去了。

我幸灾乐祸地笑了起来。

四

我溜下火车，出了站一问，才发现这地方离我的家乡不远了，我搭乘了一段长途车，就到家了。

刚走到村口，就看到我大哥正站在那棵老槐树下张望呢，我估计大哥算准了我回家的时间，特地来等我的，心里一激动，也来不及多想，急忙迎上去喊了他一声。我大哥见到我，竟然有些吃惊，又朝我身后看看，奇怪说："怎么会是你一个人呢，送你回来的人呢？"我的心就往上一提，我可不敢说我是逃出来的，像我这大哥，脑子一根筋的，说不定就去报案呢。见我不答话，大哥又说："弟弟呢？"一提到弟弟，我顿时情绪低落，更不想说话。大哥也没太着急，只是叹了一口气说："你到底还是没把弟弟带回来？"又说，"你找到弟弟又不把他带回来，你到底是什么意思呢？"我只好开口了，我说："我没找到弟弟。"大哥才不相信我，他说："可是王助理都已经来报过喜了，说江城救助站有个叫王全的精神病人，他们帮着送回来了，难道不是弟弟吗？"原来他们在家什么都知道了，似乎比我千山万水千辛万苦得来的消息还多。我被他逼得步步后退说："不是弟弟，那不是我们家弟弟。"大哥说："那就奇怪了，难道同名同姓同乡同村？"大哥人很老实，但他的问题却很刁钻，我回答不了，大哥挠了挠头，忽然明白了，笑道："噢，我知道了，那不是弟弟，那就是你哎，你才是真正的王全，弟弟只不过是个假王全而已。"

我们一边说话，一边往家走。到了家里，发现我爹我娘都在家。我觉得奇怪，大白天的，我爹怎么不到大蒜250上班，我娘怎么不下地种田。不过还没等我疑问他们，他们先疑问我了，我爹我娘和我大哥一样,早已得知了王助理那儿的消息,见我没把弟弟带回来,他们并没有太多责怪我的意思,只是觉得奇怪,别说他们,如果换了我,我也会奇怪的,我是一心出去找弟弟的,结果我又没把找到的弟弟带回来,我这是瞎折腾个啥呢。

我完全可以把我的遭遇说给他们听,他们就不会追问我了。但是我仔细想了想,我还是不敢把受冤枉的过程如实地说出来,我怕他们会和救助站那些人一样怀疑我。

你以为他们不会吗?

我只得含混地编了个段落,敷衍他们一下,他们听了后,也没有穷追不舍,好像我找不找弟弟,都跟他们没有什么关系,找到就找到,找不到就算了。

可是事情并没有结束,因为他们偏偏又看得出我的心情不好,我爹挖苦我说:"丢掉弟弟的是你,要找弟弟的也是你,找到了不带回家的又是你,也不知道你到底要干什么。"我说:"我说了半天,你们根本就没有听我的,我没有找到弟弟。"我爹反问我说:"那在江城救助站那个王全,难道是你?"大哥一听,也说:"恐怕正是这样的呢,三弟才是真正的王全呀,现在三弟回来了,就是王全回来了呀。"可我爹不赞同我大哥的意见,说:"但他们说那个王全是个病人,你病了吗?"我气得反问我爹:"你觉得我病了吗?"别以为我爹会被我的气势吓倒,我爹可比我凶多了,说:"你折腾来折腾去,难道不像个病人吗?你比弟弟病得还重吧。"

你们看看,这就是我爹,他要是想把我打成精神病,绝对比救助站的人更有手段。我就算是百口难辩我也要辩呀,我说:"爹,你听我说,我在江城救助站没有找到弟弟的名字,我就回来了。"我爹又抓住我的话柄说:"怎么,你不是去找弟弟,你是去找弟弟的名字,你找个名字有什么用,名字能跟你回家吗?"我再辩解说:"我是说,江城救助站的名册上,没有弟弟的名字。"我爹说:"那也不能说明你弟弟就不在那里边,你弟弟到底叫什么名字,连他自己都不知道,你能肯定那个名册上,哪一个就不是你弟弟的名字吗?"我爹这话我倒爱听,因为我也是这么想的,而且我也已经这么往下做了,我已经偷看了所有表格上的照片,我只是没有认出弟弟是哪一个,但是这也不能怪我眼拙,只怪那照片上的人个个长得相似,我无法一眼就从中找出我的弟弟来。同样我也无法一眼就排除哪一个不是我弟弟。其实我正要继续往下做工作,我放下表格后,就去辩认真人,但是后来、后来的事你们都知道了,我被他们怀疑上了。

总之我知道我家里的人都不爱相信我,无论弟弟在那里还是不在那里,无论我怎么解释给他们听,他们都不相信我说的话,所以最后我爹和我大哥都不和我说话了,我娘给我个台阶下,总结说:"反正在这个家里,弟弟归你,你爱怎么着就怎么着吧。"

你们看看,我摊上的这是个什么家,家里都是些什么人啊。

其实在这个过程中,我早就看出来,他们虽然在和我计较一些找弟弟的事情,但是他们的心思根本不在我身上,也不在我弟弟身上,我感觉到家里摊上事儿了。当然,我是会以牙还牙的,他们不关心我和弟弟,我也不会关心他们。他们摊上什么事都与我无关。我只是回来歇歇脚,补点给养,我很快就会重新出发去找弟弟的。

我独自待在屋里,越想越气闷,本来我已经离弟弟越来越近了,我甚至已经感觉到弟弟的呼吸了,可他们却把我当成弟弟押回来。幸亏我聪明伶俐,半路设计逃走,否则一旦让他们的计划得以实施,一旦他们将我交到乡里,再交到我家人手里,我的这些愚昧的无知的乡人和亲人们,他们一定会相信人家,他们会把我当成我弟弟。

想到我能成功逃脱,我心中又倍觉喜庆,同时我又想,那两个押送我的人,那才真是摊上事儿了,他们送的可是个精神病人,竟然逃走了,这是他们的失职。他们失大职了,他们遇上大麻烦了。可再转而一想,我之逃走这事,只有他俩加上我三个人知道,我如果不说,他们回去会说吗?他们才不会呢。那一个老狐狸,一个小阴刁,他们才不会主动坦白呢。这样的事情如果家属都不追究,他们就逃脱了责任。

我能让他们逃脱吗?

为了报他们陷害我的一箭之仇,我恶意顿起,抓起手机,立刻拨通了江城救站助的电话,毫无对他们的怜悯之心。我就说:"大王乡民政助理让我们到乡里等着接王全,时间早就过了,为什么到现在还不到?人到底在哪里?"那边果然慌了,问我是谁,我冒个大,气势汹汹地说:"我是王全他爹!"他们更加紧张,停顿了片刻,估计是在商量怎么骗人呢。果然的,过了一会儿,骗人的话就编好了,告诉我说:"对不起,老人家,本来确实是准备出发了,后来因为事情多,还没有出发。"我得寸进尺,故意问道:"那你们打算什么时候出发?如果你们太忙,干脆我们家属自己去接吧。"那边急得说:"不用不用,我们有规定的,我们要送到家的。"我幸灾乐祸地说:"当然还有个办法,你们愿意留他在站里,我们也没有意见,过几天等我有空,过去看看他就是了,就当他在住院治疗,是免费住院治疗。"

我总算出了一口恶气。

我有我的报复手段,他们也有他们的阴谋诡计,过了片刻,我的手机响了,是乡民政王助理打来的,自报了姓名后,他问我是谁,我毕竟有个心眼,心想必是他们勾通连裆了,否则他怎么会有我的手机号码?我就仍然说我是王全他爹,王助理到底是个助理,长点心眼,似乎听出来不像,但他又看不见我是谁,只好认了我是爹,说:"你是叫王长贵吧,你家儿子呢?"我故意跟他绕,说:"我家三个儿子,你问哪个呢?"他说:"叫王全的。"我说:"我家是有个儿子叫王全,但是王全的弟弟也叫王全。"他说:"就是有病的那个。"我喷他说:"我家儿子都有病,你到底要找哪一个?"他没法对付我了,只好作罢说:"反正,你那个叫王全的儿子回家,你要好好教训他，人家救助站好心为他服务，救助他，他倒好，还捉弄人家，陷害人家。"

这事至此先告一段落，我也不想搞得太过，我将重新出发去找弟弟。我的目的地仍然是江城救助站，因为除了江城救助站，我实在不知道方向在哪里。所以，如果我搞他们搞得太过，那最后就是难为我自己了。

不知道是不是因为我冒充了我爹，忤了天，我爹摊上的事情居然找到我头上来了，村上的王宝拿了张白条来找我了，让我看了看，白条上是村长王长官的签名。我说："你找错人了，就算你眼睛瞎了，误认为我是我爹，我爹也不是王长官，而是王长贵呀。"王宝说："王全，别以为我不知道，你在城里傍上王大包了，我不找你找谁？"我嘲笑他说："别说我傍没傍王大包，就算我傍上个亿万富姐，也与你无关，王长官欠你的条，你找王长官，找不着我。"王宝说："王长官让我找王长贵，王长贵让我找你的。"我说："没道理，为什么？"王宝说："道理总还是有的，你看看这张条子欠的是什么款？"我再一看，原来当时村里为我弟弟办残疾证，办证的钱七七八八凑了一点儿，还差一百元，村里不肯掏钱，由王长官出面，向王宝借了，写下这个欠条。

说起给我弟弟办残疾证，我的气又不打一处来，先是王长官来找我爹传递消息，告诉我们，像我弟弟这样的情况，可以申请残疾证。我爹一向瞧不起这证那证的，何况那时候王长官还是前村长，我爹这样势利的人物，才不会把前村长放在眼里，更不会听他的指挥。我爹当时就反驳并反问他："身份证揣怀里都没鸟用，办这鸟证又有什么用。"前村长立刻夸张地扬起眉毛说："用处可大啦，可以带来许多福利，经济上的实惠，比如医疗啦，保险啦，救济金啦什么的。"说了一大串，要不是他事先死记硬背下来的，就是他的政策水平确实高，这些东西，我连听都没有听过。

我都没有听说过，我爹当然更没听说过。我爹撇嘴说："你对牛弹琴呢。"我爹虽然凶狠,嘴巴子也厉害,但这回却用词不当了,把自己降为了牛。我忍不住"嘻"了一声,我以为前村长也会跟着我笑一笑我爹,不料前村长却很正色地对我爹检讨说:"你说得有道理,怪我没说清楚,没说具体,现在我再具体地说吧。办个残疾证会有许多方便,哪些方便呢,比如吧,你去买火车票,就不用排队;再比如,你到候车室可不用挤在大厅里,可以到专门的老弱病残候车室去坐在沙发上等。还有,你要是出去旅游,所有的景点都不用买门票,还有——"他还要往下说,我却听出些问题来了,我打断他说:"你说的不是精神病人吧,你说的是那种一般的残疾人、瘸腿缺胳膊之类的吧?"前村长说:"你们真是不懂法,现在国家和各地的政府对精神残疾人的待遇可提高啦,像你弟弟这样的精神分裂症,属于重度残疾,如果办了证,他的待遇,要比我刚才说的那些还好得多。我了解的还只是其中的一小部分,你们可以到乡民政去问。据我所知,有关的政策和待遇,你拿个本子记都记不过来。"我还是心存疑惑,问说:"还是不对呀,精神病人就算办了残疾证,他怎么可能享受这些? 他连自己是谁都不知道,他身上有证他也不知道,说不定他还以为他是美国总统呢。"我的说法并不是没有依据的,曾经有个精神病人对另一个病人说:"我告诉你个天大的秘密,我是菩萨的儿子。"那病人破口大骂:"放你妈的臭狗屁,我什么时候生过你这个儿子。"前村长反驳我说:"你会让你弟弟一个人行动吗,你弟弟要是出门,不总得是你陪着的吗,他以为他是美国总统,只要你不以为他是就行。"

　　一直是前村长在说话,我爹半天没吭声了,我看着他的脸色,就知道他早就想发言了,果然,只等前村长话音一落,我爹"嗯哼"一声就说:"你说的那是别人,跟我们家弟弟没有关系,你觉得我们家弟弟会去坐火车吗? 你觉得他会去游山玩水吗? 你觉得他会去当美国总统吗? 笑话,不仅他要去,还要我们赔上一个劳动力,还要赔上另一张车票、门票,还要吃饭住宿,你真以为我们家是美国总统家啊?"前村长被我爹奚落了,也不以为然,仍然在坚持自己的想法,说:"办了证,也不一定就非要出去玩嘛,有证总比没证的强。"我爹自然有话对答他:"办了证不去使用,等于没有享受待遇,所以还是我那句话,办那鸟证有鸟用。"前村长还是不认输,再说:"其实出门只是小事,除了出门,还有别的更优惠的待遇,比如可以领救济金,可以申请补医疗费,申请低保,可以做的事情多啦。"

我满以为,像我爹这样的一向以贪婪著称的人物,听说有这么多的可图之利,必定会动心,他先掏出一点儿钱来,挤出我这半个劳动力,先陪弟弟去拍个照,然后跑一趟乡政府,跑一趟给弟弟看病的医院,再跑一趟县残联,弟弟的残疾证就到手了。

这不就等于是用个虾米钓大鱼吗。

可惜我爹却一毛不拔,一个虾米也不出,真是铁石心肠。他断然拒绝前村长说:"那我也不办,有这钱去办一张破纸片,还不如抓头小猪来喂它。"前村长生气了,说:"哪有你这样对待自己儿子的,他是你养的吗?"我爹没脸没皮地说:"算是你养的也行,你喜欢他,你替他办证就是了。"前村长一听,气得拍屁股就走。

我心里暗恨我爹,但我不敢多嘴,在家里我没有经济权,也就没有发言权。我以为弟弟的残疾证就此黄了,哪知前村长还蛮轴的,他真的自己就给我弟弟去办证了,而且还真的让他给办成了,他把我弟弟的残疾证送到我家的时候,我还真怀疑我弟弟是他的儿子。

不过你们千万别以为前村长是活雷锋,他可不是白干的,他什么事情都不会白干,我弟弟的残疾证领来了,他一手交出残疾证,一手拿着一张清单,外加一沓发票向我爹要报销呢。

他这是先斩后奏、请君入瓮啊。

我顺便瞄了那张清单一眼,看到上面什么什么都是双份,车票是两张,吃饭住宿是双人,我奇怪说:"为什么都是二?"前村长说:

"这事情一个人办不成,残疾人本人得去,但光他一个人又不行,得有人陪他去,当然如果他只是个肢体残疾、瘸子、听力残疾、聋子、语言残疾、哑子,甚至是视力残疾、瞎子,都可以一个人拐得去、摸得去,但你弟弟不行,你弟弟是精神残疾,一个人去不得,让他一个人去了,他都不知道跑哪儿去了。"我抢他说:"那你的意思,是你带着我弟弟一起去的。"前村长说:"那当然,病人本人不去,根本办不了证的。"

他这谎言编大发了,我弟弟,恨不得一天二十四小时都不脱离我的视线,怎么可能跟上前村长到乡镇、到县城,奇了怪,我说:"你能保证你带去的病人是我弟弟吗?"

他带的人绝对不可能是我弟弟。

话再往前说一说,我上高中一年级的时候,成绩超好,颇招女生青睐,可到了高二年级,我的霉运就开始了,不用说你们也知道,那是因为我弟弟。我高二时,我那小老鼠弟弟发育了,那可了不得,一只发了育的青春期的老鼠,那可是什么事都能干得出来的。只不过那时候我大哥还没有结婚,他倒是愿意迟一点儿结婚,看管弟弟。可是我爹不愿意,他急着要抱孙子了,催促我大哥早点结婚。我爹已经很不耐烦了,三番五次地到学校来打扰我,告诉我弟弟的情况,好像我再不回去照顾弟弟,天就塌下来了,家里人就走投无路,活不下去了。

我爹虽然有点虚张声势,但也不完全是瞎说,因为我弟弟从他是一只小老鼠的时候开始,就只服我一个人,家里、村里、任何别人说话,他都听不见,只有我说话,他才勉强听得见。当然也还要看他的情绪,还要看我说话的时候,他是一个人,还是一只老鼠,如果那时候他正好是扮演老鼠的,那他也一样听不见我说话。所以我到县城上高中的那段时间,我弟弟不仅是一只老鼠,不仅是一个精神病人,还基本上是个聋子,他从来听不到别人说话。我爹来找我时,再把这件事情夸大了,往死里说。

说得我于心好不忍,但我是要读书的,我是有远大志向的,我要参加高考上大学,上了大学留在城里,我再也不想回我的家乡小王村了。

以我的水平,实现这样的梦想并不难,不说不费吹灰之力,至少也是小菜一碟。可就是因为我弟弟,我的梦想破碎了,整个高二我爹就没让我安心地念书。可我还是坚持着,坚持到高中毕业的时候,我已经是年级的垫底生了,女生都和我拜拜了,倒是原先不怎么理我的那个,和我好了起来。

你们知道的,就是赖月。可惜后来她也走了。

都是因为我弟弟。

我能不怨恨我弟弟吗?但是我怨归怨,恨归恨,管还是要管的,我弟弟不服别人管,只能由我管。开始我还心里充满怨气,但后来我渐渐地也想通了,既然我已经没有了前途,我就好好地管上我弟弟,也算是为社会做一点贡献了。

我不是名落深山,而是人落黄土,落回到我的家乡小王村这土坑里来了。自打我曾经攻下县城最后又败回小王村,我就和弟弟结下了万年结,我到哪里都带上弟弟,弟弟差不多就是我的裤腰带。一个人没有裤腰带可不行,我不带着弟弟也不行。

可这前村长,真是大白天地说黑话,我知道答案必然只有一个,他带了一个假弟弟去冒充了我弟弟办了证。

这可是个高难度的工作,但竟然给他办成了。我不知道他是怎么蒙骗别人,也不知道他是蒙骗了所有的人,还是蒙骗了一个人,反正他坑蒙拐骗地帮我弟弟办到了残疾证。这种事情说出来鬼都不相信,如果有人揭发,他必定吃不了兜着走,但是事实上一直也没有人揭发这件事。我们才不会去揭发他,他毕竟帮助我们争取到每个月的低保金,我们再有仇也不会和钱有仇。小王村上也有人眼红我们的低保,但是他们是无法和我们相比的。他们愿意比的话,先得推选出一个家人,让他得上精神病,让他想象自己是一头猪、一条狗或者其他什么动物。

当时,一张清单和所有的发票收据都摊在我们面前,我爹向来是死猪不怕开水烫,何况一个前村长,他怕个鸟。我和我大哥觉得有点对不住前村长,我们凑了半天,又向我娘敲诈,最后也没凑够他的那个数。

前村长也不嫌弃我们的钱都是零零碎碎的,他一把抓过去,清点了一下,气哼哼地说:"还差一百块,不过我不会替你们垫钱的,用在你们身上,最终还是得你们还。"我们反正没钱,以为他也就是随口一说,不料过了这么长时间,突然冒出个王宝来,王宝还居然拿出了当初的借条。也不知道王宝的哪根神经搭错了,那白条早不出现晚不出现,这会儿现出来干什么呢?

即便王宝手里的白条写清楚钱是用于我弟弟办证的,我还是不能认。我说:"你看看这上面的日子,那时候他还没贿选上村长呢,怎么就能自说自话代表村里欠款呢?"王宝说:"这有什么,他早晚会当上村长的。"我说:"万一他没有选上呢?"王宝说:"你以为他是谁,你以为他是你,他是王长官,想当村长就能当,想不当就可不当。"我想王宝说得也对,现村长王长官不就是这么个人物嘛。

可我还是不服,又说:"虽然是为我弟弟办证,但条是村长写的,理应由村长还。村长的脾性你又不是不知道,当初你凭什么相信他的白条?"王宝说:"那时他说了,只要大蒜成了精,手里就会有现金。"我说:"说得是,现在大蒜不是马上就要成精了吗,为什么一百块钱还要问我来要?"王宝奇怪地瞧了瞧我说:"王全,你真不知道村里摊上大事了?"

这我才知道,这张白条才不是我爹摊上的事。这算个什么小鸟事,我爹摊上的是大事,不仅我爹摊上了事,全村都摊上了。

村长被人告了。

村长有什么可告的呢?那可多了去了,不过这回只告了他一项:贿选。

虽只一项,却选得准,这贿选可真是个大事,够他喝几壶的。我本来心里就不喜欢这个村长,便说风凉话道:"贿选戳穿啦?王一松上回不是告过了吗,也没告倒他这个人物呀,这会儿谁又吃回头草,怎么又告第二回呢?"王宝说:"不一样,王一松只是想出口气,没告得凶。这一回的人,想咬死村长,告得凶了。"我仍然吊儿郎当地说:"那也不怕,当初他有钱贿选,这会儿再拿钱封口就是了。"王宝说:"你都不知道情况,他贿选的时候,钱都用完了,何况这大蒜 250 更是个无底洞,他连我一百块白条都抵赖,他还有个什么钱来封口,封屁眼都不行。"我说:"你是不是觉得村长大势已去,想赶紧地把一百块拿回来?你不信任村长了,你鼠目寸光哦。"王宝说:"你才鼠目寸光。本来你弟弟是老鼠,你的目光也远不到哪里去。"我说:"你既不是鼠目寸光,那你这会儿赶着要这欠款干什么呢?一百块够干什么呢?"王宝不屑与我解释,他瞧不上我,说:"你被你弟弟纠缠上了,你才不管村里怎么样。"他这话说得不假,害我有些惭愧,说:"村里怎么样了呢,村长贿选,被免了吗?"王宝说:"你想得美,还没来调查呢,没那么容易免的。"我这才听出来,他是村长这一边的,我回想了一下,也没有想出来从前他是哪一边的,反正现在他是现村长这一边的,他不希望村长被免,说不定他还要在暗中帮助村长一把呢。我试探他说:"怎样才能帮着村长不被免呢?"王宝警觉地看了看我,他吃不准我是哪边的,没敢乱表态,只说了一句:"调查组今天要来了。"

我一听有调查组,知道这事情小不了,心里有点痒痒的感觉,但不知道是欢喜还是担忧。但因为有了这样的奇异的感觉,我对王宝这时候来要一百块钱产生了一些怀疑。我再把那白条拿过来,细心一看,才发现这白条原本就不是打给王宝的,是打给村上另一个人的,钱根本就不是王宝出的,他起个劲啥哩?我稍稍一想,就已经想通了,这王宝对现村长忠心耿耿,他怕村长落下的白条太多,抢在调查组来之前先替村长把屁股擦一擦。可是他先拿自己的钱替村长把白条收了回来,又怕这钱扔茅坑里再也起不来,所以又急急地要收回去。

这下我拿捏住他了,说:"你看看你,这事情跟你八竿子都打不到一块,你既不是债权人,又不是债务人,你忙什么呢?"我故意跟他玩了点词汇,王宝还真没太听懂,眨巴着眼睛看着我。我小有得意,心想,叫你们一个个地瞧不上我,不认我是个人物,我懂的词汇比你们吃的盐还多呢。等他的眼神里渐渐有了哀求的意思,我才拿捏着说:"就白条这事情,和你没关系吧,你拿个前村长的白条在村子里到处张扬,知道的人,知道你是在给村长打掩护,不知道的人,还以为你是在出卖村长呢。"我这话一说,说到他软肋了,他顿时脸色苍白,神情也恍惚起来,似乎不知道到底应不应该听我的话。我就再烧一把火说:"你想一想,一个前村长,都能到处写白条,现在他是村长了,要说他清白,谁会相信?"王宝被我彻底征服了,心疼地收起了白条,说:"等过了这阵风,我还是要找你们的。"急急地走了,我意犹未尽,在背后埋汰他说:"这阵风过去,还不知道谁当村长哩,要是选我当了村长,你就别指望了,在小王村,现任村长从来不认前任村长的任何白条,这是传统哦。"他慌慌张张地回头看了看我,不敢吱声,走远了。

我小胜而归,还没到家,路上就有人通知我到村部集中,这人是村委会的一个干部,我不知道他是哪一边的,便假作不知情况,探听说:"到村里干啥?"他说:"你不知道吗?调查组找谈话呀。"我见他口气并不沉重,还"呀"了"呀"的,心下就以为他是另一边的,以为他幸灾乐祸呢。

不过这另一边是哪一边,我心里也确实没有数。我又试探他说:"谈什么话呢?"他和颜悦色对我说:"是调查村委会选举的事情。"我故意弄他,又说:"那我们怎么说呢?"他不知我有多少歹毒,又教我说:"你就说,不知道啊,没有拿到过什么钱呀物的。"我说:"那不对,我明明拿到了村长给我的一只鞋,还有一包——"

我这儿还没嘟瑟完,他那儿已经勃然大怒,脸涨得通红,手指戳到我的鼻尖上骂道:"王全,你个狗日的,你不吃人饭,你连你弟弟都不如,你做老鼠都没有资格!"我见他如此吃相,倒吃了一惊,心想,原来他也是现村长这一边的,个狗日的现村长,倒有不少死党呢,我且站过来算了,万一现村长没整出什么事来,我倒成了他的对立面。我虽然不喜这个现村长,但我和他也无冤无仇的。我赶紧让他安心,说:"你放心,别说我没有拿村长的钱和物,就算拿了,我也不是那种落井下石的人。"他稍一安心,又担心起来,因为他知道我手里有武器,万一我恰是个落井下石的人,村长就中镖了。他反过来试探我说:"王全,选举那天,你明明没在。"我照实一说:"我是没参加选举,但在去选举的路上,我遇见前村长了。"这村委放了点心,说:"没事了,就算你贪图小便宜,诈过村长什么东西,反正你没有投票,就没事。村长说了,收了好处不投票的,也不会计较,就当喂了狗。"我还想回他说皮鞋怎么喂狗,后来一想我这是老皇历了,现在时代不同了,皮鞋的用处也不一样了,别说喂狗,喂人都不成问题。

可这些蠢货,真的不知轻重,调查组都来了,还在拐着弯儿骂人呢,我真替他们捏把汗。当然这本来都不关我的事,我随口回敬他一下说:"那是,你喂狗了,狗也不会说你好,还会反过来咬你一口。"我这一随口,又使这蠢货紧张起来了,问我:"王全,你打算咬人吗?不会吧,你爹不准许你咬村长的。"我说:"难道狗咬人还需要经过谁的批准吗?"

我俩一边说一边走,心情完全不同。我是无官一身轻,他呢,本来就心情沉重,又被我捉弄了一番,走到村部的时候,他双腿打软,差点要脱力了。

我们到村委会时,群众也都纷纷从四面八方被叫来了,调查组早已经到位,四个人,分成两组,在两个房间,分别找人谈话。

村委会的干部让我们排成两队等候询问,我不像群众那么紧张,我觉得这事挺无聊的。我爱来不来,既然来了,我也得给自己找点乐子,化腐朽为神奇,化无聊为有趣。

我蹴到一个房间门口探了一下头,看到一个人,他是乡民政的王助理,手里拿着本子和笔,喊一个村民的名字,那村民进去了,他可能在乡里也找他办过事,认得他,奇怪说:"你不是王助理吗,怎么来调查选村长的事了?"他随口答说:"我是临时抽来的。"又认真解释一下说,"选举是乡里的中心工作,民政工作是我的本职工作。"

他说话的时候,无意中看到了我,他的眼光从我身上一掠而过,我还以为他没有认出我来,不料他掠过的眼光又回来了,盯着我看了一会儿,似乎觉得我面熟,又似乎有些犹豫。

我后悔自己多事,探什么脑袋呢,我可不希望他认出我来,因为我刚刚还在手机里骗他我是我爹呢,戳穿了多少有些难堪的。我想躲开去,可他偏偏不重视别人重视我,起身就喊我,贼眼够尖,早已经认出我来了。

我逃不掉了,只得听由他盘问说:"王全,你从江城回来了?"我赶紧说谎:"我没有去江城。"他一听,顿时怀疑起来,朝我看了又看,说:"你当时急着要找你弟弟,我告诉你弟弟在江城救助站,我看你急着就去了,怎么说没去呢?"我无赖说:"我没有钱买车票。"他疑虑更重了,微微皱眉想心思,想了一会儿,朝我一伸手说:"王全,我手机没电了,你的手机借我用用。"我才不上他的当,我说:"我没有手机。"

可惜这时候我口袋里的手机不合时宜地响了一声,我只作不知,他朝我看,又朝我口袋看,说:"是短信,你不看短信吗?"我只得掏了出来,对他说:"这不是我的手机,是我大哥的。"

他反正对我生了疑,不再和我说手机的事情,调转话头说:"王全,那一天,你参加村长的选举了吗?"我想他这问题可是一箭双雕,既问了他的中心工作,又问了他的本职工作,我赶紧撇清自己说:"我没有参加。"他又问:"村里的人都参加了,你怎么会不参加,你在哪里?"我猝不及防脱口而出:"我到江城找我弟弟去了。"话说出了口,我才知道又自打耳光了,何止是自打耳光,他的话也已经像耳光一样打上来了:"王全,你又不是你弟弟,你怎么说话颠三倒四,刚才你说没有去江城,现在又说去江城了,但事实只有一个,到底有没有去?"我喷他说:"事实其实远不止一个,我是去江城了,但是我没有走到江城我又回来了,你说我是去了江城还是没有去江城呢?你说哪一个是事实呢?"他见我挺难缠,知道碰到对手了,暂且不搞一箭双雕了,先丢下他的本职工作,关心他的中心工作说:"你虽然没有参加选举,但是村长贿选的钱财物你收了没有?"这我能说吗,这可不是因为我人格高尚,不做落井下石的事,那是因为我得防着点,我生怕他们让我把受贿的东西吐出来,那我这趟回到家乡且不是偷鸡不着又蚀了米。

我赶紧说:"没有,没有,一分钱也没有,一只鞋也没有,村长从来不待见我,平时见了我也不理不睬的,他怎么会给我钱。再说了,他也知道我要去江城找弟弟,选举不了他,他没那么傻,不会白白送我。"我把话说得死死的,虽然村长还没有死,但这话也是死无对证的。因为除非村长想死,才会把他行贿谁谁谁多少个钱多少只皮鞋说出来。可据我所知,虽然调查组都来了,但村长活得好着呢,他才不想死呢,我干吗要自投罗网把到手的皮鞋再拱出去,我又不傻。何况那皮鞋早已经不是我的了,它是我大嫂的。我大嫂的东西,谁想去掠夺,可以去试一试。

他怀疑的目光一直盯在我脸上,毕竟我做了贼,让我完全不心虚挺困难的。我咽了一口唾沫说:"其他东西算不算?"他眼睛立刻一亮:"什么东西?"我说:"我问他要了一包烟,我说我到江城办事,烟可以派用场的,他就从口袋里摸了一包烟给我。"他的目光顿时又暗淡下去,但嘴上还是问了一句:"什么牌子的烟?"我又不懂烟,只拣听说过的一个名字说出来,也不知是贵是便宜。

说出来烟的名字后,我看到王助理撇了一下嘴,很瞧不上的样子,估计是说对了,是个便宜货,心想,万一他叫我把烟也吐出去,我就到小店去买这一包吐给他吧。王助理果然毫无兴趣,甚至都没往本子上记。

如此折腾了一整天,群众一个挨着一个地过堂,我一直没有看见村长在哪里,我估计他这一天时光肯定难挨,像等待最后判决的死刑犯,只等法官大人那重锤落下。这等待的滋味肯定不好受,我虽然没有亲自体验过,但我能够想象得出来。但是最后的结果却与我想象的大相径庭,令人大跌眼镜,调查组没调查出什么结果来,什么实质性的干货都没有,至多有个村民说村长说话粗鲁,还有一个说村长脚臭,不讲卫生,不洗脚。

这些内容不应该调查组的人说出来的,他们什么也不会说,他们的牙齿就是铜墙铁壁,一丝风也透不出来的。更何况,一谈完了话,他们跟谁也不见面,跟谁也不打招呼,夹上本子就撤走了。

那么这些传说是从哪里来的呢?谁知道呢。

这个结果大大出乎我的预料。我一直以为另一边的人会往重里说,往死里说,必定能把村长说下台来。但最后我才发现,似乎没有另一边,也许根本就没有另一边,至少我没看见另一边在哪里。

但如果没有另一边,又是谁举报村长贿选的呢?

这个疑问暂且留在这儿吧。

调查组铩羽而归,不再来小王村纠缠贿选的事情了。大家以为村长会报复那个举报者,群众正自觉地为村长排查到底是哪个狗日的,村长却已经不见了踪影,据说是去跑大蒜精的销路了。

我也该上路了,重新去江城找我弟弟,却没想到,村里的事情一波未平一波又起,又出大事了。

据说有个傻逼在调查组面前说村长好话,说过了头,吹豁了,先是说村长为村里的经济发展怎么怎么辛苦，辛苦就辛苦了罢，还怕人不相信，又说村长怎么怎么能干，怎么个能干法呢，不用证就能办厂卖大蒜精。

后来才知道这傻逼竟是我爹，我爹真会舔村长屁眼，没想到太给力，把屁眼舔破了。

我的脸都让我爹丢尽了。

这事情本来不归这个调查组管，可他们办事认真，什么事情都记在本子上，带回去也不会看的，本子锁进文件柜，很快就成了文物。

不料回去刚过了一天，乡里接到上面的通知，中心工作发生了变化，从村委会选举变成了食品安全，那个记录的人还记得这事情，正好可以提前报功了，把本子拿了出来，现成地念道："村民某某某说，村长王长官是个能人，怎么怎么怎么。"

戳在枪头上了，这下子麻烦大了。

其实我爹说村长不办证，这话是不公正，不全面，不事实的，村长怎么没办证，村长前前后后跑了无数趟，办了无数的证，但是最后最要命的那张办不下来了。那卫生检验检疫证，可不是闹着玩的，那是事关人命的，村长再能也能不下来。

可是钱都砸下去了，地也占了，厂也起来了，人也都到位了，如果机器不能转起来，不能生产大蒜精，那小王村岂不就是倾家荡产了。村长心想，我小王村地处偏僻，距离党和政府十万八千里，不信他们还真能查到我这儿来，眼睛一闭，干了。

什么是法盲啊，这就是法盲啊。

调查组第二次进村，那王助理又来了，我调侃他说："你成了中心工作专业人员啦？"他告诉我这次不是乡里派他来的，而是他主动要求来的。我继续打趣说："你一来再来，难道喜欢上我们小王村了。"他也不否认，回答说："是呀，小王村的人，个个是人物，我不来还见识不到呢，尤其是你，王全。"我说："我不算个人物，我们村长才是人物,我爹才是人物。"他说:"你怎么不是个人物,你这人物足够是个人物了。"他这么抬举我,我心里受用,跟他客气道:"王助理,既然你这么看重我,我也不会辜负你的,有什么需要我尽力的,尽管吩咐。"他说:"实话跟你说,我这次再来,主要是针对你的,我要和你谈谈你的事情。"我奇了怪,说:"我的事情,我又没有参加大蒜250,我有什么事情?"他又说:"谈谈你弟弟的事情。"

他真是自相矛盾,又是我的事情,又是我弟弟的事情,我不知道他到底要干什么。

他竟然不去调查大蒜250的事情,跟我耗上了,他让村委会又另外找了一间空屋,专门和我谈心,我想我也不能再掉以轻心,得认真对付他了。

虽然不是调查大蒜的事情,他也仍然习惯性地拿着本子。我说:"你记我干什么呢?"他笑了笑说:"有备无患。"我不知他葫芦里卖的啥药,不想贸然开口,我准备以退为进,先探探他的底细。

如果两个人都沉默,都后发制人,最后必定是他先开口,因为事情是他找上门来的,我又不想和他说话,我可以沉默到底。

事情果然就是这样,打了一会儿心理战后,他大概觉得有把握了,开始问我问题了。其实,我正等他开口呢,只要他一开口,我就可以打探到他的用心。他采取的是先礼政策,语重心长地拉起家常,跟我从头说起:"王全,记得那一天在乡政府,我一说江城救助站打来电话,你激动得跟什么似的,立刻就要去江城,是不是你?"我承认说:"是我,我特着急找我弟弟,听到了我弟弟的下落,我怎么会不激动。"他按部就班说:"那是情理之中的,换了我,我也会马上出发去江城的。但是后来你为什么不承认你去了呢?"我早有思想准备,按部就班回答:"我说过了,本来我已经出门往江城去了,但是半路上有事情没有去。"他说:"比找弟弟更大的事情吗?"我没想到一个回合他就捏住了我的软肋,我的软肋就是我弟弟，一提到弟弟我就有些仓皇，有些手足无措了。我无理地说："这不关你事。"他知道他的激将法将我激着了，他占先了一步，就把手里的硬通货抛了出来，说："其实我知道，你是去了江城的。"我没有硬通货，只能耍赖说："你看见我去的吗，你在江城碰到我了吗？"他手里有的是砝码，又抛出一个说："是江城救助站的人说的，我和他们联系过，他们说你去过。"我继续无赖说："他们认得我吗，他们拍下我的照片证明我在那里吗？"他继续抛货说："现在到处都有摄像头的，你以为你逃脱得了？"我别无他法，只有死硬到底："那你不如请他们把我在江城的照片发到你的手机上，让我看一看，我看了，如果是我，我一定认。"

我只是随便一说，却难倒他了，他们政府工作人员，毕竟是要讲法律、讲证据的，他手里没有我以江城为背景的照片，他就不能强迫我承认我去过江城。退一万步说，就算他手里有这样的照片，我也可以质疑他是不是 PS 的。

这下他为难了，停顿了一会儿，换了个商量的口气，跟我说："既然你不肯承认，那你帮我分析分析呢，在江城救助站的那个人，到底是你还是你弟弟？"我把球又踢还给他："你说呢？"

他默不作声了，但是你千万别以为他败下阵去了，才不是呢，他只是在调整思路和方式方法而已。果然，片刻之后，他就越过了先礼的阶段，后兵起来了，说："王全，我知道，你根本就没有去找你弟弟，大家都说你弟弟原本就是你丢掉的，所以你找弟弟是假、是借口，你根本不可能去找你弟弟。"我反驳他说："我如果不想找我弟弟，我到乡政府去找你干什么，跟你攀亲家呀，你也不会稀罕的。"他想都没想就说："这很好解释，你丢掉了弟弟，担心别人知道，担心别人议论，担心追究你的法律责任，所以你假装积极去找弟弟，结果你明明得到了你弟弟的消息，你明明知道你弟弟在江城救助站，你却没有去找他，说明你根本不想去。"他跟我绕了半天，我终于钻进了他的套子，当场反驳他说："你凭什么说我没去江城找弟弟？"他立刻说："那你到底还是去了江城救助站。"我既然已经中了他的圈套，我也豁出去了，跟他不客气说："你是警察还是法官，你凭什么管我去没去江城救助站？"他也终于暴露出自己的目的说："我只是想搞清楚，在江城救助站的那个人，到底是不是你？到底是你还是你弟弟？"我姿态优雅地将双肩一耸，两手一摊。他一边看着我，一边挠着脑袋说："我都被你们搞糊涂了。"

我心想，你以为呢，你以为你很清醒吗，我自己都一直糊涂着呢，更不要说你了。

他又停了一下，快速在本子上"唰唰"地记了许多东西，我不知道这种对话有什么可记的，他记不记我也无所谓，我只是觉得他不去调查大蒜250的重大事情了，反而来跟我过不去，这是他的失职，我完全可以和他战斗到底，只可惜我的心思不在这上面，我无心恋战，我要去找我弟弟。

我正思忖着该怎么让他尽责去，他的同事就来喊他了，说："老王，你什么意思，躲在这里干什么，难道想让我一个人找他们谈话。"他可能因为没有胜得了我，没好气地对同事说："一个人怎么就不能谈话。"那个同事戳穿他说："你什么大事情，这么鬼鬼祟祟，连规矩都不讲了。你什么时候见过一个人找人谈话的事情？"我趁机替他添油加醋说："一个人找人谈话，死无对证。"那同事的火气被我又煽旺了一点儿，说："他们那一组，都已经谈了一半下去了，你要是不想干，你来干什么，占着茅坑不拉屎啊？"他回嘴说："臭茅坑，谁想占谁占吧。"嘴上虽然还凶，但他也实在无法再拖延了，只得起身跟着他的同事走出去，临出门时，又十分留恋地回头看了我一眼，说："王全，回头我会再来找你的。"我想再对付他一下，但回头一想，还是收了回去，好不容易脱了身，不要再因为贪图嘴上痛快，说了某一句话，再度引火烧身，结果耽误了找弟弟。

现在村里的事情跟我彻底无关了，我回家重新收拾了几件换洗衣服,天色已是后半晌,等我赶到乡镇,末班车也开走了,今天走不了了,我得在家里等着我爹回来骂人,虽然他不是直接骂我,但是但凡他骂人的时候,我如果在场,我都逃不脱干系,再怎么与我无关的事情,他也有能力扯到我身上来。

我做好了充分的思想准备,却一直等到天黑也没见我爹回来,连我娘也不回来做饭给我吃。我饿了半天,懒得自己动手,先出去看看情况,走在村子里我闻了闻气味,觉得不大对头。也不知道是哪里不对,本来在黄昏的当口,村里人走来走去甚多,今天却是奇怪,我走了半天,才看到一两个人,而且但凡是我看到的人,也一扫往日那种傍晚的悠闲,都急匆匆地朝某个地方赶路,我跟随他们走了一段,才发现,原来大家都跑到老槐树这儿来了。

事情发生在大蒜250,可他们不在厂里议论,却跑到老槐树下来议论,这原因我也知道,他们这些人,又没有什么真正的站得住脚的信仰,就相信个老槐树,老槐树既然能够预测天气,那它必定是什么都知道,只要站在树下说话,它都能听进去,然后再释放出来。

所以他们在这里说话,应该是不敢随便瞎说的。

其实才不呢,他们是百无禁忌的。

我到的时候,村长兼厂长正在指责王图:"你是项目经理,项目上的事,都是你负责的,现在出了这么大的事,就是灭顶之灾,你说怎么办?"看起来王图确实是遇上了灭顶之灾,他又紧张,又担心,脸色发白,但是擅长观察的我,还是从他的嘴角边,看到了一丝狡猾和一丝得意。但他装得跟孙子似的,甚至结巴起来:"对、对不起村长,我以为,我以为——"村长气道:"你以为什么,你以为你能骗得了我,就骗得了全世界?"村长这话倒是事实,村长虽厉害,但他毕竟不是全世界,不过在大蒜厂出事之前,村长一直认为他就是全世界,现在他才知道,全世界是什么,有多少分量,全世界他是扛不起来,就一个小王村大蒜厂他都扛不起来。所以他的大将风度不见了，只剩下骂人的风度了，他骂道："王图，你是个骗子，你一直就在骗我。"王图委屈地辩解说："这也不能完全怪我，我也不知道情况，是技术员说的，他才是骗子，他说只要产品质量过关，有没有证都不要紧的。"那技术员也在一边站着，也给自己辩解说："也不能都怪我，我也不知道你们这里的具体情况，哪些可以将就，那些不可以将就，是牵线的老张骗我的，说乡下办厂不那么严格，马马虎虎地就生产了，就卖了，就发了，要不然，那么多的暴发户是哪来的，如果都是经过严格审核过的，恐怕一个暴发户也暴发不出来。"他们这是干什么，这是绕口令吗，下面会不会再来一个击鼓传花哩，这花现在传到了那牵线的老张手里，老张必定也是有话可说的，他必定将这事情再往下一个人身上推去，但没有想到这老张手一抬，指着所有的人，绕了一大圈说："谁是骗子，谁不是骗子，人人都是骗子，反正都是骗子。"

老张这话一说，村长不仅没有翻脸，反而一拍巴掌笑道："老张啊，当时你也是这么说的，就是你这句话启发了我呀，办不了证，开不了工，嘿嘿，我干脆做个假证，开个真工。"现在他的口气里，已经没有责怪任何人的意思了。

这些人实在太无知、太无法，我实在听不下去了，忍不住插嘴说："村长，你们竟敢在树底下胡说八道，你们就不怕它生气，不怕它拍你一个耳光？"村长朝我看了看，不用他发话，早已经有人朝我扑过来了，这个人你们也知道，必定是我爹。

我爹大骂我："王全，你才要拍耳光，不是拍一个，拍十个，拍一百个也不解恨！你以为你是什么东西？村上遭了大事，你还屏声屏气，你还幸灾乐祸呢！"

在小王村，我可以和前村长、和现村长理论，可以和任何一个人理论，但唯独我不能和我爹理论。我爹不是一个可以理论的人，他是无可理喻的，所以我避身让开，不接我爹的箭。

我爹见一箭未射中我，便又连连发箭。

"王全,你个好吃懒做的货,你个忘恩负义的东西!"

我开始还有能力回一下嘴,我说:"爹,我不明白,我忘了谁的恩,负了什么——"

我爹容不得我开口,呸一声就打断了我的反抗,继续骂:"王全,你个狗日的,狗都日不出你这样的货!"

我还没开口,有旁人笑起来,说:"王长贵,你这是骂王全呢还是骂你自己呢?"

我爹完全不把他们放在眼里,他眼里只有我,只有骂我,才能让他受用些。那就让他过过瘾吧,反正我皮厚,就算皮不厚,他怎么骂也骂不出一个洞来。

我爹一口气骂了七八条,因为情绪太过激烈,一口气岔不过来,差点闷过去,他一边用手捶着胸,一边还不肯停息:"气死我了,气死我了,气死——"

也许是觉得我爹骂得太过了,也许是村长想要唱红脸,他等我爹停下后,竟然袒护起我来了。他说:"王长贵,你狗嘴里吐不出象牙,你才不是王全的对手,王全他是高级知识分子,他和我们想的不一样,他想的东西高出我们一筹,说不定,哪一天能够证明他是对的,我们是错的。"村长都已经这么说了,我爹似乎还不肯放过我,缓过气来又想说话,被村长制止了:"行了行了,一个爹,一个儿,有什么可争的,社会都要和谐,何况家庭。"

我爹的气焰果然压下去了,退到一边,改骂起我娘来:"瘟女人,蠢货,这是吃你奶长大的货吗?怎么像是吃了狼奶的?"我娘没敢吱声,往后退,退到大家的视线以外后,我瞄到我娘的眼神,瞅着我爹,哈,那叫一个尖利,那真是往死里瞅啥。

只不过谁也没有把我娘放在眼里,他们围着村长,等村长发话呢。村长犯了大错,但犯了大错的村长仍然像个英雄似的被顶礼膜拜。

村长长长地叹息了一声,说:"我没想到我现在还能站在这里和你们说话,他们没有抓我。"群众都很激动,七嘴八舌说:"谁敢抓你,谁抓你我们和谁拼命。"村长撇嘴一笑说:"那也不见得,那也不必要。"又有人换了个思路拍马屁说:"村长,你是谁,你是人物,谁敢抓你?"村长摇了摇头说:"不抓我,不是因为我是人物,是因为我们的大蒜精还没有来得及卖出去,若是我们赶得快,或是他们发现得晚,大蒜精卖出去了,就得抓我。"群众都倍觉庆幸,有妇女拍着心口说:"还好,还好,吓煞我了。"村长却不觉得"还好",他觉得"很不好",他痛心疾首,懊悔不迭地说:"哎呀,哎呀,早知道有今天,我们就应该抓紧时间搞,哪怕卖掉一部分,也好收回一点儿钱来,现在弄得竹篮打水一场空。"见村长如此痛苦,大家又劝村长说:"村长,你要是抓紧卖了,现在你就进去了。"有懂一点哲学的还说:"这是坏事变好事嘛。"不料村长却说:"这样的好事,这样的结果,还不如让我进去呢,我宁愿进去,也不要这样。"

看得出村长真的很难过,村长一难过,大家也跟着难过,大家一难过,就想到要出气,可这气出在谁头上呢?

他们才不敢往上去出,乡里县里都参与了修理小王村,但谁敢和他们去计较呢,那这气,就往下出吧。

下面有谁呢?

王图。

我早就感觉事情是王图挑起来的,但王图够狡猾,躲在阴暗角落里使坏,让人抓不住把柄,暂时拿他无奈。当然,除了王图之外,村里也有愚笨之人,你们应该还记得,就是我出门去江城找弟弟之前,我爹被他砸开了脑袋的,这个人叫王厚根。

王厚根原本是个老老实实的庄稼人,可是他跟大蒜250纠结上了,他就成了无理之人,明明是大蒜250的人不对,上下班踩他家的地,车轮子还压他家的地,理明明在他那一边,可我爹紧密配合王图,用自己的一颗开花的脑袋,让王厚根成了打人凶手,被拘了留还罚了款。

王厚根一口气一直咽不下去，他没有机会出手，就一直等着，第一次调查组来的时候，他还在观察形势，还没敢有动作，一直等到调查组第二次来了，他感觉村长的气数尽了，才把气出了来。

其实王厚根对调查组说的什么，村长当天就知道了。那时候我们明明看见调查组的人问完话，夹紧笔记本，跟谁也没交流，跟谁也没打招呼就走了。但是在我们没看见的地方，谁知道都发生了什么。

我不知道村长会怎么报复王厚根，我也不想知道，这与我无关，我已经耽搁了太长时间了，弟弟还在江城等我去接他呢。

我必须得走了。

我走在路上，远远地看到村长站在河边，低着头想心思，我心里一惊，怕他想不开，想过去劝他，但转而一想，不对，村长是村里水性最好的人，几十年来他从河里救起过无数个失足的小孩和投河的大人，连落水鬼都让他三分，不敢收他，他要是想不开，绝对不会投河自杀。他这么凶霸的人，投到河里，河也不敢收他。

这么一想，我改变了想法，我想村长之所以一个人悄悄地站在河边，避开众人，一定是他不想见人。如果换了我，我把大家的血汗钱打了水花，我也会没脸见人的，我也会躲开大家的。

我得给村长留点脸面，赶紧绕开去，走上另一条路。没想到村长却从后面追上了我，批评我说："王全，你有意躲开我？为什么？"明明是我为他着想，结果倒被他问住了。村长看我说不出来，怀疑道："你是不是做了什么亏心事？"他还倒打我一把，我这下急了，拖长语调说："我才没做亏心事——"下半句我不说，他也听得懂，我的意思是"你才做了亏心事"。

他果然领会了，也果然承认了，无奈地对我说："没有办法，我不是没有跑批条，前面的几十个批条和几十个公章都是我跑下来的，最后这一个下不来了，如果放弃，岂不是前功尽弃。"

看起来他恨不得把心肝肺腰子都掏出来让我亲眼看一看，但他若是以为我会轻易相信他，他就错了。

其实，我早就看出来，他并不需要我的相信，更不需要我的安慰，大蒜250出了这么大的事情，但在他那里，并没有天塌下来的感觉。他虽然也在骂人，也在指责，也在追究，但他的内心并不十分着急，只有一种浮在表面上的态度，只是因为既然出了这么大的事情，他不得不表现出来的态度，所以说，我看得出来，他只是表现得着急，表现得气愤，表现得这事情很大而已。

我虽然看了出来，但我却不明白，我疑惑地说："村长，大蒜250夭折，好像你一点儿也不着急，你真沉得住气，你这算是大将风度吧，如果在古时候，你可以统领三军。"他恬不知耻地说："就是在现在，我也能统领三军的。"我笑道："村长你真自信。"村长说："能领导好一个村子，就像小王村这样的村子，什么大事我不能干？"他还真把自己、真把小王村当回事哦。我嘲笑他说："只可惜你一直没有机遇干大事哦。"他仍然从容不迫，慢悠悠地说："不着急，没有机遇等机遇，机遇来了就抓住。"我真服了他，但我又实在不能服他，他凭什么这么若无其事，我攻击他说："在大蒜250的事情上，你是血本无归，不仅你血本无归，小王村也血本无归，小王村的村民也都血本无归，我不知道他们怎么不找你拼命，还护着你。"村长说："这是因为你目光短浅，你只看得见大蒜250，而且只看到表面现象，你却不知道，虽然看起来大蒜250是血本无归，但是我们的老本一动没动、纹丝不动，想动我们的老本？哼，还早着呢，还怎么怎么呢。"我不知道他还有什么老本，盯着他看，他说："你别看我，你眼睛向下看看，再向远处看看。"我看了看脚下，又看了看远处，到底是聪明伶俐的，我一看就已经明白了，他说的是土地，是小王村的土地。我说："村长，原来土地就是你的老本啊？"村长用脚点了点地，喜道："你终于明事了。"

虽然他夸了我，可我还是不服他，我说："土地并不是你小王村一家才有，祖国大地处处是土地。"村长说："王全，不是我要批评你，因为你心里只有你弟弟，你不学习新的政策，不学习新的规定，所以你什么也不知道。"其实我也不是什么都不知道，现在的土地政策之类，我虽然没有用心学习过，但凭我这道听途说举一反三的本事，我多少也了解一点儿，所以我能够击中他的要害，我立刻指出来："村长，你想卖地？"村长说："你看，你又不会说话、不懂政策了吧，什么叫卖地，地不是我的，也不是小王村的，也不是村民的，这叫土地承包责任制，我们只是承包人而已，承包人不能卖地的，只能转包，出租，还可能被征用，还可能——"他还没可能完，就有人过来打断他的知识显摆了。

来的是前村长现会计王一松，他是向村长来汇报事情的，意外看见我在场，张着嘴就不知道该说不该说了。村长大度地说："说吧，说吧，王全又不是外人。"我才不爱听他们的鸡零狗碎，我欲走开时，听到会计向村长报告说："和那边的工程队已经联络好了，价钱也谈好了，明天就来开工。"村长颔首微笑。现会计又说："他们保证两天就能完工，我们明天就可以去进鱼苗了。"

原来村长在河边不是要投河，也不是看风景，而是琢磨着怎么把水道改成鱼塘呢，我虽不关心他们，但我偏偏听懂了，我多嘴说："村长，原来你又使出计来了，先前是搞地、建厂，现在又搞河、养鱼，等搞完了河你再搞什么呢，搞空气吗？"村长仍然微笑，说："不是没有可能。"本不关我的事，不该我瞎操心，但是村长牛哄哄的样子，让我不爽，我进攻说："我们这里又不是水网地区，以前从来不养鱼，更何况养鱼赚钱那可是老皇历了，人家养殖地区都不养鱼了，难道你觉得养鱼能像生产大蒜精一样？"村长不正面回答我，他大概根本不屑于回答我，转弯抹角地说："所以，我是村长，你不是嘛。"

我虽然不是村长，我也不关心村里的一切，但是我能够抓住村长的软肋，我抓住了就赶紧说："村长，你不能在这河里养鱼，水塔的水，都是取这河里的，你挡住了河道养鱼，水质就会发生变化，饮用水的水质就不能保证,你违反什么什么什么。"

村长应该是被我逼得节节败退,可他始终胸有成竹地微笑着看着河水,现会计倒替他着急了,跟我解释说:"王全,你误会了,养鱼是假的——"村长朝现会计摆了摆手说:"你才不用跟他解释,他才不会关心村里的事情,他的本事,他的聪明才智,都用在——嘿嘿——"他不怀好意地笑了笑,看着我说:"王全,还是说说你的江城之行吧,你明明去了江城,明明和王大包也接上了头,明明你还在救助站待过,你却瞒着大家,说你没去,你在隐瞒什么呢,是不是因为他们送你回来的路上,你逃走了?"

关于江城,关于王大包,关于救助站,关于回来的路上等等,在任何人面前、哪怕是在民政助理面前,我都可以抵赖,都可以玩一玩他们,但在村长面前我不必多此一举,村长是什么人物我又不是不知道,我玩不过他的。

村长见我思忖怎么继续说谎,他都替我操心,觉得我太累了,说:"哎哟,王全,算了吧,别再费神胡编乱造了。"我攻击他说:"像你造假证一样。"村长坦然说:"那不一样,你是一己私事,我是小王村的大事。"我说:"那你还是关心你的大事吧,别来纠缠我的一己私事了。"村长说:"那也不行,老百姓的事,就是我们干部自己的事,我们当干部的,就是为老百姓服务的。"他还一口一个干部干部,倒好像真当了多大的干部似的,一个贿选来的村长而已,真是恬不知耻。

村长说:"王全,你蒙得过别人,蒙不过我。"我挖苦他说:"为什么?你火眼金睛吗?"他说:"我有内线。"他还内线呢,我可不是被唬大的,我说:"既然你的内线这么神通广大,连千里之外的江城的事情他都知道,那他怎么不早告诉你大蒜就是大蒜,终归成不了精。"我这话是刻毒的,因为我专拣了最戳他心境的内容来攻击他,可他还是不生气,继续固执地说我的问题:"王全,虽然你攻击我,虽然你不领我的情,我倒是替你仔细想了想你的遭遇,是不是他们把你当成你弟弟了？"村长到底是村长,到底是有水平的村长,他们当然是把我当成了我弟弟,因为只有在他们把我当成我弟弟的前提下,才可能会派人押我回家。但是我不会认同村长的任何说法,我立刻反对他说:"不可能,我是我,我弟弟是我弟弟,怎么可能混为一谈。"村长说:"难说的,你们两个合用一个名字,都叫王全,谁知道谁是谁呢,反正我是听王助理说的,他们送一个叫王全的精神病人回大王乡,这个人半路上逃走了。"虽然直接被他点明了,我也不应该慌张,第一,我早就知道我逃走后救助站会和乡里联系,这一点也没出乎我的预料。第二,他们送的是精神病人,我又不是,所以他们送的不是我。所以,我不仅不用慌张,我还能反攻倒算,我立刻采取行动,反攻说:"谢谢村长给我提供信息,他们护送的精神病人竟然半路逃走了,他们要负责的,按你们和他们的说法,这个病人很可能是我弟弟,我这会儿正要出发去江城救助站,如果我弟弟在那里,也就算了,如果我弟弟真如你们和他们说的,半路逃掉了,那他们就逃脱不掉天大的责任。"我气势汹汹的,以为村长会输一脚,不料村长却反而更进了一脚,直接说:"王全,从目前的情况,你只有一条路,就是找到你弟弟,才能证明你是你。"

什么话,我还需要证明我是我自己？我气得喷他说:"村长,你是不是让大蒜250的败笔给气糊涂了？你认为我需要证明我是我,那么你呢,你怎么证明你就是你呢？"

村长面对我的反问,肯定会再一次运足气给予反驳,看起来,我和村长的博弈还没个完,正在这时,远远的,有一支队伍敲敲打打惊天动地地过来了,打断了我们之间的纠缠。

我奇怪说:"今天有人结婚吗,我怎么没听说？"村长说:"你耳朵怎么长的,这是喜庆的乐吗,这是唱丧队。"我更奇怪:"咦,谁家死了人,没有听说呀,唱丧队是哪里请来的,也没听说呀。"村长微微一动容,不回答我。

说话间,那支唱丧的队伍已经轰轰烈烈地过来了,打头的不是别人,正是我爹。

我爹从前就是个唱丧的,后来唱丧这行业衰落了,我爹不干了。再后来,形势又发生变化了,别地方的唱丧队都纷纷重新开张起来,唱丧的行气也日渐抬头,小王村的人家,但凡有死了人的,都到外村去请唱丧队来,有的路途较远,不甚方便,有时候方圆周围连续死人,唱丧队忙不过来,所以也有人劝过我爹,让他重操旧业,为死人服务,可我爹不愿意,他更愿意当村长的狗腿子,为村长服务。

没想到,今天我爹又重操旧业了,他又出现在唱丧的队伍中了,而且他打着头,带着队,神气活现,一步三摇,哪像是唱丧,倒像是报喜。

我上前问我爹谁死了,我爹气壮山河地说:"没死呢,将死了,我们一唱丧,他不死也得死。"

他们吹吹打打地往王厚根家去了。

我这才知道,这是村长的报复。

可村长的报复关我爹什么事呢,我爹竟然带领唱丧班去给王厚根家那活得好好的老爹唱丧。

这才是我爹,即使重新唱起了丧,也还是村长的一条狗。

那王老汉今年八十有六了,不知道这一辈子有没有见过这种阵势,不知道他老人家禁得起禁不起这种气得死人的阵势。

我跟村长讲法律说:"你以为气死人不偿命,现在都讲法,气死人也要追究的。"

村长说:"气死人?你知识分子,心胸狭窄,才会被人气死。我们小王村的人,个个有肚量,自古以来,有饿死的,摔死的,淹死的,打死的,毒死的,怎么个死的都有,就偏偏没有被气死的。"

我不服,说:"就算气不死人,这种做法也太下三烂,有损你村长的英名啊。"村长"哧"了一声说:"又不是我叫他们去的,他们是自愿的,这是做义工,要真给人唱丧,还可以有红包拿,还有的吃有的喝,他们这唱丧,什么也没得赚,他们还是愿意去,思想境界不一般啊,我有什么办法。"

不可理喻啊太不可理喻,我弟弟都做不出这种事情,我爹竟然能够做出来,我脸上直发烫,我爹啊我爹,我的脸可算是被你丢尽了。

我多么想上前大喝一声,制止我那愚昧糊涂的爹,可是我敢吗?

我还是找弟弟去吧。

我走出好远,村长还在背后大声叮嘱我:"王全,找到你弟弟,你才是你哦。"瞧他那幸灾乐祸的样子,我且记下这个新仇,等找到我弟弟,我再和他新仇旧恨一起结算。

我气呼呼地到了乡上,打算去赶长途车,然后再转火车,没想到我在小王村受了气,到了大王乡,还要受更多的气。

离开车还有一段时间,我随便到乡镇的街上转转,快走到储蓄所时,忽然觉得眼睛一亮,开始我以为是储蓄所刺激了我,让我见钱眼开呢,但我立刻发现我见的不是钱,而是人,这个人从储蓄所出来,背对着我朝前走了,从背影上看,很像是赖月,我在后面喊她,她却不理睬我,自顾往前走,我也没脸去追她,只是看着她渐行渐远的背影,心里有些难过,忍不住写了个短信发给她,为了挣个面子,我这么写:"赖月你好,刚才我到银行取钱,在门口看到一个背影,很像你,但不能确定到底是不是你,好长时间没见你了,渐渐的,连你的背影都变得陌生了。"

发信之前,我反复念了几遍,觉得措辞还不错,感情表达,既含蓄,又浓郁,赖月应该能够感受到我对她的一片情意还在呢。

我手指一摁,短信像箭一样射了出去,就在那一瞬间,我立刻觉得我写错了,我这样写,根本不是在向她表达我对她的想念和感情,而分明是在告诉她,我已经和她没关系了,我早已经不想念她了,我连她的背影都不认得了。我后悔莫及,心里的希望之星也彻底泯灭了。

如果刚才不是她,她肯定不会回复我;如果刚才是她,她也一样不会回复我,我还是把她丢开吧。

不料片刻之后,她的回信却来了,并不回答刚才我看到的是不是她,只是仍然操着嘲讽挖苦的口吻,说:"你到银行取钱哈,你现在很富有哈。"我大喜过望,赶紧回复说:"赖月你还好吧,我到江城去了又回来了,我现在又要去江城了,不知道我们什么时候才能再见到面。"

虽然我将二上江城,也虽然她已经和我切断了对象关系,但我还是怕她,我还是不敢告诉她我到江城去干什么,我还是不敢在她面前提我弟弟,所以我的信上,基本上都是废话。

我还是没指望她又回信,但她确实又回了,说:"见面?有必要吗?"我将这六个字和两个问号念了几个来回,觉得又生出一丝希望来了,如果她真铁了心不理我了,根本就没有必要再回复这六个字,所以我赶紧又写:"赖月你还在街上吧,我车子还有一小时才开,要不我请你吃点心?到哪里吃由你定。"赖月立刻回说:"你还是请你弟弟吃去吧。"

我不敢提我弟弟,她却主动出击提我弟弟,把我吓得再也不敢继续写下去。

我又吃了一闷棍。不过这也没什么,在赖月面前,这是常态,我自我安慰一下,也就过去了。

这时候我才发现,我一边给赖月发短信,一边不知不觉已经走到了乡政府门口,在这里我又意外地看到了一个人。

是王图,他还带着另外几个人,他们正谈笑风生往乡政府去。我对村长王图一等人的事情已经关心过头了,加之赖月不肯吃我的点心,我更没心情,我再也没有任何兴趣,我得赶路去找弟弟。可王图竟和村长一样好事,一看到我就喊我,我假装没听见,他却不放过我,在背后说:"王全,你为什么躲避我?你心虚什么?"

这我又不服了,我才没什么好心虚的,不像他,在背后搞阴谋诡计,虽然我爹没上他家唱丧,但其实谁都知道,唱王厚根的丧,更是唱给王图看的。我停下来告诉他:"我爹又组建唱丧队了。"王图才不相信这一套,"哈哈"一笑说:"他以为唱个丧,就能把别人的事情唱衰了,把自己的事情唱兴旺了?"我知道王图说的这个"他"不仅是我爹,更是村长。我幸灾乐祸说:"你真和村长干上了。"王图嘲笑我说:"你只知道我和村长干,却不知道我们干的是什么,你还向来认为自己眼观六路耳听八方呢,其实你完全后知后觉、木知木觉。"

我有他说得这么不堪吗,其实我早就察觉,村长马马虎虎建工厂急急忙忙开工上马也好,围河筑坝养鱼养虾也好,样样想在前面,抢在前面,现在王图不再孤军作战,引入了外援,他会给村长来个下马威,打他个措手不及吗?

我又看了看王图带着的人,都蛮有模样,甚至气宇轩昂的,我知道是人物了。我说:"他们是你请来的人物吧?"王图警觉地看了看我,说:"暂时不告诉你,告诉你怕吓坏了你。"我说:"你是怕我泄密吧,可你自己带着人在街上一走,消息比风还快,就吹到村长那里去了,然后,立时三刻,村长说不定比你还先搞定你带来的这两个人。"王图说:"这回他做梦吧。"好像铁定了他带来的人就永远是他的人。

我想了想又说:"我早就预感到,你和村长讲和,根本就是假的,你是假投降,其实你一直都在暗中对付村长。"事到如今,王图也不再充假,坦白地说:"是,又怎么样?你们怕他,我不怕他。"我批评王图说:"你心胸怎么这么狭窄,不像个男人,村长都不记你的仇了,你这是要干什么呢?"王图说:"他当然不记我的仇,又不是我得罪他在先,本来就应该是我记他的仇。"我不同意说:"你先前弄个假证明,说村长把你弄成精神病,害村长差点吃不了兜着走,而村长大人大量,戳穿了你,也没有怎么你,还让你当项目经理。"王图说:"是呀,他待我这么好,我还要搞他,那我就不是人。"

他当然不是骂自己不是人,他是在告诉我,村长值得他一搞。我无法理解他们这些人的想法,我跟他拜拜说:"王图,你搞吧,往死里搞,我得找我弟弟去。"

王图耀武扬威地进乡政府去了,我想了想,感觉到这一次他好像抢在村长前面了,村长可能还不知道王图的动作呢,村长可能还被蒙在鼓里呢。

我当然不会向村长去通风报信,没必要。

还是那句话,不关我事,我要找弟弟。找到弟弟才是我唯一关心和唯一要做的事情。

不料片刻之后,事实就证明了我的想法是错误的,当王图的身影刚刚闪进乡政府,村长就出现在我眼前了,说心里话,我是猛吃了一惊的,而且我心里十分佩服村长,只是表面上我不肯露出来。

村长看到我站在乡政府门前,似乎有些意外,他不再像往常那样对我掉以轻心了,警觉地盯着我看了看,说:"王全,你不去找弟弟,在这里干什么?"我阴阳怪气地说:"我看看王图怎么和你抢生意。"村长一听,就知道王图抢先一步进去了,骂道:"狗日的再快也快不过我,他想抢在我前面,除非他从老子的尸体上轧过去。"

真是气壮如牛。

其实我只是一句玩笑话而已,他干吗这么顶真呢,难道他真的有什么预感吗,或者,早已经有了什么风吹草动而我不知道吗?

村长说:"王全,我告诉你,无论你怎么做王图的走狗,小王村的地盘,永远都得我来做主,容不得别人来干涉。"本来我还蛮佩服他气壮如牛的,结果他却乱朝我头上栽赃,说我是王图的走狗,我不能让他这么侮辱我,我专拣他最软的地方戳过去说:"可是有人比你更牛,就拿走小王村的地,让你脚踩空虚,你能咬掉他的卵泡啊?"

我是胡乱瞎戳的，没想到这一下真的戳中了他，戳痛了他，一直很有涵养的村长说变脸就变脸，他气急败坏，指着我破口大骂起来："王全，闭上你个臭嘴、乌鸦嘴！"我也不怕他，我说："不大了，你让我爹来唱我的丧就是了。"村长说："我才不让你爹唱你的丧，你都没有资格，你连王厚根的老爹都不如，我希望你活着，活得好好的，但是你一辈子都找不到你弟弟，你一辈子都只能是你弟弟。"

村长够凶恶，他的凶恶在于，他知道我最怕什么。

下　部

一

在我没有设计好完整的合理的线路图之前，我不能再冒昧地闯进救助站，我已经去过两次，结果不仅没有找到我弟弟，还让他们把我当成了我弟弟。

这真是天大的误会。

问题并不出在救助站，而是出在我身上，或者出在我弟弟身上，我们两个人怎么能够共用一个名字？

王全明明是我的名字，但我弟弟又不认其他名字，只认王全，我有什么办法呢，我又不能打他，说服他也是不可能的，就算有一丝一毫的可能，现在也不行，现在我都找不到他，怎么和他去讲道理呢。

我只是知道，我不能再用王全的名字出现在救助站或者别的什么地方，否则他们还是分不清我和我弟弟，还是有可能把我当成我弟弟。

唯一的办法就是我认输，我退出，我改名，但不改姓。

我又去了趟先前去过的办证处，所谓的"处"只是在一条隐秘的小巷里的一个小门面，小到如果两个人同时过门，其中一个必须侧着身子，不过这也不影响他们能够给许许多多没有证件又急需证件的人提供方便。

我在那里又办了一张假身份证。

他们先问了我需要什么样的条件，我想了想，觉得没有什么特殊要求，只有一条，姓王就行。

他们真是经验丰富，思路畅通，立刻替我想了个假名：王王。

一听王王这个名字，我脑子里顿时灵光一闪，感觉天意来了，我本来叫个王全，把人丢了，又没找到，王全就成了王王。

现在我不是王全，我是王王了。

但我仍然是王全。我是一个健康正常的年轻男子，我将要在江城待下去，直到找到我弟弟为止。

好在我是个善于总结经验吸取教训的人，针对上一回的江城的不成功之行，我重新调整战略战术，我得先让自己生存下来，有地方住，有东西吃，我不可能不劳而获，我得劳动，挣钱，然后再想办法找弟弟。

王大包仍然失踪。我想得通，我并不懊恼。因为即使他没有失踪，即使他又出现了，他也成不了我的靠山。

我只有靠自己。我先在当地的报纸上，看招聘启事，倒是不少，但没有一条适合我的，我的高中学历限制了我的发展，想想也是，能上报纸登启事招人的，多半是有点实力的单位，要想找高中生初中生，满大街拉来就是，还出什么钱，登什么广告啥。

我停止了错误的思路，降回自己的身份，不看报纸了，我上大街去，沿街的店面和一些住宅区的门口，张贴招聘广告的也不少，虽然比不得报纸上的正规，有些甚至都不是打印出来而是手写的，字体歪歪扭扭，丑死了，甚至语句都不太通顺，可并不影响我注意它们的内容。我留心了一下，知道有几种工作需求较多，一是饭店服务员，端盘子洗碗，这活儿我不能干，好歹五尺一男儿，不能像个妇女似的围个围裙上灶台呀；还有是保安，这个我喜欢的，穿上制服很英俊威武，神气活现。但又多少有点担心，保安工作对人的身份要求应该是比较高的，我现在持的却是一张假身份证，别说身份证是假的，连名字、家乡都是假的，万一查了出来，不知道会有什么麻烦,所以我还是忍痛割去了想做保安的念头;还有一种工作是干运送,送水的,送货的,这也急需要人,现在城里人都懒,待在家里不出门,什么东西都给送上门去,可惜这活儿我更不能干。我不是江城人,来到江城,人生地不熟,几乎就是个睁眼瞎子,我去干运送,到时候真不知道是我送货还是货送我呢。

我在江城街上转悠了大半天,也没发现有合适我的工作可干,天黑下来,我在路边摊上吃些东西,吃着吃着,就发现这一带渐渐热闹起来了,我坐下来的时候,只有这一个卖面点的摊子,等我吃了一碗面,周围已经摆满了各种地摊,卖什么的都有。

我一个摊一个摊挨着看过去,可是卖东西的人对我没兴趣,见我站到他摊前,也不声张,也不招呼,有的还朝我翻白眼,有一个更甚的,说:"你不买东西不要挡在这里。"我就很奇怪,我说:"你怎么知道我不买东西?"他说:"看你就不是个买东西的人。"

我忽然就想起我头一次来江城,下火车出站的时候,那些抢生意的人,能够在最短的时间内,通过衣着、面相、行李等几个方面准确判断出他们的身份和来此地的目的以及他们需不需要有人介绍住宿吃饭。

这才叫城市。

只有你做不到的,没有他们想不到的。

我有些尴尬地在地摊边站了一会儿,一时不知自己该往哪里去,看着那些摊主神采飞扬、大声吆喝,我觉得他们虽然地位不高,但活的也算比较精彩,我羡慕地说:"到底还是比乡下有活路啊。"

有个卖碟的人似乎心眼好一些,主动跟我聊说:"你老是盯住我的碟片看,你又不买,你是不是也想干这个?"我其实没想干这个,但他的话却启发了我,我干脆顺着杆子爬上去再说,我承认说:"是呀,只是我刚从乡下出来,不知道应该怎么搞。"他很得意,因为他一眼就看出了我的意图,他又热情地指点我,该怎么怎么,再怎么怎么,地摊就摆出来了。

我觉得这些怎么怎么并不复杂,我有些疑惑,就想起了村长的大蒜厂,最后没拿到批文,所有的都白干了。我忍不住问:"摆地摊不用找人办证,不用批准吗?"那人见我如此认真对待,笑了起来,说:"你想办证,你想找人批,也可以呀,但你得有耐心等。"我说:"要等多长时间?"他说:"不知道,也许一年,也许半年,也许永远。"我立刻说:"那可不行,我不能等那么长时间。"别说一年半年,即使一个月,半个月,我如果挣不到钱,我就无法在江城待下去了。

我才不固执,而且从善如流,既然他们都不办证,都不经过审批手续,我也向他们学习,因此很快我就摆出地摊来了,我本来想依靠着那个指点我的人,就摆在他旁边,他说:"你不能靠我太近,否则会抢生意的,会打起来的,你离我远一点。"我很感激他,如果抢生意,我肯定抢不过他。如果打架,那我更不是他的对手。我一知识分子,怎么能和摊贩对峙?

但我也不能离他太远,我得学习和模仿他做生意,太远了我看不见,我动了一下脑筋,立刻有主意了,就在他的对面,摆下了我的岗位,与他隔着一条路,不能算近,但对于他的一举一动,又可以观察得清清楚楚。

天渐渐地黑了,人渐渐地多起来,熙熙攘攘,现在我可以学着他开始卖货了,十块钱三片,就这么五个字,就这么简单,一张口就出来了,可是,我没想到,我万万没想到,我居然怎么也喊不出口,我运足了勇气,可是声音刚到嗓子眼,又咽了下去。幸好对面的那个人,不停地喊,十块钱三片,十块钱三片。他声音很大,路这边也听得清清楚楚,我赶紧顺着他的喊声说:"我也是,我也是。"

有几个经过的人,本来往前走得好好的,听到我说"我也是",听不明白了,停下来朝我看,也看不明白,有一个忍不住问:"你说什么,你也是,你也是什么?"另一个说:"毛病。"

后来赶上来看热闹的人不知道前面发生过什么事,相互打听,前面看到的人就指着我向他们解释说："这个卖碟的人说，我也是，我也是，不知他到底是什么。"

对面那个帮助过我的摊主笑道："我喊十块钱三片，他就说我也是。"大家一阵哄笑，后见我也不是个有趣的人，都无趣地散了，对面那个人说："你脸皮这么薄，是大学生吧，弄不好是研究生？"我说："没有没有，我高中生。"那人说："高中生搞得像个博士似的，你算了吧，你也不是这块料，走吧走吧，别跟我抢生意了。"我也已经知道我做不了这事情，可是我太没有经验了，进了不少碟片怎么办呢，难道把这些碟片带回出租屋自己看，也不行啊，我连电视机都没有，更没有 DVD。

还是对面那个人替我解了围，说："算了算了，你把进的片子给我，我反正要卖的。"我简直不敢相信，我这样的背时货，还能遇到他这样的福星。我不好意思地说："这怎么可以呢，你卖碟也不容易的。"他说："那你便宜点给我算了，我也不多打压你，打个七折吧。"

我觉得可以接受，就把买进的碟片都归了他，还好，他心不算太黑，斩了我一小刀。

等我卷起地上的破布从地摊市场撤退出去，另有一个人跟了上来，说："你上当了，他就是专门做这事情的。"原来是他设的套让我钻了一下，等我从套里出来，一进一出，白白损失了百分之三十的钱。我先是一惊，后又觉得这也应该是意料之中的，我有气无处发泄，反问这个揭发他的人："你既然早就知道，怎么不早告诉我呢？"他说："我就是专门翘边的，告诉了你，我吃什么？"

我自认倒霉。在江城这样的地方，我不倒霉谁倒霉，他们不吃我又去吃谁呢。我站在灯火通明的街头，眼前却是一片灰暗，我不知道该往哪里去，本来我已打算好了，如果今天生意顺利，我收摊以后，就去租房住了，可是现在我才知道，我把一切都想得太顺利太简单了。

不过我不会气馁的，还有重大的任务等着我呢，我要找弟弟，任何遭遇任何不测都不能阻挡我走向弟弟的脚步。

我退到街角上，躲避到灯红酒绿背后，冷静下来，细细地回想一下，我第二次来江城，哪里做得不对，哪里有什么问题。事实证明，这样清理一下思路大有好处，我重新又回到了开始的想法，觉得如果能够做保安工作，至少有一大好处，就是可以住公司的集体宿舍，不用自己租房。

我原来担心自己的身份证不过硬，但现在也别无选择了，只能硬着头皮用假身份证去冒险一试。

第二天一早，我就按照招聘广告上的提示，来到某一个小区的物业公司，接待我的是保安队长，他给我的第一印象，非常深刻的印象，就是他胸前别着的那个胸牌，上面有四个字：中国保安。

他们正紧缺人手，对于我提供的假身份证，并没有过多的考证，队长只是说一句："你叫王王，名字蛮有个性的啊。"只有一点点奇怪，并没有丝毫怀疑的意思，他见我一直盯着他的胸，就指了指自己的胸牌，告诉我说："这是中国保安，你一个月试用期满，就可以戴有中国两个字的胸牌了。"

保安的工作并不十分复杂，以我的智商，是不用担心的。但是保安更需要的好像不是智商，而是别的一些什么，比如举手敬礼。

业主和业主的车进进出出他们都得举手敬礼，可我的手臂沉，抬不起来，从小到大，我就是头脑发达，四肢简单，在上岗前，我自己找了一片玻璃橱窗，抬手敬个礼试试，果然试出我的模仿能力，恐怕连大猩猩都不如，倒是引得路人看我像看大猩猩一样。

我担心我敬礼的姿势不好看，怕被人笑话，头天晚上我在屋里练了好一会儿，还让我的同事替我指点动作，可等到早晨正式上岗的时候，我还是怀揣着忐忑不安的心情，不过等我敬出第一个礼，我就发现，其实根本就没有人注意我的敬礼。倒是一个业主带的一条狗，朝我汪了两声，不知道它是不是对我的敬礼有想法，但是从它的叫声中,我却听出了友好的意思,它知道我是新来的,特意跟我打招呼呢。

我在江城站住脚了,我有了我的新的工作和新的身份,不再是流浪者了。我觉得我已经有了充分的准备,基本可以做到万无一失了。

等到一个轮休日,我再一次进入江城救助站,去接我弟弟回家。

那天我穿着保安制服来到江城救助站,救助站的传达室还是那个门卫,他可能被我的制服唬住了,并没有一眼就认出我,他好像也认不出我的制服是保安,还是公安,还是其他什么,一直到我摘下大盖帽,把脸凑到他跟前,他才想起我来了,拍着胸脯说:"你吓死我了,你吓死我了,我还以为是公安来抓人了呢。"我还记得上次的仇,抵着他说:"你干了什么坏事,这么心虚?"他果然心虚,连连说:"我干什么坏事,我干什么坏事,你看我像干坏事的人吗?"我说:"那也不一定,干坏事的人脸上也没有写出来。再说了,有的人长了一副厚道样,心里却是怀的鬼胎。"他先是愣了一会儿,然后又疑疑惑惑地说:"是你吗?是王——王那个——"忽见他一拍大腿,激动地大喊起来:"来了,来了呀!"听他的口气,好像他们一直在等着我欢迎我似的,我正在琢磨他什么意思,他已不由分说上前一把拉住我说:"你回来了,你回来了,太好了,快跟我走!"我不知道他要把我带到哪里,我存着一点警惕,上次的事情让我不得不有所戒备。他当然看得出我的疑虑,赶紧解释说:"你放心,不会有问题的,他们正在开会呢,你赶紧进去。"我奇怪说:"他们开会,为什么我要赶紧进去,难道这会议跟我有关吗?"他不再和我多说,拉着我就到了会议室门口。

我可是个敏感的人,才在会议室门口一探头,就感觉到会议室里的气氛很严肃、很紧张,似乎正在发生什么大事。

我没想到的是,我这一探头,竟然引起会议室里一片"啊呀"

"哎哟""噢噢"声,好几个人同时站了起来,冲着我过来了。门卫则像个英雄似的,站在我身边,骄傲地说:"我看到他的,是我先看到他的。"

他将一个"他"字咬得特别重、特别响,让我觉得有些意外,我又不是人物,他看见了我难道也算是个大事吗,更何况才不是他先看见我的,而是我送上门来让他看见的。他抢什么功呢,如果我是个犯罪分子,被他抓住了,这算是功,或者我是个无名的见义勇为者,救了人后悄悄走了,现在被他发现了,那也算得上是功,可我这两者都不是。

我什么也不是。

谁说我什么也不是。

我到底是什么,不是什么,看起来不由我说了算,那押送我回家的一老一小,已经从会议室里冲到了我的身边,那牛脸一把抓住我说:"啊哈,你回来了,是你,你回来了。"马面师傅虽然照例满面沉着,但我看得出来他内心和牛脸一样激动,甚至比牛脸更激动,他眼睛里都含上泪水了。

整个会议室都轰动了。

我不得不感觉我真成了个人物,还从来没有一个地方因为我的出现而这么轰动的呢。

当然,这会儿我还蒙在鼓里,不知道我的出现对于他们到底有什么意义,事后我才知道,我的及时出现,挽救了牛脸马面。

自从上次他们在火车上被我整了一下,让我逃脱后,他们知道回去无法交代,两个人在返回的路上就开始编故事,并且订了公守同盟。回到站里后,他们谎报说我到站后就被亲戚接走了,他们甚至还模仿我的那个根本不存在的亲戚的字迹,写了个领条,证明我亲戚把我领回家了。

他们也够蠢的,他们两个订同盟有屁用,他们得和我订上同盟才有用。

　　结果,他们所有的谎言,都被我冒充我爹打的那个电话戳穿了。

　　护送精神病人回家,半路给逃走了,这可是站里的大事,何况已经被"家属"知道了,打电话来追问,搞得不好,家属会追到江城来闹事。所以站里根据规定,又经过慎重研究,决定开除一个,处分一个。

　　到底开除哪个,处分哪个,自然也是有法可依的,我逃走的时候,轮到谁值班看守的,就开除谁。

　　明明是马面师傅值班,但牛脸够意思,主动出来承担,可马面师傅品性也不差,不肯让牛脸承担,两个争来争去,都说是自己的责任,这一下站里倒为难了,生气说:"你们再不说实话,两个一起走吧。"又说,"不是我们狠心,我们都知道你们工作很认真负责的,从来也没出过差错,但是这么大的差错,出一次就毁一辈子。"

　　当然,也有人替他们求情,说两个都开除太重了,是不是再重新考虑,站里说:"现在只是家属知道、分管局长知道,影响还没有闹大,如果闹到整个局里都知道,再捅到媒体,捅到网络,再被上纲上线地瞎炒一下,转发 N 次,别说你们两个了,就是我这个站长,恐怕也保不住自己了。"

　　站长的话都说到这份儿上了,大家也不好再提疑义了,再提疑义,分明是在拿站长的乌纱帽开玩笑了,马面师傅和牛脸,也都认栽了,但仍然存在到底开除谁的问题,于是他们两个在会上又客气起来,那牛脸说:"我还年轻,还没有结婚,没有负担,师傅你上有老下有小,你不能丢了这份工作。"马面师傅说:"我虽然拖家带口的,但是我有工作经验和社会经验,我离开这儿,到别处,也能干好的,你不一样,你年轻,没有经验,离开救助站这么好的单位,再到别处,只怕站不住脚。"

　　搞得会议上所有的人,心里都酸酸的,站长和科长他们,也都不愿意他们中的任何一个被开除,但是如果没有救星出现,谁也救不了他们。

现在好了，就在宣布开除决定的会议上，我出现了。

我不是他们的救星还是什么？

站长当时就掏出手机打电话汇报说："杨局长杨局长，好消息好消息，我们站里逃走的那个人找到了，现在就在我身边站着呢。"他不说是我自己主动回来投案的，而是说"找到了"，似乎这是他们的功劳，但他这样说，我也理解他，我没和他计较，只要能让我如愿找到弟弟，他们怎么说我都无所谓。

现在站长安心地退出了，我又被交到关科长手里，关科长把我带到她的办公室，比上次更客气，给我泡了茶，等我喝过水，歇了一会儿，她才关心道："你这次回来，还是找人吗？还是找你弟弟吗？"我说："是，我找我弟弟。"关科长耐心地说："你上次已经来找过了，我们也帮你仔细排查过了，没有什么可以证明你弟弟来过这里。"我固执地将原来的情况再强调一遍说："是大王乡民政助理让我来的，乡民政助理是因为你们打电话告诉他，他才通知我的。"关科长有些失望地说："还是这句老话。"见她陷入了老套的思路，我试着启发她说："会不会我弟弟确实来过，能不能再找一找，他会不会留下了什么东西。"

就像人在旅馆一样，走的时候自己的东西都会带走的，但他毕竟是来过的，和没来过是不一样的，他会留下一些印记，会在住宿登记的地方留下自己的名字，会在摄像头里留下自己的身影，等等。即使没有这些印记，他也会留下自己的气息。

再退一步说，一个人的一点点气息，可能早就被现在社会上许许多多乱七八糟的气息破坏掉了，那也无所谓，就像在我们家里，我弟弟也很少留有他的印记，他从小到大，穿的衣服都是哥哥们穿过的，他没有书包，没有课本，几乎没有一样东西是属于他自己的，但是难道我们因为弟弟没有自己的一点东西和一点印记，就可以否认弟弟的存在吗？

　　关科长也不反对我的说法,她表示说:"他如果真的来过,总会有一点痕迹的,但问题是,你所说的你弟弟,名字是叫王全吧,真的没有一点点痕迹能够证明他来过。"我只能再往后退一步说:"那有没有另一种可能,他是来过的,但确实没有留下什么?"关科长说:"一般说,只要是来过的,都会留下些什么的,比如登记表,比如其他人的证明,比如我们的记忆,等等。有很多东西可以证明某一个人确实来过,但现在这些东西一样都没有。"我想了想说:"我弟弟是个病人,他不仅会胡乱说一个名字,他很可能不和救助站里的任何人接触,别人就不会对他有印象。"关科长仍然不能同意我的判断,说:"不管他是病人还是什么人,不管他来了和不和别人说话接触,他不可能不留下一点点痕迹,比如从前我们这里来过一个人,也是一言不发的,后来他走失了,我们开始没有在意,因为来来往往的人很多,来了又走,走了又来,哪怕是同一个人,也可能会反反复复来来去去,所以经过我们仔细的排查,果然发现他留下了痕迹的。"我的心顿时紧张起来,好像她说的就是我弟弟,好像我弟弟真的留下了什么,我赶紧问:"什么痕迹?"

　　关科长说:"他在厕所的墙上,刻了自己的名字。"我立刻就想上厕所去,但是又立刻想到她说的并不是我弟弟,一直到现在,他们也不承认我弟弟来过这里,我已经无计可施,无路可走了。

　　关科长的态度反而愈加和蔼了,她跟我聊起家常说:"你这身制服是哪里来的,你当上保安了吗?"我说是。她又问我在哪里当保安,我如实告诉了她。她听了,似乎很满意,也放了心,说:"王全啊,你总算不用再漂泊了。"我赶紧掏出我的新身份证,递给她,她认真地看了看,说:"你现在不叫王全了?"我坦白说:"科长,对不起,其实我本来就不叫王全,我弟弟才叫王全,我上次来,是骗你们的。"科长说:"你为什么要骗我们呢?"我说:"我怕你们不相信我。"科长笑了起来,说:"你这是什么逻辑呢,难道骗人、说假话我们才会相信你。"我说:"现在外面都是这样的,说真话没人相信,我也没办法。"科长点了点头说:"我们理解,我们理解——"

我们正谈得热烈,我忽然看到那牛脸从关科长办公室门口走过去,过去的时候,朝我使了个眼色,我没理解,过了片刻,他又回了过去,走过的时候,又朝我使个眼色,这下子我反应过来了,他有话跟我说,他希望我在和关科长的长谈之前,把他想说的话递给我。

我对关科长说:"我要上个厕所。"关科长说:"在一楼,你去了就上来噢。"我应答了,走出去的时候,我留了个心眼,步子慢了半拍,果然关科长迫不及待就说了:"上回他一走进来,我第一眼看到他,就觉得他有问题。"另几个赶紧拍关科长马屁说:"那是那是,科长你经验丰富,你什么什么。"

原来他们仍然把我当成病人,对我这么客气,是不是怕我又进来,然后又逃走?

我干脆再多偷听一点,听关科长摆经验说:"至于问题在哪里,有多严重,我一时还说不准。不过,我当时并不着急,以我的经验,他很快就会暴露出来的。"那几个又说:"是的是的。"关科长再说:"只是没想到中间出了这么个问题,其实出这样的问题也不算太离谱,离谱的是他怎么又回来了?"

这回关科长不再显摆经验,而是犯了难,那几个也无马屁可拍了,不吭声。关科长说:"以我的经验,应该是能够看穿他的,但是他又来了,倒令我想不通、猜不透了。"

我听了关科长这话,不知道应该是喜还是忧,也不知道关科长对我的这种含混不清的判断,是有利于我找到弟弟,还是不利。

那牛脸就过来拉我了,说:"好你个王全——"我赶紧说:"我不是王全。"牛脸笑道:"得了吧,你小子会玩花招,又失踪,又改名,你以为我们救助站的人都是傻子?"奇怪的是,我本应该对牛脸满怀怨气,我对那门卫都不肯轻饶,牛脸对我做的事情可比门卫过分多了,他应该是我这次回来的主攻目标,可是经历了这一场逃跑和自投罗网后，我再看牛脸时，感觉却不像头一次见他那么牛，也没有那么反感他了，我已经把怨气消除了。

不是我心地善良，不计人过，是因为我要找弟弟，我弟弟一定还在他们手里，或者至少，他们会有有关我弟弟的信息，我如果把他们得罪狠了，他们捏着死活不给我，我又怎么办？

牛脸亲热地拍着我的肩，我们一边说一边下楼去。我说："你不是又要看住我吧？"牛脸说："你都自己送上门来了，我还担心你再逃走吗，你即使再逃走了，还是会来的，我不担心。"我谢谢他说："还是你理解我。"他说："你还是要找你弟弟？"我说："看起来，这里只有你相信我是来找弟弟的。"他点头说："我相信你是来找弟弟的，不然你才不会逃走了又来呢。"不等我再次向他表示感谢，他又说："不过你可能会失望，你弟弟确实不在我们站里，我已经把现在在站里的受救助者全部了解过了，确实没有你弟弟。"

我没想到，我半路逃走了，害他们差点被开除，他还这么在意我找弟弟的事，刚要开口谢他，他已抢先对我说："你先别谢我，我做这事情不是为你，是为我自己，你逃走了，我犯了大错，我当时想，只有找到你弟弟，才能证明你不是病人，只要你不是病人，我们就没有责任了。"他倒是很坦白，但即便原因如此，我还是要感谢他的，虽然他主观是为他自己，但客观上他帮助了我。

只可惜，我弟弟至今还没有露面。

我愣了半天，我不能就这么放弃，我说："现在不在，不等于从前他没有来过，如果他曾经来过，也许能找出些蛛丝马迹，我想我如果能够在站里住上一阵，我不麻烦你们，我自己找着试试。"他点了点头，说："你既然救了我，我也应该帮助你，我陪你一起再去找关科长吧。"我拔腿就要往二楼去，他却挡住我说："你就这么上去，还是重蹈覆辙，我们科长，干这活儿干了几十年了，从前还不叫救助站，叫收容站的时候，她就在站里了，你能逃得过她的火眼金睛？"我奇怪说："我又不是犯罪分子，我也不是伪装正常人的精神病人,我怕她火眼金睛干什么?"牛脸说:"正因为你不是病人,站里不可能收留你住下的。"

他这话说得我心里一跳,脸上莫名其妙地发起热来。

牛脸看穿了我的想法,说:"我知道,你很想在站里住下来——"他又看了看我这一身帅气的保安服,说:"可惜了这套制服,挺合身的。"我说:"你误会了,我当保安主要是为了有个立足之地,才可能安心专心地找弟弟。如果我能在站里住下来,既有了住处,又更方便寻找弟弟,我还当保安干什么呢?"

牛脸见我如此坚定不移地要找弟弟,似乎也只能接受我的意见了。他又给我启蒙说:"到救助站来的,一般都是110或者120送来,或者某个社区、某个单位送来,从前也有自己上门的,一般是两种人,要不就是长期流浪的病人,实在混不下去了,要不就是跑站。"

他料我不知道什么叫"跑站",又介绍说:"跑站的,大多是先混个澡洗,再混一顿吃的,最后混张车票,然后到车站去退掉。但是后来出台了新的规定,在车票上加了章,他们无法退票了,自动上门就越来越少,几乎就绝了,直到你出现了。"我"嘿"了一声说:"这么说起来,我是主动上门的,我要是想留在站里,只能二选一了。"他笑道:"是呀,你考虑选择哪一种呢。"我说:"既然现在跑站的很少了,我要是扮成跑站的,很容易被戳穿。"他又笑道:"那你就只能装扮成有病的。"我也笑说:"你们其实早已经把我当成有病的了,这不是正中你们的下怀吗?"他还是笑,但笑归笑,事情归事情安排,说:"你要扮只能扮精神有病的,不能扮身体有病——"这我知道,身体上的病一查就查出来了,我即便走路一拐一拐的,或者整天闭上眼睛,他们也不会认我是瘸子或瞎子。我赶紧领会说:"那当然,我是精神病人,你们关科长一眼就看出来了。"牛脸满意地点了点头,又说:"那你打算扮成如何程度的病人呢?"我说:"是不是扮得重一点,留下来的希望就会大一点?"他摇头说："错了,不能病得太严重,太严重会送到精神病院去,或者叫110、120 来处理,或者送回去,只有不太严重,但又说不出家在哪里的,才能暂时留下。"这下子我急了,我说:"可是他们已经知道我家在哪里呀,就是小王村呀。"他笑说:"那个人不是你嘛,你不是不叫王全了吗,既然你不是王全,你家乡也不是小王村了,是吧?"

他再次提醒了我,我有了一个新的假身份,我也已经编出一个假的家乡来,我得记住我的新身份和新家乡。

两下商量妥了,达成了一致,牛脸这才带上我重新回到关科长办公室,牛脸说:"科长,我看到他蹲在厕所里半天,一动不动。"关科长说:"他干什么呢?"牛脸说:"他说他是一只马桶。"我差一点儿笑喷出来,但关科长一点儿不笑,其他人也不笑。估计他们是见多识广,见怪不怪了。

牛脸正色说:"其实上次来,我就看出来,他是属于知识型的,特别有复杂性,有欺骗性。"我还头一次听到精神病还有知识型和非知识型之分,但我知道牛脸这是在为我打掩护呢,为我造假呢,我强忍住没笑出来。关科长同意说:"那倒也是,但无论多么复杂,无论怎么掩饰,无论伪装得多好,早晚会露出本性的。"不等别人奉承她,她又说:"当时我对他的第一想法,还比较浅显,就是一个直觉,这个人比较特殊。"

特殊就好,特殊换个说法就是不正常,不正常再换个说法就是有病,果然关科长沿着牛脸和我一起设计的路线往下走了,最后也果然如了我们所愿,关科长同意让我留下了。

牛脸一听事情成功了,急着要带我去住宿,他是怕我在关科长面前说多了,暴露出真的真相。其实他根本不用担心的,以我这样的智力水平,假扮一个精神病患者,还是绰绰有余的。当然,这也是有前提的,前提就是,他们早就认定我是精神病人,所以我的任何的举动,任何的言论,在他们看来,都有特殊的色彩,即使是我的十分正常的言行举止，他们也会认为那是我假装出来的。

关科长却没太放心，她真是既有经验，又有警惕性，虽然她再三说过她一眼就能看出我来，但其实她不是一个自以为是的人，她还是更看重事实，更看重新的调查结果，所以她还不能让我现在就离开她的视线，她得继续盘问我。

于是我们又回到了事情的开始，她问我："你不找你弟弟了。"我说："我不找了，其实我根本就没有弟弟，那是我幻想出来的弟弟，其实我就是我弟弟。"关科长这下子满意了，不过她并没有将这种满意全部露在脸上，而是隐藏在背后，她对我还是防了一手的，最后她总结说："看起来，你的情况比上次来的时候好转多了。"

出了科长办公室，下楼后，牛脸对我说："你别以为这一下子就能瞒过科长了，她只是因为先入为主认为你有病，才会暂时相信你，不等于她以后不会回过神来。"我说："我哪里做得不够？"他朝我看了看，说："你两个眼珠子贼溜溜地转，一般有病的人，眼神是定定的。"我吓了一跳，赶紧让自己的眼神定下来，两眼发直地直视着前方。

牛脸一看，笑了起来，说："你倒学得快，当个演员也不差。"

我心里很得意，虽然看不到自己的眼神，但是这会儿我已经感觉到自己眼神是定定的了。

按救助站的惯例，我首先接受了"五个一"的服务，就是喝一杯热水，洗一次澡，理一次发，换一身衣服，做一次体检，因为我已经在关科长的办公室喝过茶，就直接先带我洗了澡，又吃了个饱。

然后牛脸又带我到另一间办公室，在这里我填登记表，然后才算正式入站接受救助了。

填表之前，我的假身份证也被收走了，我朝牛脸看看，他背着那个管表格的人悄悄地对我说："这是规定，必须收走的。再说了，反正是假的，你要了也没用。"

　　填表办公室的那个人拿出一张纸给我,我奇怪说:"你们不是电脑化管理吗,怎么还用纸的表格。"牛脸说:"手写的是原始资料,最可靠的。"我听他说"可靠"就朝他会意地笑,他却不看我,倒是那个管表格的人看了看我,问我会不会写字,我立马忘记了我的病人身份,说:"用英文填都可以。"那人听了,"扑哧"一笑,说:"不需要英文填,填了英文我们也看不懂。"

　　我就接过了笔和表格,埋头写了起来,我写得很顺溜,那是当然,自己的名字,自己的家乡,自己的身份证,时时刻刻都是装在心里的。"唰唰唰"几下,我就填到了表尾子。

　　牛脸见我填得这么快,立刻感觉不对,伸手来拿我的表格,我反应也不慢,一看他的手伸过来,也立刻醒悟到,我填错了。

　　其实我没有填错,我填的是姓名王全,地址王县大王乡小王村,这就是我的最可靠的第一手资料。但是我却不能用最可靠的资料进入救助站,我得用另一个"我",我赶紧说:"哎呀,填错了,重新给我换一张表吧。"管表格的人重新给了我一张表,说:"用英文填就不会错了吧。"他报复心蛮强的,不过我不记恨他,我也不能跟他顶嘴,虽然他不是科长,但是我能不能进站,他却是第一关。

　　我重新埋头填写,思路却闭塞了,我只知道自己叫王王,但是这个王王的家乡我明明是背下来记住了的,一会儿却又忘了,那也不能怪我,那毕竟不是我嫡亲的家乡呀,这会儿我的假身份证被收走了,我被自己将了军。

　　管表格的人又看看我,说:"你记性这么差,连自己家乡都记不得,填不出来?"牛脸一看要穿帮,赶紧替我解围说:"都记得了,那还叫病人吗?"那人貌似同意牛脸的话,不再吭声,牛脸让他把我的假身份证拿出来,好让我照着上面抄,他拿出了我的假身份证,却不给我,朝上面看了看,问牛脸说:"小杨,他是你亲戚吗?"我不等牛脸表态,赶紧自我表态说:"不是的不是的。"那人的怀疑终于直接地露了出来,对牛脸说:"怎么感觉你们是串通好的,是不是？你们串通了想干什么？你们之间有什么关系？"

我以为牛脸会很慌张，可牛脸才不像我这样没见识，也不像我这样心怀鬼胎，他光明磊落，坦白地说："关系确实是有一点儿的，就是上次我和吴师傅送他，半路上被他逃走的，害我和吴师傅差点被开掉，这回我得管住他。"那管表格的人这才"噢"了一声，脸上怀疑之色顿消，还向牛脸使了个眼色，我看得懂，但我不计较他。

他从我手里把表格拿回去，说："不用你填了，反正你的身份证在我这里，我帮你填一下就行了。"我说："不是要最可靠的手写的第一手资料吗？"他笑道："你真是很用心的哦，我们说的话，你句句记得。"一边动手替我填表，一边说："身份证就是最可靠的第一手资料嘛。"我心里暗笑，嘴上说："那就是了，我有身份证，这比什么都可靠哦。"

我们正在斗智斗勇，关科长进来了，她接上我的话头说："难说的，难说的，现在的身份证，什么来路都有。"她对我果然还是不放心，虽然表面上同意了牛脸的判断，但其实她心里还有疑惑，何况我早已看出来，她是个非常认真负责的人，她不会轻易放过我的。

关科长拿过我的表格看了看，那上面已经填上了我的假家乡和我的假名字，关科长看过后，笑了一下，说："王王，你叫王王，你弟弟叫王全，你和你弟弟难道不在同一个家乡？"事情不妙，刚才在她的办公室里，我明明已经承认我没有弟弟，她也明明已经相信了我的谎话，怎么这一会儿她又来套我的话，找我的碴儿了，我脑子有点乱，赶紧搜索枯肠编了理由，话刚要出口，一眼看到牛脸的眼色，我立刻明白过来，我又差点儿着了关科长的道，我赶紧说："科长，你搞错了，我没有弟弟。"关科长满以为我会露出馅儿来，结果却没有，她狐疑地看着我，又说："你没有弟弟，那王全是谁呢？"我又被将了军，王全是谁呢，肯定不是我弟弟，因为我应该没有弟弟，如果王全是我，那王王又是谁呢，我手里可是持的王王的身份证,没想到这些事情还真难编排,我的馊主意还没有出炉,那个管表格的人揭发我了,说:"科长,我刚才注意到了,他连自己的家乡都填不出来,这张身份证,肯定有问题。"原来这家伙对我的怀疑并没有消除,只是不再放在脸上,以此来迷惑我和牛脸,我差点儿上了他的当,才知道他们这些人,心思很复杂的,肚量很大的,什么东西都能藏起来,到关键的时候,才拿出来。

他以为在关科长面前立了功,他以为关科长会开始盘问我,把我的真相盘问出来,可是结果既出乎他的意料,也出乎我的意料,关科长听了他的话,脸上并没有呈现出对他的表扬之色,对我呢,也没有责问的意思,仍然和颜悦色,耐心和我说话,但她似乎不知道到底该喊我王全还是王王,干脆两个名字轮着喊一遍,哪个都不漏:"王全,王王,你其实不用费神了,我又一次打电话到你家乡核实了解过了。"我一着急,也顾不得分辨真家乡假家乡,赶紧问:"他们又怎么说?"科长说:"他们说得很肯定,也很清楚,是有个病人走失了,他只知道自己叫王全。"我又立刻说:"王全是我弟弟。"但话一出口,立刻觉得这样说又回到了起点,我一点儿也没有进步,赶紧又纠正说:"其实王全也就是我。"但这同样是自打耳光,只得再一次更正说:"不对不对,我既不是我弟弟,也不是王全,我是王王。"

我沮丧地想,我如此出尔反尔,一定不会再有人相信我,别说经验丰富的难以对付的关科长,换了任何人,也不会相信一个信口雌黄的人。我都不敢看牛脸的脸,他的脸色一定很难看,他倒是好心帮我混进救助站,以便进一步寻找弟弟的足迹,他觉得已经替我设计得天衣无缝了,结果却被我搞砸了,我还不知道会不会连累他呢。

正替他担心呢,管表格的那个人果然揭发起来,指了指牛脸对关科长说:"科长,这个人明明牛头不对马嘴,小杨却在替他打什么掩护呢。"我一听,心就往下一沉,牛脸是我在救助站唯一的靠山,是我留在救助站的唯一的希望,如果关科长听信了别人的挑拨,对牛脸也产生了怀疑和不信任,那我在救助站还有什么指望呢,难道我能够指望关科长吗?那无疑是自投罗网,现在她只是对我心存疑惑,但我相信早晚我会被她揪出来的。

好在关科长没有接受那个人的挑拨,毕竟关科长是有定性的,是有自己固定的成熟的想法的,不是随便哪个人随便说说她就会相信的,她会深思熟虑的。那个人还试图进一步揭发,却被关科长摆手挡回去了,关科长的心思明显不在牛脸身上,而在我身上,她需要作出判断的是我,而不是牛脸。

我替牛脸松了一口气,我朝他投去宽心的一瞥,注意到他正巧与关科长在交流目光,交换以后,牛脸说了:"科长,你没看错,我也没看错。"科长会意地点头说:"应该可以确认了。"

牛脸听后,顿时神采奕奕,我的思想在我脑子里转过一个弯,我就恍然大悟了。

我的出尔反尔,我的颠三倒四,我的语无伦次,我的一会儿王全,一会儿王王,一会儿小王村,一会儿王村,我不是我弟弟,我就是我弟弟,等等等等,恰好表现和反映出我的不正常。仔细想想,难道不是吗,我都说了些什么疯话?换了谁也不会认为我是个正常人的。而我这一出错反倒好了,因为我一会儿是我,一会儿又成了我弟弟,一会儿要找我弟弟,一会儿又不要找弟弟,这正是典型的分裂嘛。

这时候关科长那儿也发生了很大的变化,她再看我时,她的眼神,已经不再是怀疑和犹豫,而是同情加关切了,她对管表格的那个人说:"不多说了,先登记住下来吧,有些问题,暂时也不研究了,住下后慢慢再说。"

我偷偷地笑了。

关科长再一次回到了我和牛脸一起给她指引的正确道路了。

忙完这一切,牛脸把我送到宿舍,交给管理员,他又要出发去送人了，临走前他把手机号码留给了我，让我有什么麻烦事可以打他手机。我心里十分感激他，但又觉得他多此一举，经过艰难曲折，事情走到这一步，已经胜利在望了，还会有什么麻烦呢。

其实你们知道，我肯定又错了。

我舒舒服服躺在柔软松香的床上，情绪安定下来了，好像我弟弟就在我隔壁躺着似的，心里一安定，睡意很快就来了，我正要香香甜甜地睡去，又有人来找我了，通知我下午到心理咨询室去。

我吓了一跳，心理咨询这个名词我听说过，似乎一般都是那些钻了牛角尖、想不开的人，想寻死的人去的地方，我又不想寻死，为什么我要到心理咨询室去呢？我才想起牛脸是有预见的，赶紧给牛脸打电话，问他怎么回事。

牛脸在电话那头沉吟了一会儿，说："看起来，科长并没有完全相信你的话。也就是说，她还没有确定你真的有病，当然她也不能认定你没病，她一直处于怀疑之中。"我奇怪说："你怎么知道科长的想法？"他说："一般被认定是精神病的，都不会再做心理咨询的。"我怕又被赶出去，赶紧说："那我怎么办，赖着不去做？"他笑道："你以为赖着不做，就会相信你啦。"我说："那我应该去做？"他说："安排你干吗你就干吗。"我说："那我进去了，我说什么呢？"他说："医生问你什么你就说什么吧。"我奇怪说："那岂不是很快就会被发现吗？"他反问我说："发现什么呢？"

我心情沉重，他的口气却零沉重，但奇怪的是，他轻轻地一问，就启发了我，脑海里灵光顿现，是呀，发现什么呢，发现我是王全吗？发现我不是王全吗？发现我是王王吗？发现我不是王王吗？发现我是我吗？发现我是我弟弟吗？发现我不是我弟弟吗？我正为自己都搞不清自己是谁而得意，他那边果然又说了："现在这么七搞八搞，恐怕连你自己都说不清自己到底怎么回事了，心理医生又不是仙人，哪能搞得清。"

这下我心里有底了。下午我就心情坦然地去心理咨询室，正在找地方，看到一美女在前面姗姗而行，我赶紧追上几步向她打听心理咨询室在哪里，她笑道："你就是王王吧。"还没等我反应过来，她已经引我到了一间办公室，请我坐下，说："我就是医生。"

我没想到她竟然就是心理咨询医生，不是我想象中的德高望重的老先生，而是一位美女，害得我想多看她几眼，但又不敢贸然，心里琢磨着，一个精神病人，看到美女，会是怎么样呢？一下就想到了我弟弟，我差一点儿学出我弟弟的样子，"吱吱"地叫几声，可再一想，不行，我弟弟以为自己是老鼠，我没以为自己是老鼠呀，那我以为自己是什么呢？

墙上倒是挂着白大褂，但美女医生没有换上它，这我也想得通，心理咨询的医生和一般的医生是有区别的，她大概不想用白大褂给病人以压力，其实她不知道我并不是病人，无论她穿什么，我都不会有丝毫压力的。

我并没有因为医生是女的，又是美女而放松了我的警惕性，从而忘记了我的重要任务和根本目的。我面对医生坐下的时候，已经开始整理我的思路。女医生也没有落后，她也已经笑眯眯地开始了，她的笑显得十分自信，有一种踌躇满志的意思。她手上有一个本子，她看一眼本子，就抬头看我一眼，再看一眼本子，再看我一眼，我估计本子上是科长他们记录的关于我的情况，我很想看看他们是怎么形容我的，但我不敢随便造次。

管他呢，管他们怎么形容我，我只要扮演好我的角色就行。

为了扮演好我的角色，我得装傻，又不能装得太过，要恰到好处。这事情我从来没有干过，但是凭我的应对能力和应有水平，我相信我能通过考验。

女医生在本子和我的脸之间看了几个来回以后，开始说话了："你别紧张，只是随便问几句话，了解一下。"我说："嘿嘿，我没有紧张。"医生说："不紧张就好，根据你的情况分析，你可能是头一次做心理咨询，心理咨询的一些特点我先简单地给你介绍一下。"

她真是一位工作认真,做事地道的医生,救助站想得真周到,我若真是个病人,或者是个无家可归的人,我一定把救助站当成我的家。

女医生耐心跟我解释:"心理咨询虽然也是一种看病的方法,但它不同于看感冒,看高血压,看骨折那样的看病。"我先是老老实实地点头称是,但是点完头我又怀疑,我这么老实听话,像个精神病患者吗?我吃不准,赶紧又说:"心理咨询就是治心理感冒的。"我这一说,她笑了起来,赞赏地说:"你还是了解这门学问的。"我的自尊心受到极大的鼓励,又再炫耀我的知识说:"发达进步的国家,许多人都有特约的固定的家庭心理医生,只要有什么事情想不通,立刻就去找心理医生。"

我这话一说,出问题了,美女医生微微皱眉看着我,我心知不妙,也知道自己聪明过头了,水平太高了,赶紧抵赖说:"我瞎说的,我瞎说的,医生你别往心上去。"女医生摇了摇头,她的态度仍然是温和的,但她的问题却尖锐起来了:"你两次来救助站,两次的你,既是同一个人,又不是同一个人,你认为哪一个是真正的你呢?"这样的问题,肯定是我意料之中的,我早有准备,所以对答如流说:"我是病人,你是医生,应该由你来诊断。"其实我完全可以说第二次来的我也就是现在的我,才是真正的我,但我如果说出来,等于是我强加给他们的,我不希望他们被我强加,我希望由他们自己判断出来。

因为他们肯定更相信自己的判断,而不是一个病人的自述。

我并不是想把女医生将住军,将住她的军对我没好处,我只是希望她能够沿着我的思路往前走,那样最后就走到我的目的地了。

我还没怎么费心,女医生已像是被我将住了,停顿了好一会儿,又看本子。但那本子已经被她看来看去,看了好多个来回,应该没什么好看的了,他们关于我的情况,也就知道那么一点点,何况是不真实的,并且是自相矛盾的。真是难为这位美女医生了,她从本子上再得不到任何有用的东西，只得再次转向我说："你一会儿是王全，一会儿又不是王全，一会儿来找弟弟，一会儿又不找弟弟，你认真想一想，这两种反复，是存在于你脑子里吗？"这个问题我更是准备充分，我不假思索地说："正是如此的，我一会儿觉得我是王全，一会儿觉得我不是王全，一会儿知道我有个弟弟，一会儿我又知道我没有弟弟。"女医生在本子上记了些什么，我看得出她一笔一画不是那么顺畅，似乎有点勉为其难，我多少有点不忍，一个十分自信的心理医生，竟然被我搅得有点晕了。当然这也不能怪她水平不够，只怪关科长他们给她一个先入为主的错误的结论，她是带着"这个人有病"或者至少是"这个人可能有病"这样的观念来和我谈话的，她哪里知道，我就像一个幕后操纵者，看着他们一个一个在前台表演，我在后面游刃有余。

女医生在我这里碰到了难题，她的任务没有完成，她还得硬着头皮继续下去，她又对我说："你的身份证证明你不是王全，家也不在大王乡小王村。"我说："其实我自己也很奇怪，我明明不是王全，我的家乡明明不在王县大王乡小王村，但我的脑子里怎么会有那个名字和那个地方的呢？我是在哪里植入这种念头的呢？"

我因为长期照顾有病的弟弟，对于精神病的情况多少也知晓一些，所以我说的这些话，基本上就是让女医生认为这就是病人的幻觉、幻想。

果然，我这话一说，女医生悄悄地终于松了一口气，她大概基本上能够断定我是个病人了，但她还不知道我的病有多重，她接着再换一种方式，似乎不是医生对病人的，而是朋友之间知心的谈话，开诚布公地说："心理有疾病的人，一般会有几种想法，我说出来，你对照自己，看看你是哪一种想法。"我当然是兵来将挡，水来土掩，说："好的，医生你尽管问吧。"女医生说："有一类人，他们是充满否定的，常常说'我没病'，或者说'没有问题'，'你才有病'——"我立刻说："不是我，我不是这样的。"女医生又说："另一类,是另一个极端,认为人人都有病,每个人都要看病,你这样认为吗?"我说:"这也不是我。至少,我就不认为医生你有病。"女医生"啊哈"了一声说:"你就这么肯定——再有一种,他们会把一些错误和问题,都归结于他人,比如,比如,比如——"她没有"比如"出来,起先她的思路一直很畅通,到这儿不知为什么阻塞了,我就替她"比如"吧,我说:"这我知道,比如我离婚了,就完全责怪我老婆,都是她不好,她怎么怎么——"我才说了个开头,就发现女医生脸色不对,似乎要生气了,我赶紧说:"医生,对不起,我'比如'错了,这不是我,我还没结婚呢,我不可能离婚哦。"

女医生一直是沉稳平和的,不知为什么,一听我说"离婚"两个字,顿时恼羞成怒了,她恶狠狠地盯了我一眼,用力在本子上画上了一个句号,本子朝桌上一扔,急急地出去了。我想大概她是结束了给我提供的心理咨询,但我不知道她为什么走得这么突然、这么急,刚才我一门心思集中精力对付问题,想顺利闯过这一关,都还没来得及细细品赏她的美貌呢。

我看了她放在桌上的那个本子,大吃一惊,原来这完全是个空白的本子,上面什么也没有,只有她最后画下的一个句号。

我顿觉头皮发麻,后背心发凉,到底是心理医生,厉害,手段高明,让我以为她掌握了我的许多情况,让我以为那本子上有许多关于我的内容,那样我就会心虚,就会把什么都坦白出来,那岂不是立刻就中了她的圈套。

幸亏我是个病人,病人是不知道什么该说什么不该说的,她从我这儿,什么也没套得去。

我不知道她会怎样向站里汇报我的情况,但有一点我能肯定的,她一定排除了我有心理疾病的可能,那剩下来的问题就是,我要么是个正常健康的人,要么是个精神病人。

功课做到这一步,我相信我离目标越来越近了。

虽然我事先得到过牛脸的指导,打过预防针,但是更多的功劳应该归于我自己,归于我的聪明才智和随机应变,归于我的充分准备,我顺利地过了这一关,我被自己的才华折服了。

我的心彻底地放下来了,回到宿舍睡了一觉,关科长没有打扰我,等我睡醒以后,关科长才找我,我看她胸有成竹的样子,估计她已经得到了女医生的报告了,应该已经确认我的病情了,但关科长却只字不提。先问我休息好没,我说休息得很好,又问我住下来习惯不习惯,我说习惯,就像在自己家里一样,她满意地笑了笑,最后才告诉我,本来安排下午有一场心理咨询的,因为医生临时有事,没能做成,改在晚上进行。

我听了有些吃惊,但没有马上反应出来,我细心地想了想,会不会他们对下午的心理咨询结果不满意,没有达到他们要的效果,所以晚上再重来一场?但是对我来说,下午的咨询却是达到了我的目的,我顺利地让女医生确信了我是个精神病人了。他们难道想推翻这个结论吗?想到这儿,我开始着急了,我说:"关科长,下午明明已经咨询过了,为什么晚上还要再来一场呢?难道你们对自己的医生都不信任吗?"关科长吃惊地看着我,过了一会儿才说:"你不是一直在睡觉吗?"我说:"不是的,中间我已经去过心理咨询室了,心理医生是个美女,问了我好多问题,我都答对了,呵不,我都答不出来。呵不,我答错一部分、大部分——"关科长没听我说完,忽然"扑哧"一声笑了出来,说:"亏她想得出来,又做起心理医生来了。"这回我听出点意思来了,似乎下午给我做心理咨询的那位医生,不是专业的医生,我有点急了,赶紧说:"她是医生,她肯定就是心理医生。"我倒不是为美女抱不平,反正她是个美女,她是不是医生,她到底是假医生还是真医生,都无所谓,这年头是个美女就好办,我才不用替她担心,我实在是不想晚上再被安排一场,兴许换了个老辣的、目光锐利的,一眼就把我给看穿了,我岂不是辛辛苦苦白忙乎了。

关科长见我为女医生辩护,也没有反驳我,也不再跟我谈心理咨询的事情了,也不提晚上到底要不要再来一场,她换了个话题,说:"我们根据工作程序,下午又给你的家乡打过电话了。"

我顿时蒙了。

家乡?怎么又是家乡?她说的又是我的哪个家乡呢,是我的真家乡还是我的假家乡?真家乡会怎样,假家乡又怎样?我正在厘清自己的思路,关科长那儿已经到了最后总结的时候了,关科长对我说:"我们核实过了,你的身份证是假的。"我还想狡辩,关科长觉得我大可不必了,说:"你就别再玩花招了,我们知道你不是王王。"

我就这样被戳穿了?

我一时无以应对,当着关科长的面,我又不能打电话求助牛脸,我只能依靠我自己,我尽量地镇定情绪,将混乱的思路捋一捋,感觉到目前的情况还没有到最糟糕的地步,关科长只是否认我是王王,但她到底认为我是谁呢,我是不是还有一线希望呢。

既然她戳穿了我,我也不想再用假名了,用假名毕竟心里不踏实,我就做回我自己了。我说:"关科长,正如你说,我不是王王,这张身份证不是我的,我的身份证被人借走了。"关科长说:"这样就好嘛,事实就是事实。"我说:"其实我就是王全,我来找弟弟的。"关科长一听这话,立刻"哎哟"了一声,说:"你这个人,到底怎么回事,我们已经确认你是王全了,你怎么又要找你弟弟?"

我觉得她的话才有问题,无论他们对我怎么照顾,怎么呵护,怎么以情感人,以理服人,但是在找弟弟的问题上我是容不得半点含糊的,我反问她说:"难道我一说我要找弟弟,我就是精神病人了吗?"她没有马上回答我,想了想,从头说起:"你看啊,你第一次来,我们就帮你查了,你弟弟确实没有在我们站里待过,你自己也偷看过我们的登记,根本没有你弟弟的材料,一点儿痕迹也没有,你为什么坚持认为你弟弟在我们站里呢?"我说:"不是我坚持认为,是你们打电话告诉我们大王乡的民政助理,他让我来的。"

关科长说:"绕了一大圈,怎么又回去了。"我说:"本来我也不想绕,是你们不相信我,我只能跟你们绕。"关科长说:"如果是其他什么事情,我们也不会这么顶真,但是你非要我们承认一个根本不存在的人,一个根本没有出现过的人,这可不是开玩笑的,万一我们承认了,又万一你弟弟出了什么事情,那就是我们的责任了。"我不高兴地说:"你首先想到的是责任,而不是一个活生生的人。"她也不同意我的说法,纠正我说:"如果连我们救助站都不讲责任,现在社会上,有那么多需要帮助的活生生的人,谁来帮助他们啊?"

她这话我是同意的,因为进到江城救助站的这短短的时间,我也不是视而不见,听而不闻的,为了满足留站人员多方面的需求,救助站里设有许多的多媒体教室、技能室、电脑室、阅览室、心理辅导室、健身房、音乐室、投篮机等等,比高等学府还齐全。更重要的,还不是这些硬件,而是他们的责任心,我不得不承认,他们确实是值得依靠和信赖的人。

但是可惜,我不是来寻找责任的,我是来寻找弟弟的,他们只能给我提供责任,却不能给我提供关于我弟弟的任何消息,他们甚至根本就不承认我弟弟的存在。

他们虽然认真,有时候却也荒唐。

我来来回回忙乎了这么长时间,结果又回到起点。起点在哪里,起点在我的家乡小王村,我丢掉了弟弟,去找村长,村长让我到乡里去,乡里让我到江城来。

结果江城却否认我弟弟的存在。

现在我和科长进入了互不满意的阶段。我不满意科长,是因为他们始终没有相信我;同样的,科长不满意我,是因为我始终不相信他们。

我当然不能相信他们,他们认为我没有弟弟,他们认为我就是我弟弟,他们不承认我弟弟曾经来过江城救助站,你说我能相信他们吗？

我真的该生气了。

从头一回见到关科长起，表面上她一直对我倍加呵护，我也一直很感激她，即使是被他们当成病人送回去，我也只是稍有点委屈，并没有很生气。但是现在我生气了，我气得不轻，因为我已经知道，他们对我的呵护，是建立在完全不信任我的基础上的。我毫不客气地指出了他们的自相矛盾和荒唐不经，我说："第一次进来的时候，我是个正常人，却遭到你的高度怀疑，认为我不正常；我第二次进来已经不正常了，什么都是假的，却又被你们戳穿，非要让我现出原形，非要认为我是正常人，你们这是处处和我作对。"

关科长不想再和我纠缠了，对我说："王全，你可以在站里吃过晚饭走。"她要赶我走了，她彻底失去了耐心，也彻底失去了判断，她现在完全是自相矛盾，自我否定，她完全不知道我到底是谁，也完全不知道应该认为我是谁。

如果她认为我就是我弟弟，而我又偏偏一再强调我确实有个患精神病的弟弟，那么这个我，无疑应该是个病人。如果我是个病人，她就不应该放我走。一个精神病人，放到社会上，谁知道会出什么事，她有责任的。

如果她相信我不是我弟弟，相信我是个正常人，没患精神病，没瞎说，那就应该相信我是来找弟弟的，就应该相信我所说的一切。

虽然她让我留下来吃晚饭，但我不想再多吃她一顿饭，一口也不想吃，我去屋里拿上自己的简单的行李就出来了，经过后院时，我看到一个人在看报纸，我过去张望了一下，我说："哟，你还在看连载啊。"那人朝我看了看，愣了一会儿，猛地号啕大哭起来。我吓了一大跳，简直莫名其妙，急得问他说："为什么，为什么，你为什么要哭？"他抽抽搭搭地说："我完了，我活不了几天了。"我奇怪说："看你身体好好的，你怎么知道活不了几天了？"他说："问你呀,问你呀,你说的话,你别以为我听不懂。"我更摸不着头脑了,我说什么了,竟然都让他不想活了?他伤心欲绝地说:"你说我还看连载呢。"

我无语,离开这个人往前院去,中途看到一个熟悉的身影,就是下午那个美女医生,我赶紧上前打招呼,甚至希望她能给我带来某种转机。我讨好地凑到她跟前,觍着脸说:"医生,医生——"她一听我喊她医生,脸色顿时大变,勃然大怒道:"放你娘的臭狗屁,谁是医生?你才是医生,你一家三口都是医生,你八代祖宗都是医生,你什么什么医生——"

我差点儿被她惊出精神病来,赶紧先让自己镇定下来,细细一想,脱口一说:"难道你们是一对双胞胎姐妹?"话虽出口,可心里实在不愿意相信,这实在太不可能了,那个美女医生那么的温文尔雅,知书达理,关心病人,这一个和她长得一模一样的人,却如此不堪,要说她们是同胞姐妹,打死我也不相信的。

她听到我说双胞胎,顿时脸色又变好起来,笑逐颜开地说:"是呀是呀,你真厉害,一眼就看出来了。"旁边立刻有人来提醒我了,我认出来他就是我第一次来站时看到的那个想象自己是一只猫的人,猫人跟我说:"你别相信她,根本就没有什么双胞胎姐妹,就是她,就她一个人,扮成两个人罢。"我惊讶地说:"她居然能扮成医生?"那人说:"扮医生有什么难的,需要什么她就扮什么,有一次还扮了市长,来视察救助站,检查工作。"他见我不相信,又说:"当时正好有个新上任的女市长,大家还不认得,她就冒充了。"

我不得不佩服这种高智商犯病,但她是怎么知道我下午要去心理咨询的呢?再一想,对她来说那才是小菜一碟,她要是不知道,就不是她了。

那假医生生气了,大声训斥说:"不要和那头猪说话。"我奇怪地看了看那个猫人,说:"它是猫,不是猪。"那假医生瞪着我说:

"我和猫说话,你插什么嘴。"

猫人呵呵地笑起来,那假医生也笑了,他们自得其乐,因为他们没有弟弟要找,我实在没胃口掺和他们的游戏,赶紧离去,走到门口,门卫已经得令,没有再拦我,我心里有气,偏不急着走,我得拣个软柿子捏一下,我攻击他说:"你们这里边,全有病,你也不例外。"那门卫不仅没生我的气,还惊异地问我:"你是怎么知道的,谁告诉你的? 我从前是得过病,后来治好了。"我没好气说:"那你不应该站在这里看门,你应该待在救助站的表格里。"门卫笑呵呵地说:"我没有表格,不过我以前是有表格的,后来救助站搬过几次家,早先的档案搞丢了一部分,我的表格也不见了。但是我人在呀,人难道不比表格重要和真实吗?"我立刻接过他的意思说:"是呀,难道因为我弟弟没有表格,你们就可以否认他的存在吗?"他说:"你弟弟和我不一样,我是实实在在站在你面前的真人,你弟弟呢,只是在你的脑子里,除你,谁也看不见他哦。"

我又想起我临出门前,村长恶心我的话,我就认了吧,我只有找到我弟弟,我才能证明我是有弟弟的。

我仓皇出逃,一口气奔了出来,站定了喘了半天,才渐渐平静了些。可平静下来的我,又茫然不知所措了,我离开了救助站,我对他们有意见,有很大的意见,但是如果不依靠他们,我找弟弟就完全没有了方向。

牛脸肯定听说了我在站里的一些事情,也知道我从站里出来了,他从外地打电话给我,又假充好人,问我下一步打算怎么办。我听到他声音就没好气,喷他说:"我决定去精神病院了。"牛脸一听,顿时"啊哈"一声说:"进步了,进步了,思路对头了,除了救助站,你弟弟唯一可能待的地方,就是精神病院嘛。"我生气说:"既然你早就知道,为什么不早告诉我。"牛脸拿捏着说:"考验考验你的智商嘛。"笑话,我智商还用他考验吗。牛脸又说:"或者换个说法,检验一下,看看你到底是你自己,还是你弟弟。"我挖苦他说:

"现在你看出来了吗？"牛脸说："王全，别自以为是了，等着我吧，等我回来陪你去精神病院找一找。"

等他回来？说得轻巧，他怎么能理解我找弟弟心急如焚。我才不会等他呢，我得自己先行动起来了。

二

我试图回到原先的那家物业公司去上班，虽然我没有干满一个月就不告而辞，但我也没拿他们的工资呀，我等于白白替他们站了几天岗，还敬了无数个礼，如果他们不计较我，我也不计较他们，一切归零，重新开始，前面他欠的工钱和我的不告而别就抵消了。

其实我也知道我常常把事情想得太美好，但是无论结果如何，我总得往最好的方向去努力呀。

那个保安队长一眼就认出了我，我以为他会上前指责我、批评我，他会对我说，你怎么一声不吭就走掉了，害得我们排班怎么怎么；或者，他会毫不留情地告诉我，既然你已经自动离开岗位，我们不会再要你了；再或者，他为人阴刁一点，会挖苦我说，你以为这是你家开的物业公司，是你家雇用的保安哪，你想来就来，想走就走？

我设想了他的许多种说法，就是没想到，他看见我什么话也没说，转身就走。

我愣了一会儿，拔腿追了上去，喊道："队长，队长，你听我说——"他已经钻进了办公室，随手把门关上了。我被关在门外，听到他对里边其他人说："搞什么八脚，连精神病人也来应聘当保安。"

我脑袋顿时"轰"了一声，不知道他们是怎么知道我有精神病的。冷静下来细想了想，也想不出是谁出卖我。也就算了，我也想得通，我觉得这也不能完全怪救助站的人，他们都是十分负责任的人，如果我真的是个病人，我怎么能够误人大事去当保安。

但我还是想不通啊。

我一会儿想得通，一会儿想不通，如果科长他们认为我有病，他们怎么不让我留在站里呢？

那队长在里边继续说："幸亏及时发现，要不然，还不知会搞出什么大事。"另一个人说："当初他来应聘，没有看出来。"又一个说："有的人，不在发作期，你是看不出来的。"再说："幸好那几天，不是发作期。"

我偷听了他们的对话，觉得好笑，也觉得社会上的人，对精神病人真是十分的不了解。

队长大概以为我走了，开了门出来，见我守在门口，吓了一大跳，结巴着说："你，你，你想干什么——"我没想到他人高马大的，见到一个疑似的精神病就吓成这样，万一他负责的这个小区里，真有人患这样的病了，他岂能担当起应该担当的责任。

其他人都闻声出来看我，队长见人多了，胆子大了一点，但态度倒是蛮客气的，我想他一定是怕激怒我、刺痛我，惹我发病，所以他很温和地说："你那天不告而别，我们急等人用，又招聘了一名保安，所以暂时不需要了，你到别的物业公司去看看。"见我不说话，又安慰我说："现在需要保安的地方很多，你到哪里都能找到工作的。"他这算是负责任呢，还是不负责任，想把我这个"精神病人"推给别人。我说："队长，你误会了，我没有病，我不知道是谁告诉你我有病，可能是救助站的科长，我可以打电话，请她直接跟你说。"那队长赶紧摆手说："不必了，不必了，如果我们聘用你，你打电话让人证明那是有必要的，现在我们不聘用你，你就不必证明了。"我说："你这话我不爱听，难道我不当你的保安，我就可以不证明我是我自己？"保安队长他们互相使着眼色，我都看在眼里，我也不和他们计较，我如实说："开始的时候，他们确实以为我有病，后来搞清楚了，所以才会让我出来。"

其实我也知道，即使我说得口吐白沫，即使我把心掏出来，他们也不会相信我，但无论他们信不信，我还是得说清楚，我得把我说回成我自己。我说："我不是精神病人，但是我弟弟是，我到江城就是来找我弟弟的。"他们似乎有了点兴趣，那队长问我："你弟弟有病，怎么个样子呢，听说精神病有很多种。"我详细地说了我弟弟的特殊情况，我说我弟弟是一只老鼠，他们都笑了起来，那队长说："如果你弟弟真的是老鼠，有一个地方你可以去找一找看。"我赶紧问是什么地方。他说："你可以到花鸟市场去看看，会不会当作宠物养起来了。"我听他这么说，很生气，脸涨红了，他可能也知道我生气了，赶紧又说："别生气，我瞎说的，但也不能怪我，是你自己先胡说八道，你弟弟怎么会是老鼠呢？"我说："你不仅刻毒，你还没有水平。"他不解说："这跟水平有什么关系，我怎么没水平了？是你自己说你弟弟是一只老鼠。"我毫不客气地说："你的领悟能力太差了，人怎么会是老鼠呢，又不是妖精，我弟弟不是一只老鼠，只是他以为自己是一只老鼠。"

他们终于失去了对我和我弟弟的兴趣，我也不知道他们最后有没有相信我的话，我只知道他们肯定不会再让我回来当保安了。

既然不可能再当保安，我再一次失去了落脚之处，我唯一的办法就是尽快找弟弟，我就不用再在江城落脚，我带上弟弟就回家了。

我等不及牛脸回来，独自上精神病院去了。

我在公交站台上候车，看到一个小女孩也在等车，头上扎的两个蝴蝶结，扎得像兔子耳朵，很可笑，我忍不住朝她笑了一下，她明明看到我朝她笑了，脸上却没有一点儿表情。我为了刺激她，又朝她扮了个鬼脸，她仍然毫无表情。我看她两只眼睛乌溜溜转着，我才不相信她是个睁眼瞎子呢。

过了片刻，车来了，我上车的时候，听到她在背后说："精神病,精神病,吓死我了,还好,他坐车走了。"

她是说的我吗?我只不过朝她的兔子耳朵笑了一下,这就算是精神病了吗?难道现在外面精神病真的如此之多吗?难道精神病真的成了传染病吗?

我又一次感受到精神病人被人歧视的痛苦,连一个小小的孩子都要骂精神病人,连我这个非精神病人都要受到歧视,我弟弟一个真正的精神病人,他的遭遇肯定很糟糕。我心里又为弟弟难过起来,也没注意上的是一辆什么车,投放了一元钱到投币箱,投进去以后,就发现司机翻着白眼看我,他并不说话,只是这么白白地看着我,我不知道原因,赶紧问司机:"师傅,有什么不对吗?"司机仍不说话,还是看着我,看得我浑身发毛,动弹不得,车门被我堵住了,后面的乘客上不来车,推搡着我,又教训我说:"你乡下人头一回进城啊?这是空调车,要投两元。"我赶紧又投了一元进去,司机这才调过脸去,不再看我了。

我感觉到大家都用鄙视的目光看着我,他们瞧不起我,这无关紧要,可再一想,我心里又难过起来了,就我这么正常健康且聪明伶俐的一个人,到了城里尚且要被众人欺负,可怜我弟弟一个病人,他在这里不知道要遭受多少苦多少罪呢,想到弟弟,我眼泪都快下来了。旁边一个老太太,朝我看了看,说:"小伙子,不就一块钱吗,你真穷成这样了吗?"车上的人都哄笑起来,我自惭形秽,低头不语。

还好,接下来的过程还算顺利,车就停在精神病院门口不远处,我一下车,就看到了医院的大门,顿觉心头一热。

江城精神病院的大门真是一扇方便之门,方便得出乎我的意料,没有门卫,没有盘查,我大摇大摆地进了门,从容不迫地穿过绿化地带,直接就进入了门诊大厅,这里和我从前带弟弟去过的县级医院不一样,像一座花园似的美丽、安静。门诊大厅里也令我十分惊讶,这里的人表情都很平静,不像我预想的那么紧张,那么激烈,没有人吵吵闹闹，没有人发病，害得我差一点儿怀疑自己是不是走错了地方。

我穿过大厅，进入门诊室的长长的走廊，走廊上每一个门诊室门口，都有人坐在那里候诊。走廊口上有个护士工作台，两位护士笑吟吟地站在台后，我以为她们会挡住我盘问几句，因为我是一个人进来的，至少她们应该了解一下，如果我是来看病的，怎么会没有家属陪同呢？或者如果我是家属，那我的病人在哪里呢？

我还特意到她们的工作台前晃了一下，可她们始终没有盘问我的意思，我这才留心观察起来。原来坐走廊里候诊的人，有许多都是独自一人，根本没有家属陪伴，自己手里捏着自己的病历本，等待叫号。

我不由有些疑惑，难道城里的人得精神病也和农村人不一样？如此淡定，还能算是病人吗？

当然，这些也与我无关。我沿着走廊往前走，穿过一间又一间的门诊室，一间一间地朝里张望，希望能够看到我弟弟。

其实我心里很清楚，我不可能在这里看到弟弟，弟弟和这里的人完全不一样，他才不会这么淡定，这么守规矩。他向来是我行我素的，想干什么就干什么，想扮老鼠就扮老鼠，想扮人就扮人，谁也左右不了他，什么场合也笼罩不住他。他若是到这里来看病，至少得有两个人陪着他来。可是，又有谁会陪我弟弟到江城精神病院的门诊来看病呢。

我在门诊肯定是一无所获的。

虽是心知无望，但是我仍然怀着满腔的希望，我的寻找工作仍然做得十分细致，凡是门诊室里背对着我的病人，凡是我看不到他们脸面的病人，我都得走进去，靠到身边细细地辨认一下，即使这个人的背影和我弟弟完全不像，甚至即使是个女的，我也不肯放过，我弟弟的神经是错乱的，难保他就不会不再扮老鼠而去扮一个女人呢。

被我仔细盯着瞧的人,也不生我的气,他们大概被人瞧惯了,根本没在乎多一个人瞧或少一个人瞧。他们甚至根本就没有注意到我在盯瞧他们。或者说,他们眼中根本就没有我的存在,他们如饥似渴地朝医生看着,好像能够从医生的脸上,看出他们的有希望的未来。

他们的恳切目光打动了我,我又想我弟弟了,如果我是我弟弟,我也一定会用这样的目光去看医生的。即使我不是我弟弟,现在我也同样用祈求希望的目光看着医生。后来医生都被我打动了,丢下手里的那个病人,问我说:"你的病历呢?"我这才清醒过来,吓了一大跳,赶紧说:"我没有,我不是。"医生说:"还没有挂号?那你到前面大厅先去挂号吧。"

我清醒以后就赶紧逃了出来,我在救助站已经被他们打成一次精神病了,我不能在精神病院再次被打成精神病。但我仔细想想我的行为,确实令人生疑,得赶紧纠正。

我退到走廊上,一时不知如何是好,看到护士工作台那边的两个护士给进来看病的病人一一登记,然后再分配到某号门诊室,我有办法了,过去跟她们坦白说:"我是来找我弟弟的,我弟弟来这里看病,但是我刚才在门诊室那边看过了,没找到他。"护士果然很认真,把当天的登记表拿出来,推到我面前让我自己看,我挨个儿地看名字,希望能够出现我的名字,可是没有,肯定没有。

我仍然盯着登记名册,想从这些名字中研究一下,看能不能搜出一些蛛丝马迹,能发现那是我弟弟替他自己重新起的名字。

护士看我找不到我要的名字,又关心地问我:"你弟弟是今天来看病的吗?"我赶紧实话实说:"不是今天,是前几天。"护士说:"那也可能住院了。"我又惊又喜,又赶紧追问:"住院部我能进去吗?"护士说:"可以呀。"我更是大喜过望,但随即我又怀疑起来,真有这么好的事吗?我倍加小心地多问一句:"就我,就这么,直接就能走进去吗,不需要办什么手续吗?"护士说:"不麻烦的,只要你能证明你弟弟确实是在这里住院,然后再证明你确实是你弟弟的家属,很简单的。"

我的天,她嘴里的"简单"两字,真是轻飘飘的,如空气一般,可是在我这里,从我目前的情况来看,要证明这两点,恐怕比登天还难。

首先,我要证明我弟弟在里边住院。我怎么才能证明呢,我得进去看见我弟弟才能证明。但是在我没有看到我弟弟之前,我无法证明弟弟在里边,我无法证明我弟弟在里边,我就无法进去,事情就是这样,我永远陷在一个绕不出去的误区内;即便我从第一个误区中绕出来了,我还会陷入第二个误区,我怎么才能证明我是我弟弟的哥哥呢,这个同样很难办到。我有一张名叫王王的假身份证,我的家乡也是假的,而我弟弟呢,既没有身份,也没有家乡,谁也不知道弟弟是用什么样的名字、什么样的地址入住的。

但是,不管有多难,不管有多么的不可能,我已经走出了第一步,我必须坚定不移地走下去,我相信弟弟一定会在某个地方等着我的。

我在护士的指点下,从门诊大厅的后门穿出去,又经过一片花园,那后面才是住院部,住院部果然不像门诊楼那样方便出入,我无法证明那两点,我也没有任何熟悉的关系,我是不可能被放进去的。

不知为什么,我站在住院部门口,心情竟然有些紧张,身上起了鸡皮疙瘩,难道我弟弟真的就在里边,难道弟弟已经知道我来了,已经看到我了?

我回头朝一排病房的窗户张望,隔着窗玻璃和铁栏杆,我看到窗口探出好多张脸来,虽然他们神情古怪,但我并没有吃惊,我知道我来的地方是什么地方,无论什么样的脸色,无论什么样的表情,也吓不住我的。

我朝他们张望,他们也朝我张望,忽然有一扇窗被打开了,有个人将头夹在栏杆中,朝我大喊:"爹——爹——"

我一阵激动,心想会不会因为我和我爹长得像,弟弟看走了眼,把我当成我爹了,我赶紧跑近去一看,却是一张比我爹还老的老脸。

我这才知道,其实我的心也乱了,我弟弟从来没喊过我哥,更没有喊过爹,他最多肯喊我一声王全,怎么听到有人喊爹我就会以为是我弟弟呢。

虽然喊我爹的人不是我弟弟,但不能说明我弟弟就不在里边的某一个地方,说不定他就在那张老脸的背后,可惜我看不见他。

我得进去,但我又进不去,铁栏杆隔开了我和弟弟。

我很泄气,我无法可想,也许等牛脸回来,他能带我进去的。但现在我度日如年,一分钟也等不下去,我掏出手机,翻了一下可数的几个联络人,死马当作活马医,我在王大包的名字上用力地按了下去。

手机意外地接通了,我气得大声骂起来:"王大包你个乌龟头终于露出来啦!"那边和我对骂说:"你谁啊,你才乌龟头!"我说:"王大包你个狗日的,你失踪的时候一声不吭,你重新出现也不告诉我一声。"那边说:"王全,你耳朵被屎堵住了,你听不出我的声音?"我平息了一下情绪,才发现那声音并不是王大包,而是一个我万万想不到的人。

他是我们的现村长王长官。

我特奇怪说:"村长,你不会是杀人越货劫了王大包的手机吧,你在小王村吗,你的声音怎么这么近啊?"村长奸笑一声说:"王全,难道江城是你家开的,只许你来不许我来。"我更是吃惊,村长居然也到江城来了,难道他这么好心也来帮我找弟弟了?我呸。

说话间手机已经回到了王大包手里,王大包对我说:"王全,你小子运气好,我刚刚开机,你就打过来了。"我才不信他,但我也没有戳穿他，我还得求他找人托关系，帮我进入精神病院呢。我吹捧他说："王大包，我知道你在江城有名头。"王大包心里蛮受用，嘴上还假客气说："哪里哪里，你怎么知道？"我说："上回你失踪了，带走了我的身份证，害我历经九曲十八难，我到处找你，每到一处，跟别人一提你的名字，都说大名鼎鼎哦。"王大包也不再客气地受用下去了，说："那是应该的，干大事的人，自然是大名鼎鼎的，你才了解了一点鸡毛蒜皮哦，你若是在江城多待一阵，到处访访，你才能够真正地了解我敬佩我哦。"我才拍了两句，引出他这么多自吹自擂，我觉得他自我感觉很好，火候差不多了，赶紧归回正题说："王大包，你在江城兜得转，要什么人有什么人，精神病院，你有人吗？"我话一出口，立刻有些后悔，怎么听也觉得这有点像骂人，我正想赶紧改过来，王大包那儿已经受用下去了，说："有，太有了！王全我告诉你，在江城就没有我不认识的人，没有我搞不定的事。"我虽表示怀疑，但因别无选择，只能寄希望于他，我说："我弟弟在江城精神病院住院，没有熟人带我我进不去，你赶紧替我找一个来带我进去吧。"

王大包立刻打了包票，说让我等他回音，我不知道他会不会又像上次一样突然失踪，我实在不放心，就激将他说："王大包，你不会让我在这里等上十天半月，一年半载吧。"王大包说："王全，我不高兴了啊，你分明小瞧我，你没相信我。"说真的，我还真没有办法相信他，我还真小瞧他了，但是我患得患失呀，又怕他反悔，在他掐掉手机前赶紧再补拍一下说："王大包，在江城，我两眼一抹黑，你就是我的靠山，你就是我的希望，你要是帮我找到了我弟弟，你就是我的再生父母，我怎么能不相信你呢。"

这回王大包没让我失望，甚至还超出了我的希望，一两分钟后，他的电话就再次到达了，告诉我，已经找到人了，约定当天下午就在医院门口碰面，然后带我进住院部。

到这时候我依然没有十分的把握，等我在约定的时候赶到医院门口,看到王大包本人时,我才相信他没有再一次放我的鸽子,他甚至比我还先飞来了。王大包一看到我,立刻用手机打了一个人的电话,训人家说:"你怎么回事,学会摆架子了,我都到了,你还不到?"我怕他太牛把我的希望给断送了,赶紧告诉他:"王大包,不怪人家,是我们早到了。"王大包看了看表,才对那个人说:"你还真实在,一点儿也不机灵,我给你安排事情,你应该比我早一点儿才对嘛,别啰唆了,动作利索点。"

他挂断那个人的手机,从兜里掏出一张银行卡递给我,我虽不知怎么回事,但银行卡我喜欢的,先拿下再说。王大包见我拿得快,还补我一句说:"这你就不懂了,万一是张透支卡,你抢了去,是要还账的。"我捧他说:"想不到在建筑工地上住工棚的人,还能送人银行卡。"王大包满脸瞧不上我,说:"王全,你真弱智,你不是弱,你是无,无智。"我才不弱智,更不无智,我继续捧他说:"我知道,住工棚的不是你,是你手下的人,你是包工头吧——"话音未落,我又见王大包歪嘴一笑,知道还说得不够,赶紧又改口道:"我知道,你不是个包工头,你是个承包商。"王大包这才微微露出一点满意的神色。

可是我怎么会相信他呢。

王大包被我的吹捧蒙蔽了双眼,看不到我的满腹疑问,恐怕就算看到了,他也懒得解释,他只是叮嘱我说:"你记住,名字是你,密码是你生日。"我先是一愣,随即就想通了,说:"原来上次你拿了我的身份证,是去帮我办银行卡呀。"王大包立刻否认说:"我才不帮你办银行卡,我凭什么要帮你办银行卡,我还想别人给我办银行卡呢。"这下我有点奇怪了,王大包见我还想和他谈论银行卡,朝我摆摆手,又打另一个电话,我听出来他是打给村长的,我用心地听了听,却没有听太明白他和村长在说什么,只是有几词,什么"老板""一号""大秘"之类,简直像是暗语,因为听不懂,我干脆走开一点,免得露出怯来。

等他打过村长的电话，我才问他："村长呢，他到江城来干什么？"王大包说："你来找弟弟，村长要找的人，说出来吓你一个跟斗。"我想不出谁能吓我一个跟斗，见我不服，王大包说："省长，你知道省长是什么人物吗？"我虽然不怕省长，但我还真服了村长，我说："村长连省长都认识，都能找到？"王大包"嘿嘿"冷笑道："他认识个屁，小王村到省城，十八竿子也打不着。"我已经听出来了，赶紧说："那还是王大包你介绍的。"王大包脸色微喜，正等着我继续，就看见一个人骑着一辆电瓶车朝我们过来了，王大包说："来了。"看了看表，比较满意地对我使个眼色说："还算快。"

我一看到这人，虽然长得有点对不住，但我对他立刻有了一种亲人般的感觉，心里涌出一股暖流，我恨不得就把他当成我弟弟了。我以为这个满脸诚意的人马上会带我们进去，哪知他先冲着王大包发了一通火，说："王大包，你又给我惹麻烦，什么地方不好惹，都惹到精神病院来了，你是活腻了还是怎的？"王大包没怎么着，我却傻眼了，刚才我明明听见王大包在电话里训他，这会儿他怎么敢对王大包持这种态度，让我简直不敢相信他们是同一个人。

王大包反过来被他熊了，也不服软，犟嘴说："我给你惹的麻烦，有你给我惹的麻烦多吗？"那人说："不管谁多谁少，看事大事小，你惹的可都是大事。"王大包不服说："为什么我的都是大事，我有什么大事？"那人说："你都得精神病了，事还不够大？"王大包说："不是我得精神病。"一边指了指我，我赶紧说："也不是我，是我弟弟。"那人才不管是我还是我弟弟，继续和王大包作对说："你以为精神病院是你家开的，你想进就进，想出就出？"王大包也回嘴说："不是我家开的，也不见得就是你家开的。如若是你家开的，你也不用在这里跟我假装发脾气，直接领我们进去就得了。"

我都听糊涂了，我不知道他们两个到底什么关系，到底谁怕谁，到底谁求谁，我判断了一下，觉得也许平时是王大包求他，但现在我来了，在我面前王大包要挺个面子而已。只是他挺面子可以，别耽误了我找弟弟呀。我看着情形不对，他们竟然只字不提进医院帮我找弟弟的事，两个掐个没完没了，我赶紧打断他们，恭敬又感激地对那个人说："听王大包说，你认得精神病院的人，你能带我进去找我弟弟。"他斜了我一眼，挖苦说："听王大包说？王大包的话你也能听？"我顿时感觉自己的一颗心"嗖"的一下落了下去，一阵掏心掏肺的空虚感弥漫了全身。我浑身酸软，想狠狠地瞪一眼王大包的力气都没了。我有气无力地说："王大包，你为什么要玩弄我？"王大包没张嘴，那个人倒笑了起来，朝我说："王大包的话你别听，但我的话，你还是可以听的。"我几乎已经完全绝望，守着这一对宝货，我还指望他们什么，他的话我连听都听不懂，也懒得回答。这人却又客气起来，热情起来，主动提到我弟弟了："你再把你弟弟的情况跟我说一下。"

这真像是在玩弄我，但毕竟他又燃起了我的希望，我赶紧把我弟弟前前后后的情况拣重要的说了一下，他听了以后，"噢"了一声，说："你弟弟是三无人员。"他见我不知道什么是三无人员，又跟我解释说："就是流浪街头的精神病人中的情况最糟糕的一种，既无真实的名字，又无真实的家乡，还无家属亲友。"我急了，说："我弟弟不是三无人员，他有家乡，有亲人，他至少还有我，我就是来找他的，他是三有人员。"那人说："你当然知道你弟弟有名字、有家乡、有亲属，可是社会不知道呀，你弟弟会准确无误地说出来吗？不会吧，说不出来，或者说出来的不准确，那就等于没有，等于三无嘛。"我更急了，问："三无会怎么样？"他似乎非常了解情况，随口就说："一般三无，不会住进精神病院。"又说，"如你所说，你弟弟他是一个人走失的，自己又不知道自己是谁，也不知道自己的家乡在哪里，也就是说，他什么都没有，他自己也不知道应该来医院看病，就算有人在街上发现了他，把他送来，谁能收下他呢，收了他治疗费谁负担呢？"我赶紧说："是救助站把他送来的。"那人的脸色立刻变了，说："既然是救助站管的，你还找我干什么，救助站自会负责的,只要是经了他们手的,他们都承担,包括治疗的费用,你完全不用担心了。"见我仍不放心,他又说:"咦,王大包不靠谱,你倒信他,我这么了解情况,熟知政策,你还怀疑什么呢?"我只好说了实话:"不是我不相信你,主要是,救助站不承认他们接收过我弟弟。"

我这话一说,他愣住了,愣了半天,忽然仰天大笑起来,一边拍打着自己的耳光,一边说:"我就知道,我就知道,王大包啊王大包,你都是些什么人物啊?"王大包回头怪我说:"王全,你怎么回事,你红口白牙说你弟弟在精神病院,到底在不在?"说了觉得不解恨,又说:"到底你有病还是你弟弟有病啊?"我见他们站了半天,尽说废话,别说帮我找到弟弟,连我弟弟的一根毛他们都没挨着呢,我也来了气,说:"王大包,是你主动提出帮我找弟弟,事到如今,你说一句话,到底帮是不帮,不帮的话,我转身就走。"我虽然气壮如牛,但其实心里很虚,没有底气,如果他说不帮了,如果我转身就走了,我还能找谁帮助我呢?

可怜的我啊,可怜的我弟弟啊。

幸好王大包不是那样的人,他即使不帮,即使帮不了,他也一定会说要帮的,这向来是他最擅长的。果然王大包说:"王全,你别着急呀,你以前的性子不这么急的嘛。"我说:"你过过我的日子试试,看你急不急。"那人却还在继续他的嘲讽,继续打击王大包说:"王大包啊王大包,也就你能够带来这样的人,真是物以类聚人以群分啊。"我没想到他还能说出这样的词来,多少也有点知识水平,我不客气地说:"救助站不承认接收了我弟弟,这事情有那么离谱吗? 值得你这么讽刺吗? 如果救助站承认接收了我弟弟,承认把我弟弟送到医院来了,我还找你帮什么忙?"他大概也觉得嘲笑得差不多了,才正经地问我:"既然救助站没承认把你弟弟送到医院来,你怎么知道要到医院来找你弟弟呢?"我也老老实实说:"有人提醒我的,因为我弟弟曾经在江城救助站出现过,但是我来找他的时候,他不在救助站,也没有登记他的名字,有经验的人说,很可能他用了别的名字,送到医院来了。"

这人听后,想了一想,表情又夸张了,说:"你的意思是说,你来医院找人。根本就不知道找的人叫什么?"我立刻反驳说:"可我认得他的脸呀。"那人说:"里边几百号病人,你一张一张脸看过来?"我说:"我愿意,只要能找到我弟弟,别说几百张脸,就算是看几千张、几万张脸我都愿意。"

这人竟然被我说定住了,大概他没有见过我这么执着这么不讲理的人,他已经无话可说了,因为无论他讽刺我也好,打击我也好,都动摇不了我找弟弟的决心,所以他不再说话,开始行动了。

他走在前,我和王大包跟在后,走了几步,我就发现他直接往门诊大厅走过去,我在背后说:"哎,不是到门诊。"那人不回我话,自顾往前走。王大包问我:"为什么不能到门诊?"我说:"门诊我已经去过了。再说了,我弟弟不会在门诊的。"王大包说:"为什么?"我内行地说:"看门诊的人,看过了马上就会走的,不会钉在那里,我弟弟丢失多少天了,他如果真的在这个医院,必定是在住院部,怎么可能天天钉在门诊呢。"王大包同意了我的说法,加快几步赶上那人,从侧面看看他,可那人只作不见,只作不知,继续往门诊大厅去。王大包终于有机会报他一仇了,说道:"你脑子有病啊,你有没有脑子啊,你以为门诊是旅馆,人都住在那里?"那人朝王大包翻一个白眼,这才说:"我认识的医生,今天在门诊上,你说要不要去门诊找他?"我和王大包都没得说了,就跟着他到门诊上去。

我才发现这个人找人的方法跟我差不多,也是一间一间地朝门诊室里看,不过不同的是,他看的是医生的脸,我看的是病人的脸。我心下不由又有点奇怪,他要找熟悉的医生,难道他们事先都没联系吗,难道医生不告诉他在几号门诊室里上班吗?我看看王大包,王大包把气撒到我头上说:"你别看我,你看我有什么用,你弟弟又不长在我脸上。"

长长的一排门诊室都挨个儿看下来了,也没有找到他认识的医生,连我都看出来他是在虚张声势,王大包不可能不知道,还好,不等我和王大包把怀疑写在脸上,他已经后退了一步,开始向人打听某某某医生了。

打听了几个人,都不知道有某某某医生,这人急了,恼了,坚持说:"怎么可能没有,就是有!"有个人见他不讲理的样子,也惧他几分,只好退一步说:"你坚持说有,就算是有吧,但是现在确实没有,可能是调走了吧,我是新来的,原来的情况不太了解。"

这人总算保住了一点面子,王大包不知是变厚道了,还念着帮我找弟弟,没有戳穿他,还趁汤趁水地帮衬了一句说:"现在的人,跳槽比跳楼还快。"什么话,完全是逻辑混乱。

我不赞同王大包,是因为他没有找到熟悉的医生,不再有可能带我进住院部找弟弟。我满腔希望而来,却被当头浇一盆冷水,连心都凉透了。我不可能像王大包那样有心情,还能赞美一事无成的人。我不仅不可能赞美他,我还十分怀疑他。我怀疑他根本就不认识这里的医生或其他什么人,那个什么某某某医生,很可能是他编出来的。

只是我想不通,如果没有熟人,他为什么专门跑来花费时间演这一出空城计呢,他演这出戏,王大包到底知不知情呢,王大包是被他蒙蔽的,还是跟他合伙的,无论他是单干还是合伙,他想干什么呢,答案只有一个:骗人。

但被骗的人又是谁呢,我觉得肯定是我。我只是不知道他能骗我什么,我的情况大家都心知肚明,骗钱骗色都不应该找上我。我一时想不出来个所以然来,但我叮嘱我自己,我得小心一点儿。

我们出了门诊大厅,那人仍然走在前头,我和王大包跟在后面,走了几步,我又发现了,这回他倒是往住院部来了。

王大包奇怪说:"你那医生不是调走了吗? 谁会让你进住院

部？"那人并没回话，却一脸骄傲之色说："跟着走就是。"他领着我们经过住院部的院门，继续往里边走，我顿时又泄了气，说："原来不是进住院部。"他不回王大包的话，倒愿意回我的话，说："你就知道个住院部，不知道有比住院部更厉害的地方。"王大包比我反应快，说："医院行政楼吧，医院领导都在那里上班。"

就这样，在我的希望一次次燃起又一次次破灭，一次次破灭又一次次燃起的折磨人的反反复复来来回回中，我们终于到了精神病院的行政办公楼前，那人让我和王大包先在外面等一下，他一个人先进去了。

我的感觉再一次跌落下去，我跟王大包说："这什么人呀，玩什么花招。"王大包说："王全，你还抱怨，人家为你的事，到底是在跑来跑去，又不收你一分钱。"我说："我宁愿他收我钱，不要这么花里胡哨，老也走不到正题。"王大包说："收你钱，你有多少钱够他收的？"我说："我倾家荡产也行。"王大包瞧不上我，说："你那'家'你那'产'，还不够我请人家吃一顿的。"我既找弟弟无望，还要受王大包的奚落，真是气得气血翻滚，真想给王大包一顿老拳，然后扬长而去，老子不求你了。

可是不行啊，我弟弟在他们手里呢。

那人在里边给王大包打手机，让我们进去到105房间找他，我和王大包赶紧进去找了105，果然在里边，另一个人坐在办公桌前，两人正聊得热乎呢，我心中一喜，知道找到人了。

经那人介绍，这是医院医疗办的何主任，我虽不知道医疗办是干什么的，但心里暗暗念叨，主任啊主任，你都当上主任了，你一定能帮我找到我弟弟。

何主任看了看我，说："就是你要找弟弟，可是你不知道你弟弟叫什么名字？"我说："我知道我弟弟叫什么名字，可是我弟弟不知道。"何主任说："跟我这儿不用咬文嚼字。也就是说，你不知道你弟弟在这里用的是什么名字。"我点头承认说："以前我弟弟只会用我的名字，但这一次很奇怪，他没有用我的名字。"何主任说："既然不知道名字，我这儿有医院住院病人的全名单，上面有几百号人，你怎么认定哪个是你弟弟呢？"

我等着他的名单拿出来，或者让我上电脑看，救助站就是这么做的，但他没有这么做，只是口头上跟我说："名单上查不到，你就只能进去一张脸一张脸地对照辨认。"我心中更是大喜，连连说："就是，就是。只要让我进去一张脸一张脸地看一看，我一定能看到我弟弟。"不料何主任却摇头说："可惜那是不可能的。"

简直又是当头一棒，我硬挺住才没有倒下去，赶紧追问："为什么？为什么不能进去认人？"何主任说："因为你并不能证明你弟弟在里边啊。"

我的天啊！又绕回去了，又绕回去了。

我已经经历了这么多的磨难，如果一切又回到了起点，我不知道我会不会疯掉。

不，决不。

我不会疯的。

我坚强无比，屡败屡战。

我坚强地说："何主任，请你相信我，我弟弟一定在里边，你让我进去，我一定把我弟弟找出来给你看。我如果找不出我弟弟来，我怎么怎么怎么——"我看到王大包盯着我的嘴巴看，我不知道他什么意思，他朝我做了个手势，我仍然不能领会，不是我太笨，实在是因为我的思想全部集中在我弟弟身上，我无法思考任何别的东西。

王大包说："你吐白沫了。"

我说："我才不在乎，只要能找到我弟弟，别说是白沫，就是吐几口鲜血也无所谓。"

何主任拍了拍我的手背，安慰我说："主要考虑里边有很多有暴力倾向的病人，有危险性，你进去不能保证你的人身安全。"我赶紧说:"我不怕危险。"他笑了一下说:"你不怕我们怕,你要是出了危险,就是我们的责任。"我赶紧说:"我责任自负,后果自负行不行?"何主任说:"不行。"我急问:"那要怎么样才可以进去,我写保证书行不行?"王大包的那人也笑道:"你写遗书也没用的。"

话题就僵住了,一时间冷了场,难道我又白来了一趟?我容易吗,经历一而再,再而三的艰难曲折,我已经找到了弟弟的主任,离我弟弟越来越近了,却又被挡住了。

我不会甘心的,我正要重新鼓起精神,王大包先替我说话了:"何主任,我们来打扰您,麻烦您,就是想进住院部看一看。"我也赶紧续上说:"就是,就是。如果不进住院部,我就不可能找到我弟弟。"何主任又朝我看了看,说:"你这样的人,少见。"我没听懂,不知道他为什么说我是少见的,何主任见我不明白,也懒得跟我解释,而是由王大包的那人跟我说:"一般人家家里有精神病人,走丢了才好呢,永远失踪才好呢,少去了一家人一辈子的负担。"何主任这才接过话头说:"人家家属都是推都来不及,你还要找回去,接回去,你傻呀。"王大包也来欺负我说:"王全,是不是你自己有病啊?"我气得都差点闷过去,冲着王大包说:"我有病没病,你最清楚吧。"

他们三人的眼神都是一个颜色的,三个轮番来数落我,一个说:"你如果脑子没问题,怎么可能满世界到处找一个精神病人,你找他回去干什么?劳动?挣钱?娶媳妇,生儿子?"他们三人一起笑了起来,又一个说:"就是嘛,他什么也干不成,就是一个废人,不如让他在外面混混,说不定他还喜欢在外面那样的日子呢,自由自在。"再一个添油加醋说:"现在好多病人弄在家里,都是被锁着的,最近有个地区被曝光,光是一个地区,被锁在家里的病人就有多少万。"我赶紧解释说:"我弟弟不用锁的,他不是暴力的。"何主任才问了一句:"那他是什么?"我想了一想说:"他是老鼠。"何主任"啊"了一声,神色严峻地道:"老鼠可比暴力更暴力,想想都可怕。一个人一眨眼就变成了一只老鼠，一会儿又从老鼠变成了人，难道不比一个杀人犯更可怕吗？"

他们三个对付我一个，我也不怕，我有的是思路，我说："可是，也可能我弟弟经过治疗，病好了呢。"何主任说："很少有彻底痊愈的。"王大包那人又说："何况现在社会这么乱，事情这么复杂，人的念想那么多，好人也会犯起病来，别说本来就是病人，诱发的因素太多了。"何主任更是配合说："那是，有的出院一两天，又犯进来了，瞎折腾。"王大包说："不过王全的弟弟没那么严重，他最多就是扮个老鼠玩玩。"王大包真是根墙头草，一会儿附和着他们一起嘲笑我，一会儿又觉得要帮我说几句，我都搞不清他到底在干什么。我原以为我两次来江城，王大包两次从天而降，他一定是我的福星，他一定能够帮助我找到弟弟，可现在看起来，我的福星根本就不是王大包。但是除了王大包，在江城，在这个世界上，我还能到哪里去找个福星呢？

我的另一个疑似福星牛脸出差回来后，找出了近阶段由救助站送到精神病院的人员名单，这份名单不算长，人数不多，应该不难找。

可是结果你们早已经知道了，我弟弟不在里边。

所以牛脸也根本不是我的福星。

凭良心说，大家都尽了力，可是仍然没有我弟弟的踪影。我忍不住要掉眼泪了，赶紧出来到走廊忍眼泪，却听到他们几个留在办公室里议论我，他们问王大包，我到底有没有弟弟。

王大包竟然也犹豫起来，支支吾吾地说："好像，好像是有的，好像是有病的。"人家又问："有病的到底是谁，到底是他自己还是他弟弟？"王大包更吃不准了，说："我，我也搞不大清楚，他弟弟有病，一直都是他告诉我们的，我没有看见。"

王大包这样一说，他们又开始攻击王大包，说他情况不明，就瞎帮人办事，万一怎么怎么，就会怎么怎么，听他们的口气，好像已经认定病人就是我，而不是我弟弟。

我虽然生气，生所有帮助过我的人的气，但是再细想想，我还是能够理解他们的。就说这王大包，他和我已经多年不来往，互不了解，万一在这些年中，我真的得了病，他却没有及时了解，现在才发现了真实的情况，如果他这么想，我也不应该埋怨他；再说牛脸，牛脸相信我，帮助我，那是因为我的再次出现，保住了他和马面师傅的饭碗，也许他根本不是真正地从内心深处相信我，只是出于感恩的心愿，帮我一把而已；至于另外的两个人，对我充满怀疑，更是理由充分，他们从来也不认得我，我要做的事情更是让他们百思不得其解，我一心要把一个没有名字、甚至根本就不存在的精神病人找回家去给自己增添无尽的麻烦和烦恼，还可能增添各种危险性，他们没有见过这样的事和这样的人，所以也只能认为我自己就是那个病人。

如果这么替他们着想，我就不应该生他们的气，但同时我也不应该再指望他们相信我，这样一来，我成了孤家寡人，我又得孤军奋战了。

其实不会的，决不会空无一人。有一个人，他和他们不一样，他就是我们小王村的村长王长官。

村长对于我、对于我们家的情况以及我弟弟的情况都了如指掌，我弟弟的残疾证，还是村长亲自去办来的呢。我只要找到村长，就能还我清白，还我本来面目。

一伙人从何主任办公室出来，恰有个穿白大褂的人过来了，奇怪地朝大家看，问道："你们是谁，怎么这么多人在何主任的办公室里？"何主任说："你是谁，你来干什么？"那白大褂说："我找何主任呀，他人呢？"何主任一气，冲他说："你精神病啊，瞎嚷嚷什么呢。"那白大褂居然被他冲了一个愣怔，半天没有反应过来，等反应过来后，他疑疑惑惑地说："精神病？这有什么奇怪的，精神病院到处都是精神病嘛。"

三

村长答应和我见面，还吩咐王大包安排一个适宜的见面地点。我有点意外，没想到村长这么讲究，这么把我当人物。

王大包在足浴店订了一个小包间。我笑话他说："王大包，你以为村长那脚，是省长的脚，那么金贵。"王大包说："这是村长点的，倒不是他想洗脚，他是想请你尝尝洗脚的滋味。"我更是惊讶，不知道什么时候开始我在村长心目中从一个贫寒的高级知识分子，发展成酒足饭饱的土豪老板了。

我和王大包到了足浴店，村长还没来，我们先进了包间，一边等村长，我心里还记恨着王大包在精神病院出我洋相的事，我舒服地在长榻上躺下，伸展着疲倦的身子，身体一放松，思路也清晰了，越想越觉得可疑，我甚至怀疑王大包找的人都是假的，那个何主任，怎么回想，怎么不像是精神病院的主任。

王大包见我这么说他，也不生气，也不解释，也不说他找的人是真是假，只说："你就疑吧，疑吧，疑到最后，你自己都会怀疑你自己。"我反击他说："我自己我还不知道？我怎么可能怀疑我自己？我怀疑我自己什么？"王大包阴险地一笑，说："怀疑你不是你自己吧。"我说："我确实应该怀疑你是不是王大包，你若是王大包，不可能这么不够意思，你哪里还像我兄弟。"

王大包听我说"兄弟"两字，赶紧说："王全，你兄弟是精神病，可别沾上我。"我说："既然你知道我弟弟是病人，为什么在他们面前你不说清楚，让他们怀疑我？"王大包说："他们怀疑你，必是因为他们觉得你可疑，必是你自己有可疑之处让他们发现了，怪我什么事。"我说："可是他们问你的时候，你的回答是不确定的。"王大包说："确定？现在谁敢说什么事情是确定的，你真能确定你没有和你弟弟得一样的病吗?"我生气说:"王大包,你才得病。"王大包倒不生气,还承认说:"这也有可能的,也可能我也病了,我却不知道,现在好多人,自己得了病,自己是不知道的,只看见别人得病。"

王大包这话,多少还说出了一些真理呢,只是我不爱听。从前我的智商情商都很高,什么事情都能在自己心里兜一个转,但是在丢弟弟和找弟弟的过程中,我变得十分的一根筋,转不过弯来,只要是对我找弟弟有利的,我都听得进,对我找弟弟无利的,我一概不爱听。

现在我的证人马上就要出现了,我很快就能做回我自己,而不是被别人再三怀疑,我不需要王大包替我正名了,我对王大包说:"王大包,虽然你帮了我,但你也耽误了我。"王大包撇嘴道:"王全,说真心话,我现在还真的不怎么了解你了,你不是从前上高中时那样子了。"我嘲笑他说:"你认为我整过容了。"王大包说:"不是讲长相,长相上你还是那人模狗样,是你的心思变了,变得难以琢磨。你说话也变了,不像从前那样干脆利索,变得啰里啰唆,颠来倒去。"我说:"这是被你们逼的,如果我讲一遍你们就相信了,我还用得着颠来倒去啰里啰唆吗? 可是你们不信我,不信我来找弟弟,不信我弟弟在江城,不信江城救助站打过电话给大王乡,不信我一心想把弟弟找回家,不信我心里只有我弟弟,你们对一切的一切都不相信,当然会觉得我变了,甚至觉得我病了。"

我们绕来绕去,又回到了起点,我真心看出来了,王大包还真是受了他人的影响,对我不放心,对我充满了不信任。

真是个没有立场的货。

幸好,村长马上就要到了。

王大包似乎看到了我的心思,笑我说:"你以为村长来了,你就不值得怀疑了吗?"经他一提醒,我再一次回忆起来,村长说"你只有找到你弟弟,才能证明你是你自己哦"。村长那张阴险的脸,到现在还在我眼前晃动呢。

　　奇怪的是村长说的什么，王大包居然也能知道，这么看起来，村长和王大包早就穿上一条裤子了，早就捆在一起了。

　　事实正是如此，村长到了之后，趁洗脚妹去准备泡脚水的时候，村长告诉我，无论是当初贿选，还是投入大蒜精，都是找王大包帮的忙，是王大包替村里去借的高利贷。

　　我说："原来，王大包，你躲债竟是为了小王村。"村长说："王全，你惭愧不惭愧？"我说："我才不惭愧，我有什么好惭愧的，把借来的钱打了水花，那才该惭愧。"村长生气，又不能说我什么，钱又不是我折腾掉的，便开口骂王图："王图个狗日的，本来大蒜精已经财源滚滚了。"我还是有独立思想的，我才不会被王大包的行为所感动呢，我十分理智地说："虽然王图捣了蛋，但是当初你根本就不该听信王大包的，不该借高利贷，高利贷会害死人的。"王大包冷笑一声说："你真清高，说话比屁还轻，不借高利贷你借屁去，你以为银行肯贷款给你？"村长也支持他说："高利贷无所谓啦，现在借高利贷的人不要太多，你都不知道高利贷救了多少人。"

　　这俩货，居然还在为高利贷鸣冤叫屈，摇旗呐喊，我点击他们的要害说："既然高利贷这么好，能不能好到不要还呢，如果必须还，你们拿什么来还呢？"村长一点儿也没有被我将了军，他反而春风满面，不再和我说高利贷的事情，乐呵呵地和洗脚妹调起情来。

　　王大包很会看讪色，配合说："老板，看起来你找一号办事很顺利啊。"村长笑而不语，一副成竹在胸的样子，几个洗脚妹都听到了王大包的话，她们看起来也都知道一号是什么，她们互相对笑，替村长捏的那个妹子说："老板，难怪你的脚这么小。"

　　我们一听，都不由自主地去看村长的脚，村长下意识地想把脚藏起来，可是众目睽睽之下，他那女人似的小脚能往哪里藏？村长有些恼，说："妹子，你什么意思，不想为我服务？"那洗脚妹受委屈了,说:"老板,我是奉承你的,你没听说过吗,男人女相,女人男相,那才是大人物,才会有好命。老板你的脚这么小,就是女人脚嘛,所以,所以——"我接过去挖苦他说:"所以到省长家就像到自己家嘛。"洗脚妹点头说:"正是正是,我就是这意思嘛。"

这样的话,村长真不知应该是受用,是笑纳,还是拒收、翻脸,不过村长毕竟是村长,能够随机应变,他笑了一下,即刻甩掉了尴尬,朝洗脚妹的手看了看,说:"妹子,你的手倒是挺大的,像男人手,属于女人男相吧,可是——"村长留下半句话没说出来,但大家都听得出来,村长认为,她虽然是男人手,男人相,可是命运中却没有奇迹出现。

不料村长错了,我们都错了。洗脚妹兴奋地说:"老板,你眼光真准,我命真的很好哎,我从家乡出来,进城了,就是从地狱到了天堂了。"这话我首先不赞成,把自己的家乡说成地狱的人,多半是对家乡毫无感情的,一个对家乡都没有感情的人,能指望他有什么出息吗?我不客气地说:"一个人的家乡,怎么会是地狱,那是他心中永恒的寄托,家乡再穷、再苦、再落后,也是生我养我的血脉之地,就像我们小王村,虽然我们能力不行,村长领导得不怎么样,但怎么说也是我永远的家乡。我不仅自己要回家乡,我还要把走失的弟弟带回家乡。"洗脚妹见我一大套道理,也不跟我计较,只是说:"我那家乡和你那家乡不一样,我家乡是山区,我小时候上个学,要爬五个山头,好多次摔下山,差点命都摔掉了。"一边说,一边卷了胳膊和裤腿给我们看,果然有好些伤痕。

我一时无语了,一个差点儿把她给摔死的家乡,我无论如何也不能强迫她去热爱它了。倒是村长关心得比我细致,问她说:"那你们是怎么出来的呢?"洗脚妹说:"我家乡的地没有了。"我又奇怪,抢着问:"地怎么会没了呢,难道塌下去了?被空气吸走了?"洗脚妹说:"不是地真的没有了,是地不再是我们的了——"她庆幸地长叹一声,说:"幸亏那些城里人发了神经病,要到我家乡那种地方去建住宅,就把地征了,地就没有了,我们的命运就逆转了,我们就出来了。"

大家听了,都沉默了一会儿。你能说她说得不对吗,不能,你能说她说得对吗,似乎也不能。

王大包的手机响了,他看了一下来电号码,赶紧把脚从盆里收出来,擦都没擦,湿淋淋地穿着拖鞋就出去接电话了。我不以为然说:"接个电话还要躲出来,搞得跟保密局似的。"村长的心思却不在王大包身上,他才不管王大包到哪里去接电话,他又回到洗脚妹的话题上问道:"那你的家乡,那个山区,现在怎么样?"洗脚妹说:"现在好了,电也通起来,路也铺好了,山间别墅建好了,汽车可以一直开到家门口,只是这些房子都空着。"我为她可惜说:"你们要不这么着急着出来,现在也能享受这些了。"她立刻回答我说:"这位老板,你想得美,如果地不给他们,他们才不会为我们通电修路造房子呢,那是给他们自己享受的。不过这样也好,换个位子,他们到那边去看风景,我们进城来过日子,六十年风水轮流转吧。"

村长忽然大叫一声:"哎哟!"只见他脸色大变,不满地对洗脚妹说:"你下手太重了,捏痛我了。"洗脚妹赶紧说:"老板,对不起,对不起,我轻一点。"但仍然还是满脸委屈,又说:"可是奇怪,我从开始到现在,一直是用的这个力,没有加力,刚才老板你没有觉得我手重,现在才说重,人家都是越捏越能承受的,老板你和别人不一样。"村长"哼哼"了两声,也听不出是舒服的哼哼还是不舒服的哼哼。

洗脚妹有些麻木,她无法理解村长的想法,只要不是说她捏脚捏得不好,她一概不放在心上,但我懂得村长的心思,我问村长:"村——"为了维护他的面子,我咽下了那个"长"字。村长却无所谓,戳穿我说:"你喊我村长就喊我村长,喊个村算什么,这么要面子?"明明是我想给他面子,他还说我要面子。

　　结果给我捏脚的洗脚妹还配合他说："村长好啊,村村都有丈母娘,连省长都不敢的,村长都敢。"那个从地狱到天堂的洗脚妹说："村长是我们的救星,我们村的地,就是村长搞掉的,他到省城去吹牛,说我们的山里有什么什么,有多么多么美丽,人家就来了嘛。"

　　我忍不住勾着头看了村长一眼,心想怎么说话这么巧呢,我们的村长恰好也是到省里来,他来干什么呢,难道也是土地的事吗,只有土地这样的大事,才可能惊动上面呀。不料村长却气哼哼地说："那他就是个卖村贼。"这下子洗脚妹不能赞同了,说："老板你这话不对,怎么是贼呢,地本来就在那里,现在也在那里,也没有人偷去。"

　　村长不和不懂事的人说话了,他朝我看了看,大概觉得我还比较懂事一点,对我说："王图就是干这个的。"

　　他终于说到王图了。我想起在我第二次离开家乡的时候,我在乡上看到王图带了人进乡政府,我又看到村长也追进了乡政府,他们进去肯定是一决高下的,为了什么我不知道,最后的结果我也不知道。我也不想知道。我的心思只在我弟弟身上。

　　因为从一开始,从我在县精神病院看到王图装疯时,我就不能理解王图的做法,他一路过来的做法,更让我捉摸不透。我问村长："王图先是假装归顺,暗地里设计阴谋,最后捣毁了大蒜厂,他这样干,除了报复,他自己又能得什么好处?"村长说："大蒜厂闭了,地就空出来了,他就引人来看地了,引狼入室。"我说："奇怪了,地是他的吗?"村长双肩一耸道："他以为是他的吧。"我更觉奇了,不解说："既然他做不了主,他引人来干什么,给人家吃空心汤团啊?"村长说："算他狗日的有脑子,抢先到了乡政府,不知怎么一日鬼,乡政府竟然被收买了。"我"嘻"了一声,说："王图现在把本事练出来了,能和村长对着干,还能胜村长一筹了。"村长气恨地说："个狗日的腿子够长,步子够快,既然乡政府已经不行了,我赶紧赶到县里找县长，结果又迟了一步，县长也被他搞定了。"我这才明白了，说："原来你到省城来，就是和王图比速度的啊。"村长说："那是，他处处抢先一步，我如果再到市里，肯定又被他抢了先去，好吧，我不跟你玩级级跳了，我也不到市里去了，我就直接到省里来，一竿子打到省长那里，个狗日的必定没有这么快。"我表示怀疑说："村长，你找省长有用吗？"村长又瞧不上我了，瞥着我说："你说呢，除非他再找到国务院总理。"大家都笑了起来，那是嘲笑王图的，王图再有阴谋诡计，他总不能谋到国务院总理那儿去啥。

只是话题赶到这儿，我心里仍不甚明了，村长和王图的斗争，看起来是在抢地，但是他们抢地干什么呢，继续种大蒜，那是不可能的，继续办大蒜厂，也是不可能的，那什么才是可能的呢？

你们别以为我变成了一个关心家乡的人，我才不呢，我只是随意这么一想而已，我又不要找答案，抢地干什么，仍然不关我的事，找弟弟才是我的唯一。

可村长正在抢地的兴头上呢，他才不管我有没有兴趣，强行对我进行扫盲教育，告诉我这是土地流转。这难道还需要解释？村长也太不认可我的水平了，土地流转我虽然不关心，但不关心不等于不知道，我这人一向敏感，何况眼观六路耳听八方，又何况现在是信息爆炸的社会，每天每天，都有大量大量的碎片炸进我们的大脑，即使你不关心，你没兴趣，它也会停留在你身体里，最后变成你的正知识或者负知识。

我不想让村长觉得他像个教授似的在教授我，我不再接他的话头了，闭上眼睛专心致志地体会捏脚的惬意，让他落个没趣去吧。

可是讨厌的洗脚妹偏要给村长凑趣，她们故意要让村长有机会摆出教授的样子来。当然这我也想得通，她们这么做，可不是因为喜欢村长，或者她们懂事礼貌，她们要好好服务，让客人满意，然后再招引回头客。

可惜了,她们不知道,我们这几个人,这辈子恐怕都很难再回到这儿让她们捏脚了。

既然洗脚妹愿意捧着,村长也不客气,跟她们说道起来,我才不要听,只可惜我闭得上眼睛,却闭不上耳朵,不想听也非得听进去,才知道原来小王村的土地流转后,要由城里人来种有机蔬菜。我不由"扑哧"一声笑出声来,我说:"村长,连蔬菜都要流转给别人种,农民不会种菜吗,城里人反倒会种菜?"村长也挖苦我说:"你知道什么叫 AA 级绿色蔬菜吗?"AA 级蔬菜,这我还真不知道,我倒是知道 AAAAA 级风景区。我不屑地说:"两个 A 算什么,人家一般都有五个 A,五个星,还有一座酒店,七个星呢。"我不相信,我这才出来几天,村长的新名词倒比我还多了。

村长也不服我,说:"王全,你虽然知识比我们高,但是你落后了,我们小王村的农民,祖祖辈辈只会种大蒜,现在大蒜不狠了,要种狠的东西了。"什么样的东西算是狠东西呢?洗脚妹比我懂,抢答说:"有机食品吧。"另一个也说:"只要是有机,就有机会,就贵,贵很多呢。"我假装痴呆说:"那农民干什么呢?"洗脚妹又抢答说:"咦,和我们一样吧,城里人去帮你们种菜,你们到城里来打工,这也叫换岗。"

我不得不再次笑了,不是笑他们瞎胡闹瞎折腾,而是笑他们把事情想得太简单,这种所谓"换岗",哪里是什么换岗,那可是几千年的乾坤大挪移、大变迁,哪是村长和洗脚妹能够理解得了的,可看看他们自以为一个比一个懂知识、懂政策,难道你们不觉得好笑吗?

替王大包捏脚的那个洗脚妹等了半天不见王大包进来,就起身出去看看,过一会儿她回进来了,脸色奇怪地说:"咦,那位老板怎么不在外面?"替我捏脚的这个立刻就警觉起来,一连串地问:"他是不是走了?他是不是和你们一起的?你们检查一下,没有丢什么东西吧?"她把王大包当成贼了。

王大包虽然不是贼,但他和贼一样可疑,一样行踪不定,一样的心怀鬼胎,这会儿又不知躲什么人躲什么事去了,也不知道当着村长的面,他会不会再犯上次对付我那样的错误,把我和村长扔在这儿。不过上回他还知道替我付了宾馆的房钱和饭钱,今天他难道屁股一拍就跑了?

我把我的担心对村长说了,村长完全不当回事,说:"没事没事,不就洗个脚吗,你再怎么瞧不起小王村,小王村请你洗个脚还是没问题的。"

我们洗脚的钟点已经到了,钟点一到,洗脚妹也就没有那么多话了,一个跟着一个退走了,替王大包洗的那一位说:"我也出去了,他如果回来,你们再喊我,如果他不来了,也要算一个钟的。"

她们走了后,村长见我要起身,对我说:"我们再躺一会儿。"我说:"你还真以为王大包会回来?"村长说:"我才不等他,我有重要事情跟你商量。"我对他说:"你不要吓我,你的重要事情能和我商量吗?你真把我当人物。"村长说:"这个重要事情,人人都要商量,人人都是人物。"他这样一说,我又泄了气,原以为村长忽然对我刮目相看了,却不知我还只是个"人人"而已。村长拿了一张纸出来,对我说:"村里流转土地,需要每个村民的签字。"我才没那么好说话,我问:"我签字有什么好处?"村长说:"签了字,流了转,不用干活儿,每人每月可拿五百块钱。"我正在对着这五百块钱思考,我一时不知道这到底算多还是算少,村长说了:"比城里低保户低一点,不过也不错啦,饿不死、也冻不死了。"稍一停顿又说,"很适合你这样的懒汉——真有创意哦。"这下我听出来了,村长表面上是在讽刺挖苦我,其实好像并不是针对我的,我是个完全不值得他针对的人嘛。村长已经把那纸头递给我了,我以为是在流转协议书上签名,但接过来了一看,大出意料,这根本不是什么土地流转协议书,他是来请我联名反对流转的,我都懒得看联名反对书上的内容,就嘲笑说:"村长,原来你是反对流转的哈。"村长立刻说:"你又错了,你又不懂形势了,我反对的不是流转,而是流转的过程、方式和结果。"我继续嘲笑说:"反正不管怎么流,结果都是转,你较个什么劲呢?"村长认真道:"那可不一样,村上的地,应该由村里自己做主,应该请每个村民做主,不能听王图一个人的,更不能由外人和外行人做主。"

我心下思忖,这会儿村长知道"每个村民"了,从前以来,他从来就不知道村里还有"每个村民",他自己就是"每个村民",现在碰到难题、碰到对手了,他才要用到"每个村民"了。

但是我仍然没有看见"每个村民"的名字,只看见村长写的反对书,我说:"这真是联名的吗? 别人签了没有?"村长早有准备,拿出另外的一沓纸来,我一看,上面果然是村民们签的名,我大致瞄了一下,就知道恐怕除了王图,别人的名字都在上面呢,可我才不会相信他,我说:"这些名字,不一定都是他们本人签的吧,至少有一半以上是你找人代签的吧。"村长说:"何以见得。"我眼尖,指出来说:"你这些字体,虽然各不相同,但明眼人一下就能看出来,几乎出之同一个人之手,越是假装成不同字迹,越是暴露出相同的字体。"村长说:"该你操心你不操心,不该你操心你瞎操心,你管他是谁签的,只要每个村民都有这想法就行。"

我不能听信村长,但人家千里迢迢过来请我签字,那是看得起我,还请我洗脚,那是把我当人物的,我也不能不知好歹,不好意思拒绝他,我怎么办呢,有的是办法,先使个缓兵之计,说:"我去上个厕所。"

出来后就给我大哥打电话,我得问清楚了再签字。没想到我大哥的电话停机了,只得打给我爹,尽管我在打电话之前,对我爹的态度做好了充分的足够的思想准备,可我爹一开口,还是让我十分不爽,十分沮丧,我觉得自己完全不是我爹的儿子,也不是他的孙子,可能是他的十八代的灰孙子。

　　我爹很不耐烦，气势却很旺盛，骂道："王全，你以为你是谁，村长都说了话，你还来问我？"我辩解说："爹，村长让我联名——"我爹呸我说："村长让你干吗你就干吗，你还要我批准吗？你真把我当人物啊，难道我比村长还是个人物吗？"我爹真是我的亲爹啊，无论当面还是背后，他对村长都是如此的顶礼膜拜，我实在不服，忍不住告诉他："爹，现在村长不在我身边，他听不见我给你打电话，更听不见你说什么。"我爹大怒道："王全我看你找弟弟找蠢了、找疯了，你不如把自己当成你弟弟算了。"虽然讨了一顿臭骂，但至少知道了我爹的态度，其实不打电话我也应该知道的，我爹这条走狗，对村长是绝对忠诚的。

　　我和我爹通电话时，听到我爹那头有吹吹打打的声音，我心里感觉不妙，果然很快我爹就说："不和你废话了，我唱丧了。"我心里好难过，小时候就是因为我爹是个唱丧的，受人歧视，可我爹居然告诉我，现在土地也不用种了，大蒜精也不能生产了，他又恢复了唱丧，还做了唱丧班的班长，生意居然挺好。

　　真是丢人现眼。

　　我回进包房对村长说："我爹真丢人。"村长不同意，反对说："这有什么丢人现眼的，现在农村需要，需要的事就该有人去做。你爹不仅没有丢人现眼，还顺应了新农村的新需要。"真是有什么样的主子，就有什么样的走狗。

　　签名这事情就这样一波三折。说实在的，我本来不想签这个名，虽然签与不签都无所谓的，谁也不会拿我问事，但是我向来不喜欢我们村长，我还处处想和他作个对，所以我不想签；可这一次村长礼待我，用的是软攻，我受用下了，老话说吃人的嘴软，拿人的手短，我是洗人的也软，脚软，所以我洗过脚，浑身舒畅的时候，倒是想在联名书上签字了；但是后来又因为受了我爹的气，我又改变了想法，我又不想签了，我对村长说："村长，我们家有你一条走狗已经够了，不能再有第二条了。"村长说："这和狗没有关系，每个村民都签的。"我要无赖,说:"实在要签,也不是不可以,我签了能有什么好处?"村长说:"王全,你觉悟真低,出来混了一段时间,还是低,你想想,你往远里想一想,保住村里的土地,就是我们每一个人的最大的好处。"我说:"太远了,我看不见,我只看得见眼前的。"

村长被我一折一折又一折,折了好几个起伏,该头晕生气了,可村长不生气,村长不需要生气,村长是什么人物,那可是打蛇专打七寸的人物,其实他早就捏住了我的七寸,只是起先并不用劲捏,让我以为他没捏住,等我想滑过去的时候,他开始使劲了。

我的七寸是什么呢,你们都知道,找我弟弟。

消失了的王大包在关键的时候出现了,原来是村长让他到江城电视台和江城的各大报纸上打广告,帮我寻找弟弟,他刚才就是去联系这个事情的,凡能发现和提供准确消息的,有重奖。

包房里的电视一直开着,王大包指电视下方的游动字幕说:"王全,只要你愿意,明天开始,这行游动的字,就是你弟弟了。"

王大包早已经不是小王村的人了,却还是村长的马仔,我如果不联名,他大概也不会帮我找弟弟了。

为了弟弟,我就出卖一回自己的尊严吧。

村长满意地收起了真名和假名混杂的联名反对书,说:"我现在有上有下,看王图还能折腾到哪里去。"

村长踌躇满志地回小王村去了。

可是结果村长的联名书根本没有用上,两天以后王大包就告诉我,等村长回到小王村,黄花菜都凉了,乡政府已经和开发商签订了正式的协议,小王村的土地已经正式被征用了。

一向以行动迅速而著称的村长,如今真是赶不上趟了,别说他还在谋略着企图阻挡流转,人家早已经等不及流来转去,装模作样,直接就拿地走人了。

人家可是比他快了几个来回。

　　不过我还有想不通的地方，我问王大包："难道省长还搞不过乡长？"王大包笑而不语，我一看王大包的笑容，顿时惊醒过来："难道他没有见到省长？"王大包说："省长，省长一根毛他也见不着。"我倒替村长急了，说："那你又找了个骗子接见他？"王大包说："不是我要找骗子，他自己要见骗子，我怎么挡也挡不住。"我气愤道："就像你骗我一样，你介绍来帮我找弟弟的几个人，到底有没有一个是真的？"王大包居然指天发誓说："你和村长不一样，我对你和对别人是不一样，那些人，个个都是真的。"

　　我不想和他说话了。

　　你们不用担心我怎么才能再一次迈出寻找弟弟的脚步，因为王大包虽然可恶可恨，但是他用村长的钱替我做的广告，还是起作用了，起了很大的作用，短短两天时间，我已经收到了上百条信息，我正在一一分辨，我坚信我弟弟一定就在这些信息之中。

　　关于我弟弟的各种各样的千奇百怪的信息纷至沓来，甚至还有几张彩色的尸体照片发到我的手机上，让我备受惊吓，但是无论多么怪异的消息，都不如最后到达的消息让我难以接受。

　　最后的消息是从大哥那儿来的，大哥打电话给我，亲口告诉我，弟弟回家了。

　　我不相信，我决不相信，我怎么可能相信。

　　但这一次的消息不是任何别人告诉我的，也不是我爹告诉我的，那是我大哥！我这辈子，只有他这一个亲大哥。

　　弟弟真的回家了。

　　我实在不敢细想这一切的一切。

　　弟弟到底在哪里，在干什么？难道他一直在暗中看着我，一直在观察我的一举一动，他看到我实在山穷水尽了，就出来拯救我了？

　　其实弟弟，你如果有这样的好心，你还不如让我在江城找到你，那样是一举两得，既找到了你，又让我的辛苦没有白费。

　　现在弟弟回家了，我也很高兴，但弟弟毕竟是自己回家的，毕竟和我亲自找到弟弟的感觉是不一样的。在寻找弟弟的艰难困苦中,我常常想象我终于找到弟弟时的激动情形,并每天以此想象来鼓励我自己。

现在不用想象了,弟弟已经回家了,

我也要告别江城了。

对于江城的感受,怎么说呢,一言难尽。

四

我回家了。

可奇怪的是,家乡在我眼里已经显得很陌生了,我四处张望,心里不免有些惊恐,有些后怕,我甚至记不起我出去到底有多久了,我怎么就连自己的家乡都认不得了呢。

我在丢掉弟弟之前,曾经带着弟弟满村走,试图抹掉弟弟对家乡的记忆,难道结果抹掉的是我自己对家乡的记忆?

这个地方确实和我的家乡不太一样,我家乡的大地向来是青绿一片,那是青蒜,是大蒜的幼苗,是大蒜的孩子,一阵风吹过,田野绿汪汪的,像一片大海,又像一片天空,像一片森林,又像一片什么什么,反正不像现在这样。

现在我的家乡的大地上,在曾经长满青蒜的地方,种上了各种各样的奇怪的树,我不认识它们是些什么树,我问了一个路人,人家说这是果树。我也不认得这都是些什么果树,因为我们小王村八辈子以上、几十辈子以上,都不种果树,果树肯定水土不服,所以这些树都长得歪歪斜斜,要模样没有模样,要生机没生机,叶子都是枯黄的,好像才栽下去就已经七老八十了。我奇怪道:"这些树,能结你说的那些果子吗?"那人笑道:"结不结果子无所谓,只要它是那棵果树就行。"

其实我已经注意到，除了村上的土地，村民的房子也变化了，家家户户的前院后院，甚至院子外面，一下子多出了许多的土屋，都是临时搭建的，都建得马马虎虎，随时要倒塌下来似的。

我知道，如果我批评这些房子建得太草率、有危险，他们立刻又会告诉我，无所谓的，只要它是个房子就好，倒下来也无所谓。

那个路人大概以为我还不知道其中的奥秘，其实我早就该想到了，只是这些都不关我事，我才不管他们把大蒜地变成什么地，把房子搞成怎样，对于我来说，变成什么都是变，都是把我的家乡变得叫我不敢相认。

一路的事情都比较奇怪，一直走到我家门前，我彻底惊呆了。

我揉了揉眼睛，怀疑我是不是连家也走错了，这个家是我的家吗？

我都不敢确定了。

我又遇见一个老乡，忍不住挡下来问他："这是我家吗？"那人朝我看看，骂我说："王全你个傻子，你连自己家都不知道了？"我理直气壮地说："这已经不是我的家了。"那人更加疑惑了，又看看我，犹豫地说："难道、难道他们说的是真的？"我说："他们说什么了？"他说："他们说你变成你弟弟了。"停顿一下，又犹豫又怀疑地说："他们还说，你其实就是你弟弟。"说着说着，他甚至有点害怕起来，赶紧走开了。

天地良心，真不能怪我连自己的家门都认不得，你们是没有见过我家从前的样子，我家的人一直以来都是低人一头，房屋也跟着低三下四，门楣矮矬，砖墙灰头土脸，总之就是这样，我家的门脸和人脸一样，基本算不上是个脸。说起来这又要怪我弟弟，我弟弟的病，把我们家的脸面全丢光了。

可是今天不一样啊，今天我站到这个门口，明明是我的家，可是你让我怎么相认？

我下意识地摸了摸自己的脸，看看脸还在不在脸上，还好，脸倒还在的,只是脸上滚烫的,那是自然,我激动了,我从来没有想到我家的门脸还会有这个样子。

我家门口张灯结彩,大红大绿。最惊人的是,门上竟然贴着大红的喜字,还有百年好合、早生贵子之类的对联。可我想了又想,实在想不出来我家谁结婚,反正肯定不是我。

可谁能保证不是我呢。

我走进家门,头一眼看到的,就是我的结婚照。

我的结婚照正当中地挂在堂屋的墙上,我一眼就看出来,是PS的,他们居然懂得PS。

更惊异的是,我的结婚照片上的那个女的,居然是赖月。

大概他们找不到别的女人的照片来顶替新娘,我曾经藏在抽屉里的赖月的照片被他们搜出来了,就把赖月顶上去了。

我爹我娘和我大哥大嫂都在家等着我,见我进门,他们一拥而上,扯衣服的扯衣服,拉胳膊的拉胳膊,连一向不待见我的我爹,也一改往日横眉冷对的态度,装出一点慈眉善目的样子,冲我点了点头,说:"换件衣裳吧。"

我虽然对这一切感到意外,十分惊异,但我没有乱了阵脚,我头脑很清醒,我才不要换什么衣裳,我是因为弟弟回来,我才回来的。

我挣脱了他们的拉扯,在屋子里到处找。他们追在后面问:"你干什么,奇怪,你要找什么?"我说:"我奇怪吗?你们才奇怪,我找弟弟呀,我就是为弟弟才回来的。"

我爹的伪装很快就剥掉了,他不耐烦地指着我说:"王全,没有你弟弟,你弟弟早就丢了,不会再回来了。"

原来根本就没有弟弟,弟弟根本就没有回来,难怪我听到他们说弟弟回家的时候,我会那么吃惊,那么的难以接受。原来在我的潜意识里,根本就没有相信他们。

我气愤地说:"你们合起伙来骗我。"我娘见我真生气了,赶紧劝我说："主要是怕你不肯回来才这么说的。"我更气愤说："你们竟然用弟弟的名义把我骗回来！"我又回头对我大哥说："大哥，这世界上，你是唯一能让我相信的人，现在你也参与欺骗我，你还亲自骗我，你让我再去相信什么人？"

大哥有些羞愧，但还是坚持说："三弟，我虽然是骗了你，但却是为你好，你结了婚，我们就多了一家子，就可以多上一份户口。"大嫂接着说："征地是按户口本算的，多一个本子，就多一份征地款。"我立刻攻击他们说："如果是为了多一个本子，那结婚还不如离婚方便，结婚还要送彩礼、办酒席，花费太多，离婚可是最简单的，只要出两张离婚证的工本费，十块钱，就把一个本子换成两个本子了。"

我没想到我的攻击，反倒提醒了他们，听了我的话，反应最快的是我爹，我爹顿时觉悟过来，说："难怪他们说现在县民政局那儿排着长队办离婚呢。"他挨个地指着我娘、我大哥和我大嫂说："你们这群猪脑子，怎么就想不到！"他也不想想他自个儿怎么就没想到呢，最蠢的猪脑子应该是他自己呢。

由于我的关于离婚的提醒，他们暂时放开了我的结婚事宜，竟然真的商量起离婚来了。

以我家的情况，现有两对正式的夫妻，我爹我娘一对，我大哥我大嫂一对。如果两对都办了离，都把户口分了，那我家的户口本就凭空增添出一倍来，我的一个家，也就凭空变成了几个家，多好的主意呵。

可惜我大哥不愿意离，他一直噘着嘴，虽然不敢吱什么声，但脸上看得出来。我知道我大哥怕我大嫂一旦拿到离婚证，就会真的走掉。因为大嫂长期以来一直在埋怨我大哥没出息，平时就经常把离婚挂在嘴上当山歌唱，唱得我大哥心惊肉跳，每天如履薄冰。

但是正因为我大哥怕我大嫂，如果我大嫂坚持要离婚，别说是假离婚,即便是真离婚,我大哥也是不敢反对的。

所以我看出来了,我大哥大嫂这一对,是离定了。

我爹我娘这一对呢,都七老八十了,难道还离婚吗?我爹一锤定音说:"离,不离白不离。"我娘有一肚子的话想反对,却说不出口,脸涨得像猪肝似的,我有点担心,赶紧由我替我娘提问,我说:"爹,你和我娘离婚的理由是什么呢?"我爹反应够快,背书似的说:"感情不和,性格不合,过不到一块。"我实在忍不禁,"扑哧"一声笑了出来。我娘不敢对我爹发躁,却捶了我一拳,骂道:"丢吧,丢吧,把脸全丢光了拉倒。"我煽风点火说:"我爹和我娘离婚,那丢人真是丢大了,比我家有个老鼠弟弟还要丢人。"

我爹阴沉着脸不说话,他根本就不屑和我对话,倒是我大嫂,怕事情不成,赶紧说:"不丢人的,家家都这么干,就不丢人。"想了想,可能怕事情还不牢靠,又补充说:"反正都是假离婚,等征地的事情过去了,我们还是一家子嘛。"

她这一说,比我爹的效果强多了,我大哥首先放了心,我娘也不好再扭捏作态了。

他们终于商量妥了,定了一个日子,打算两对夫妻一起去县民政局办离婚。

我幸灾乐祸地想象着我爹我娘我大哥我大嫂四个人一起到县民政局办离婚手续那场景,我实在忍俊不禁,这出戏真的很雷人、很精彩、很逆天。

我原已经在暗自庆幸,他们的目标转移到离婚那儿去了,我的结婚事宜可能会被放下了,没想到他们一旦商量定了离婚的事情,立刻调转枪口,冲我来了。

他们不仅自己要分成几家子,还必须让我这儿多出一家子来。

我还是逃脱不了。

我又挣扎又抵抗说:"假结婚没有用的,政府又不是猪脑子,他们不会承认的,没有法律效应的。"我爹"哼"了一声说:"你还真以为我们都是猪脑子啊，谁假结婚，没有假结婚，是真结婚，有正式的结婚证，怎么会没有法律效应。"

那两张鲜红的结婚证一直搁在条桌上呢，只是因为我不愿意看到它们，所以我一直没有注意到，这会儿我爹提了，我才看到了，我十分吃惊，居然我都不用出场，他们就能拿到结婚证。

我奇怪说："这是哪里来的，办假证办来的吧。"我爹说："呸你个乌鸦嘴，别的假证都能办，偏结婚证不能办假的，不吉利的！"

后来我才知道，这又是小王村的现村长王长官的杰作。我还真服他，估计这天下就没有什么证他是办不下来的了。

我心里乱糟糟的，总之是感觉大事不妙，赖月早已经离我而去，可挂在墙上的是赖月，结婚证上的名字也是赖月，你们搞得清楚吗？反正我是搞不清楚，我不知道这到底是怎么回事，我不知道到了真正结婚的那一天，娶来的那个新娘又会是谁？万一他们被利益冲昏了头脑，去买一个被拐卖的妇女，那可是触犯法律的事，你可别以为我家的人他们做不出来。

既然他们什么事情都做得出来，我就得防着他们，我不能让自己陷进去，我得保证我不犯错误，更不犯罪。我得保证我的人身自由，因为还有重大的事情等着我。你们知道的，我要去找我弟弟。

但我十分清楚跟我爹不能玩硬的，得玩阴的，我假装痛苦地犹豫了一阵，最后又假装想通了，说："行吧，人反正是要结婚的，看现在的情况，晚结不如早结，就从了你们的安排。"

我爹果然中计，脸上一喜，说："那就立刻准备起来。"我假装关心地问："我老婆是谁，这结婚证上的人是赖月，可赖月是不会给我当老婆的。"我爹说："这个不用你操心，到结婚的时候，你自然会看到她的。"

你们瞧瞧，这就是我爹。我爹的所作所为，是不是让人觉得我们还生活在封建社会哈。

我迷惑了我爹，从我爹那里骗到了我的结婚证，揣上它，我跑到乡政府民政办,打算去责问他们。如果他们能够一眼看出来这是张假证,那就一了百了了。即使他不承认是假证,我也可以戳穿他,因为我本人都没有到场,他民政上怎么可能办出一张真的结婚证来?

总之,无论怎么说,我一定是赢的一方。

可是一到乡民政那儿,我却傻了眼,比我上次来找弟弟时排的队更长,人更多,气氛也更混乱。我想到前面看看情况,立刻被大家喝到了后面。我委屈地嘀咕说:"我只是问一下而已。"立刻有人说:"我们都是来问一下的。"我问他说:"你们咨询什么呢,这么多人。"这人说:"还能有什么,问怎么办离婚呗。"

大厅的人越来越多,人推人,人挤人,有人年老力衰,差点被弄倒了,眼看着情况就要失控,那王助理想了个办法,也不坐那儿一个一个接待解释了,他搞来个喇叭,跳到桌子上,用喇叭喊道:"各位乡亲,你们都是来咨询离婚手续的,我一并跟你们说明吧——办理离婚手续有两个前提,二者必居其一,才能办理。这两个前提,一是双方自愿,二是法院判决。"

大家异口同声地嚷道:"我们双方愿意,我们双方愿意。"王助理摆了摆手,说:"我知道你们是掌握政策的,双方愿意就好,双方愿意就能离,但是我这里办不起来,你们得到县民政局去办理,乡政府没有办理离婚这个权力和功能。"

大家又立刻开骂,骂乡政府不为老百姓服务,尽给老百姓添麻烦。有的则说,你们不办拉倒,我们是自愿的,我们就自己离了算了。

王助理听了,有些着急,他工作一向很顶真,他跟大家解释说:"那不算的,没有政府的章,你们离也是白离,结也是白结。"

又有人疑问说:"现在结婚都可以在你这里办了,为什么离婚不行?是你们故意不给我们办吧,故意想卡我们吧?"王助理无奈地说:"我说了你们又不相信,我也不知道怎么办了,反正现在确实是这样,办结婚证的权力下放到乡镇了,但办离婚还不行。"大家又追问为什么,王助理说:"我也不知道,反正没有放下来。"又问什么时候放下来,回答还是不知道,说:"你们等得起就等,等不起就到县里去。"

王助理的办法还算管用,用大喇叭解说了一阵,咨询离婚的人,似乎是听明白了,也再没什么好问的了,终于渐渐散去了。可我心里不服,我上前责问王助理:"你明明知道他们为什么要离婚,你怎么能够支持他们为了这个理由而离婚?"王助理喊冤说:"我没有支持他们,我只是负责解答咨询问题,我不能不解答,不解答是我的失职,要查办我的。"我说:"你解答了,他们就都到县里去离婚了。"他说:"那我也没办法,我无权阻止他们。"

他说的也没什么不对,我也管不着他们离婚不离婚,我得为我的结婚的事情来探个究竟。我说:"我也是来咨询的。"王助理这才仔细地看了看我,认出我来了,说:"你是小王村的那个找弟弟的王全吧,你不是一直在外面找弟弟吗,你什么时候结了婚了?"我说:"我没结婚呢。"他奇怪说:"你都没结婚你就来咨询关于离婚的事情啦,真超前啊,是超人啊。"我说:"我是为结婚的事来的。"他终于笑了起来,说:"哈哈,你果然与众不同啊,人家都想离婚的时候,你倒好,想结婚了。"我立刻说:"我不想结婚,我是来请你看看我的结婚证,到底是真是假。"

我把结婚证递给他,他看了又看,看不出个所以然。我责问他说:"离婚要双方愿意,结婚要不要呢?如果双方不愿意,能让他们结吗?"他说:"那还用说,当然不能啦。"我说:"那我这张结婚证是从哪里来的呢,我根本就不知道有结婚这事,我也没有到领证的现场,我的结婚证却已经办好了,这难道不是你乡政府的失职吗?"现在他有点着慌了,又仔细地看了看我的结婚证,犹豫着说:"这是一张假证?"我听他口气这么不确定,不满意地说:"你就是专吃婚姻这碗饭的,真假你都分不清?"他愣了片刻,口气变得坚决了,说:"这张证是假的。"我说:"何以见得?我看这公章像真的。"他坚定地说:"无论公章真假,只要结婚双方,或其中一方没有到场,发的结婚证,全部都是假的。"

他很机智,坚决地把政府的责任卸掉了,责任全推在前来办理结婚证的人身上,他只不过落个被欺骗的名声,最多只是工作责任心不强,没有揭穿骗术而已,上不了纲上不了线。

他这样一推托,我倒有些作难了,我手持的这张结婚证,到底是真是假呢?

且不管它是真是假,我一回家就会明白无误地告诉我爹,这证是不管用的,等他再去弄个管用的证来,我早已经离开家乡去找弟弟了。

也或者,我可以更阴险、更狡诈一点,我假装认同这张假证,等到我爹以为万事俱备,只欠东风的时候,我才告诉他,东风吹不来了,东风是假的。

既然没有东风,我就可以乘着西北风到江城去了。

我回到家的时候,我爹和我大哥他们正在商量我的结婚事宜,由我爹指派,我大哥拿了纸和笔,将我爹的吩咐一一记录下来。我探头一看,上面的内容竟有几十项之多,比如有一条:借多少多少只碗,多少多少只盆子,多少多少双筷子。比如再有一条:租两套新娘衣服。

真够穷酸的。

我"啊哈哈啊哈哈"地干笑了几声,跟他们说:"横一条,竖一条,其实不用这么麻烦的,反正都是假的,别搞得跟真的一样。"我爹恼了,说:"别的可以假,你结婚不是假的,不能马虎。"我从来都不敢向我爹回嘴,但是现在我仗着我爹要我"结婚",我也敢顶嘴了。我反击说:"爹,你做事向来是什么实惠,什么快速,什么便宜,就做什么。与其这么大操大办为我结婚,还不如你们两对儿先离了,那才是抢抓机遇先得实惠。"我爹厉声说:"那事不用你操心,我们自会抓紧,你给我老老实实地待在家里,哪里也不许去。"

我爹贼精,已经嗅到了某种不安,感觉到了我的某种意图,只可惜他已经迟了一步,他不知道我已经证据在手,底气在心了。

哪里也不去,那肯定是不行的,我不出去,怎么找弟弟?

一想到弟弟,一想到弟弟还在不知什么地方孤独地待着,我心里就空落落地难受。我忍不住说:"我不能老待在家里,我还得去找弟弟。"我爹又骂我说:"你还找什么弟弟,看你现在这蠢样,一个钱也挣不回来,还尽花家里的钱,你差不多就是你弟弟了。"我瞧着我爹满是褶子的老脸,心想一个人这么老了,还对金钱这么有兴趣,我喷他说:"既然我结婚可以多出一个户口本子,你们不如让我去把弟弟找回来,让弟弟也结婚,不又多了一个本子吗?"

我这话一说,他们都愣住了,一时失去了判断,也失去了自己的思想。他们不知道我这话是正是反,是对是错,到底是在为家里着想,还是在和家里作对。过了好一会儿,我爹和我大嫂几乎同时提了一个问题:"让你弟弟结婚?弟弟是精神病,能结婚吗?"

你们瞧瞧,我家这些人的德行,他们首先想到的还是征地时可以多吃多占的那一家子。我心里来气,说:"你们如果不想再多要一个本子,那就不找弟弟吧。"哪知他们早已经被我的主意搞得心里痒痒的,但又吃不准如果弟弟真的回来了,到底能不能让他另外再取到一个本子。

因为主张是我先提出来的,我爹仔细地朝我看,怀疑说:"他不是有病吗,他连自己是谁都不知道,他知道结婚吗?"我捉弄我爹说:"有好多精神有病的人,一结婚病就好了,再也不发了。"我大嫂自以为是地插嘴说:"那是花痴,花痴就是这样的。"我爹似乎知道让我弟弟结婚这事成功的可能性不大,不高兴地说:"弟弟不是花痴。就算他自己知道结婚,但是谁会愿意和他结婚呢?"我继续调戏我爹说:"弟弟不是一直以为自己是老鼠吗,如果没有人愿意和弟弟结婚,就找一只老鼠跟他结婚吧。"我说的得意,意犹未尽,又补充道:"老鼠不能亲自去领证,就再找个假人代替老鼠嘛。"

我爹终于听出我在指桑骂槐,发现了我的用意,大怒道:"放你娘的臭狗屁——"大概又觉得这口气太重了,把腔调放低了一点,又说:"你那脑子是怎么长的,怎么会有这种古怪的想法?"我却很淡定,说:"爹,你别激动,你想一想,现在这社会上,什么荒唐事没有?"我爹说:"人家荒唐人家的,和我们无关。"他还说别人荒唐,真是荒唐的笑话。我不客气地说:"照我看起来,弟弟和老鼠结婚,你和我娘离婚,这两件事情也差不了多少。"我爹举着扫把就冲我来了,但冲到一半,并没有人阻挡,他自己主动停下来了,扔了扫把,喘着粗气说:"我现在不打你,我现在不打你,你马上要做新郎官,打你会打出晦气的。"

果然仗着他要我"结婚"我占了不少便宜,我不如用这个机会,再敲诈他一下,为我再次出发找弟弟做一点资金上的准备。我说:"爹啊,你让我结婚,我就结婚,可是我连新娘的面都没见过,你好歹给我个机会,让我去见一下,送点礼物给她。"

为了骗我结婚,我爹对我的态度确实稍有变化,换了往常,对我的这种雕虫小技,早看穿了,但是现在我爹即便是看穿了,也不揭穿我,心甘情愿地把自己当冤大头。问道:"那你说,要多少钱买礼物?"一边朝我娘说:"拿出来吧,别攥着啦,攥不住啦。"我娘不敢回声,窸窸窣窣地从哪个角落里挖出一个小布包,当着我们的面打开来。包倒是不算小,我心算了一下,这么大小的包里,估计内容也不会太少。哪知道这包裹了一层又一层,我娘一层一层小心翼翼地揭开来,我大嫂忍不住勾过头去看了一下,立刻一撇嘴。

看到我大嫂的嘴脸,我心里明白,那包里没多少货。果然,最后一层打开以后,露出来一张纸,是一张存款单,存单交到我的手上,我见它又黄又脆,也不知是哪一年存进去的,我还没来得及有什么说法,存单被我爹一把夺了过去,一看,顿时来火说:"怎么搞的,怎么只有这一点点?"我娘委屈地说:"当时就是存的这么多。"我爹忘了当时的事情,怀疑我娘说:"不会是你偷偷取出来一些,养了汉子吧。"

瞧我爹这张臭嘴,我恨不得上前给他一巴掌,可我不敢,即便是我将要当他的"新郎"了,我也不敢。我娘却被激怒了,忽然就吃了子弹似的和我爹对骂起来:"我养汉子了,我就养汉子了,你能怎么样,大不了离婚嘛!"这哪里还是我娘,那腔调,那姿态,那口气,完全不是我娘,倒像是我爹,若不是我爹还活着,还活得好好的,我一定会以为我娘被我死去的我爹上了身呢。

我爹哪受过我娘如此的态度,冲上去要动手,我大哥大嫂赶紧劝架,家里一片混乱,我乘机逃了出来。

对于这样的家乡,对于这样的家人,我再无其他想法和手法,直接开溜才是上策。

我到乡上的银行储蓄所,把钱取了出来,虽然存单很旧了,利息也很低,几乎没有,如果再和物价的情况比较一下,这存单上的钱肯定是蚀掉大半去了。即便如此,我已经很满意了,既然钱已得手,我毫不客气地拜拜了。

我真是个无情的人。我只对弟弟有感情,我对别人毫不留情。在这里你们可能已经看出了我的另一个破绽,其实我在江城使用王大包给我的银行卡时,早已查明那卡就是在大王乡这家储蓄所办的,现在我既然到了储蓄所,我完全可以查一查那张银行卡,看看到底是谁替我办的,是谁经常往里边打一点钱资助我找弟弟。

可是我完全没有这样的想法,谁给我钱不重要,我找到弟弟才重要。我完全否认了钱和找弟弟之间的必然联系。

对于替我办卡的那个人来说,那真是拿肉包子打狗。我不仅是狗,我还是狼,是标标准准的白眼狼。

但我就是这样一个又狼又狗的人,别人拿我没办法,我也拿我没办法。

这是我第三次离开家乡去找弟弟了。

奇巧的是,三次离开家乡的时候,我竟然碰到同一个人——不对,这么说并不准确,我碰到的不是一个人,而是一条信息,是赖月的信息。

所不同的是,前两次是我先发给赖月的,这一次,奇了,赖月主动给我发了一条短信。

我简直不敢相信自己的眼睛,但她确实就是赖月,赖月的短信依旧保持了她一贯的冷言冷语的风格,但内容却差点吓我一个大跟斗,她居然问我:"王全,听说你不愿意和我结婚?"

她这一问,对我来说,可谓五雷击顶,完全失去了方向,失去了任何的能力,完全不知道这是怎么回事了。我张着嘴,痴呆呆地盯着赖月的短信,好像我手里拿着的,不是一部手机,手机上呈现的,也不是赖月的信,而就是赖月本人,是赖月的脸,她正铁青着脸责问我,为什么不和她结婚。

冤哪,我冤大了,怎么最后成了我不愿意和赖月结婚?

赖月早已经和我恩断义绝。怎么会又冒出一个要和我结婚的赖月?

难道我不仅拿了张假证,还碰见了假人?

难道这个赖月是假的?

可是她在手机那头,我看不见她。我得先让自己镇定下来,清理一下混乱的思路。我在我爹面前,我都能说出诸如"现代这社会什么荒唐事没有"之类的哲理来堵我爹的嘴,这说明我是有哲学思想和远大境界的,怎么到了赖月面前,我会如此失措,觉得事情如此出乎意料呢。

无非就是赖月要和我结婚吧,多大个事呢,我慌的什么劲呢。

经过一番自我调整,我很快冷静下来,和赖月结婚,这不是我多年以来梦寐以求的事情吗?大概是从高三年级开始的吧,这梦想就一直追随着我，不，应该是我追随这个梦。当然，开始它是一个美梦，可是后来随着我弟弟的情况越来越糟，我的美梦渐渐变成了白日梦、大头梦，渐渐地离我越来越远，最后，它成为一个噩梦紧紧地缠绕着我，笼罩着我的人生，让我时时刻刻想起它，为难自己，恶心自己，瞧不起自己。

你们想想，被自己喜爱的女人所抛弃，你还能做出什么美梦来呢？

但是现在的情况似乎又重新有了一些新的起色和变化，原以为已经远远地离开了我的赖月，现在又出现在我的生活中了，她就站在我的面前，责问我为什么不愿意跟她结婚。

真是六十年风水轮流转。

难道我的好运又转回来了。

我当然不会将好运推之门外，但我也不会糊里糊涂就应承下来，说不定又是我爹设的套，我爹和赖月协议好了给我设套，那真是一设一个准，我哪有不钻之理。

不过此时此刻我还在套子外面，要先将一切看清楚。我回了赖月短信，为了把事情看清楚，信写得稍长一点，因为是斗胆写就的，所以有点啰嗦，话多一点儿，可以掩盖我的心慌意乱："赖月，来信收悉，很高兴收到你的信，只是有一个疑问想请教一下，既然结婚的是我们两个，但是领证的时候却不是我们两个去领的。"赖月大概早有准备，回信对答如流："你家里急着去领证，等不及你回来，就先去领了。"她还以为她回答正确能加十分呢，她不知她一回答后，又牵出一个更大的问题，那个问题就是我。

我又写道："那我呢，我没有到民政去，照片却是我的，登记处的人不会对号吗？"赖月回我说："那还用问吗，必定是有人冒充的你嘛。"我还没来得及回复这一条，她又紧跟着发来一条："你回去看看你大哥的脸，自己再照照镜子，看你们兄弟长得像不像。"

我大哥和我，长得确实很像，但那是我们都年轻的时候，可我大哥自结婚以后,历经磨难,老得多了,难道我现在也已经和我大哥一样老了吗?我下意识地摸了摸自己的脸,脸上有点毛糙,那是风吹雨打的结果,我想我可能真的已经有我大哥那般老了,心里不免有点沧桑悲凉,我知道自己风里来雨里去很辛苦,要怪,还是怪我弟弟。

这才解释了我的第一个疑惑,还有许多的疑惑跟着后面排呢,我发信问:"上次我碰见你的时候,你告诉我,你快要结婚了,你结了吗?"赖月回信抢白我:"你觉得我像个已婚妇女了吗?"我不敢回答,说心里话,一般情况下,我可看不出已婚妇女和未婚妇女的区别,尤其是在赖月面前,我一向连正眼都不怎么敢看她的,我怎么知道现在的她和从前的她有什么不同呢,更何况她现在都不在我面前,也不知道她在哪里给我发着信呢。我怕她生气,赶紧违心地说:"不像,一点儿也不像,你还是大姑娘的样子,还是那样清纯,还是那样高洁。"赖月并没有被我的吹捧搞昏了头脑,她清醒地纠正我:"你真不会说话,什么叫像大姑娘的样子,不是像大姑娘的样子,我就是大姑娘。"

我这才知道赖月并没有结婚,那肯定是她随口瞎说的,可能是为了抬高自己的身价吧,就像有些已婚妇女,为了驾驭男人,天天把离婚挂在嘴上,比如我大嫂。其实她们根本是两眼抹黑,看不见其中的可能性和危险性。

女孩子真是没得数,她随口一瞎说,自以为得计,可万一当时我当真了,绝了这条心,我就会生出别条心,另外找个女的,成了一家子,那她岂不是搬起石头砸自己的脚。

还好,赖月运气不错,因为我要找弟弟,我还没来得及生出别的心思来。

关于我家墙上挂着的我和赖月的结婚照以及我们结婚证上的赖月的名字,其实我还有好多好多的疑惑,但是现在我将这些疑惑一一打发了,如果换作是另一个女的,我爹强行让我和她结婚,我早逃走了,可她不是别的女人,她是赖月。

当我发现我的结婚对象是赖月,我还走得了吗?

我不知道,我傻傻地站在路上。

我不知道。我的向来灵动的思路,这会儿肯定堵塞了,堵死了,人家都说女人一恋爱,就变傻子,其实男人又何尝不是。

现在的我傻傻地站着,挂着两只手,完全是一副任凭她宰割的样子。我这样子,赖月应该是看不见的,但她像是长了千里眼,偏偏看见了,发信嘲笑我说:"你怎么像是要上刑场?"我心里一惊,怎么不是呢,我结婚,我进入了温柔之乡,我在赖月的怀抱里,享受新婚的甜蜜,那我弟弟呢,我弟弟在哪里,我弟弟还在我们看不见的地方,他是我唯一的弟弟,难道我结婚都不喊他喝喜酒,天下没有这个道理啊。

喊我弟弟喝我的喜酒,先得找到我弟弟,要找我弟弟,我得再次离开家乡去江城。

这个想法一冒出来,就把我自己吓了一大跳。前面发生的事情,一幕一幕你们都看在眼里,因为我弟弟,赖月来了又走,走了又来,虽然现在我们已经有了证,就等于是有了铁一般的事实,但即使是在铁一般的事实面前,我要把找弟弟回来喝喜酒这话说出来的话,我还是得鼓起很大的勇气。

我先试探赖月,然后由赖月一一回答我的疑问。下面就是我们互发的短信:

我:"你还记得我弟弟吗?"

赖月:"你果然提到你弟弟了,我就知道你会提到你弟弟。"

我:"我为了找我弟弟,已经出去两次了。"

赖月:"你每次出去的时候,都说自己是去接弟弟的,一接就接回来了,但每次你又都是一个人回来的。"

我:"原来你没有忘记我,原来你一直关心着我。"

赖月:"你还是得把你弟弟找回来,一定得找回来。"

我一直提心吊胆,怕我提到弟弟她又会翻脸,想不到赖月有这样的态度,真令人感动,我赶紧回复:"他是我唯一的弟弟,他只跟我一个人亲,我结婚,他得回来喝喜酒。"

赖月:"喝喜酒是次要的,最要紧的是,你得找到你弟弟,否则人家会以为你就是你弟弟,前一阵子就到处有人说,你就是你弟弟。"

我:"怎么可能,我是我,我弟弟是我弟弟,怎么可能混为一人? 赖月,别人不了解,难道你也不了解吗?"

赖月:"别人的说法,我当然不会相信,我也不愿意相信。可是人家都这么说,说得有鼻子有眼的,我家里人都信,我难免不受他们影响。"

我:"我是王全,我和你同学,从小学一直同到高中,后来又谈恋爱,现在又领了证,我不是别人,我就是王全。"

赖月:"你叫王会也不能说明什么,你弟弟不是也叫王全吗?"

我原以为赖月一定会为我说话,即使她不为我,她也得为我们的结婚证说话呀,可赖月这种似是而非的态度,搞得我完全不知道她是什么用意,我一急之下,语言就有点呛人了,我写道:"赖月,如果你不相信我,你也认为我有可能是我弟弟,那你和我领证,岂不是冒险,你很可能是和一个精神病人结婚噢。"

一向会生气的赖月这回却没生气,甚至还反过来帮助我加强我的意思,写道:"和精神病人结婚,那也算不得什么离奇事件。"

我:"难道还有更离奇的事情?"

赖月:"有呀,我们村有个人死了,刚死,还没有注销户口,就有人跟他结婚了。"

我:"和死人结婚? 和死人结婚怎么个结法?"

我还好奇死人怎么结婚呢,赖月却懒得细说别人的事情,只是写信叮嘱我说:"所以你得找到你弟弟才行。"

我这才放了点心,赖月不是要和精神病人结婚,也不是要和死人结婚,她只是通过这种方式来刺激我,让我尽快找到弟弟,证明自己,我心里备感温暖。赶紧问:"如果我先去找弟弟,那我们的婚礼怎么办?"

赖月:"婚礼早一天晚一天都无所谓,你把弟弟接回来再说吧,反正我们已经领证了。"

我心里又是一惊,觉得不能不把真实情况告诉她,我如实写道:"我们的那张结婚证是假的。"

赖月:"是真是假,人家也看不出来,反正已经算是一门子婚姻了。"

我们两个,就这样你拔我一毛,我拔你一毛,拔来拔去拔掉许多毛。拔掉许多毛后我还没有过瘾。我不仅没有过瘾,我还上瘾了。我不仅上了瘾,我还有非分之想了。我不仅眼睛享受了,我耳朵还想享受。我又发一条说:"赖月,别发来发去了,我们通个话吧。"

赖月立刻义正词严:"发了这么多信,还打什么电话,烧钱啊?"

这一刻间,我的超常的记忆又回来了,我想起当初我头一次出去找弟弟之前,我也想给她打电话,她也发信说我烧钱。这一回忆,连带着我把过去的事情一一地整理清楚了,我到了江城,王大包怎么会从天而降,王大包失踪以后,我大哥怎么会告诉我王大包的地址,等等等等,现在看起来——嘿嘿——

我的猜测和推断是有道理的。我和赖月、王大包本是同学,又是三角关系,王大包追赖月,赖月追我。

赖月真是瞎了眼。

虽然王大包有些欺瞒诈骗的行为,但他毕竟有干爹,他在城里活得人模人样的,他也没有一个需要寻找的有病的弟弟,他哪一点都比我强上一百倍。

可是女人她愿意瞎眼,我们有什么办法呢。

从前赖月有个绰号叫"热水瓶",意思就是外冷内热,这我早就领教了。现在我暗暗祈祷,她的内热不要热得太过分才好,一百度是要烫死人的,七八十度也会烫伤的。

赖月又来信了,简短果断:"你抓紧出发找弟弟回来吧。"

因为考虑到我爹那儿正紧锣密鼓地筹备我的婚礼呢,所以我赶紧回家告诉我爹,请他暂缓准备,我得找弟弟回来喝喜酒。我爹骂我道:"找你弟弟喝喜酒?你不就是你弟弟吗?你还找什么弟弟?"

我赶紧把赖月的短信给我爹看,我爹立刻就蔫了,明明眼前只有赖月的短信,他却把它当成了赖月,低三下四,低眉顺眼地说:"同意,同意,我们听赖月的。"

别看我爹这屌样,脑子却好使得很,他当即就朝我娘我大哥大嫂说:"既然婚礼暂时不办,我们就抓紧了去离。"

他们到县民政去丢人现眼的事情我不想说,我更不可能跟着他们一起去丢人。

五

我爹他们前脚走,我后脚就跟着开溜了,经过王图家时,我忽然兴起,多事了,想看看打败了村长的王图如今是个什么牛样。我在他家门口喊王图,喊了几声,有人开门出来了,可开门的既不是王图,也不是王图的老婆,而是一个第三者,一个我不认得的男人。他没把我放在眼里,说:"喊什么喊,不知道我们要午睡吗?"我倒是头一回听说,乡下人还讲究午睡呢。我更没见过的是,这个男人竟然在王图的家里午睡。他会睡在谁的床上呢?

嘿嘿。

我下作地笑了笑,他瞧不上我,我还不尿他呢。我打算转身走了,他却在背后招呼我说:"喂,你找王图,到水塔去找他吧,他现在在水塔上班呢。"这倒有些出乎我的意料,王图怎么会在水塔上班,那里可不是他的战场。曾经有一段时间,村长待见我,让我去管水塔,结果连我都嫌那个活儿难伺候,甩手不干了。

我虽然将信将疑,但还是准备绕到水塔那儿去看看。我朝水塔的方向走了一段,天气有点热,口干,我绕到村里的小卖店去买瓶水喝,老王头没有听清我要买什么,问了一句:"买什么?"我说:"咦,你耳朵怎么了,我买矿泉水呀。"老王头说:"你还'咦'我呢,我还没'咦'你呢,你不知道没有水卖啦?"可我还是要"咦"呀,我说:"咦,这里是地球吗?"老王头瞪着我,大概以为我不是从江城回来,而是从外星球回来。我被他瞪得不耐烦了,说:"咦,老王头,从前我从小到大,照顾过你多少生意,连赊的账都不赖你,你现在连水都不肯卖给我?"老王头说:"王全,你真不知事,村上断水了,从昨天起就断水了,我店里的矿泉水、饮料,甚至连酱油醋都被抢光了。"

我这才朝他店里看了看,果然原来货架上摆得满满的各种瓶子,一瓶也不见了。我奇怪道:"村上停水,我怎么不知道?"老王头说:"兴许你家里水缸大,有存水,你家没少了你喝的水,你就不知道吧。"我更奇怪道:"可是我家里人怎么也不告诉我呢?"老王头说:"告诉你顶卵用,你什么时候关心过村里的事、家里的事?"他这话说得挺有道理,村上停了两天水,应该是闹开锅了,可我却一点儿也不知情,看起来我真是没把小王村当我的家乡,而小王村也没有把我当家乡人,两下抵消,互不相欠。不过我并不会为这事情感到难为情,我只关心我弟弟,这个你们早就知道。谁都知道。

我回想起我在水塔工作时的一些情形,猜测停水的原因,我说:"老王头,肯定是你们不缴水费被掐掉了水管子吧。"老王头却说:"你知道个屁,你什么都不知道,才不是欠费的问题,也不是水管子的问题,是王图把水塔上了锁,钥匙揣在他身上,不给大家用水。"

我情不自禁地"啊哈"一笑,王图怎么也会使出这种下三烂的做法,王图一向是村上最懂法的。他不仅懂法律,还最喜欢给人讲法律,还善于利用法律,还善于钻法律的空子,基本上是个义务的普法工作者,现在怎么轮到他乱来了呢。

我好奇心一上来,就往前走,还真想去看看这个下三烂的王图,还是不是从前那个心气高傲的王图。

一路上我果然看到村民们提着桶的、端着盆的,都往村外去。另一路人是从外村回来的,那都是带着水的,人人一副得胜归来满足的样子,兴高采烈的。我就想不通他们了,王图锁了水塔,让大家用水不方便,他们不去和王图斗争,反而想出各种办法自行解决饮水困难,这岂不是在助长王图的嚣张气焰,难道他们还打算永远被王图捏在手心里,想叫小王村干死。王图现在还只是锁了水塔,万一他受到村民这种默认的鼓励,再去锁了电站,再去锁了学校,再去断了王村桥,再去折了老槐树,小王村岂不是一夜之间回到解放前了吗?

我觉得这样不行,我得提醒这些盲目糊涂的农民。我挡住他们说:"你们不能去外面打水,你们打了水,有水用了,王图就会一直锁着水塔,他会无法无天,他还会变本加厉的。"村民不爱理睬我,他们都反对我,批评我说:"王全你比从前都不如了,从前你还懂一点道理,现在你什么都不知道了,小王村没有人无法无天。"这话我是不能承认的,我完全不能理解他们的心思,我不再指望从他们那空空如也的脑子里得到些有用的信息。我自己分析了一下,事情是明摆着的,王图锁水塔,肯定不是和全体村民作对,他是在和村长作对。但是现在的村长已经不是从前的村长,他已经没有什么资本可以用来和王图抗衡了,王图的仇也报了,气也该消了,怎么还不依不饶要把事情闹大呢。再说了,就算他存心要和村长过不去,也就算村长还在苟延残喘进行最后的挣扎,王图又为什么要殃及无辜,祸害百姓呢?他这样做,已经不是在和村长一个人作对,等于是在和全村人作对,不知道王图有没有那么傻。

一想到精明强干的王图,现在可能变傻了,我就幸灾乐祸。于是我想赶紧到水塔那去看王图是什么嗷样。王图果然守在水塔前,不让任何人靠近。我挖苦他说:"王图,钥匙都在你身上揣着,你还守在这里干什么,等兔子吗?"王图锁了水塔,气还没消,不理我。

我也想得通,一个干坏事的人,心里肯定是不会高兴的,他虽然锁了水塔,让全村人喝不上水,他能有什么可开心的呢?他为了达到某种目的做出这种行为,恐怕只能给他自己添堵。

我认为王图太愚蠢。王图怎么会做出这种事,王图可是个人物,聪明过人的人物。他现在这样做,有一点山穷水尽背水一战的意思。但毕竟太过分了,派出所应该来抓王图。即使派出所不抓,乡政府也应该来干涉。但是看起来,村里竟然没有人去报告政府。

不过我大可放宽了心,现在的政府可不是闭目塞听的政府,政府是消息灵通人士,王图锁了水塔,很快就会惊动政府。万一小王村和附近几个村的村民因为没有水喝,集体上访,或者干脆越过乡政府,到了县里,到了市里,到了省里,甚至——那就糟糕了,糟糕透了,如果再有个别群众因为断水渴死了,那政府也就完蛋了。所以乡政府一听到小王村断水的消息立刻就赶来了。

我的消息大大地落后于形势,一直等到乡政府派人来了,我才知道王图为什么锁水塔。原来王图的意见是针对乡政府而不是针对现村长的。从某种意义上说,他现在和村长又滚到同一条壕沟里去了。

我上前一看,怎么来的又是那个王助理,我说:"你不应该是民政助理,你至少是个乡长助理。"他倒不在乎,说:"无所谓啦,什么助理也都是助理。"我说:"现在人家出了事情,都推到临时工身上。一家这么做,家家这么做,一点儿创新意识也没有。相比之下还是大王乡有创意,不用临时工,用助理,也算是新的一招。"又说,"你这助理看起来很吃香,很通用哦,乡上什么工作都让你助理。"王助理不稀罕跟我废话,我又没锁水塔,他理我干什么,他只找王图理论说:"征地的事情是乡政府决定的,又不是小王村的村民决定的,你有意见,对着政府来就是了,你要断水也应该去断乡政府的水,无论如何你不能不给村民喝水呀。"王图说:"先前我去乡政府多少趟,也没人理我,我一锁了水塔,你们就来了,我的办法还是对的。"王助理说:"那你先把水塔的锁打开,正常供水。"王图说:"助理,你说话没有用,喊书记来,我才说话,至少也得乡长来。"又说,"就算书记乡长来了,也得讲道理,我就想不通你们政府怎么会做这种事。"王助理说:"王图,搞开发的人明明是你带来的,是你让政府跟他们谈的,现在谈成了,上面也表了扬,大家也高了兴,你倒来为难我们,你安的什么心?"王图说:"本来那地是我承包的,被你们连了裆一起耍了我,那就算了。后来说是流转了种有机农产品,那也就算了。现在怎么一下子变成征地了?"王助理不解说:"这有什么区别吗?"王图说:"区别大了去了,流转了种有机农产品,那地就还是地,还是小王村的地。被征了去,也不知道开发了干什么,还有小王村什么事?"王助理说:"王图,你这是怎么想的,无论地征了去干什么,这地不还在你小王村的地上吗?"王图说:"你要是在地上盖了房子,那就不叫地了,小王村也不叫村了,叫小王城了。"王助理一拍大腿说:"对呀,王图,现在都在搞城市化,小王村变成小王城,那是必须的,那就是大家所盼望的城市化呀。"王图说:"可小王城就不是小王村了,小王村就不存在了,就彻底毁了。"王助理不知道这有什么问题,说:"怎么会毁了呢,怎么是毁了呢?"王图顿足捶胸说:"就是我,小王村就是毁在我手里的。"王助理更奇怪了,上前去阻挡王图捶胸,说:"政府征地,跟你没关系的,你不要怪罪你自己。"王图道:"怎么不怪我自己,就怪我,是我引狼入室,是我卖了小王村,我是卖国贼。"我在一边听了，乐得插嘴说："王图，你不是卖国贼，你没那么大，你充其量只够得上个卖村贼。"王图说："卖村贼和卖国贼一个理，都是个卖。"我又调戏他说："你卖了国又卖了村，你没卖身吧？"王助理批评我说："王全，你不为村民喝水着急，你还说风凉话，你还挑拨离间，你真是无良无德毁三观。"

我调戏了王图，王图却没有恨我，因为他现在恨他自己还来不及，顾不上恨我，还帮我的腔说："王助理你别和王全计较，他说得也没错，就是我卖的，我就是个卖货。"

话说了半天，又绕回来了，王助理见忙了半天，钥匙还在王图身上揣着，有点毛躁了，说："王图，从前你一直是个讲道理的人，现在怎么不讲理了呢。"王图说："我受冤枉了。"王助理说："你受什么冤枉呢？"王图说："我明明不想卖，可是被你们要了，我成了卖货，我不冤枉吗？"王助理说："就算受冤枉，也得讲理呀。"王图说："有人吃了冤枉，无处申冤，还炸公交车呢，你跟他讲理去。"王助理顿时警觉起来，说："王图，你想制造极端事件吗？"王图嘴凶，说："谁极端事件？就算我炸了你乡政府，也不及你们把小王村搞没了更极端。"王助理倒没怎么生气，脸上还微笑着，又鼓励王图说："王图，你再说一遍，你真要炸乡政府？"王图不知轻重，回嘴说："炸又怎么样？"王助理拔腿就走，边走边打电话，估计是在向政府汇报什么。

我没什么好戏可看的了，赶紧往乡上去坐长途车，走了不多远，就看到有人奔跑，有人喊："派出所来了，派出所来了，抓人了！"我又折回去一看，果然警车已经到了，开到王图面前，说："王图，你要炸乡政府，那是犯罪，是重罪，跟我们走吧。"

原来是王助理报了案，他是个笑面虎，一边笑眯眯地稳住王图，一边已经报告上去了。这警察也够快的，因为是爆炸案，必定是大案要案，必定是说到就到的。

警察一到，群众都来围观，警察来得少，连开警车的只有三个，他们有些紧张，不知群众什么意思，居然问王图："王图，他们要干什么，他们什么意思？"王图说："看看热闹吧，能有什么意思。"

奇怪的是王图不仅不喊冤，还说："带走好，带走好，你们不带我走，我也要去投案了。"警察以为他还有别的案子在身，立刻查问他："你除了炸乡政府，其他还犯了什么？一并坦白。"王图说："你们先抓走我，我再一一坦白。"

王图就这样被带到乡派出所拘留起来，出事的时候村长并不在场，也不知道他是故意不出面还是真的不在家，也有人说王助理是他弄来的，甚至有人说警察也是他弄来的，不过这一点我倒是可以证明，警察是王助理打电话叫来的。但是现在的小王村，人心都乱了，说什么的都有，谣言满天飞。我才不会去纠正他们的错误想法呢，我才不会为村长去辟谣呢，让群众误认为村长出卖了王图，也没什么不好，至少对我没有什么影响。

村长一直没露面，最后他出现在拘留所里，他去看了王图，据说他们在拘留所里和解了，现在他们一致对外，想和政府秋后算账，但是已经迟了，冬天已经来了。

我没有看见他们和解，我更不可能到拘留所去看王图，那种地方很晦气的，沾上晦气会害我找不着弟弟的。我呸。

所以村长和王图间的事情，只是"据说"，你们可以相信，也可以不相信。

派出所拘留王图，也只是政府的一着棋，吓唬一下而已，谁让他被一己私利蒙住了眼睛，看不清形势，这都什么朝代了，还惦记着从前的承包地呢。土地问题，这是大势所趋。乡政府和村长以及王图谈话时，说得很清楚，既然合同都签了，如果撕毁合同，开发商可以告政府，可以告到政府倾家荡产，难道你们希望大王乡彻底从地球上消失掉吗？

村长和王图的想法是一致的，他们对乡政府说，我们才不管你大王乡消失不消失，我们只要小王村。

他们的思路和我有得一拼，就像我对小王村的事情一概不问，小王村消失不消失也与我无关，我只要找我弟弟回家。

政府到底是政府，那可是相当智慧的政府，他们撇开顽固而愚蠢的村长和王图，直接到小王村把征地的政策和群众见面，受到群众的格外欢迎，他们觉得很划算，因为他们早就把一家变成了几家，他们每一家手里都早已经拿着好几个本本了，他们可以以一家之本，换取政府给予的几家之利，怎么不划算，千载难逢的大便宜让他们给占着了，喜得我爹替人家唱丧都打九折。

我在回家的路上，看到我爹带着唱丧队出发了。我问我爹是上哪儿唱丧，我爹说："怎么，你也想参加唱丧队？"我呸，穷死我也不会做个唱丧的。我说："爹，我家有你一个唱丧的就已经够丧的了，不能再有第二个了。"我拔腿就走，没想到我爹的队伍就在我前边停下了，原来就是小王村上的一户人家，死去一个八十多岁的老人，难怪也没见他们怎么悲伤，按小王村的习惯，这算是喜了，至少也是个喜丧。

我跟着他们停了下来，我对唱丧并不好奇，从小我就知道我爹唱丧是怎么回事，我只想看看我爹复出以后和从前有没有什么变化，他骗人钱财的手段有没有与时俱进。

我跟到那户人家，那个死尸躺在门板上，门板搁在堂屋的正中央，也不用块白布遮盖一下，我本不想看死人的脸，可我管不住自己的眼睛，一进去第一眼就瞄到那张死去的脸。出乎我意料，那张脸看起来一点儿也不可怕，脸上似乎还有点血色，面色平和，好像很坦然很自在地活着呢。

看过死人，我才注意到满屋子的活人，这才把我吓了一跳，想不到这个死者有这么多的亲属，个个身裹白布，头扎白条，只露出两个黑眼乌珠，比死人可怕多了。

我爹的唱丧班一到，班上所有的人，立刻被死者的家属七手八脚地穿戴上白衣白帽，我爹和死者的主要亲属到一边商议了一下,谈妥了价钱,唱丧就开始了。先是乐器起音,我一听差一点笑起来,竟是一段流行歌曲《我想你想你好想你》。

我爹很与时俱进哦。

不过后来再细一想,也就想通了,既然家属都没有悲伤哭号,唱丧班当然应该看着丧家的脸色行事,这种安排对唱丧班是小菜一碟,要什么有什么,你悲的,我就给你来悲的,你不太悲的,我也有不太悲的。像这种高龄老人去世,你甚至有点喜了,也可以给你来个悲中有喜的。

说到底,什么唱丧,也只是一种做给活人看的仪式而已。我注意到我爹的唱丧班,有一个自发电的扩音机,上面连带着话筒,这是我爹的新式武器装备,从前没有的,从前我爹唱丧,只有一条嗓子拼命扯着,又哭又喊又唱,所以我爹的嗓音练到比现在的超女超男快女快男梦女梦男都厉害。每每骂起我来,十里地以外都能听见。

现在有了扩音设备,我爹的大嗓门如果再通过扩音机扩出来,那岂不是要震聋人耳了。我事先做了准备,往后退了一下,离那东西远一点。

可结果才发现,我的判断错了,我爹现在是班长了,不用他亲自上阵唱丧,他只做指挥官就行,唱丧的是一个年轻人,握着话筒走到屋中央,我仔细一看,竟是我的一个发小。

没等我来得及上前认亲,我发小就开唱了,他唱的是:

你走了让我怎么过
你走了让我怎么活
许多的话还没有说
就这样你走了
你说你永远爱我
你说你会让我快乐

这一切都成梦了

我们的爱谁来负责

这本是一首关于爱情的流行歌曲,用来唱丧,本是不合适的,没想到我发小能将它唱得这么动人。本来只有爱的离别,现在被他唱出了生离死别。我发小唱得太投入,把大家内心的悲伤引出来了,甚至几个妇女跟着我发小一起唱了起来。

等我发小唱完一曲,正准备第二曲,死者的大儿子站了起来,说:"第二曲我来。"见我爹和我发小发愣,他赶紧又说:"算是你们唱的,钱不扣的。"大家才放了心,那儿子和乐队商议几句,换了一首曲子

唱道:

你走得太早太不负责任

还没看到孩儿在尘世的打拼

那条路真的很残忍

无声无息夺走了我的最爱

……

你走得太早太不负责任

这下把我听得更有想法了,他这歌词唱的是什么意思呢,他是想通过唱丧暗示给活人什么,还是想告诉死去的老爹什么呢?真是费尽心机,令人难解。

还好,唱歌只是他的一个序幕,接下来他说话了,他说话的方向并不对着门板上的死人,而是仰起脸,朝向上方,我想他一定认为他老爹已经上了天。

他说道:"老爹啊老爹,唱我是给你唱过了,还是我亲自唱的,但唱过了我还是要怪你几句,你走的太不是时候,你真不肯体谅

小辈,你要是体谅小辈,你就不会这么早走,至少再挨几天。"

其他亲属也跟着他重复说:"你至少再挨几天。"

那儿子继续说:"老爹啊老爹,你枉费了我们的一番心意,给你这把年纪说一门媳妇,可不容易啊。我们可是费了心机,还花了钱财的,总算帮你说成了村上的王寡妇,你倒好,证还没领,倒抢先走了,你这不是存心跟我们过不去吗?"

大家又跟着说:"你是存心和我们过不去呀。"

这哪是唱丧寄托哀思,这变成批判会了,我想我爹是否会出来提醒他们,可我爹才没有那样的境界,只要不克扣他的唱丧费,他们把唱丧变成婚礼我爹也无所谓的。

我一边对我爹感到不满,一边对死者亲属的态度大觉奇怪,我插嘴说:"你想给你老爹配婚,没来得及,那也不怕,还可以配阴婚嘛,那阴婚比阳婚更活泼,你给你老爹配个什么都行,别说某寡妇,就算女明星,也不是不可以。"

我爹把我扒拉开去,训我说:"你走开,你懂个屁,阴婚不算的。"

我爹一训我,我算是开窍了,我一开窍,就倍觉我的家乡小王村可悲可叹,为了那一亩三分地,连个死人都受牵连,那老爹死了还被儿孙如此责怪,死也不得安心。

如果他没死,他就要和某寡妇成婚,也不知道他是愿意还是不愿意。如果他愿意,那倒也好说。如果他是不愿意的,那还不如死了的好。

唱丧结束后,家属中的一个代表性人物,往唱丧班每个人手里塞了个红包。大家捏在手里,脸上喜喜的,我爹更是脸面光彩,他的唱丧班受到尊重和待见,怎能不喜。

不等走出人家的院子,唱丧班急不可耐地拆开红包一看,顿时泄了气,有人生气道:"狗日的,只给五块钱。"家属听到了,赶紧说:"大红包已经给了你们老板,这小包是小费。"唱丧人说:"小费也不能给这么少啊。"家属说:"小费是可给可不给的,哪有计较小费多少的。"唱丧人仍来气,说:"你拿五块钱打发叫花子叫花子也生气,还不如不给呢。"

听他们七嘴八舌,我心想,难道你们和叫花子有多少差别吗,只因是我爹打的头,我也不便说出来讨骂,只将它化成一丝嘲笑露在脸上而已。

我爹的唱丧队,拿了这么少的小红包,虽然气势上受到一些挫折,但他们还是重振旗鼓,吹吹打打又出发了。

我爹对路边看热闹的群众说:"隔壁村上还有一户要去。"大家羡慕说:"王班长,生意很兴旺啊,你一恢复了唱丧,死人也多起来了。"我爹不言语,但是脸呈骄傲之色。

我随他们的队伍一起走了一段,我可不是捧我爹的场,我还没和我发小说上话呢,这会儿我们才有机会并排走着,我本来该嘲笑他年纪轻轻竟然跟着我爹这样的人唱丧,真晦气,但因为我知道他家庭的境况,没有张得开嘲笑的臭嘴。

我发小看见我,本来有点难为情,生怕我挖苦他,却见我并没瞧不起他,一感动,就跟我道实话:"王全,你别以为啊,没有这么多死人的,有那么多死人倒好了,我们也不愁吃不愁穿了。"我说:"啊?没有死人哪,那你们去隔壁村唱什么丧?"我发小说:"我们不是去唱丧,我们是假装的,只是到外村绕一圈再回来,显得我们生意很好罢了。"

我爹啊我爹,真有你的,你唱个丧也得玩转心思啊。

我不会再跟着他们去空空荡荡地转圈子,我已经完成了我第二次回家乡的所有任务,甚至都做了不该我做的事,了解了不该我了解的情况,我脑子里已经够满的了,满得都快要把我弟弟挤走了,所以我不能再在家乡待下去了,我得走了,赶紧地走。

我才走了几步,我爹却从后面追上来揪住了我,急切地说:"不对呀,不对呀,他那老爹都八十九了,怎么还要介绍寡妇和他结婚,难道政策又变化了吗?"我随口调侃我爹说:"爹,你什么脑子,你以为一离婚,一家子就变成了几家子,政府就信了你? 政府有那么好糊弄吗?"我爹一改往日瞧不上我的习惯,立刻低调地请教我说:"那政府要怎么样才承认是一家子呢?"我说:"用猪脑子想想也能想明白,既然是一家子,至少得是两口子吧。"我爹急得跺脚捶胸说:"狗日的,狗日的,政策又变了?"我调笑我爹说:"不是政策又变了,是你们把政府想得太傻太天真了。"

我爹唱丧班的几个人追过来问我爹还去不去绕圈子了,我爹骂道:"绕什么狗屁圈子,把自己都绕进去了。"扔下大伙儿,一个人急匆匆地走了。

我猜想我爹又去找我娘我大哥大嫂商量怎么再婚的事情了。

他们累不累啊?

我才不管他们累不累,我得走了。

我感觉你们已经猜到了什么,是的,我又没走得了。

我家出事了。

小王村有个老光棍,向来和我爹不和,见我爹和我娘离了,老是来骚扰我娘,对我娘表示好感,要和我娘结婚。在小王村这是公开的秘密,我还调笑我娘说:"好啊,这么老了还有人追求,娘你很潮呀,以前你和我爹做夫妻,他老是欺负你,现在你和那老光棍好,也算出一口恶气哈。"话说出口后,我也知道我有点过分了,不过可别以为我会心软,更别以为我娘就是受害者,她伙同我爹我大哥大嫂害我的时候,她可一点儿也不心软,她就是刽子手的帮凶。

其实还是我心太软,思想境界太低,而且因为我自己思想境界低,连带着把我娘也评估得低了。那时候我娘听了我这番话,先是两眼直愣愣地瞪着我,接着,那两眼珠子又活了起来,又转又翻,眼皮子又眨又跳,活像在台上唱戏显摆功夫的演员。看着我娘滴溜乱转的眼珠子,我有些害怕了,我娘受了我的刺激,不会出什么事吧。

结果才奇怪，不是我娘出事，是我爹出事了。

我爹出事那会儿，我已经到了大王乡长途汽车站，正在等待出发，一番辗转后我将再次去江城。

我看到一群人慌慌张张地抬着一副担架奔向乡卫生院，远远的我也没看清抬担架的是什么人，更不可能看到担架上躺的是谁。车已经来了，我要上车了，一只脚刚踏上去，却被人从背后拉了下来，我回头一看，是我大哥，我大哥说："爹都上吊了，你还走？"

真是晴天一个惊雷，雷到我了，明明应该是我娘上吊，怎么会是我爹上吊，我追着我大哥问："大哥，大哥，你急昏头了吧，是娘吧？"我大哥"呸"我说："你还指望爹和娘都上吊啊？"我爹一上吊，我大哥的口气就和我爹一样了，真是后继有人啊。

我跟着大哥来到乡卫生院，我爹已经醒转来了，只是闭着眼睛不看任何人，病房里里外外围着不少人看热闹，都已经听说了我爹的事情，议论纷纷，一个说："万幸万幸，救过来了，下王村有个王老太，和老头离了，又要她和一个大学生结，老太喝了药，没救过来。"

又说："王长贵什么人物，寻个死也有讲究，同样的死，要是喝药，救过来的可能性不大，上吊的人，只要发现得早，一口气透出来，就活了。"

另一个又说："投河也好的，投河容易被人发现。"

又一个更细致说："那得在白天投，晚上没人看见，就死定了。"

听这意思，好像我爹是装的，是假自杀。

本来碰到有人喷这类大粪，我爹早已经跳起来了，可是现在他一动不动，他跳不动，我大哥也不动，我大嫂也不动，不是他们变文明了，不是他们不想较劲，他们实在没那个脸。

那天我爹撇下我，撇下唱丧班的人，奔回家，要和我娘复婚了，我娘拍打了自己几个耳光，跟我爹说："你是想我死吧。"我爹才不吃她那一套呢,说:"你死一个给我瞧瞧,几十年你都死了多少回了,你来个真的我瞧瞧,你死了我给你唱丧。"

我爹太自以为是了,他见我娘不肯复婚,还以为我娘脸皮薄,说:"你还不好意思,你是大姑娘头回上花轿啊,要不要我再求个媒人来啊?"他还无耻地笑说:"嘿嘿,自己给自己老婆找媒,开天辟地头一回啊。"我娘平平静静地告诉我爹,她不打算和我爹复婚,不是因为难为情,是因为她打算嫁给那个骚扰她的老光棍。

说了这句话,我娘拔腿就往老光棍家跑,才跑了一段路,就有人追上来告诉她,我爹上吊了。

我爹居然会上吊,我家真的出奇了,小王村真的出奇了,出大奇了。现在我爹被救过来了,但他什么话也不说,他等着我娘去跟他复婚呢。

我娘会跟我爹复婚吗?

我不知道。

我也不想知道。

我回家没见着我娘,我估计我娘大概走了,但我不知道她会到哪里去,她会回娘家吗,可她这么老了娘家还会有谁呢。

这也不关我事,我早就说过,我只管我弟弟,我在家乡小王村待得够长了,一拖再拖,真是很拖泥带水。

我得走了,我得去找我弟弟,你们知道的,我弟弟是个病人,我看见过精神病人独自在外受人欺负的情形,想起来心里就很痛。

但我再一次被拖住了腿脚,没走成。

这一次拖住我的,是钱。

不是因为没钱,是因为有钱。

几经折腾以后,征地款终于下来了。那天一早,乡上的通知来了,每户派一人去领钱,我大嫂恰好这天回娘家去了,听我大哥说,她是回去商量拿到征地款后怎么办的。我奇怪说:"大哥,征地款是你和大嫂的,关她娘家人什么事。"我大哥那�’货,冲我苦笑笑。

钱不等人,等不及大嫂从娘家赶回来,我大哥去领了款。

我?我当然没有领到钱,我和赖月的假证被查出来了,我爹也只领到一份,如果我娘哪一天回来了,我爹就得给她一半。

我早就跟我爹说过,他们把政府想得太傻太天真,到头来才发现政府一点儿也不傻不天真。

我不像我爹,把钱看得那么重,何况我早就料到政府会对付他们的,下有对策,上有政策,下再对策,上再政策,政策永远比对策多。所以我一点儿也没有失落感,我甚至庆幸,我们还都是一家人,否则,等我把弟弟找回来,他算是谁家的人呢。他又不可能有老婆,他就没有家了。

我爹的变化也不算大,他只是骂骂咧咧地宣泄了一阵,也就继续过日子了,唱丧,唯一不同的是,他得自己做饭给自己吃,当然,我只要一天不走,他也还得做给我吃。

唯一变化大的是我大哥,自从我大哥从乡里领回那一大笔钱,我大哥就完全不一样了。

这不能完全怪我大哥,可怜我大哥从来没有见过这么多钱。他扛不住了。

那时候他从乡政府出来,怀揣着钱,就像怀揣着一包随时要爆炸的炸药,他胆战心惊地嘀咕说:"老天不开眼,怎么早不回娘家,晚不回娘家,偏偏今天领钱的日子回娘家。"我简直想不通我大哥的思想是怎么长的,怎么会长得这么歪,我纠正他说:"大哥,这才叫老天开眼呢,平日里大嫂把钱全部抠在她手里,一个子儿的使用权你都没有,你活着都不像个男人,今天你总算做回个男人了。"我大哥听了我的话,似乎愣了一愣,随后盯着我看了又看,说:"你是说我?我不像个男人?"我继续煽风点火说:"那是,钱在你手里,你就是大爷,你就是大牌你就是大腕,你就是大什么什么。"说过觉得还不够,怕大哥听不懂,所以又赶紧补充道:"大哥,有这么多钱,你想干什么就什么,大哥,你记住了,这钱是你的,你牛啊!"

　　我大哥又愣愣地站了一会儿，片刻之后，他紧紧搂着那包钱，连个招呼也不打，转身就跑走了。我之所以如此这么地鼓励他，我也有我的目的，我是想让他确信这钱就是他的，他可以做主，他可以任意支配，然后下一步，我再——嘿嘿，你们知道的。

　　不料他跑得比我还快。

　　我白给他出主意了。

　　那时我还不知道，我给我大哥出的主意是怎么样改变了他的人生的。

　　罪过啊。

　　那一天我大哥竟然没有回家，一直到我大嫂得到了领钱的消息，从娘家赶回来，看到村里去领钱的人都回来了，唯独不见我大哥，立刻跑来我家兴师问罪，我一看她那样子，就不爱理她，别说我不知道我大哥到哪里去了，就算我知道，我也不会告诉她，我得给她点苦头吃，我说："你不用找了，我大哥不会回来了，他带着那些钱，重新找个女人，够他过下半辈子了。"我大嫂竟然不以为然地冷笑起来，很瞧不起地说："他敢，借他八个胆子他也不敢！"我就换个说法："也许吧，他不会重新找女人结婚了，太麻烦，何况有大嫂你这样的女人为榜样，他已经受够了，可能确实不会再找了，那他会怎么样呢，不结婚照样玩女人吧。"我是暗示我大哥会去找婊子，我大嫂一下子听懂了，顿时收起了嘲笑，骂道："放你娘的臭狗屁，他连婊子的毛都没见到过，他能到哪里去找婊子。"我嬉皮笑脸说："太好找啦，出了乡政府，不远的街上，那一排一排的发廊里，穿黑衣短裙的，哪个不是。"我大嫂被我说怕起来，脸色也有点变了，但还硬撑着说："我量他没这个狗胆。"我对付她说："大嫂，你这话我不爱听，从前我大哥是没有狗胆，那是因为他没有实力，实力都被大嫂你控制了。可现在不一样了，现在大大的实力都在我大哥那儿，你知道那实力有多大吗？他长出狗胆来，那可是分分钟的事情。"

我大嫂愣了几秒钟，拔腿就跑，我还在背后幸灾乐祸说："噢，对了，还有个地方我大哥喜欢去的，王中王的赌场。"

我真是一张臭嘴，一张极品乌鸦嘴，我在这里胡说八道，天地良心我可不是咒我大哥会变成这样，只是为了气气我大嫂，杀杀她平时不把我放在眼里的歪风邪气而已，我没那么歹毒。可我哪里知道，我像一条眼镜蛇，牙齿缝里真的有毒，我说的那些话，最后竟然一一灵验，全部成为事实。

我大嫂就是在镇上的王中王赌场找到我大哥的，我大哥两眼通红，像一头疯牛，那时候我大嫂还不知道我大哥已经不是我大哥了，所以她毫不犹豫冲上去就去拉扯我大哥，一边骂道："你个王八蛋，你把钱交出来！"

已经不是我大哥的我大哥，回头看了我大嫂一眼，冷冷地说："你是谁？别碰我，一身的晦气，走开！"旁边的人哄堂大笑，说："赌急了，赌急了，连老婆都押上吧。"我大哥根本没有赌急，从容不迫地说："你们错了，我没有老婆，她根本不是我老婆。"我的如此聪明的大嫂竟然没有听懂，还反问说："你眼睛戳瞎了，我怎么不是你老婆？"我大哥早有准备，坦然说："我们已经离婚了。"拍了拍口袋又说："在这儿揣着呢，虽然发征地款没用上，但过日子用上了嗨。"短短的时间，他居然学会用"嗨"了，真是应了那句话，有钱能使鬼推磨。我大哥虽然不是鬼，但在以往的日子里，他过得跟鬼也差不多少。

我大嫂向来反应飞快，但有生以来初次面对如此的情形，她反应不过来了，她想了好一会儿，想出词来了，嚷道："假的，假的，离婚是假的！我们说好了假离婚的！"我大哥冷笑道："我可没说是假离婚，即使我说了，那证也是真的，是真的离婚证，现在大家只认证，不认人，只要证是真的，就有政府撑腰。"我大嫂又愣了半天，才结巴说："我，我，我到，到政府告你去。"我大哥和我大嫂正相反，他的反应越来越快，哈哈大笑说："你去告呀，你去告呀，你告的是你自己,当初我不想离的,是你硬要离的,说明你和我已经没有感情了吧。"

我真没想到我大哥竟然如此伶牙俐齿,是不是因为被埋没的时间长了,现在爆发出来,真是变本加厉的厉害,令我刮目相看。

我大嫂呆了一会儿,指着我大哥说:"你敢,你真敢,你要是真敢,我,我就,跟你离、跟你真离!"这回我大哥索性朝天大笑说:"还真离?早就真离了,我早就想跟你真离了,真是老天有眼,如了我愿嗨。"

到这时候我大嫂应该已经看出我大哥变了,可她实在心不甘呀,我大哥的一切,我大哥变还是不变,都得由她说了算的,所以她硬是让自己有眼无珠,继续纠缠我大哥,我大哥可不耐烦,抬手就赏了我大嫂几个巴掌。

我的一向呼风唤雨的大嫂,哪里会想到她的人生里还会有被大哥打耳光的这一出,她毫无思想准备,她毫无接受能力,一屁股坐到地上拍着地皮哭喊起来,她以为我大哥会去拉扯她,边哭边说:"你不要来拉我,拉我我也不会起来的。"可她又错了,我大哥连看都没看她一眼,一步又踏进赌场去了。

我大嫂爬起来,说:"我回娘家去——"可走了几步又停下了,她知道回娘家没有用。

我大嫂站在街上茫然四顾,后来有看见她那模样的人告诉我说,你大嫂的样子,特别是她的眼神,跟你弟弟一模一样。

有些内容,我没有亲眼看见,是听别人传说的,我隐隐感觉到戏有点过了,我不想相信这是事实,我特意到我大哥家去了一趟,果然大门紧闭,关在院子里的鸡饿得跳到晾衣绳上,成了名副其实的飞鸡。

从我大哥家回来的路上,终于看见了久没露面的村长。我满以为村长一定灰头土脸,完败而归。可村长到底是村长,虽然脸色有点憔悴,但精神却一点儿不差,大步流星,若不是我在旁边喊住他，他仍然目中无人。

其实我从一切开始就怀疑村长的能力和政策水平，搞大蒜精就是一个很好的反面教材，人家拿了地可以做大事，他那是成事不足败事有余。那时村长还说，这有什么难的，我看看他们的方案就可以，我就照着他做，大头就归我了。村长真是个自以为是的人物，现在一切都烟消云散了，地也不是他的了，话也不由他说了算，他还有什么可牛逼的呢。

可村长仍然是牛逼的，他扬着手中一张纸对我说："叫他们怎么进来的，就怎么滚出去。"这回他很到位，不只是扬一扬那张纸，而是把纸递到我手里说："你看看，你仔细看看。"

我本不想看，但算是给他一点面子，我看了一下，是一份省环保厅和农业厅监测站共同出具的正式报告，说小王村的土地重金属超标，那可是红头文件，两个大红公章。

他还特意吩咐我看仔细了，我也知道他的意思，他在告诉我，这不是假的。

我才不会相信他，必定又是王大包从哪里骗来的假报告，小王村重金属，哄鬼呢，我又不是没有知识的人，我知道重金属超标是怎么回事，小王村和周围地区根本就没有重金属污染源。我立刻戳穿他说："你说重金属污染，还不如说农药残留呢，那更能吓唬人哦。"村长说："小王村是著名的大蒜村，种大蒜不用农药化肥，更是小王村独一无二的特色，说小王村农药残留，人家会怀疑。"我嘲笑说："说重金属超标人家就相信啦？"村长胸有成竹地说："信不信，就看他们对自己的命看不看重啦。"

我还是觉得村长不靠谱，我提醒他说："人家把地拿去，又不是种粮食蔬菜，重金属有什么不了起。"村长说："你知识分子的知识也不够用了吧，重金属超标的土地，一旦建成了住宅，污染的土壤对人的伤害比吃超标的粮食、蔬菜厉害多了。"

我完全不赞同这种哄吓诈骗的手段，可惜的是，我虽有头脑，不会被唬住,可别人没有我这样的水平,更因为他们把自己的命看得太重,就不会有我这样清醒的认识了,村长如此拙劣的手段,居然唬住了他们,如此不堪一击的伎俩,居然没有人来反击他、戳穿他,难道他们费尽心机征了去的小王村的土地,又回到了小王村吗?

这只是村长的黄粱一梦而已。

这只是村长的白费心机而已。

这真的不关我的事,我要离开小王村了,弟弟还在江城等我呢。

我再一次离开了小王村。

我走的时候,村里家家户户的外墙上,已经写满了大大的红红的拆字,我还听到了锣鼓和鞭炮声,路上有个村民告诉我,领导来剪彩了,小王村现在不是小王村了,它是大王乡的工业园了。

我没兴趣,但我出村时要路过那个彩旗飘扬锣鼓喧天的地方,就勉强自己过去看一眼。

这一看竟看出奇怪来了,那敲锣打鼓的,竟然是我爹的唱丧班,想必是临时找不到喜庆的队伍,就使用唱丧班来顶替一下了。

我没想到我爹也有这样的才能,除了唱丧,还能唱喜,只不过他那班子里的人,常年唱丧,和死人打交道,身上都没了阳气,一个个阴阳怪气,歪瓜裂枣,尤以我爹为甚,瞧我爹那模样,我简直不忍心再去埋汰他了。

其实我也没有时间去关注我爹了,另一个人物的出现,吸引了在场所有的人,他成了这场剪彩仪式的真正的主角。

他是王图。

他又不是王图。

或者再换一个更准确的说法,他是一个疯了的王图。

王图随着唱丧班喜庆的队伍,跳跳唱唱,起先大家还以为他来凑热闹,给现场增添一点喜感呢,后来才发现,他的动作太单调,永远只是重复同一个动作，双臂交叉，抱在自己胸前，嘴中喃喃："抱抱，抱抱——"哪像是在跳舞唱喜，倒像是个欠揍的孩子在发嗲呢。

一位参加剪彩的领导怀疑他说："这位老乡，你是唱丧班的吗？"王图说："是，是——"一边说一边上前紧紧搂抱住领导说："抱抱，抱抱——"领导赶紧推开他，他又到另一个人跟前去"抱抱，抱抱——"无论是来剪彩的领导，还是我爹唱丧班的人员，还是看热闹的群众，一一都被他"抱抱"，大家倒也不抵抗，只是冲着他笑，那领导后来又批评他说："你的动作不行，跟大家的不配合，你得跟上唱丧班，动作要整齐划一，才有气势。"王图道："是，是——"重又恢复自己抱自己的动作。

在大家的哄然大笑中，王图彻底疯了。

有人说王图是被他老婆气疯的，他老婆公开在家里养汉子，让他的脸没地方放，干脆疯了也就不要脸、不知道脸了。

也有人比较高看王图，认为这种说法没见识，没高度，说王图是被老婆戴了绿帽子才疯的，那真是小瞧了王图。

疯了的王图，只说两个字："抱抱"，所以认为他是花痴也不算冤枉他。但我这个人，向来善于用心想事，所以会对许多事情产生怀疑，现在我更是变得对一切心存怀疑。我对大家分析的各种原因都觉得可疑。当初我带弟弟看病的时候，就看到他在精神病院，就被他"抱抱"，他说自己是假装的，但谁知道呢，说不定他不是装的，他本来就有病？

尾　声

事到如今,我猜想,你们的内心深处也一定发生了变化,可能你们早就对我起了疑,你们大概和除我以外的其他所有人的想法一致了,我没有弟弟,我就是我弟弟,我就是王全,王全就是我弟弟,王全就是我。

或者,即便你们承认我是有弟弟的,你们也会认为我永远也找不着我弟弟了。

真的很对不住,你们终于错了。

说心里话,我也有绝望的时候,那时候我也和你们的想法一样,算了,别再找了,也许我根本就没有弟弟。

当然我立刻就知道我的想法是错的,我怎么没有弟弟,我有弟弟,他正在等我带他回家。

其实在后来不断寻找弟弟的漫长的日子里,我没有墨守成规,没有在江城这一根绳上吊死,我大大地拓宽了自己的思路,我先后到了姜城、蒋城、疆城,甚至还去过一个降城,结果他们告诉我,是我念错了他们的城名,他们那个"降"不念"jiàng",念"xiàng"。我又白跑一趟,心里来气,暗想道,你这城都"降"了,还分个什么读音啥。

我的手机再一次响了起来,我耳朵够尖,一听就听出来,是王助理的声音,我感动说:"王助理,想不到你还存有我的手机号码。"王助理立刻纠正我说："王全,别喊我王助理了,我现在不是助理了。"我拍他马屁说："你升职了,恭喜你啊。"王助理说："我没有升职,我降了。"我说："你本来就是个助理,再降还能降到哪里。"王助理说："我降成临时工了。"我幸灾乐祸地"啊哈"了一声,他一直那么积极地工作,最后竟然降到了临时工。我这人真不厚道,没有人给我打电话,他给我打电话,让我重新又听到了乡音,我居然还嘲笑他。我不厚道。

王助理说："我给你打电话,是因为我知道你一直在找弟弟,一直没有找到,我从我自己降职的事件中,受到些启发,提供给你试试。"我正琢磨他这话是什么意思,他又说了："我有个习惯,写字潦草,尤其是单人旁,我经常随手会拉成一条,人家看起来,就像是三点水。还有就是写字的时候习惯连笔画,这个习惯也很不好。"开始我有点摸不着头脑,以为他改行当汉字教授了,他又继续说："比如一个仁字吧,我一潦草,就会写成江字。"我顿时头皮一麻,我已经对这个"江"字敏感到神经过敏了,我急问说："什么什么,什么江,什么仁?"他说："我这次降成临时工,就是因为我写字出了问题,来了一位大首长,检查工作,他叫吴仁山,我一潦草,写成了吴江山。没想到那么大的官还讲迷信,说我要断送他的政治生命和光辉前程,你想想,吴江山是什么,就是没有江山,江山都没了,他还当什么官呀。"

有如神助啊,我立刻判断出问题出在哪里了,我说："王助理,呵不,王临时工,你怎么会想起你当年也错把仁字写成了江字?"王临时工以为我要谢他,抢先说："你不用感谢我,说老实话,这事情也不是我主动想起来的,我当助理时做了那么多事,哪可能一一记住,有个女的来找我,硬要看当年的记录,我翻了出来,才知道犯的是同一个错误。"我先顾不上那女的是哪女的,我只着急我弟弟,赶紧说："王临时工,你的意思,当年打电话到大王乡的,不是江城,是仁城,是仁城救助站?"王临时工说："有这个可能。"

不是可能，那就是事实。

事情突然间就画上了句号，我在仁城救助站，找到我弟弟了。

仁城啊仁城，你真是一座仁义之城，你把我弟弟照顾得那么好，他长胖了，脸色红润，精神饱满，我一眼看到他，悲喜交集，我哭了起来。

我紧紧搂抱住我弟弟，可我弟弟一点儿反应也没有，他甚至还笑了笑，说："你认错人了，我不是你弟弟。"

弟弟虽然没有认出我，但是他的病明显好多了，从前他基本上是一言不发，发起言来就错误百出，或含混不清，现在他口齿清晰，目光平静，一点儿也不像老鼠，我扮成老鼠的样子去引逗他，我还"吱吱"地叫了几声，想看看他的反应，结果我弟弟"汪汪"地叫了几声，我欣喜万分地说："弟弟，你进步成汪星人了哈。"

弟弟从老鼠变成了狗，我不知道这和现代医学有没有关系，也不知道这算是进步还是退步，但我且算他是进步，也好给他一点鼓励和信心。

弟弟不承认我，那也没关系，我认得他就行。

我带着弟弟回家了。

我们乘坐回家乡的长途车，上车的时候，我看到车上有个老人是我们小王村的，我依稀记得他的样子，但不记得他叫什么名字了，反正都姓王，喊他一声"王大伯"总不会错，我拉着弟弟过去喊了他一声。

那老人指着我弟弟问我："这是谁啊？"我心里立刻来气，不尊他为"大伯"了，我直接说："你老了，忘性大了吧，连我弟弟你都不认得了？"老人奇怪地看看我，又看看我弟弟，摇头说："你弟弟？你有弟弟吗？"这不是个老糊涂吗，我千辛万苦找回弟弟，他竟然说我没弟弟。可还没等我出粗口，他倒抢先又来挑衅我了，说："你不是一直把你自己当成你弟弟的吗？"他不仅老糊涂，还简直老昏了头，我气得要骂人了，我不仅要骂他老糊涂，我还要骂他老混蛋，难道他不混蛋吗？

我还没来得及骂人，车子停下了，这是一辆行驶在乡间的最慢的慢车，每个村的村口都要停一下，那讨骂的王老伯居然下车了，我急得说："哎，你怎么下车了，你不是小王村的吗？"

那老东西站到车下还回头奇怪地看了我一眼，说："小王村？哪里的小王村？"车门就关上了，我赶紧回头看看弟弟，我怕他受到了老东西的影响，会怀疑我带他回家带错了，还好，弟弟依然十分冷静。我还不放心，又对弟弟说："弟弟，你别听他胡说，他是个疯子，他脑子有病，我们，我和你，都是小王村人，下一站，就到我们的家乡了。"

车上竟然鸦雀无声，我有些异样的感觉，又不知到底是哪里不对头。我回头看了看身后的座位上，是王瞎子，我起身跪在座位上，伸手过去抓住王瞎子的手，把他的手放在我身上，说："王瞎子，你摸摸我，你摸出我来了吧。"王瞎子说："我摸你干什么？"我又把王瞎子的手放在我弟弟身上，说："你摸摸，我身边这个人是谁？"王瞎子说："你欺负我是个瞎子，你想捉弄我，没门儿，你身边根本就没有人，就你一个人。"

我简直服了他，他真是个瞎子。

我不再理睬车上的任何人了，好在我很快就看到了竖在路边的那个写着"小王村"三个字的站牌，车停下来，我带着弟弟下车了。

千辛万苦，我们终于回到了我们的家乡小王村。

小王村不见了。

没有老槐树，没有水井，没有废弃的厂房，没有大蒜地，我不能确定这是不是我在做梦，但无论是梦是醒，我眼前的一切，都告诉我，没有小王村。

只有一条既熟悉又陌生的小道，沿着小道走过去，可以看见小王村的大片土地都荒芜着，闲置着。

我茫然了，我不知所措了，我不知道这里到底是不是我的家乡小王村。慌乱之中，我竟然求助于我弟弟，我说："弟弟，弟弟，你替我看看，这是我们的家乡小王村吗？"弟弟说："你认错人了，我不是你弟弟。"我不理会他的执着，我比他更执着，我说："弟弟，你现在不是老鼠，是一只狗了，狗的鼻子最灵了，你闻一闻，你闻出家乡的味道来了吗？"

猛然间，我被自己的话敲醒了，我忽然想起了往事，你们都还记得吧，当初我打算丢掉弟弟之前，故意带着弟弟在小王村走了一圈，想抹去弟弟对家乡的记忆和印象。但一直以来，我始终不知道我有没有抹去弟弟印象中的家乡，可是现实中的真实的家乡却真的没有了。

这难道不是我的活报应吗？

我简直是活反过去了，我竟然求助于弟弟，我竟然还指望他真的已经从一只老鼠变成一只狗了。

无论弟弟是一只老鼠还是一只狗，他都不会让我如愿，他才不肯告诉我，这里到底是不是小王村，他心里一直在记恨我，记恨我丢掉了他，记恨我这个狼心狗肺的哥。

我只好拉着弟弟继续往前走，我弟弟却不肯走了，停在路上对我说："骗子，你说你是我哥，你还说带我回家，你都是骗我的。"弟弟骂我是骗子，他没有骂错，是我把弟弟带到了一个没有家的家乡。

我正无言以对，忽然老天开眼了，就在我们前面，赫然出现了一座房屋，虽然很小，但那毕竟是家乡的象征啊，我赶紧拉着弟弟走近去，看到小屋门前有个老人，戴了顶帽子，帽檐往下压，遮住了脸面，好像没脸见人似的。这人分明老态龙钟了，却还努力地削着一根木棍，他的脚下，已经堆了一大堆削好的木棍，我都没有看清他是谁，就激动地告诉他："喂，喂，你看，你看，我找到弟弟了，我带弟弟回家了。"

我弟弟还是不承认我，他坚持纠正我说："你认错人了，我不是你弟弟。"

那老人一边低头削棍，一边嘴上嘀咕说："王全，你昏了头，他怎么是你弟弟，我才是你弟弟——哥！"他胡说了还不算，竟然还张口喊了我一声"哥"。我气得说："我弟弟有你这么老吗？"老人说："哥，你以为你自己还年轻吗？你什么时候照过镜子啊？"

我一下子被惊吓住了，我一直在找弟弟，我心里只有找弟弟这件事，我多长时间没有照镜子，我真记不得了。

但我决不能承认，我辛辛苦苦找回了弟弟，却突然又冒出个弟弟来。我的思路要多清晰有多清晰，我一下子指出他的错误说："不对，你不是我弟弟，我弟弟从来不喊我哥，他最多只会喊我王全。可你刚才喊我哥了，说明你不是我弟弟。"他说："我的病好了呀。再说了，我们都要与时俱进嘛，从前不喊哥，现在喊哥，那就是与时俱进嘛。"

我气坏了，我才不相信他，我更不想理睬他，他却"咯咯"地笑出了声来，抬起头来对我说："王全，你个傻逼，你眼睛被什么东西戳瞎啦，你真的认不出我来啦？"

我认出来了，他是我们的村长王长官。

多少年来，他的称呼变了又变，他曾经是村长，后来变成前村长，后来又是现村长，现在他都这么老了，肯定又成为前村长了，就算他没这么老，可小王村都没了，哪还有什么村长呢。

我奇怪地问他："怎么其他房子都拆了，怎么就你这一间没拆？这好像也不是你从前的家呀。"村长说："你眼尖，这不是我家的老屋，这是后来新搭起来的简易住房。"我挖苦他说："村长，这就是你的新家吗？"村长的脸色严正了些，说："严格意义上说，这虽然是我搭起来的屋，但它更是你弟弟的家，在小王村，只有你弟弟，还有个家。"我哪能听得进去，我说："逆天啊，小王村的人个个都在家里，却没有了家，我弟弟一直在外面混，却偏偏他有个家，这算哪门子的法律啊?"村长说:"你又缺知识、又不懂法了吧,你难道不知道,当初征地的时候,全村的人都签了字,只有你弟弟不在家,没签字。"我说:"我弟弟怎么签字呢,他是个病人,是精神病,就算在家,他也不会签字,也根本不需要他签字。"

村长摇头说:"那只是你个人之言,你口说无凭,小王村就没有人能够证明你弟弟是病人。"我想了想,我知道小王村的人都是什么德行。我又说:"难道大王乡的王助理也不揭发你们。"村长说:"他们找过王助理,他现在不是助理了,不过他说的话,倒是很有理,他说有病的是你,而不是你弟弟。"我气愤地说:"他胡说八道,满嘴喷粪!"村长说:"他有证据,他有完整的关于你的所有行为的记录。"不等我再爆粗口,村长又加重语气说:"精神病院的病历也去查过了,病人的名字就是王全,就是你,江城救助站也证明了,有个叫王全的病人在他们那里待过,也是你,所以,有病的是你,不是你弟弟。你弟弟是健全的人,要征用土地,必须有他本人亲笔签名。"我气得"啊哈啊哈"地笑了两声。村长才不理会我的怪笑,他激情昂扬地继续告诉我说:"咱小王村,全村只有你弟弟一个人没有签字,所以——"他用脚点了点脚下的地,说:"归他个人名下的这两亩地,不能征用,现在讲政策讲得厉害,讲法也讲得厉害,谁也不敢不经村民签字就征地。"

我彻底无语。

这算是什么事呢?

我一个正常人,出去寻找我有病的弟弟,结果,我找到弟弟回来的时候,我成了病人,而我有病的弟弟,却成了小王村的最后一张王牌。

我不服呀,我无赖说:"村长,我虽然把弟弟找回来了,可他不承认是我弟弟,他不承认,你们就不能这么玩。"

村长才不惧怕我的无赖,他不朝我弟弟看,却朝我看了几眼,说:"王全,你欺我老眼昏花吗,他不是你弟弟,你带他回家干什么?"我说:"我没说他不是我弟弟,是他自己不承认——"村长立马打断了我说:"你认得就行,你说是就是。"我赌气说:"你不是一直在怀疑我吗,你现在不再怀疑我了吗?"村长说:"现在不急着怀疑,现在急着要你弟弟——"说着他竟上前跟我紧紧握手,感谢我说:"王全,你立大功了,你带你弟弟回来得太是时候了!"

不远处响起了鞭炮和锣鼓声,村长朝那方向看了看,跟我说:"他们在剪彩。"我奇怪说:"上次不是剪过了吗?"村长说:"上次?你说的是哪个上次?"我说:"我最后一次出去找弟弟的那一次,剪的是工业园。"村长笑道:"你那算什么次,这中间又剪了五次还是六次了。"我问村长:"那今天,这一次,又剪什么?"村长说:"不太清楚,好像剪什么文化园吧。"我不知道"什么文化园"是什么,我也不想知道,我只想带着弟弟回家,可是我不知道家在哪里。

从小屋里出来一个腰身粗壮的女人,冲着我笑,我觉得我是认得她的,但仔细想想,又觉得我不认得她,我正在纳闷,这女人开口说话了,她一开口,我才发现,哪里是女人,是个假女人。

你们想不到吧,他是王图。

王图真是疯了。

王图穿着女人的服装,头上还套着一个金黄色的假发,他上前就搂住我,嘴里嚷道:"抱抱抱抱——"村长在旁边笑着对我说:"我现在和王图是一对夫妻一个家庭。"

我简直、简直、简直不知道说什么,我怎么也不敢相信,我的家乡小王村会发生这样匪夷所思的事情,我只觉得自己心力交瘁,我有气无力地说:"村长,我听人家说,恶搞才是王道,真不亏你姓王,也真不亏小王村也姓王,你真是很王道。"村长说:"谢谢,王道这个词我喜欢——我们这是有备无患,以防万一。"他一点儿也不想隐瞒我,又告诉我说:"为了你弟弟的这两亩地,防止人家又出新招,万一又说不认个人,只认家庭,那我们就是一个家庭哈。"接着他又冲我弟弟说:"弟弟,我是爸爸,他是妈妈。"

我赶紧把弟弟拉开来,我对村长说:"村长,你真有创意,弄个男的疯子做你老婆!"村长说:"是呀,他要是不疯,他也不肯做我老婆呀。"王图这个疯子还点头称是,他们两个一起过来拉着我弟弟,说:"弟弟,回家吧,吃饭了,吃了饭我们要用木棍子做篱笆围地,围好了地,我们还要种大蒜。"我急呀,追着说:"你们骗得过别人,骗不过我,更骗不过我弟弟,我弟弟是精神病人,他连自己叫什么名字都不知道,他签不签字,完全没有法律效应。"

这时候,就在这时候,奇迹发生了,你们猜到了吗?

是的,正是我弟弟。

我弟弟发生奇迹了,我弟弟说:"我知道我的名字,我的名字叫王村。"